二見文庫

罪深き愛のゆくえ

アナ・キャンベル／森嶋マリ＝訳

Claiming The Courtesan

by

Anna Campbell

謝辞

初めての著書の刊行にあたり、多くの方々に感謝いたします。何をおいても、『罪深き愛のゆくえ』の原稿を一冊の本にしあげてくださった『エイヴォン・ブックス』の方々にお礼を言わなければなりません。とりわけ、優秀な担当編集者ルシア・マクロには心からの謝意を表します。また、華麗な表紙をデザインしてくださった美術部の方々にも。さらには、原稿を読んだそのときから出版にいたるまで尽力してくださったエージェント『フォリオ・リタラリー・マネージメント』のジュリー・カルヴァーにも。『ロマンス・ライターズ・オブ・オーストラリア』と『ロマンス・ライターズ・オブ・アメリカ』を通じて知りあったすばらしい作家のみなさま、ありがとうございました。わたしが所属するシドニーの『タラマラ・ロマンス・ライターズ』の会員のみなさまにもたいへんお世話になりました。

最後に、本書を三人の比類なき女性に捧げます。愛する母ダグマー。昔からの大親友ジル・ターナー。そして、つねに冷静な判断力を発揮してわたしを導いてくれる友人アン・シーに。

罪深き愛のゆくえ

登　場　人　物　紹　介

ヴェリティ・アシュトン（ソレイヤ）	高級娼婦
ジャスティン・キンムリー	第七代カイルモア公爵
ベンジャミン・アシュトン（ベン・アーブード）	ヴェリティの弟
ファーガス・マクリーシュ	キンムリー家の召使
メアリー・マクリーシュ	ファーガスの妻
アンガス	ジャスティンの従僕
アンディ	ジャスティンの従僕
ヘイミッシュ・マクリーシュ	キンムリー家の召使。ファーガスの兄
ケイト・マクリーシュ	ヘイミッシュの妻
マーガレット・キンムリー	ジャスティンの母
レティシア・ウェード	マーガレットが後見人を務める令嬢
マリア・アシュトン	ヴェリティの妹
エルドレス・モース	ソレイヤの元愛人。准男爵
ジェイムズ・マロリー	ソレイヤの元愛人

1

一八二八年、ロンドン

カイルモアの公爵ジャスティン・キンムリーはベッドを見やった。乱れた行為の名残りをとどめるベッドには、愛人が疲れきったようすで横たわっていた。それもまた演技なのかもしれない……そんな疑念が頭をちらりとよぎったが、至上の悦びを得たあとでは、かすかな作意のにおいに苛立《いらだ》つこともなかった。

クラバットを結ぶ手を止めて、仰向けに横たわる女の裸身に見ほれた。午後の光を受けて、乳白色の肌が輝いていた。すらりと長い脚。ほっそりしながらも丸みを帯びた腰。わずかにくぼんだ腹。やわらかく豊かな乳房。その胸にはふたりがともに過ごした一年を祝して、二時間ほどまえに贈った真紅のペンダントが載っていた。

薔薇《ばら》色の乳首と豊満なふたつの白いふくらみをたっぷりと愛《め》でてから、視線を顔へ移した。その顔はどの聖母画にも劣らず、透きとおるほどに清廉《せいれん》だった。

男心をくすぐる淫《みだ》らな体と清らかな顔。なんという甘い不調和か……。いまさらながら全身に戦慄《せんりつ》が走った。

美しい女。

ロンドン一の魔性の女。

その女を手に入れて一年になる。非の打ちどころのない装いや立派な馬、あちこちに有する広大な家屋敷と並んで、それもまた富の象徴だ。身じまいを整えようと、金細工が施された大ぶりの姿見に目を戻しながら、かすかな笑みが自然に浮かんできた。

「公爵さま、召使のベン・アーブードを呼びましょうか？」美しい顔のなかでもひときわ目を引く神秘的な瞳——清水のように澄んだ淡い銀色の瞳には、相変わらずどんな感情も浮かんでいなかった。とはいえ、もしかしたらそれこそが真の魅力なのかもしれない、ふとそんなことを思ったのは初めてではなかった。愛人として申し分ない技量を有しながらも、それを感じさせない生来の超然とした態度が魅力なのかもしれない。

いや、それだけではない。

適切な触れかた、的を射たことば、自身にふさわしい男、そして、この世に存在するあらゆる欲望や感情を知っているのはまちがいない。澄み渡った眼差しの奥に深遠なものが満ちているはずだった。公爵としてすべてを手にしながらも、愛人のその不可侵の領域に入りこめずにいるのがもどかしかった。謎《なぞ》めいた女のパトロンとして一年が過ぎてようやく、その領域に入れる日は永遠に来ないのだろうと悟りはじめていた。

その神秘性がどれほど男心を刺激するか、この女は意識しているのだろうか？　していないとしたら、それこそ驚きだ。とはいえ、感情をいっさい表に出さないからといって、峡谷に棲《す》む雌ギツネほどの頭もないと決めつけるわけにはいかなかった。

「公爵さま?」

カイルモアは首を振った。「いいや。手伝いはいらない」愛人の従者であり、噂《うわさ》によればかつてペルシアのスルタンに仕えていた宦官《かんがん》だったという無口な大男のことが実は苦手だった。とはいえ、大の男にあるまじき情けない事実を口にするくらいなら、過酷な刑罰――たとえば体を綱で縛られて船底をくぐるとか――を課せられたほうがまだましだった。

愛人がしなやかな体を伸ばした。その体が男の心をかき乱し、想像もつかないほどの悦《よろこ》びを与えるのだ。カイルモアはいままた体が昂《たかぶ》るのを感じた。すると、それに気づいたのか、女の目がきらりと光った。悔しいことに、男の気持ちが手に取るようにわかるらしい。

「時間はまだあるのでしょう?」愛人はそう言うと、繊細な手を胸もとに持っていって、ルビーのネックレスをもてあそんだ。その仕草にそそられた。やはり、すべては計算ずくなのだ。目のまえにいる男がたわわな乳房にすっかり魅了されているのを知っている。

「あいにく今夜は所用があってね」

「あら、それは残念」大した感情もこめずにそう言うと、愛人は立ちあがって、床に落ちた水色の化粧着を拾った。見るな、とカイルモアは自分に言い聞かせた。なめらかな背中にも、身を屈めようとして引き締まった尻にも目を奪われてはいけないと。

血気盛んな男としては精一杯その光景を無視しようとした。

六年前に客であふれた広間で、その女の値踏みするような冷たい視線を初めて感じてからというもの、ずっとこの調子だった。当時、彼女はある男の愛人だった。さらには、カイルモアが必死にくどいたにも関わらず、その後、べつの男の愛人になった。だが、まもなくして、庶民にとってひと財産ともいえる額を提示し、さらには、弁護士団がひと月がかりでつくりあげた綿密な契約書を交わして、ようやく彼女を愛人にしたのだった。

だが、喉から手が出るほどほしかった女をついにものにして、その女の支配権をめぐる小《こ》競《ぜ》り合いに終止符を打った――そんなふうに思ったとしたら、それは大きなまちがいだった。ふたりのあいだの駆け引きはそれまで以上に熾烈《しれつ》なものになったのだから。

もちろん、傍目《はため》には優位に立っているのはパトロンである公爵に見えるはずだが、カイルモア自身は愛人が強力な武器を持っていることに気づかされた。美貌《びぼう》。揺るぎない態度。さらには、六年前にその女をどうしても手に入れたいと思い、忌々《いまいま》しいことに、いまもまだ同じ女を欲してやまないという事実が、愛人の最大の武器だった。

心ならずも口惜しさを感じながら、カイルモアは女のしなやかな体が化粧着に包まれるのを見つめた。とはいえ、透けるシルクの布地では輝くばかりの姿態を隠せるはずがなかった。

腰まである黒髪を顔から払いのけて、愛人が背後に立った。身じまいに呆《あき》れるほど手間取っている男を映している鏡のなかで、ふたりの目が合った。

「わたしが何をしても、お気持ちは変わらないのかしら?」愛人が体に腕をまわしてきた。背中に温かな体が押しつけられると、ついさっき満足を得た女のにおいと、好んで身につける香水——官能的な竜涎香《りゅうぜんこう》——の香りに包まれた。カイルモアは目を閉じた。女の巧みな指先がズボンのボタンをもてあそんだかと思うと、なかに滑りこみ、みるみる硬く大きくなっていくものを撫《な》ではじめた。

即座に激しく反応した自分を恥じて、カイルモアはその手を払いのけた。欲望にすべてを支配されては野獣も同然だ。「また今度にしよう」

まさに魔性の女らしく、愛人は落胆を微塵《みじん》も見せなかった。肩をすくめただけで、ゆっくりその場を離れると、優美な曲線を描くベッドの支柱にもたれて、たったいま自分が乱したズボンを直す男を見つめた。カイルモアは上着を着ると、振り向いた。

「公爵さま、変わらぬやさしさに感謝しますわ」愛人が歩み寄って、口づけた。

口づけなどめったに交わさなかった。ましてや、愛をこめた口づけなど一度もしたことがなかった。

少なくとも、カイルモアはその口づけに愛を感じた。愛人は誘惑して何かを引きだそうとしているわけではなかった。つきあって一年も経てばそのぐらいはわかった。それに、ついさっき高価なペンダントを贈ったばかりなのだから。どれほど欲深い女でも、マハラジャの宝石をもうひとつパトロンのふところからかすめとろうなどと考えるはずがなかった。

ああ、まちがいない、この口づけは心がこもっている。

そんなふうに感じたのは初めてだったが、愛人が身を引いたときには、その思いは確信に変わっていた。たったいま唇に甘く触れた——そう、まちがいなく甘かった——薄紅色のやわらかな唇にかすかな笑みが浮かんだ。「ごきげんよう、公爵さま」

カイルモアは愛人の手を取った。この午後にふたりであらんかぎりの放蕩《ほうとう》にふけったのを思えば、滑稽《こっけい》でしかなかったが、たったいま交わした口づけがどうしても頭から離れず、プリンセスに敬意を払うように愛人の華奢《きゃしゃ》な手を取って、口もとに持っていった。

顔を上げると、愛人の銀色の瞳にも困惑が浮かんでいた。「ごきげんよう、マダム」

カイルモアはくるりと踵《きびす》を返すと、さっそうと戸口へ向かい、階段を下りて、一年前に愛人に買い与えた屋敷を出た。だが、どれだけ遠ざかろうと、唇から女の感触が消えることはなかった。一度きりの口づけ……純粋とさえ言える口づけの感触は消えなかった。

謎に包まれた希代《きだい》の魔性の女ソレイヤ。知りあって六年になるが、その女はいまだに謎だらけだった。

ソレイヤは瀟洒《しょうしゃ》な邸宅を出ていく公爵の決然とした足音に耳を傾けた。つねにやるべきことを心得ている——公爵の一挙一動にそれが表われていた。それはまた、カイルモア公爵に対して抱いた第一印象のひとつでもあった。

けれど、たったいま口づけたときには、束の間、なぜか公爵が年若く頼りなげに思えた。いつもの冷静沈着なカイルモア公爵ではなかった。そんなことを考えながらに、目を疑うほど卑猥《ひわい》な絵が描かれたけばけばしい中国製のついたてのうしろへ向かい、水色の化粧着から木綿の飾り気のない部屋着に着替えた。ついたてのうしろから出てくると同時に扉がノックされた。

「どうぞ」ソレイヤはノックに応じながら、床に落ちた服を何気なく拾いあげた。邸宅にはメイドが何人もいたが、昔ながらの癖はそう簡単には抜けなかった。

縦縞《たてじま》の東洋風のローブをまとった大男が部屋に入ってきて、こげ茶色の鋭い目でソレイヤを見た。

「ヴェリティ、メイドに風呂を用意させた」強いヨークシャー訛《なま》りで男が言った。以前、ソレイヤはその訛りを直させようとことあるごとに注意したが、その努力が実を結ぶことはなかった。

「ありがとう」謎の美女ソレイヤの名で社交界を席巻《せっけん》しているヴェリティ・アシュトンは、乱れた寝室にあらためて目をやった。「これでソレイヤとしての人生が終わるなんて信じられないわ」

大男がため息をついてターバンをはずした。すると、ロンドン一の情婦の用心棒で、物言わぬアラビア人ベン・アーブードが、本来の姿であるベンジャミン・アシュトンに戻った。ポークパイやドーバー海峡の白い崖がイギリスの象徴であるように、北の農場で生まれたその男もまた正真正銘のイギリス人にまちがいなかった。「あの立派な御仁にも少しは話してやったのかい?」

そのことばにこめられた公爵に対する敵意にヴェリティは気づかないふりをした。そもそも、ヴェリティ——またの名をソレイヤ——の弟であるベンジャミン・アシュトンが、姉のパトロンを誉めることはなかったが、どういうわけかカイルモア公爵への敵意はとりわけ強かった。公爵のほうも同じように反感を抱いているようだが、淪落《りんらく》な女の召使という卑しい男になんらかの感情を抱いているのを公爵ともあろう男が口にするはずがなかった。

「いいえ。まえにも言ったとおり、何も告げずに姿を消したほうがいいのよ」

ベンは喉の奥から不満げな声を漏《も》らした。「でも、姉さんは気が咎《とが》めてるんだろう。そんな傷つきやすい小鳥みたいな心で、よくもこの血も涙もない世界で生きてきたもんだね」ベンジャミンはドレッサーの上に置かれた盆《ぼん》を手に取ると、散らばった皿やグラスをきれいに重ねていった。雑然とした部屋が弟の勤勉な農民の魂を苛立たせるのは、ヴェリティもよく知っていた。

ベンはこの四年間、つねにヴェリティの傍らにいたが、貴族の愛人という稼業を心からよしとすることはなかった。姉がその世界に身を投じた当時、十歳の子供でなかったら、かならず姉を止めたはずだった。とはいえ、弟がもう少し年上で、かつ、その下にさらに幼い妹がいなかったら、ヴェリティも生きるためにこんな仕事に就くこともなかったはずだった。

「カイルモアの公爵は……そう、不幸なお方なのよ、きっと」ヴェリティは静かに言いながら、遠い昔の記憶を頭から追い払おうとした。過去を振り返ることなどめったになかったが、今日でひとつの人生に終止符を打つと思うと、いやでもソレイヤとしての人生を歩みはじめた当時のことが思いだされた。

ベンは冷ややかな目で姉を見た。「莫大《ばくだい》な財産と端整な顔、おまけに、男が望むものすべてを持ってるってのに不幸とはな。そんなやつはただの甘ったれだ。おもちゃを手放したくない子供みたいなもんさ。といったって、金はうなるほどあるんだから、すぐにべつの女を囲うに決まってる。お高くとまったろくでなしのために、姉さんが悩むことなんかありゃしない」

「さよならのひとことも言わずに姿を消すなんて、ひどすぎるわよね。そうよ、何もこっそり逃げだすことはない、そうでしょう？　一年きりという契約で愛人になったんだもの、公爵さまだって契約書にきちんとサインしたんだもの」

「あんとき、あいつはほしいものを手に入れたくて必死だったのさ。姉さんを自分のものにできるなら、魂を売り渡すっていう書類にだってサインしただろうよ。ああ、喜び勇んで。いいかい、姉さん、色情魔の公爵にとっちゃ契約書なんてなんの意味もない。その証拠に、いったん姉さんを手に入れたら、五年間の契約延長を言いだしたじゃないか。あいつはなんとしても姉さんをそばに置いておきたいんだよ。そのためなら金に糸目はつけない」

ヴェリティはうつむいて上等なトルコ絨毯《じゅうたん》を見つめた。その部屋にある中東産のものといえば、実はそれだけだった。

「ええ、そうなんでしょうね」

公爵に口づけたことがまたもや悔やまれた。ソレイヤほどの報酬を得ている情婦なら、口づけが災いのもとだということぐらいとっくに知っているはずだった。

「姉さんだってもう二十八だ。すぐに年増扱いされて、こんな仕事は続けられなくなる。あの気位の高いカイルモア公爵もあっというまに気が変わって、姉さんなんてお払い箱さ。ああ、もっと若い情婦に乗り換えるに決まってる」

ヴェリティは短く笑った。「いやね、それじゃあまるでわたしがしわくちゃのお婆さんみたいじゃないの」

ベンが笑みを返した。「といったって、老いぼれて役立たずになったラバとおんなじだとは言ってないぜ。でも、ずいぶんまえからの計画なんだから。くだらない同情で決意が鈍るなんてことがあっちゃならないんだ」

「ええ、そうね」カイルモア公爵とのことは、そもそもこの生活を終わらせるための手段だった。公爵からの申し出は、不自然な生活からすっぱり足を洗うための千載一遇の好機だったのだ。愛人に逃げられて、公爵のプライドがどれほど傷つくにしろ、そんな傷はすぐに癒えるにちがいない。「ソレイヤはもう引退よ」

ベンの顔に満面の笑みが浮かんだ。「ああ、そうこなくっちゃ、姉さん。もうひとつ言わせてもらうなら、スルタンお気に入りの宦官ベン・アーブードにおさらばできるなんて最高さ！」

愛人宅を出てから一時間後、カイルモアは自宅の広々とした図書室で、母親と口論していた。

とはいえ、それはとくにめずらしいことではなかった。前公爵の未亡人である母とその息子の現カイルモア公爵の関係は、良好なときですらうまくいっているとは言えず、しかも、良好と言えるときもごく稀で、ほんの束の間だった。それでも、今日の口論はいつも以上に白熱していた。

「ジャスティン、結婚なさい。あなたには結婚して、家名と子孫を残す義務があるの。わたくしのためにも、公爵という爵号のためにも結婚しなければならないんですからね」この手の問題で言い争うのも初めてではなかった。さらには、この日の午後、母はいつにもましてしつこかった。長身で細身の母が目のまえに立って、やみくもに自分の意見を押しつけようとしていた。

「ときどき思いますよ、爵位なんてものを人が気にしなくなれば、この世はもっと住みやすくなるんじゃないかとね」彫刻の施された大理石のマントルピースに片肘をついて、カイルモアはうんざりしながら言うと、火のついていない火床を見おろした。

「ジャスティン！　いまのことばを亡きお父さまが聞いたら、なんと言うかしら？」

「亡き父は酒とアヘンに溺れ、そのうえ、不貞の罪の虜《とりこ》だったわけだから、いまのことばなどまるで気にしないと思いますよ」

「なんですって？　よくもそんなことが言えたものね」

「事実ですからね」カイルモアは顔を上げた。いつものことだと辟易《へきえき》しながら、母がレースのハンカチを取りだして、目もとを拭《ぬぐ》うのを見つめた。

「いったいぜんたい、どうしてこんな薄情な息子になってしまったのかしら」

「それは母上がさきほどからしつこく話題にしていることとは、ちょっと話がずれている気がしますけど、マダム」冷たく言い放った。

その気になれば母は嘘《うそ》泣きなどいくらでもできるのだ。ハンカチを握りしめた母の姿を見ても、カイルモアはうんざりするだけだった。

「ジャスティン、レティシアならあなたの妻として非の打ちどころがないわ」

カイルモアは身震いしたくなるのをこらえた。「言い換えれば、レティシアならあなたの密偵としてうってつけだということでしょう」ここ何年も、母は自身が後見人を務めるレディ・レティシア・ウェードと息子をくっつけようとしていた。さらに、このところそのやり口がさらに節操を欠くようになっている。もしかしたらそれは、母親として息子への影響力が日に日に弱まっているのを察知してのことかもしれない。

前カイルモア公爵の未亡人であるマーガレットの関心事はただひとつ、権力だ。権力を握るために、政府の要人の半分を誘惑して、嘘をつき、不正行為を黙認して操っている。そうして、自身の身勝手な願望を邪魔するものは誰であれ、なんであれ、容赦なく叩《たた》きつぶしてきた。そんな母のやり口を、カイルモアはいやというほど目にしてきたのだった。

だが、いま、その影響力にもしだいに翳《かげ》りが見えて、本人もそれを自覚していた。母の言いなりのレティシア——青白い顔の令嬢——を息子の家に送りこむのは、いわば最後のあがきなのだろう。

母が口もとを引き締めると、ほっそりした顎に固い決意が浮かんだ。「人の口に戸は立てられないと言うでしょう。あなたがしっかりしなければ、あの子の評判に傷がついて、取り返しのつかないことになるのよ」

「悪い噂が広まるとすれば、その出所は明白だ。それは母上、あなたですよ」カイルモアはそう言うと、母に一歩近づいた。「羊の皮をかぶった告げ口女がぼくのベッドで眠る日は永遠に来ない。レティシアが後見人に至れり尽くせり世話されて、ぼくとひとつ屋根の下で暮らしているという噂が何人もの人の口に上っているというなら、はっきり言わせてもらいます——そんな噂はいとも簡単に払拭《ふっしょく》できる。母上がレティシアといっしょに暮らす未亡人用の住まいぐらいすぐにでも用意しますよ」

いよいよ頭に血が上った母が甲高い声で叫んだ。「わたくしをロンドンから追いだすというの？　社交シーズンの真っ只中だというのに？　どうかしているわ。母親にそんなひどい仕打ちをするなんて、残酷で非情な息子だと誰もが非難しますよ」

我慢も限界だった。生まれてこのかた二十七年間、ずっと母を憎んできたわけではないはずだが、いまは、そうだったにちがいないとしか思えなかった。そして、母への仕返しにうってつけの方法があった。いまこそ、真にひどい仕打ちとはどんなものか、思い知らせてやるのだ。

カイルモアは冷ややかな笑みを浮かべた。「いや、そんなことはないですよ。新婚の男にとって、実に理にかなった行動だと世間も認めてくれますよ」

もちろん、母にはなんのことやらすぐには理解できなかった。藍色《あい》の目としなやかな弓のような黒い眉が印象的な端整な顔――鏡を見るたびにカイルモアが嫌悪感を覚える自分と瓜《うり》ふたつの顔――が、安堵《あんど》感に華やいだ。「まあ、ジャスティン！　わたくしをかついでいたのね。まったく、わたくしとしたことがどうしてすぐに気づかなかったのかしら。いま、レティシアを呼ぶわ。あの子はずっとあなたを慕っていたのよ」

カイルモアは相変わらずにやにや笑っていた。「それはにわかには信じられませんね」母が後見人を務めるレティシアからは恐れられているはずだった。あの世間知らずのお嬢さまが尼寺に駆けこまず、カイルモア公爵を夫として受け入れるつもりでいることこそ、マーガレットに支配されている証拠だった。「それはともかく、母上は何か勘ちがいされているようですね」

母は狡猾《こうかつ》だが、その傲慢《ごうまん》さと利己主義から、ときに判断を誤ることがあった。「わたくしを困らせたくて、早まったことをするつもりではないでしょうね、ジャスティン。あなたの行動がキンムリー家の名誉に関わるのを忘れてはなりませんよ」母がふいに大真面目な口調で言った。

「もちろん、キンムリー家の名誉ならつねに第一に考えてますよ、母上」同意のことばにこめた皮肉に、母がたじろぐのがわかった。「その名誉のためにも、わが家に花嫁を迎えるつもりですから」

「ジャスティン……」母が手を伸ばすと、その手から逃れようとカイルモアは一歩下がった。不安そうにしている母を見るのは痛快だった。

「長い婚約期間を置く気はありませんよ、母上。妻はなるべく早く自身の務めを果たしたがるでしょうから。そういうことですから、母上にはレティシアといっしょに早急にこの家を出る準備をしていただきます」そう言うと、母に向かって小さくお辞儀をした。「それでは」ダイヤモンドにも負けない強固な決意を胸に、カイルモアは図書室をあとにした。

メイドのエルシーが呼びにきたとき、ヴェリティはキッチンにいた。「失礼します、公爵さまが客間でお待ちです」

「なんですって?」勢いよく振り向いた拍子に、荷造りの途中の陶器の燭台《しょくだい》が敷石の上に落ちた。

「まあ、たいへん!」エルシーは粉々になった燭台に向けて握りしめた手を振りまわしながら、あわてて女主人に駆け寄った。「動かないでください。お怪我《けが》をされたらたいへんです」

「大丈夫よ、エルシー」とはいえ、頑丈な茶色の燭台はヴェリティのお気に入りだった。

「公爵さまがいらっしゃったと言ったわね?」

「はい。ここの掃除はおまかせください」

早くも心臓の鼓動が速くなり、あたふたしているメイドの声がやけに遠くに聞こえた。なぜ、またやってきたのだろう? カイルモア公爵は軍隊並みに規則正しく、この愛人宅を訪れるのは月曜と火曜、そして、木曜と決まっていた。そうして、やってきたときには、心ゆくまで楽しんでいく。ときには馬車に乗って、いっしょに市中の劇場やパーティに出かけることもあった。けれど、いったんケンジントンを離れたら、同じ日にやってくることはいままで一度もなかった。

公爵のもとを去るつもりの夜にかぎってまたやってきたのは、偶然なの？　いいえ、計画に気づいたにちがいない。でも、どうして？　あれほど注意深く秘密裏にことを進めていたのに。

ヴェリティは震える手で汚れたエプロンをはずすと、割れた燭台を箒《ほうき》で掃いているエルシーのわきを通り抜けた。身に着けている質素なグレーの部屋着では、伝説のソレイヤを演じとおす自信はなかったが、公爵を待たせて苛立たせるのも賢明とは言えなかった。もし計画がばれたのだとしたら、精一杯機嫌を取ってなだめすかさなければならないのだから。

顔を上げて堂々と公爵の待つ部屋へ入ったが、心臓は高鳴っていた。計画は不当なものではなかった。とはいえ、法に触れていなくても、相手が権力者であればそんなことはなんの意味もない。当然のことながら、公爵とは相当な権力を有する人物だった。

「公爵さま。また……来てくださるなんてうれしいわ」

殺風景な壁を見つめていた公爵が、ゆっくり振り返った。愛人の住まいにふさわしい絵をと、公爵自ら選んだ数枚の落ち着いた絵画は、小一時間ほどまえに画商が持ち去ったばかりだった。

公爵が口を開くよりさきに、ヴェリティは言った。「紅茶を用意させますわ。それとも……寝室へ？」動揺のあまり、伝説のソレイヤにはそぐわない単刀直入な物言いになった。

絵が取り払われた壁に向けていた視線そのままに、公爵は困惑顔で情婦を見た。「きみは……ずいぶん感じがちがうね」

たしかにそうなのだろう。ソレイヤはパトロンと会うときにはつねに美しく身支度を整えている。さもなければ、一糸まとわぬ姿でいるか……。

カイルモアはがらんとした部屋のなかを見まわした。「これはいったいどういうことだ？」

ヴェリティはいかにもソレイヤらしく笑ってみせた。低く、どこまでも思わせぶりな声で。「わたしたちが家事にいそしんでいるときに、公爵さまはいらっしゃったんですもの。いま、みんなで掃除をしているところなの」計算し尽くされた優雅な身のこなしで長椅子に腰を下ろすと、公爵にも身ぶりで椅子を勧めた。

「わたしたちだって？　わが恋人に家のなかの雑事をさせるつもりなどこれっぽっちもないぞ。人手が足りないならそう言えばいい」公爵が向かいの椅子に腰を下ろした。黒い髪も、鼻筋の通った高い鼻も、誰もが見とれずにいられないほどだった。青紫色の目で、公爵が窺うように見つめてきた。

ヴェリティは肩をすくめた。「家事がきちんと行なわれているか自分の目で確かめたいんです。なんといっても、ここはわたしの家ですもの」自分が姿を消したあとに、このことばを公爵が思いだしてくれるのを願った。

「頬が汚れているぞ」

自分でも思いがけず、ヴェリティは顔が熱くなるのを感じた。生きるために十五歳で貞節を捨てた女が、こんな些細《ささい》なことで頰を染めるなんて……。今日は思ってもいないことだらけだった。

口づけ。公爵の二度目の訪問。赤らんだ頰。

伝説のソレイヤもそろそろ潮時だという証拠かもしれない。

「見苦しい姿をお見せしてしまったわ」ヴェリティは落ち着いた口調で言った。「公爵さまをお迎えするのにふさわしい服に着替えてきます」そう言うと、腰を浮かせた。

「いや、こっちこそ不躾《ぶしつけ》だった。すまない」

ヴェリティは驚いて、椅子に座りなおした。

そんなことばを耳にするとは思ってもいなかった。誇り高く気むずかしい公爵が謝るなんて。

とはいえ、公爵の表情からは何も読みとれなかった。「きみはいつだって、息を吞《の》まずにはいられないほど綺麗《きれい》だよ」

「ありがとうございます」何気なく応じながらも、公爵のことばが口先だけのお世辞とは思えなかった。

「きみなら立派な公爵夫人になれる」

公爵のことをよく知らなければ、酔っぱらっているのだろうと思うところだった。だいぶ気持ちが落ち着いてきて、公爵の不可解な冗談がやけに鼻についた。

「わたしをからかって楽しんでいらっしゃるのね」

公爵の目がきらりと光った。「からかってなどないよ」深みのある声は、いつもの決然とした男の声だった。「結婚特別許可証を手に入れたら、すぐに結婚しよう。いま、ここに来たのは、それを言うためだ」

あまりにも驚いて、ヴェリティは声をあげて笑うしかなかった。「よくわかりました。やっぱりからかっていらっしゃるのね」公爵にワインを出そうと立ちあがったが、ふいに伸びてきた手に手首をつかまれて、止められた。

「ずいぶん妙な返事だな、こっちは結婚を申しこんでいるのに」

「結婚の申しこみなど聞いていません」考えるまえに、そう言っていた。

「ぼくの妻になってほしい」

公爵の顔を見ると、頬が引き締まり、揺るぎない決意が表われていた。どうやら公爵は大真面目でこの笑止千万な提案をしているらしい。

「公爵さま、ご好意には心から感謝しますわ。でも、とうてい不可能なことをおっしゃってるのはおわかりでしょう」公爵が口を固く引き結ぶのを見て、さらにきっぱりと言った。「たとえ世間やあなたの地位、それに、ご家族がこんな身分ちがいの結婚を認めたとしても、わたしは自身の誇りにかけてお断りします」

「誇り？」淪落の女の口からそんなことばが出るとは思ってもいなかった――そう言いたげな口調だった。「これほどの玉の輿《こし》は夢のなかでだってそうそうかなうものじゃない」

「わたしは慎《つつ》ましい夢しか見ませんから」

ヴェリティはまさに夢のような話だと思いながらも、怒りがこみあげてきた。こんな馬鹿げた申し出をわたしが喜んで受け入れると考えているとしたら、公爵はよほどの暴君だ。いや、裏に企みがあるちがいない――それぐらいの見当がつく程度には世慣れていたが、なぜ公爵がこんなことをしているのかはわからなかった。

うぬぼれた女なら、肉欲にあらがえなくなってこんな申し出をしたと考えるのかもしれない。けれど、ヴェリティはそれより冷静だった。公爵は自身の利益のために何かを企んでいる。何を企んでいるにしろ、そんなことに巻きこまれるのはごめんだった。

公爵夫人ですって？　現実離れしすぎていて、滑稽でさえある。

そう思いながら、やはり冷ややかに言った。「手をお離しになって。そんな力でつかまれたら、痣《あざ》になってしまうわ」それは嘘だった。公爵はしっかりとつかみながらも、手首に痣を残すようなことはしなかった。

「きちんと答えたら、離してやろう」

「もう答えました」ヴェリティはこれまで、わがままな男たちの要求に応じることを生業《なりわい》としてきた。けれど、もう限界だった。「いいわ、そこまでおっしゃるなら、はっきり言わせていただきます。ええ、公爵さまの愛人になることは承諾しました。でも、何があろうと、妻にはなりません」

公爵がこれほど傲慢な口調で愚かな申し出を口にしていなければ、もう少しやんわりと断れたはずだ。いや、もしかしたら、まもなくこの生活が終わるという安堵感から、ソレイヤという仮面の下に長いこと隠してきた生来の一本気な性格が表に出たのかもしれない。公爵の顔が怒りで赤くなった。「そのことばはあまりにも浅はかだぞ。それに、あまりにも侮蔑《ぶじょく》的な物言いだ。わかっているのか？　きみをどん底の生活から救って、名誉ある結婚生活を送らせてやるためにわざわざここまで出向いてきたんだぞ」

「どん底の生活でも自由だけはありますから」

公爵は立ちあがると、愛人を睨《にら》みつけた。ふたりがもっとも激しく愛を交わしたときでさえ、これほど感情を剝《む》きだしにしたことはなかった。「どん底の暮らしのほうが気楽だとでも言いたげじゃないか。どうやら忘れているようだな、その気になれば、ひとことできみのことなどひねりつぶせるのを」

ヴェリティのまえに立ちはだかる公爵は威圧的だった。長身でがっしりした体には力がみなぎっていた。けれど、ヴェリティはひるまなかった。そう、ソレイヤではなくヴェリティは。公爵とのこの話し合いのどこかで、ソレイヤは永遠に姿を消したのだ。

「よくわかりましたわ、公爵さま。危うくあなたからの求婚に応じてしまうところでした」

これまで公爵が怒りにまかせて手を上げたことは一度もなかったが、このときばかりは殴られると思った。暴力をふるわれて、それに堪えたことならいままでにもあった。もう一度ぐらいなら堪えられるはずだった。

ところが、意外にも公爵は怒りを抑えると、渋々と手を離した。「いまはこれ以上話をしても無駄なようだな。きみは狼狽《ろうばい》していて、ものごとがきちんと考えられなくなっている」

公爵こそいつもの模範的な冷静さを失っている——ヴェリティはそう思ったが、口には出さなかった。いずれにしても、手を離して、帰ると言っているのだから。この午後以降、公爵と顔を合わせることは永遠にないのだから……。

ヴェリティはなんとか平静を装って言った。「どうぞご自由に」いますぐに帰って！　心のなかではそう叫んでいた。いますぐにここを出て、もうわたしの心を乱さないで……。

顔はおろか、態度にも出したことはなかったが、実は心のなかではずっとカイルモア公爵を慕っていたのだ。口さがない人々にとやかく言われないように、公爵が孤独な闘いを続けているのは知っていた。それでも、不釣合いな相手に唐突に求婚したことも含めて、この数分の公爵のふるまいを考えると、キンムリー家の男には錯乱の気があるという昔ながらの噂がいやでも頭に浮かんだ。

紅潮した顔は、公爵の気持ちがまだ鎮まっていない証拠だった。「明日、返事を聞きにくる。それまでに、カイルモア公爵夫人にはどんな宝石がふさわしいか考えておいてくれ。今日贈ったルビーなど霞《かす》んでしまうようなものを」

ということは、欲に目が眩《くら》むような女だと考えているのね——そう思うと、ヴェリティはますます腹が立った。そこで、歯に衣《きぬ》を着せぬ皮肉で応じた。「ええ、もちろんですとも、わたしはダイヤモンドとエメラルドさえあればほかには何もいらないわ」

そのことばが公爵を喜ばせなかったのは、ヴェリティにもはっきりとわかった。「明日の四時に来る、いいね。色よい返事を期待している」今度は手にそっと口づけることもなかった。愛人には礼儀を尽くす価値はあっても、未来の花嫁にはそんなことをする必要はないと考えているのかもしれない。

公爵はヴェリティのお辞儀を無視して、扉へ向かった。「すでに知っているとは思うが、ぼくは望むものすべてを手に入れてきた。もちろんこの結婚も心から望んでいる」誇り高い全能の神であるかのように、公爵はいかにも落ち着いたようすでヴェリティに向かってうなずくと、部屋を出ていった。

翌日、カイルモア公爵が愛人の瀟洒な邸宅に馬で乗りつけると、そこに人気《ひとけ》はなく、もぬけの空だった。希代の魔性の女ソレイヤ――憎むべき母に対抗する手段として公爵が選んだ武器――は消えていた。

2

カイルモア公爵は愛人の邸宅に入った。すると、人気《ひとけ》がないだけでなく、価値のあるものがすべて持ち去られているのにひと目で気づいた。

求婚に恐れをなして、ソレイヤは大あわてで逃げだしたのか？　とはいえ、簡単に怖気《おじけ》づくような女ではなかった。ましてや、昨日は怖気づいていたどころか、かんかんに怒っていたのだから。

昨日の別れ際に言ったひとことのせいで、とりあえず身を隠したほうがいいと考えて、安全そうな場所に逃げこんだのか？　いや、そうは思えなかった。

長年の修練の賜物《たまもの》というべきか、カイルモアはいままた感情を制御した。怒りをぶちまけたところでどうにもならない。そうだ、狡猾な魔性の女を捕らえるまでは、怒りは胸に秘めておいたほうがいい。

ああ、かならずや行方を突き止めてやる。

客間で足を止めた。昨日、この家からさまざまなものが消えているのに気づいたときに、何が起きているのか察知するべきだったのだ。

掃除だと？　ふざけたことを！　強欲な女だと知りながら、たっぷりと金を注《つ》ぎこんで、安楽な生活をさせてやったというのに。このさき一生たわしで床を磨かずにすむ暮らしを与えてやったのに。それなのに、昨日は掃除にいそしんでいるような姿をしていた。みすぼらしい部屋着で目のまえに座っていたソレイヤをふと思いだして、胸がきりりと痛んだ。

とはいえ、あんな格好でもいつもと変わらず美しく、歯ぎしりしたくなるほど魅惑的だった。同時に、背筋をぴんと伸ばした気品あふれる姿は、すでに公爵夫人であるかのようだった。さらには、昼過ぎに一度別れたときの従順な愛人とはどことなくちがって見えた。

あのときは、別れ際にあんな口づけまで交わしたというのに……。くそっ、すっかり騙《だま》されていたとは。

まさにユダの接吻《せっぷん》——うわべだけの行為だったとは。

求婚したときには、ソレイヤは内心の動揺を必死に隠そうとしているようだった。いいや、求婚するずっとまえから、この裏切りを企んでいたにちがいない。家がもぬけの殻になっているのが、慎重に計画された逃走だという証拠だった。

二階へ上がろうとすると、奥のほうでくぐもった物音がした。

なるほど、もぬけの殻というわけではなかったらしい。カイルモアは意気ごんで、物音がしたほうに近い扉を勢いよく開けた。すると、そこにはこれまで一度も足を踏み入れたことのない廊下があった。期待と、情けないと思いながらもわずかな安堵と期待に胸が高鳴った。

薄暗い廊下を歩きだすと、石敷きの廊下に靴音がやけに大きく響いた。キッチンもほかの部屋同様、がらんとしていた。とはいえ、染《し》みひとつなく掃除されているわけではなく、流しのあたりにパンくずが散らばっていた。

「出てきなさい。そこにいるのはわかっている」人気《ひとけ》のないキッチンに声がこだました。「お遊びにつきあっている暇はないぞ」

戸棚を次々に開けていく。誉れ高いソレイヤが怯《おび》えながら戸棚のなかで縮こまっているかと思うと、意地の悪い喜びを覚えた。

だが、食料庫の扉を勢いよく開くと、そこにいたのは若いメイドだった。齧《かじ》りかけのパンを握りしめて、恐怖に身を固くしていた。

「どういうことだ？」鋭く尋ねた。「何をしている？　すぐに出てきなさい」

若いメイドはめそめそと泣きだした。みるみるうちにメイドの目に涙があふれるのを見て、カイルモアは困惑した。

「泣くんじゃない」強い口調で言った。「おまえの女主人《ミストレス》はどこにいる？」ぼくの愛人《ミストレス》はどこだ？　そんなことばが頭に浮かんで、苦々しく思った。

メイドは首を振りながら、さらに食料庫の奥へ引っこもうとした。

カイルモアは大きく息を吸った。怯えさせては、手がかりを得られない。

苛立ちの奥に、遠い昔の記憶――ひとりきりでひたすら怯えている無防備な少年の姿――がちらついた。不快な記憶を心の隅に押しこめた。二度と、そう、絶対に思いだしたくない無数の記憶を封印している場所に。

「さあ、出ておいで。何もしないから」そのことばを裏づけるように、扉から離れた。

若いメイドは動かなかったが、どうにか口を開いた。「ご主人さま、お願いです。ぶたないでください。昨日の夜、ミスター・ベンがみんなに暇を出しました。でも、あたしはどこにも行くあてがなくて、ここに隠れてたんです。お願いですから、ぶたないでください」

「何もしないと言っているだろう」カイルモアはつっけんどんに言って、すぐに後悔した。メイドがさらに奥に入りこもうとするように身を縮めた。そこで、精一杯口調を和らげた。「さあ、約束するから。見えるところに出てきなさい」

カイルモアがうしろに下がると、メイドがびくびくしながら出てきた。「おまえとは顔を合わせたことがある、ちがうか?」

メイドはぎこちなくお辞儀した。「はい、ご主人さま。エルシーと申します。昨日、ご主人さまを客間にご案内しました。悪さをするつもりでここにいたわけじゃありません。ミスター・ベンから、ここの使用人は全員、明日ご主人さまの町屋敷へ行って、給金を受けとるように言われました。それに、この屋敷の買い手は来週まで引っ越してこないと聞かされてたので。ほんとうです、悪さをするつもりなんてなかったんです」

胸のなかで怒りの炎がめらめらと燃えていたが、それでも、カイルモアはできるだけ穏やかな口調で言った。「ああ、わかっているよ、エルシー。質問に答えるなら、このことはふたりだけの秘密にしよう。秘密にして、さらに金貨も一枚やろう」

エルシーは震えながらも、その申し出に目を丸くした。カイルモアは思った——このメイドはいままで貴族と面と向かって話したことがないのだろう。

「はい、公爵さま。ありがとうございます」そう言って、またお辞儀をした。

「まずは、おまえの女主人はどこにいる？」

エルシーは首を振った。「わかりません。昨日の夜、ソレイヤさまとミスター・ベンは馬車を呼んで出ていかれました。ここに残ったのはあたしだけですが、おふたりの行き先は尋ねませんでした。でも、旅の支度をされていたのはまちがいありません」身に危険が及ぶことはないとわかって、エルシーははきはきと答えた。

「ふたりは家財をすべて持ち去ったのか？」

「いいえ、馬車に積んだのはいくつかの箱だけで、ほかのものはすべて売り払ったんです。ソレイヤさまの服もすべて。妙な話ですよね、ドレスはこれからも着るはずなのに」エルシーの口調はずいぶん落ち着いていた。「今週は入れ替わり立ち替わりひっきりなしに人が来て、絵やら家具やらを運びだしていきました」

「なるほど、だから、おまえは家も売りに出されたと思ったのか？」

「はい。ここにはインドの大富豪が住むようです。先週、その人をちらっと見かけましたから。ずいぶん日に焼けて、信じられないほど黒い肌でした。それはもう気味が悪いほど。でも、ミスター・ベンは言ってました……」

さきほどからカイルモアの頭に何かが引っかかっていたが、ようやくそれがなんなのか気づいた。「ミスター・ベン？　召使のベン・アーブードのことか？　あいつは口が利けるのか？」つい厳しい口調になった。

エルシーは不安になって、また怯えたように公爵を見た。「ええ、もちろんです、公爵さま」

「あの男は以前からずっと話していたというのか？」おぞましい疑念が頭をもたげはじめた。ソレイヤの謎めいた失踪《しっそう》は、ちっとも謎めいてなどなく、実はこの世にもっとも古くからある出来事なのかもしれない。

エルシーの顔にはそんなことを訊かれる理由がわからないと書いてあった。「はい、そうです。そうでなければ、使用人に指示できませんから」

「で、ミスター・ベンはどんな話しかただった？」カイルモアは緊迫した口調で尋ねた。

「えっと、それはどういう意味でしょう？」

メイドがまた怯えて戸棚に逃げこんでしまっては元も子もない。カイルモアは苛立ちを抑えた。「ぼくと同じように話したのか？　あるいは、おまえと同じように。それとも、外国の訛りがあったのか？」

メイドは顔をしかめた。「外国の訛りかどうかはわかりません。でも、あたしとも、公爵さまともちがう話しかたでした」

カイルモアは上流階級特有の話しかたで、エルシーはロンドンの下町ことばで話すが、それがわかったところでベンがどんなふうに話していたのかは見当もつかなかった。

「それで、ベンと……ソレイヤだが」その名を口にしただけで、息が詰まりそうになった。

ソレイヤがここにいないのは本人にとっては幸運だった。そうでなければ、息が詰まりかけているのはソレイヤのほうだったはずだ。この手で首を絞められて。「ふたりはずいぶん親しそうだったのか？」

「ええ、それはもう」エルシーは間髪を入れずに言った。

けれど、すぐにその答えが主人の怒りを煽《あお》ったのを感じると、あわててことばを足した。「だけど、けっしておかしな関係じゃありません。ただ仲がよかったってだけで。お互いに信頼してたんだと思います。お願いです、どうかソレイヤさまのことを悪く取らないでください。ソレイヤさまが何をしたのか知りませんが、使用人にはいつでもやさしくしてくださいました。ええ、ほんとうです。出ていかれるまえに、全員にお給金をひと月ぶん余分にくださって、ご親切にも次の仕事が見つかるように推薦状も書いてくれたんです。といっても、すぐに全員が公爵さまに呼び戻されるだろうとおっしゃってました。なんといっても、あたしたちのほんとうの雇い主は公爵さまですから」

カイルモアは逃げた愛人への賛辞など聞きたくなかった。とはいえ、エルシーは明らかにソレイヤを慕っていて、あの浮気女への熱烈な誉めことばを除けば、これ以上エルシーから有益な情報を聞きだせそうになかった。そこで、約束のソヴリン金貨を渡して、カイルモア邸の厨房《ちゅうぼう》での仕事があるかどうか執事に相談するように指図して、若いメイドを家から出した。

それから、目を皿にして家のなかを隅々まで見てまわった。とはいえ、与えられた上流階級の暮らしをそ知らぬ顔で楽しむほど狡猾なソレイヤであれば、行き先の手がかりになるようなものをひとつでも残すはずがなかった。カップでも叩き割ってやりたいところだったが、それすら残っていなかった。そうして、必死の捜索が終わるころには、何かに怒りをぶつけたくてたまらなくなっていた。ベン・アーブードのおつにすました顔が目のまえにあれば、それこそ申し分ないのだが……。

ソレイヤのことが頭を離れなかった。いっしょに過ごした一年間で眩暈《めまい》がするほどの額を女に貢《みつ》いだ男を、ソレイヤは嘲笑《あざわら》っているにちがいない――そんな思いがいやでも浮かんできた。

おまけに、ベン・アーブードは話ができたとは。だとすれば、宦官だったというのも嘘なのだろう。さらに言うなら、ソレイヤと親しくなりながら、その体を求めない男がいるわけがない。

つまりは、ソレイヤはあの大男の召使と裏で手を組んで、騙していたというのか？あのふたりはいっしょに暮らしていた。よくもぬけぬけと。ふたりが男と女の関係ではなかったと信じるのは、よほどの間抜けぐらいなものだ。

野獣のような大男が、ソレイヤの抜けるように白く美しい裸体にのしかかってうめいている場面を想像するだけで吐き気がした。悪態をつきながら、カイルモアは庭へ飛びだした。深く息を吸って、混乱した頭のなかをどうにか整理《かんぺき》しようとした。

冷静沈着なカイルモア公爵。つねに感情を完璧に制御しているはずの男。安っぽい情婦と醜い大男に、冷静沈着な頭を乱されてたまるものか。

それにしても、いったいソレイヤはどこへ行った？　どういうつもりで逃げだしたんだ？　ほんとうに、秘密の恋人といっしょになるために出奔したのか？

ソレイヤが消えた理由――その手がかりになりそうなことがなかったかと、必死に思い返していると、ふと気づいた。この一年間ベッドをともにした女を、自分はどれほど知っているのか？　いや、ほとんど知らない。

すでに手遅れではあったが、ソレイヤのことをもっと知ろうと努力すべきだったと後悔した。肉欲に溺《おぼ》れてばかりで、体以外のものを深く知ろうとはしなかった。

振り返って、呆然《ぼうぜん》と家を見あげた。大人の男として得られたわずかな幸福なときを見守ってきたはずの家を。迫りくる夕闇《ゆうやみ》のなかで、家がぼんやりと浮かんでいるかのようだった。暗く、誰に顧みられることもなく、打ち捨てられたかのように。

裏切者のあばずれは、この家と同じようにカイルモアの公爵を置き去りにしたつもりかもしれない。だとすれば、あの女はこの一年間のつきあいで何も学ばなかったことになる。

嘘と夜の逃避行で、まんまと逃れた気でいるとしたら、それも大きなまちがいだ。

「ソレイヤめ」刻々と広がっていく夜の闇のなかでつぶやいた。「絶対に逃さない」この場にいること自体が苦痛以外の何ものでもなかった。つい昨日までソレイヤが暮らし、ふいにその姿が消えた家にはもういられなかった。

馬にまたがると、がらんとした家に嘲笑われているような気がした。あらがっていいなく馬を乱暴にまわすと、蹄鉄《ていてつ》の音を響かせて街へ向かった。

荒々しく馬を駆った。周囲のことなど目に入らず、またがった馬の引き締まった体軀《たいく》も感じられなかった。追わなければ――その思いだけが拍動する脈のように頭のなかで響いていた。

ソレイヤ、ソレイヤ、ソレイヤ。

市内に入るとさすがに、危険すぎるほどの疾走をやめて速度を緩めるしかなかった。道を横切る婦人を危うく踏みつけそうになって、思わず大きく息を呑んで、すばやく手綱を引いた。

たったいま起きた出来事を忘れようと頭を振って、薄明かりの街を見渡した。ごくあたりまえの暮らしが続いているのが奇妙に思えた。この午後に自分の人生は一変してしまったというのに……。すぐそばで商店主が店じまいを始めて、子供がフラフープやこまや人形で遊び、何組もの家族が春の宵《よい》の散歩を楽しんでいた。何ひとつ変わらない日常の風景。すべてがこれまで数えきれないほど目にしてきた光景だった。

ひと組のカップルがショーウィンドーを覗《のぞ》きこんでいた。長身の若い男と愛らしいブロンドの女。

そのふたりが憎かった。この世から消えてしまえばいいとさえ思った。

苦悶《くもん》の叫びをあげながら消えてしまえと。

そのうしろを、流行のボンネットをかぶった小柄な女性が通りかかった。細いウエストの、洗練された女性。見とれるほど優雅な足取りだった。

カイルモアは息を呑んだ。

身を翻して鞍《くら》から下りた。人で混みあう通りでは、馬で追うより、走ったほうが速いはずだった。なんとしてでも、いま見た女を捕まえてやる。

女性が角を曲がって、視界から消えた。

カイルモア公爵邸のこれほど近くにいながら見つかるはずがないとソレイヤが高をくくっているとしたら、ずいぶん見くびられたものだ。

馬のことなどすっかり忘れて、走りだした。通りを行き交う人を無数の障害物のように邪険に押しのけた。声もかけなければ、謝りもしなかった。子供のフラフープをはねのけて、子犬を蹴散《けち》らしても足を止めなかった。頭にあるのはただひとつ、裏切った女を逃がしてなるものか、それだけだった。

角を曲がろうとすると足が滑って、転びかけた。ざらついた煉瓦《れんが》の壁に手をついて体勢を立て直すと、さきのほうに女の姿が見えた。心地よい夕方の散歩を楽しむように、あたりに目をやっている。

待ってろよ、これから自分のしたことを償わせてやるから。あらゆる代償を払わせてやる。いや、それ以上のものを。まもなく終わる束の間の自由をせいぜい楽しむがいい。

痛快だ。ソレイヤの顔を見ながら高らかに笑ってやろうじゃないか。

生意気な女をついに追い詰めて、思わず顔がほころんだ。

最後の一歩を踏みだして、女をつかまえた。指が食いこむのもかまわずに、華奢な肩をつかんだ。女が息を吞んで、振り返った。

同時に、現実を突きつけられた。

「何かご用かしら？」怒りに満ちた声が返ってきた。

カイルモアは手を離した。胸にずしりとした重しを載せられた気分だった。ソレイヤではなかった。抜け目のないソレイヤが、すぐに見つかるようなところにいるわけがなかった。

「すみません。人ちがいでした」

「相手が誰かはっきりわかるまでは、つかんだりならさないことね！」形のいいふっくらとした唇と輝く黒い瞳の妙齢の女性だった。以前なら、たっぷり時間をかけて機嫌を取って、均整の取れたスタイルがコルセットのおかげなのかどうかを突き止めていたかもしれない。

カイルモアはもう一度謝ったが、心はもう目のまえの女にはなかった。外套《がいとう》についた糸くずのごとく、その女のことはすぐさま頭から払いのけられた。実際、糸くずほども気に留めなかった。何しろ身だしなみは、カイルモアの関心事でつねに高位置を占めているのだから。何も考えずに馬から飛びおりた場所へ取って返した。馬がまだそこにいるとは思えなかった。

だが、ロンドンの世話好きな誰かが、宿屋のまえの杭《くい》に馬をつないでおいてくれた。おかげで、メイフェアまで歩いて帰ることだけはまぬがれた。とはいえ、いまの心理状態を考えれば、歩いたほうが安全にちがいなかったが。

た。馬にまたがって、通りを進みはじめても、目のまえの光景に気持ちを集中させられなかっ

ソレイヤはどこにいるのか？　知りあってからすでに六年が過ぎている。その間の出来事のなかに、ソレイヤの行き先のヒントとなるものが隠れているにちがいない。

思いだしたくもない痛みとともに、ソレイヤを初めて見た日のことがよみがえった。パリからロンドンへやって来たソレイヤは、澄み渡った夏の空に突如として走った稲妻のようだった。当時のソレイヤのパトロンは、パリで大使を務めていた裕福な老人、準男爵のエルドレス・モースだった。エルドレス卿は独身で、美しいものに目がなかった。そんな准男爵の有名なコレクションのなかでも群を抜いて美しかったのが、絶世の美女ソレイヤだった。

社交界の男たちの耳目を集めるその女にまつわる噂に、カイルモアも興味を抱いたが、最初は好奇心程度でしかなかった。その後まもなく、モース邸でソレイヤと初めて顔を合わせ、信じられないことに、心を大きく揺さぶられた。危険なほどの激しい感情を自制しなければと自分を諌《いさ》めたが、どうにもならなかった。

もちろん、それまでにもロンドンでは無数の美しい女に会った。

だが、ソレイヤは別格だった。

エルドレス邸の広間でひと目見た瞬間に、なんとしても手に入れてみせると誓った。それは、スコットランド北部の高地《ハイランド》の一介の領主から英国の公爵へとのしあがった先祖から受け継いだ征服欲だった。

ところが、冷ややかなその美女は、屈辱的なほど興味を示そうとしなかった。カイルモアが何をしようと、何を言おうと、さらには、美しい顔のまえにどれほど魅力的なものや条件をぶらさげてみても、年配のパトロンからソレイヤを奪うことはできなかった。

その社交シーズンのあいだ、上流階級の男たちは誰もが、ソレイヤを手に入れようと策略を練っていた。だが、最後には、驚くべきことに、ソレイヤがパトロンに対して真に忠実であることがはっきりした。

そこからが、本格的なソレイヤ争奪戦の始まりだった。

貴族の跡取りであるふたりの若者が、ソレイヤに恋焦がれるあまり銃で自殺を図った。決闘や殺しあいまで起きたが、それに勝利して生き残った男たちも、喉から手が出るほど欲したものにはけっして手が届かないと悟っただけだった。

ロンドンの社交界に現われてからほんの数カ月で、エルドレス・モース卿の愛人は、イギリスでもっとも憎まれ、もっとも崇拝され、そして、もっともスキャンダラスな女となった。カイルモアは不満をつのらせながらも、そうした騒動を冷静に見ていた。ソレイヤをわがものにできるはずだ、そう信じて疑わなかった。それでいて、自身の権力、財力、魅力を総動員しても、小太りの準男爵になぜか忠誠を誓っているソレイヤを振り向かせることはできなかった。

内密にフランスに人を送り、パリにいた当時のソレイヤのことを調べさせた。その結果わかったのは、パリでもロンドンと同様、注目を集め、パトロンに忠実で、ほかの男の手にはけっして落ちなかったということだけだった。

もちろん、噂だけは山のようにあったが、根拠のないものばかりだった。一説によれば、ソレイヤはトルコのハーレムからエルドレス卿によって救出されたということになっていた。いや、トルコではなくエジプト、あるいはシリア、さもなければペルシアのハーレムから。たしかにソレイヤという名にはエキゾチックな響きがあるが、冒険心に欠けることで有名な準男爵がそんな勇敢なことをするとは思えなかった。

そもそもソレイヤという名は本名なのか？ それすら怪しかった。

また、ソレイヤはパリのレ・アールの裏道で拾われて、洗濯女としてモース家で働くようになったという噂もあった。さもなければ、幼いころから体を売っていて、富裕なイギリス紳士にうまく取り入ったとも言われていた。

カイルモアはその手の話――さらには、その後の数年間に耳にしたはるかに突拍子もない話――はでたらめにちがいないと考えていた。もしソレイヤがほんとうにフランス人だとしたら、フランス革命かナポレオン戦争で落ちぶれた貴族の家の出ではないかと推測していた。賭《か》けをするなら、そうした血筋がソレイヤのなかにひそんでいるというほうに賭けるはずだ。ソレイヤの生来の冷静さは、これまでにカイルモアが出会ったどんな貴婦人にも負けなかった。

いや、フランス人ではなくイギリス人かもしれない。話すことばはカイルモアと同じで、外国語訛りは微塵もないのだから。

「お気をつけください!」

叫び声がしてわれに返った。がっしりとした農夫が、またがった馬の手綱にしがみついて、いまにも馬から転げ落ちそうになっていた。

カイルモアはいつものように睨みをきかせた。農夫が縮みあがった。とはいえ、その男が犯した罪といえば、乗った馬がうっかり公爵の行く手をふさいでしまっただけだ。カイルモアは自分も馬もロンドンの通行人にも怪我がないようにと気持ちを集中して、グローブナー・スクエアへ向かった。


屋敷に入って扉を閉めたとたんに、階段の上に母が現われた。昨日の口論以来、母とは顔を合わせないようにしていた。息子の帰りを待って、どのぐらいのあいだ階段の上をうろついていたのだろう? そう思うと、滑稽でしかたがなかった。何時間も待っていたならいい気味だ。

「ジャスティン、話があるわ」

カイルモアは手袋をはずして、そばに控えた下男に渡した。「いまは都合が悪い」

母は勢いこんで、それでも優雅な足取りで階段を下りてきた。「何を企んでいるの? 馬鹿げた婚約話はどういうことなの?」

「いずれお話ししますよ」カイルモアは図書室へ向かった。

母は普段の尊大な態度も忘れて、あわててあとを追った。「それで話が終わると思ったら大まちがいよ。それに、わたくしはけっしてロンドンを出ませんからね」

カイルモアは扉の把手《とって》に手を伸ばしながら、振り返った。「すでに言ったはずですよ、母上。それに、一家の長であるぼくが決めたことにはしたがってもらいます。あなたとあなたが後見人を務めるあの令嬢は、今週末までにこの家を出るんです」

「ジャスティン、なんてひどいことを。そんなことは……」

母が息子の顔に何を読み取ったのか、カイルモアにはわからなかった。が、厳しい表情にたじろいで、ここは撤退したほうがいいと考えたのかもしれない。とはいえ、これで話がついたとはカイルモアも思ってはいなかった。

「好きにするといいわ」初めて耳にする母の従順な口調だった。

「ええ、思いどおりにさせてもらいますよ」きっぱり言ったものの、実際には何ひとつ思いどおりになっていなかった。

それでも、振り向きもせずに図書室に入った。

ソレイヤは恋人をくずのように捨てた。そのせいでその男の胸のなかにどんな感情を湧《わ》きあがらせることになったのか気づいていない。だが、いずれ気づくことになる。そして、後悔するのだ。

ブランデーをグラスに注いで、ひと息で飲みほした。普段は酒はまず飲まなかった。飲酒という悪癖に溺れた父の哀れな人生が、つねに頭の隅にあるからだ。だが、今日ばかりは、さらにもう一杯グラスに注いで、火の燃える暖炉のまえに置かれた椅子にぐったりと身を沈めた。夜には社交クラブで友人と会う約束だったが、教養ある紳士としてふるまう気にはとうていなれなかった。

焼けるように強い酒も、凍りついた心を溶かしはしなかった。ソレイヤはいま、何をしている？　新たなパトロンを見つけて姿をくらましたのか？　この不名誉な出来事はすでに多くの人の知るところになっているのか？　どこかの大金持ちのでくのぼうに、カイルモアが愛人を掠《かす》め取られたなどと噂して、みんなが笑っているのだろうか？

かつてソレイヤをわがものにしようと競いあった男たちは、カイルモアの公爵が愛人に捨てられたと知ってほくそ笑んでいるはずだ。同時に、ソレイヤの新たなパトロンとなった幸運な男はさぞかし羨《うらや》ましがられているにちがいない。

悪態をついて、空のグラスを暖炉のなかに投げつけた。

ソレイヤに新たなパトロンができたのか？　それとも、馬鹿でかい従僕への愛がつのって、あの男だけの女になろうと決意したのか？　そう考えると、さらにはらわたが煮えくりかえった。いったいぜんたい、ベン・アーブードはいつからソレイヤの秘密の恋人だったんだ？

あの大男を初めて見たのがいつだったか思いだせなかった。三年前にエルドレス卿がこの世を去ったときには、すでにソレイヤといっしょにいたのはまちがいない。あのときは、予想どおり、上流階級の男たちの半分が、ソレイヤの気を引こうと躍起になった。カイルモアのほかにもふたりの公爵と、さらには、イタリアの王子とロシア皇帝のいとこまでが争奪戦にくわわった。それほどの地位にない男たちの一団はもちろんのこと。

ソレイヤが身の振りかたをじっくりと考えていた半年間に、とくに激しやすいパトロン候補のあいだで決闘が行なわれた。とはいえ、幸いにもそのときは、名門の家の自滅型の跡取りたちは、自ら命を断ってすべてに決着をつけたいという衝動をどうにか抑えたが。いっぽうで、カイルモアは自信があった。ソレイヤをかならず手に入れると。だから、その社交シーズンのロンドンじゅうを騒がせた男たちの低俗な競い合いを冷ややかな目で見ていた。体の芯《しん》でソレイヤは自分のものだと確信して、同時に、相手もそう考えていると思いこんでいた。もちろん、ソレイヤは無関心を装ってはいたが、ふたりは深いところでつながっている——見えない糸でつながっていて、ソレイヤは否応なしにこの腕のなかへ引き寄せられるのだと。

ゆえに、カイルモアは男たちの競い合いにはくわわらず、ソレイヤが必然ともいえる選択をするときを待っていた。その結果、ソレイヤが思いがけない選択をするのを、ただ指をくわえて見ていただけになった。

大騒ぎしている崇拝者のなかから選ばれたのはジェイムズ・マロリーだった。吹けば飛ぶような家名すらない男だ。当時、マロリーは爵位も何もない、インドから帰国したばかりのおとなしい若者だった。上流階級には属するが、家柄は大したことはなかった。だが、金は持っていた。少なくともその点では、カイルモアの予想どおりだったというわけだ。

あれほどソレイヤに夢中になっていなければ、そこですっぱりとあきらめたはずだった。大物を狙《ねら》っていたのかと思えば、地位も名誉もないが、金だけはうなるほどあるつまらないやさ男を選ぶ女など。

だが、ソレイヤに新たなパトロンとして選ばれると、ジェイムズ・マロリーはみるみるうちに垢抜《あかぬ》けて、人目を引くようになった。度を超して日に焼けていた肌がさめて、まもなく街につりあう浅黒い肌に戻ると、その社交シーズンで注目を集めていた美しい顔立ちの女相続人を巧みに誘惑した。そうして、驚いたことに、その令嬢に永遠の愛を誓ったのだった。

それはつまり、ソレイヤが新たなパトロンを探さなければならないことを意味していた。

ふいに放りだされたというのに、ソレイヤはとくに不満そうでもなかった。そして、そのときにはあのベン・アーブード——本名はなんであれあの大男——がぴたりと寄り添っていた。

もちろん、ソレイヤは説明もしなければ、言い訳もしなかった。伝説のソレイヤの召使頭は口の利けないアラビア人の大男である、そういうことだった。世間から不興を買っても、ソレイヤは胸を張って華奢な肩をすくめるだけで、その意志を曲げようとはしなかった。

今度は、カイルモアも運命に身をまかせはしなかった。紳士らしく悠然と構えていることもなければ、自信過剰からソレイヤに対する思いを表に出すのをためらうこともしなかった。ジェイムズ・マロリーとレディ・サラ・クートの婚約が発表された朝、カイルモアはソレイヤの家を訪ねて名刺を差しだした。すでに五年も待ったのだ。もう一秒たりとも待つ気はなかった。

人を訪問するには不適切な朝食の時間に、客間で出迎えたソレイヤは、喜びも、驚きも、戸惑いも見せなかった。静かに話を聞いて、こしゃくにも、少し考えさせてほしいと言った。もちろんパトロンはまだ決まっていなかったが、たとえすでに決まっていたとしても、カイルモアはその男と嬉々《きき》として対峙《たいじ》したにちがいない。

あのときソレイヤの家で出迎えたのも、見送ったのもベン・アーブードだった。それを思いだすと、胸糞《むなくそ》が悪くなった。あの田舎者の態度には公爵に対する尊敬の念など微塵もなかった。

ソレイヤからの返事は一週間後に得られたが、それはほぼ法律的なことだった。そもそも法外な条件を提示したというのに、ソレイヤは一国の王の身代金並みの額を要求してきて、さらには、与えられる財産と物品すべてに関して権利書まで寄こすように言ってきた。

さらに、もうひとつの条件があった。カイルモアはそれを思いだして、いっそう胸糞が悪くなった。それは、一年後にどちらかいっぽうが契約の打ち切りを申しでたら、その時点で愛人契約は終了するというものだった。

そう、ソレイヤは抜け目のない貪欲《どんよく》な愛人だ。利口で不実な……。いっぽうで、こっちはうかつにも危ういほど有頂天になっていた。

ソレイヤが以前のふたりのパトロンに忠誠を尽くしたのはまちがいなかった。だが、この自分は大切なことを見落としてしまった——ソレイヤをわがものにすることに必死で、あらゆる餌《えさ》を惜しみなく与えてしまったのだ。いや、もしかしたら、以前のパトロンもまんまと騙されていたのかもしれない。ソレイヤが心から忠誠を誓っていたのは、内密でいっしょに暮らしていたあの乱暴者だったのだ。

ソレイヤがベン・アーブードは性的に不能だということを何気なくほのめかして、それを誰もがすっかり信じてしまった。これまでにもソレイヤには感服させられてきたが、それでも、今回の大胆不敵な行動には驚かずにいられなかった。

だが、いまようやく明晰《めいせき》な頭──外見同様、忌み嫌っている母から受け継いだ明敏な頭脳──がふたたび働きだした。そうして、冴えた頭で冷ややかに思った──カイルモアの公爵をまんまと出し抜いたあばずれ女と間男をかならず見つけだしてみせると。

カイルモアの体には一家に伝わる無慈悲な血が流れていた。カイルモアの公爵ジャスティン・キンムリーを軽んじたら、どうなるかソレイヤはわかっていない。軽視したのはまちがいだったとソレイヤが気づく日を思い浮かべて、カイルモアの顔に冷ややかな笑みが広がった。

晩夏の嵐《あらし》がウィットビー沖の北海に吹き荒れていた。ヴェリティは黒いボンネットに付いたベールを上げて、周囲の光景を見つめた。海岸には人影はなく、シモンズ家の未亡人が冷たい強風に顔を向け、荒れくるう海をまえにしてうっすらと笑みを浮かべていることは誰も知らなかった。

ウィットビーに来て三カ月が過ぎたが、これほど簡単に新しい生活を始められるとはいまだに信じられなかった。

噂の的だったソレイヤは、召使とともにロンドンから姿を消した。その数日後、それなりの地位にあるチャールズ・シモンズの未亡人は、弟のベンジャミン・アシュトンとともにヨークシャーの港町に居を構えた。

自由。ついに自由を手に入れた。海岸に灰色の波が打ち寄せるたびに、そう思って胸が高鳴った。

そう、わたしは自由。これからはひとりで生きる女。ようやくほんものの人生を歩みだせるのだ。

自由をたっぷり堪能したが、そろそろ湿気が気になりだしていた。ボンバジーンの喪服に波が飛び散り、黒い布地が濃さを増すのを見て、現実に引き戻された。そうして、ひとり笑みを浮かべながら波打ち際を離れた。

質実剛健なヨークシャーの町の人々は、弟とともにやってきた未亡人に控えめな好奇の目を向けたものの、まもなく受け入れた。ヴェリティ・シモンズは半年前に熱病でこの世を去った若い夫の喪に服しているのだ。若き亡夫が妻に充分な財産を遺したのは誰の目にも明らかだった。

未亡人の弟のベンジャミン・アシュトンも一見したところ好青年のようで、姉とはちがい、そのことばには明らかにこの地方の出身だとわかる訛りが残っていた。実際、ふたりがこの町にやってきてまもなく、ベンジャミンが牧羊場に適した土地を探しているという噂が流れた。

小高い場所にたつ家へ通じる階段を上りながら、ヴェリティはこのままウィットビーに留まるべきかどうか考えた。海も古い町も丘の上に眠る大修道院跡も気に入っていた。そこは世間の目から遠く離れた場所であり、うれしいことに弟が昔から住みたがっていたヒースの茂る荒野に近かった。

ベンジャミンはロンドンを嫌っていた。素性を偽らずに真の姿で暮らせる喜びを素直に表わす弟の姿に、ヴェリティも心が躍った。長いあいだ口の利けない用心棒を演じて、いま、弟はようやく念願の暮らしを手に入れようとしている。その夢をかなえてやることが、弟へのせめてもの罪滅ぼしだった。

ウィンチェスター近くの学校で五歳のときから寄宿舎生活を続けている妹を呼び戻したい、それもかねてからの夢だった。アシュトン家のきょうだいがそろってまたいっしょに暮らせたらどんなにすばらしいだろう。けれど、魔性の女ソレイヤの噂が妹のマリアにまで傷をつけるのではないか、そんな不安がつねにつきまとっていた。

どこへ行こうが、ソレイヤの影からは逃れられない。そんな厳しい現実を思いながら、家へ通じる急な階段の最後の数段を上った。

家に入ると扉を閉めて、玄関の間で立ち止まって、帽子と手袋をはずした。そのとき、奥のほうで弟の怒声が響いた。

何事かと、ヴェリティは声のしたほうへ急いで向かった。キッチンの手前で、もうひとりの男の声が聞こえた。冷ややかで明瞭《めいりょう》な声が鋭い剣となって胸を貫き、ヴェリティの足が止まった。

カイルモア公爵がソレイヤの居場所を突き止めたのだ。

3

薄暗い廊下にどのくらいのあいだ立ち尽くしていたのかはわからない。その間に、愚かな安堵感は泡となって消え、冷静な思考が戻ってくると、一刻の猶予もないという囁《ささや》き声が頭のなかで響いた。恐ろしくて動けなかった。下方の海岸――根拠のない自信を胸についさっきまで立っていた海岸――に打ち寄せる波のように執拗《しつよう》に、おぞましい運命が目のまえに迫っていた。

はっとして、玄関へと戻りかけた。すぐに全速力で逃げだせば、公爵は追ってこられないはず。この国にも隠れる場所はいくらでもある。さもなければ、外国へ逃れてもいい。さすがの公爵もアメリカまでは追ってこないだろう。あるいは、オーストラリアや、未開の地ボルネオまでは。

震える手でボンネットに手を伸ばしたが、はたと気づいた。着の身着のままで、おまけに、小ぶりのバッグに入ったわずかな金だけではとても逃げられない。キッチンの敷石に椅子が叩きつけられる音がすると、心を決めた。

公爵のもとに戻らなければならない理由は法的には何もないのだ。いままではソレイヤとして公爵に立ち向かってきた。ヴェリティ・アシュトンだってソレイヤに負けてはいない。深く息を吸うと、玄関に背を向けて、キッチンへ向かった。

公爵はベンジャミンを壁際に追い詰めて、喉にステッキを押しつけていた。ヴェリティはキッチンの戸口で立ち止まった。久しぶりに公爵の姿を見て、心臓が大きな鼓動を刻み、息がつかえた。

「やれるもんならやってみろ、この大ぼら吹きが。さあ、殴ってみろ！　ええ、どうした？」カイルモアは低い声で嘲《あざけ》った。「ほら、殴りたいんだろう？　やってみろ」

「おまえのほうこそ殴られたいんだろう、そうだろうが？」口ではそう言いながらも、ベンジャミンは賢明にも拳《こぶし》を下ろしたままでいた。「といっても、治安判事は下層階級がクソ貴族を殴るのを喜ばないからな。あんたの反吐《へど》が出そうなほど可愛い顔を殴って吊るされるなんてごめんだよ、お偉い公爵さま」

喉仏にぐいと押しつけられたステッキが、ベンジャミンの口を封じた。「たとえ、それで吊るし首にならなくても、ああ、いずれおまえは何かの罪で吊るされるんだよ」

「やめて」ヴェリティは叫んだ。恐ろしくてたまらなかったが、外見は落ち着き払っていた。

「お願いだから、馬鹿げたことをしないで！」

ふたりの男は見向きもしなかった。

公爵が相変わらずゆったりと、けれど、嘲りと威嚇に満ちた口調で言った。「長いあいだソレイヤがすべてを男に捧《ささ》げるのを知りながら、おまえはどんな気持ちでいたんだ？　ほかの男のおこぼれをもらうのはどんな気分だった？　ソレイヤが喘《あえ》いだり、甘いため息を漏らすのを、扉越しにひとつ残らず盗み聞きしてたのか？」

「やめてと言ってるの！」ヴェリティはさらに甲高い声をあげた。公爵に秘密がばれた。ここを突き止められたのがその証拠だった。とはいえ、愛人と召使の関係を誤解して、逆上しているのもまちがいなかった。

ベンが小馬鹿にしてにやりと笑った。「あんたはただの金づるなんだよ。喘いだり、ため息を漏らしたりするたびに金が入ってくるってわけさ。ああ、おれたちふたりの手に金が入ってくる。それでもまだ、あんたは偉そうにしてられるのか？」

ヴェリティはこの家の唯一のメイドに目をやった。メイドは部屋の隅に立って、好奇心と恐怖が入り混じった目つきでことのなりゆきを見守っていた。この午後の出来事の顛末《てんまつ》がどうなろうと、それなりの地位にある未亡人としてウィットビーで暮らすという夢は早くもついえてしまった。とはいえ、そんな心配をするよりも、弟が絞め殺されないうちに公爵を止めなければならなかった。

公爵が口もとに蔑《さげす》むような笑みを浮かべてベンジャミンを見返した。「騙されていたのはおまえのほうかもしれないぞ。その薄汚い手が白く美しい肌をまさぐっているときにも、ソレイヤは心のなかでほんものの男を求めてたんだよ」

ベンジャミンの顔が嫌悪でゆがんだ。「あんたのことか、ほんものの男ってのは？　冗談だろ、着飾った気まぐれなうぬぼれ野郎が。ソレイヤがほんものの男を求めてるなら、どっちを向けばいいのかちゃんと知ってるよ」

すぐに手を打たないと血の雨が降る、とヴェリティは思った。状況はいよいよ緊迫していた。ベンジャミンのほうが体は大きいとはいえ、公爵の体がしなやかで強靭《きょうじん》であることはベッドの上で証明ずみだった。

「ふたりとも黙りなさい!」戸口の傍らの戸棚に置かれた青と白の大皿を震える手でつかんだ。

「殺してやる」不気味なほど冷静な公爵の声が聞こえた。ベンジャミンが苦しげにもがきながらあらがおうとするのが見えた。弟がちょっとでも反撃しようものなら、公爵はためらいもせずに殺すにちがいない。ステッキのなかに剣がしこまれているのは知っていた。ケンジントンでのある午後、公爵がそのステッキを自慢げに見せてくれたのだから。

「となると、吊るされるのはどっちだ?」ベンジャミンが挑発した。

もう限界だった。「ふたりとも子供じみた真似はやめて!」ヴェリティは大皿を持ちあげると、石敷きの床に叩きつけた。

ふいに静まりかえった部屋に、陶器の割れる音が響きわたった。

そこで初めて、ふたりの男の注意を引きつけられた。公爵が振り向いた。藍色の目に浮かんでいるのは怒りだけだった。ベンジャミンも姉のほうを見たが、ステッキで首を押さえつけられたままだった。ひとりの女をめぐって口論しているあいだ、どちらもその当人がその場にいることにまったく気づいていなかったらしい。

ヴェリティはいかにも魔性の女ソレイヤらしく胸を張って、尊大に言った。「ベンジャミン、憎まれ口を叩くのはやめなさい。これ以上ものごとを厄介にしないで」次に公爵を見た。「公爵さま、あなたもよ。さあ、ベンジャミンを放してちょうだい」

公爵が唇をゆがめた。「恋人のために命乞いをするのか?」

もう一枚皿を投げつけたい、そんな衝動をヴェリティは抑えた。「ベンジャミンは恋人なんかじゃありません」一瞬、公爵という地位に敬意を払うことも忘れて、吐き捨てるように言った。「弟よ。くだらない勘繰りはやめてちょうだい」


「弟……」カイルモアはなぜかソレイヤのことばを疑う気にならなかった。

ついに居場所を突き止めた女を見つめて、それから、がらんとしたキッチンを見まわした。部屋に押し入って、すっかりくつろいでいる憎きベン・アーブードを見つけたときには、周囲のものなど何ひとつ目に入らなかった。殺してやる、その思いで頭のなかはいっぱいだった。住むには足りるが、けっして贅沢《ぜいたく》とはいえない家——自身の宝であるソレイヤにはふさわしくない家——のことなど眼中になかった。

だが、いま、こうしてじっくり見ると、さまざまなことに気づいた。

「そう、わたしの弟よ」ソレイヤが歩みでて、カイルモアが恋敵に飛びかかったときに倒れた椅子を起こした。

いや、実は恋敵でもなんでもなかったらしい、とカイルモアは思った。なんということだ、妄想にとり憑《つ》かれて、昼も夜も苦しんでいたとは……。

「弟を放して。言いたいことがあるなら、わたしに言ってちょうだい」とソレイヤが言った。行方がわからなくなって以来、その女を恨んできたというのに、低く落ち着いた声が、干上がった大地を潤《うるお》す雨のように、カイルモアの傷ついた孤独な心に染みいった。

カイルモアはステッキを下ろした。ベン・アーブード——実の名はベンジャミン・アシュトン——が壁に寄りかかって喘ぎながら、アラビア人の召使を演じていたときと同じ黒い目で、睨みつけてきた。

「出ていけ」ベンジャミンが掠れた声で言った。

「黙ってなさい、ベン」ソレイヤはうんざりしたように言うと、メイドのほうを見た。「マージョリー、ここを掃除してちょうだい」そう命じると、メイドに背を向けた。「公爵さま、わたしといっしょに来ていただけるかしら？　ベン、あなたはここにいなさい。公爵さまとふたりで話がしたいから」

カイルモアは笑いだしそうになった。ソレイヤはシェイクスピア劇のような一幕を、あっさりと世俗的な喜劇に変えてしまった。カイルモアはいつのまにか、黒い服に包まれたぴんと伸びた背中を追って廊下を歩き、こぎれいな客間に入っていた。エキゾチックな情婦が、誰からも尊敬される中産階級の夫人——しかも、貞淑な夫人——としてふるまうのを目にするとは想像すらしていなかった。

ソレイヤが顔を上げて、まっすぐに見つめてきた。地味に暮らそうとしたところで時間の無駄だと言ってやりたかった。生まれながらの罪作りな女と誰からも見なされるはずなのだから。少なくとも、男であればまずまちがいなくそう思う。

ソレイヤが姿を消して以来、心のなかで吠えつづけていた獣が、涼しげな灰色の目で見つめられたとたんにおとなしくなった。「公爵さま、謝らなくてはならないのはわかっています」

狡猾な女の口先だけの謝罪では足りるはずがなかった。ひざまずいて、許しを請うぐらいのことはしてもらわなければ。だが、ソレイヤがそんなことをするはずがなかった。

落ち着き払った口調でソレイヤはさらに言った。「わたしたちの関係は終わりだと告げてから旅立ちたかった。でも、弟が言い張ったんです、そんなことしたら、かえって面倒なことになると。それで、弟の言うとおりにしてしまったの」

ああ、たしかに弟の言うとおりだ、とカイルモアは苦々しく思った。「こんな田舎町で金持ちのパトロンが見つかるはずがない」

ソレイヤの目が苛立たしげ光った。「そんなことはどうでもいいわ。金持ちのパトロンを探す気などさらさらないから。わたしは引退したの。これからは誰にもうしろ指をさされないまっとうな人生を送るわ」

カイルモアは声をあげて笑わずにいられなかった。「なんともはや、馬鹿げたことを思いついたものだ、愛《いと》しのソレイヤ」いったんことばを切った。「ただし、ヴェリティ・シモンズと名乗っているのはさほど馬鹿げてはいない、そうだろ？　これほど長いつきあい……そう、深い関係なのだから、そろそろ本名を教えてくれてもいいだろう？」

ヴェリティ——かつてのソレイヤ——は顔をしかめた。それが嘘を見抜かれたせいなのか、ふたりの関係を指摘されたせいなのか、カイルモアにはわからなかった。「ヴェリティ・アシュトンよ。いずれにしても、わたしがしようとしていることが馬鹿げているとは思わないわ。といっても、キッチンであなたが大騒ぎしてくれたおかげで、ウィットビーで平穏に暮らすという夢は手の届かないところへ行ってしまったけれど。公爵とシモンズ夫人の弟の派手な喧嘩《けんか》を、メイドが心に秘めておけるはずがないでしょうから」

「こうしてきみを見つけたんだ。またいなくなっても、もう一度見つけだすまでさ」カイルモアはこともなげに言った。

脅しにもヴェリティに動じるようすはなかった。「なぜわざわざ捜したりするの？　あなたのような立派な紳士ならベッドを暖めてくれる相手ぐらい簡単に見つかるはず。何もわたしじゃなくてもかまわない」

ヴェリティは謙遜しているわけでもなく、お世辞を引きだそうとしているわけでもなかった。普通の女が得意とする手口など一度も使ったことがなかった。同時に、自分が普通の女とはちがうことも自覚していた。どんな名を名乗ろうと、魔性の女ソレイヤであることに変わりなかった。

カイルモアはかろうじて平然とした口調を保った。「なるほど、これだけ手間隙《てまひま》かけて捜しだしたのに、黙って帰れというわけか？」

「わたしに騙されたと思いこんで、あなたは怒っていた。でも、いまはそうではないとわかった。わたしに秘密の恋人がいたわけでもなく、これからも恋人をつくるつもりはさらさらないのだから」ヴェリティは戸口へ向かった。話は終わったという意思表示だった。「さあ、おわかりになったでしょう、公爵さま、ここにいる必要はないわ。ソレイヤはもういない。ヴェリティ・アシュトンとその弟に用はない。愛人の正体がわかったんですもの、好奇心は充分に満たされたはずよ」

「ああ」カイルモアはそう答えたが、もちろん嘘だった。むしろいままで以上に好奇心がかきたてられていた。「きみが願っている新しい暮らしにはいずれ飽きが来る。人知れずひっそり生きるなど、きみみたいな女にできるはずがない」

「何年ものあいだ、口さがない人々のなかで生きてきたんですもの、ひっそり暮らせたらそれほどうれしいことはないわ」そのことばは本心のように聞こえたが、男を意のままに操る女、それが魔性の女ソレイヤだった。「といっても、わたしの気持ちなんて公爵さまにはわかるはずもないでしょうけど」

「いや、わかるさ。きみ以上にわかっている」

幼いころには普通の家族に生まれた普通の子供であったらと、どれほど願ったことか。だが、大人になるにつれて、いかに不愉快でも、いかに理不尽な義務だと思っても、また、いかに腹が立っても、いくつかの重荷は一生背負っていかなければならないのを学んだのだった。

絶世の美女である愛人もそれを学ばなければならない。

「さあ、話すことはもうないわ。公爵さま、あなたは寛大で、やさしかった。それ以外の思い出をわたしの記憶に刻みつけないで」勝気な女は、微笑《ほほえ》みながら扉を開けて迷惑な客を追いだす豪胆さまで持ちあわせていた。「ごきげんよう」

公爵はうなずいてみせたが、それは湧きあがる痛烈な感情を隠すためだった。「せめて馬車までいっしょに行って、見送ってくれ」

目のまえにいる女をすぐにでも奪いたい――そんな衝動に駆られながら、伏せた目を上げると、ヴェリティが断る理由を探して、部屋のなかを見まわしているのが見えた。どうやら、自分で望んでいるほどには冷静にはふるまえずにいるらしい。かつてのパトロンをすぐにでも追い払いたくて、それ以外のことに気を配れずにいるのだろう。ヴェリティが言った。

「わかったわ、そうしましょう」

礼儀として、カイルモアは腕を差しだした。ちょっとためらったものの、ヴェリティは差しだされた腕に手をかけた。渋々と軽く触れただけなのに、手が熱を帯びた。それはカイルモアも同じだった。その女に触れると、いつでもそうだった。いや、数カ月のあいだ欲望を抑えてきたせいで、欲する気持ちはいつも以上に強烈だった。

もうすぐだ。高まる欲望をなだめた。欲するものはまもなく手に入る。

キッチンを出て、殺風景な狭い廊下を歩きだすと、すぐそばにいる女の香りが押し寄せてきて、頭がくらくらした。これこそソレイヤであり、同時にソレイヤではなかった。愛人はつねに麝香《じゃこう》や竜涎香の香りを漂わせていた。だが、いまとなりにいる女はスミレの石鹸《せっけん》の香りがした。もちろん不快な香りではなかったが、復讐《ふくしゅう》の相手をまちがえているような、どこか落ち着かない気分になった。とはいえ、爽《さわ》やかな花の香りを発しているのはまぎれもなく、長いあいだ自分が欲しつづけてきた女だった。

客間の外でベンジャミンが待っていた。姉がカイルモア公爵に何かされるのではないかと疑っていた。まさにそのとおりだ。なかなか鋭いじゃないか、ベンジャミン・アシュトン。

「公爵さまはお帰りになるわ」ソレイヤ――いや、ヴェリティが言った。

ベンジャミンはうれしそうなそぶりも見せなかった。「ほんとうに?」

「自分が望んでいたものがわかったからな」カイルモアは質素な家のなかを、さも小馬鹿にするように見まわした。冗談じゃない、ソレイヤにふさわしいのは宮殿だ。こんなあばら家ではなく。

「だったら、二度と来ないんだな」ベンジャミンは冷ややかに念を押した。尋ねる口調ではなかった。

「ああ、来ない」カイルモアは答えた。それはほんとうだった。

「公爵さまを馬車までお見送りするだけよ」ヴェリティは不安げな顔をしていた。それも当然だった。カイルモア公爵領の水辺に垂れこめる濃い霧のように、嫌悪と不信感がその場に立ちこめていた。

「いっしょに行くよ」とベンジャミンが言った。

三人とも無言のまま家を出て、丘の頂へ通じる短い坂道を上った。高価な馬や上等な馬車で急坂を行き来して事故が起きてはいけないと、大修道院跡に馬車を停めてきたのだった。

「さあ、着いたわ」とヴェリティが言った。

カイルモアは愛人の新たな名前にどうしてもなじめなかった。とはいえ、名前がどうだろうと、愛人が自分のものであるのに変わりはない。その美しい顔に目をやると、安堵の色が読み取れた。キッチンにかつてのパトロンがいるのを見たときには、最悪の事態を覚悟したにちがいない。それが、意外にもことがすんなりと進み、とりあえず最良の結果が得られそうでほっとしているのだ。

ああ、そうだ、ソレイヤのような狡猾な女にはうってつけの結果が待っている。

カイルモアはかつての愛人が腕から手を離すまえに、がっちりとした従者ふたりにうなずいて合図した。「これですべてが終わると思っているなら、大まちがいだ。名前を変えればそれですむとでも思ったのか？」

ヴェリティが手を引き抜こうとしながら、きっぱり言った。「これで終わりなのよ。なぜなら、わたしがそう言っているんだから」

どこまでも勝気な女だ。カイルモアはにやりとせずにいられなかった。だが、あいにく、これからいっしょに向かう場所では、勝気な性格はなんの役にも立たない。「残念ながら、身勝手な恋人の願いをかなえるつもりはないんでね」

冷淡な口調を耳にして、ヴェリティの自信がみるみる萎《な》えていった。カイルモアは密《ひそ》かな喜びを覚えた。ヴェリティが必死の形相で弟へと目を移した。「ベン、助けて！」

カイルモアがゲール語で命令を口にすると、大男のベン・アーブードことベンジャミンを、さらに大きなスコットランドの男ふたりが押さえつけた。そのために、そのふたりを選んで連れてきたのだ。

「くそっ！　姉さんを放せ」ベンジャミンが叫んだ。「こんなことをして、ただですむと思うなよ！」

ヴェリティが身をよじって、手を引き抜こうとしたが、カイルモアの力に勝てるわけがなかった。「弟には手を出さないで！　弟は関係ないわ」

カイルモアは腕にさらに力をこめて、取り乱したヴェリティを射るように見た。「ああ、すべてはきみのせいだ。だから、責任を取ってもらう。抵抗せずにおとなしく馬車に乗れば、弟に怪我はさせない」

「駄目だ、姉さん！」数メートル離れたところからベンジャミンが叫んだ。これほど不利な状況だというのに、相変わらず強気だった。

カイルモアは御者台に向かって頭を傾《かし》げた。「御者台の男を見たほうがいい、マダム。そうすれば、素直にしたがう気になるはずだから」

ヴェリティは顔を上げると、灰色の目を見開いた。御者が手にした拳銃《けんじゅう》の銃口が、ふたりの大男に押さえつけられた弟にまっすぐ向けられていた。即座に、ヴェリティはあらがうのをやめた。

「いっしょに行くわ」静かなその声にはどんな感情もこもっていなかった。「だから、ベンを放して」

「まだだ」カイルモアはそう言いながら、喜びを隠そうともせずにヴェリティを馬車へと連れていった。やっとつかまえた。今度は何があろうと絶対に放さない。肩越しにゲール語ですばやく言った。「その男を日が暮れるまで大修道院に閉じこめておけ。こんな嵐だ、おまえたちが何をしようと怪しむ者はいない。いざとなったら、叩きのめしてもかまわないぞ」

「ヴェリティ、行くな！」ベンジャミンは大男の手を振り払って姉を助けようともがいたが、どうにもならなかった。

ヴェリティは首を振って、悲しげな笑みを弟に向けた。「わたしは大丈夫よ、ベン」

「さあ、馬車に乗るんだ」カイルモアは低い声で言った。ヴェリティの勇気に心を動かされないようにした。もとはといえば、この女の裏切りがこんな事態を招いたのだ。すべては自業自得というものだ……。

ヴェリティは挑戦的な目で、弟を狙っている拳銃を見つめて、次に公爵を見た。「ええ、おっしゃるとおりにしますわ」口調に皮肉がはっきりと表われていた。

カイルモアはヴェリティに続いて馬車に乗ると、扉を閉めた。ブラインドが下りていたが、薄暗がりのなかでもヴェリティの冷たい視線を感じた。この一年間で幾度となく目の当たりにしてきた恐るべき自制心を、ヴェリティはいままた発揮していた。冷ややかな眼差しで相手を凍りつかせて、その隙《すき》に逃げようとしているのかもしれない。

いまさら遅いよ、お嬢さん――カイルモアは冷笑を浮かべながら思った。これまでだって心はずっと凍りついたままなのだから。胸に巣食う悪魔は雪と氷に閉ざされた世界で生きているようなものだった。御者が馬に向かって大きな声をかけると、馬車が動きだして、その音にベンジャミンの罰当たりな叫びが重なった。すべては予定どおりだ、とカイルモアは思った。といっても、それはいつものことだった。

カイルモアは傍らのベンチの上に置かれた紐《ひも》を手に取った。「両手を出して」

「縛られるなんていやよ」

まったく、なんて女だ。普通の女ならいまごろは泣きわめいているはずなのに。ところが、生意気な愛人は午後のお茶会にでも出かけるような態度で、無理やり馬車に乗せられたとはとうてい思えなかった。カイルモアは揺れる馬車のなかで巧みにバランスを取りながら、ヴェリティのまえにひざまずいた。「以前にも縛ったことがあるじゃないか。そのときはたしか、喜んでいたはずだが」

当然のことながら、ちょっとからかったぐらいで動じるような女ではなかった。そんなことは最初からわかっていた。澄んだ瞳で見返してきただけだった。「あれはお遊びだったからよ。いまの状況とは似ても似つかないわ」

「こっちにしてみれば似たようなものだ」カイルモアは得意げににやりとした。実際、少しばかり得意になっていた。ほしいものを手に入れたのだ。天を仰いで勝利の雄叫《おたけ》びをあげたいぐらいだった。「さあ、手を出すんだ」

ヴェリティは肩をすくめて、言われたとおりにした。「こうしなければ、あなたは残虐な御者にわたしを撃てと命じるんでしょう」

カイルモアは紐をきつく縛った。「必要ならば、さるぐつわをしてやってもいい」そう言って、ヴェリティのスカートをぞんざいに膝までめくった。「このいでたちは最悪だな」

カイルモアは厚い綿の靴下とがっちりしたブーツを不満げに見つめた。実用的なだけで、色気が微塵もない。カイルモアが知るソレイヤのイメージは、素肌にシルクと決まっていた。肌に触れるのはシルク、あるいは、カイルモア自身。

「これから殿方を誘惑しにいくわけじゃありませんからね」足首を縛っているカイルモアに、ヴェリティはきっぱりと言った。

カイルモアはスカートを下ろすと、自分の席に戻った。妙に興奮してしまったのを気づかれていないのを祈った。目のまえの女はあらゆる意味で以前とはちがうが、それでもやはり、忌々しいほど欲望をかきたてる。だが、この自分にも自制心というものがある、ああ、悔しいことに。目のまえにいる女を取り戻すと同時に、襲いかかったりはしない。腹を減らした獣が、いますぐそうしろと叫んでいても。

カイルモアは無言で、荒れくるう欲望と闘って、それをどうにか押しこめた。この魔性の女をまえにすると、感情を制御できなくなるのが腹立たしかった。以前から腹立たしくてならなかった。それでも、この六年というもの、何をしてもこのたったひとりの絶世の美女から逃れられなかった。父がアヘンがなければ生きられなかったように、自分もこの女がいなければ生きられないのか？　こんなふうに何かの虜になるのは、カイルモア公爵家の男の宿命なのか？

鬱々《うつうつ》としながら、ヴェリティを見つめた。ヴェリティは両手両足を縛られて馬車に揺られているというのに、いかにも気高く背筋をぴんと伸ばして座っていた。顔にはどんな感情も表われていなかった。パトロンに涙ながらに訴えるつもりも、泣き叫ぶつもりも毛頭ないらしい。いや、そういった手段がもっとも効果を発揮するときを窺《うかが》っているのかもしれない。

だが、しばらくすると、ヴェリティは口を開いた。口調は相変わらず落ち着いていた。

「いったい何が望みなの、カイルモアの公爵さま？」

カイルモアはかすかな笑みを口もとに浮かべて、クッションに寄りかかった。「きみみたいな天賦の才を持つ女にとっては、実にたやすいことだよ」どんなに強い酒より人を酔わせる満足感が湧きあがってきて、口もとのかすかな笑みが満面の笑みに変わった。「きみのせいで、三カ月のあいだ悲しく辛《つら》い思いをさせられた。ゆえに、肉体的な悦びできみにその償いをしてもらっても罰はあたらないはずだ」

4

「誘拐は死刑に値する犯罪よ」とヴェリティはきっぱりと言った。怯えているのを公爵に気取られてはいけない——馬車が軋《きし》むたびに心のなかでそうつぶやいた。弱みなど見せてたまるものですか。

公爵に気にするようすはなかった。「訴えたところで、注ぎこんだものの代価を求めるパトロンから情婦を救うために指一本でも上げようとする判事はまずいない。そのパトロンがこの国でとくに高い地位にあるとなればなおさらだ」

わざと〝情婦〟という屈辱的な呼びかたをされたからといって、悔しがる必要などなかった。長いこと、わが身を売って生きてきたのだから。それでも、公爵の侮蔑的なことばが胸に突き刺さった。そのことばにどれほど深く心が傷ついているかに気づいて、落胆した。けれど、そんな不本意な気持ちを顔に出すわけにはいかなかった。向かいに座っている無情な独裁者の望みは、捕らえられた女がヒステリックに泣きわめいて許しを請うことなのだから。だが、ヴェリティはロンドンを離れたその日に心に決めていた。カイルモア公爵の、いいえ、どんな男の人形にも二度とならないと。シルクをまとった妖艶《ようえん》なソレイヤ、男の言いなりになるソレイヤはもういない、公爵はそれに気づいていなかった。ここにいるのは、どんな男にも服従しない鉄と氷の心を持ったヴェリティだということに。

両親が亡くなったときは、心細くて、悲しくて、声をあげて泣いた。生きていくためにしかたなく、親子ほども年の離れた准男爵の愛人になったときは、情けなくて涙が止まらなかった。けれど、いずれにしても涙はなんの役にも立たなかった。いまだって泣いたところでどうにもならない。それよりも、現実を見据えて、うまく立ちまわるのだ。考えて、計画を練り、好機を待つ。その点では、カイルモア公爵と似ているとも言えなくはない。自制こそが最大の防御であり、武器なのだ。

これまでの境遇で、男とはどういうものかを否応なしに学んできた。目のまえにいる男は、ほかの男より難解だが、頑固だということだけはわかった。ろくなことにならないと知りながらも、これほど無謀なことをしているのだから。

ヴェリティは唾《つば》を呑んで、渇いた喉を湿らせた。「弟があなたを訴えるわ」

「ロンドンできみのヒモだった、あの弟のことかい?」

自分のことはなんと言われようとかまわないが、弟のこととなると話はべつだった。「あの子はヒモなんかじゃないわ、わたしを守っていたのよ」

冷酷な公爵は豪胆にもまたにやりとした。形のいい口もとに浮かんだ笑みには尊大さと侮蔑が表われていた。「この一年間、公認の恋人だった男からきみを守っていたのか? そんな必要などなかったはずだ。まだわかっていないようだな、愛しのソレイヤ、あの家から解放されるのを望んでいたと、きみは無理やり自分に言い聞かせているんだ」

「その名で呼ばないで」ヴェリティは手首を縛られたまま、両手を握りしめた。嵐のような激情を鎮めようと、大きく息を吸った。感情を剝きだしにしてはいけない、公爵に悟られてはいけない。幾度となく心のなかでそうくり返した。そうして、少しだけ口調を和らげた。

「わたしの名前はヴェリティ・アシュトンよ」

「だったら、そういうことにしておこう」公爵はそっけなかった。「だが、それで何かが変わるわけじゃない。ああ、いまだって何も変わっていない」

公爵は見透かしたように笑った。なぜなら、何もかもお見通しだから。人並みはずれて鋭い公爵は、愛人の心を読むことにかけては誰にもひけを取らなかった。初めて会ったときから、落ち着き払ったソレイヤの仮面の下に隠れていた恐れや当惑、怒りを見透かしたのだから。

だからといって、負けが決まったわけではない。ヴェリティは背筋を伸ばして、公爵を睨みつけたが、その程度では効果がないとわかると、そっぽを向いた。

馬車は走りつづけて、その間、沈黙が重みを増していった。ヴェリティは身体的な苦痛だけに気持ちを集中しようとした。手首に紐が食いこんでいたが、そのせいで傷ついているのは実はプライドだった。揺れる馬車のなかで背筋を伸ばして座っているのは苦痛だったが、それにもやがて慣れた。

公爵はかたときも目を離さず、その視線にヴェリティは堪えるしかなかった。馬車は止まらずに走りつづけ、ウィットビーがどんどん遠ざかり、安住の地を得るという夢は粉々に砕けていった。一秒ごとに緊張感が高まっていた。ヴェリティの恐怖と公爵の頑《かたく》なな意志で空気が張りつめていた。それればかりか、ヴェリティが認めたくない緊張感もあった。これまでもふたりのあいだにつねに存在していた男と女の欲望が、ほの暗い馬車のなかでもはっきり感じられた。

究極の罰を受ける覚悟ならできていた。

公爵は愛人を見つけだして、連れ去った。愛人を傷つけたいと願うほど怒っているのだ。公爵が足もとにひざまずいたときのほんの数秒間に大きな意味があったことも気づいていた。あのとき公爵の息が乱れて、紐を縛るすらりとした手がかすかに震えていた。

公爵は相変わらず肉欲の虜なのだ。それはまちがいない。そうでなければ、こんな異常なことをするわけがなかった。

魔性の女ソレイヤなら、公爵の欲望を弱点と見抜いて、すぐさまそこを突いたはずだ。けれどヴェリティは、遊女が得意とする安っぽい手は、真に追い詰められるまでは使うつもりはなかった。公爵からどれほど悪意に満ちた呼びかたをされようと。

公爵は力も強く冷酷だ。ロンドンではふたりのあいだにわずかながらも礼儀が存在していたが、いまやそれはすっかり消えていた。公爵がどんなことでもやりかねないほど緊迫した精神状態でいるのがいやというほど感じられた。そう、どんなことでもしかねない……。

それでも、絶対に負けない。ヴェリティは決然と自分に言い聞かせた。

そうよ、絶対に。神に誓った。

「わたしは裏切ったわけじゃないわ」そう言ったのは、話がしたかったからではなく、心をかき乱す沈黙を破るためだった。

薄暗い馬車のなかでも、公爵の視線は揺るぎなかった。「いいや、裏切ったんだよ」

「そもそも一年の契約だったはずよ。それに、あなたから贈られたものは、法的にはすべてわたしのもの。それにいまはベンのことも打ち明けた。わたしは一度だって不実なことはしなかった」

「不実なことをしなかったのは、きみにとっても、きみの弟にとっても幸運だったな」公爵は伸ばした脚を向かいの席に載せながら、無関心そうに言ったが、実はそういう態度は見せかけなのではないかとヴェリティは思った。公爵は余裕たっぷりに見えるが、ただひとつ、眠そうに伏せた目に宿る種火のような炎が本心を物語っている気がしてならなかった。「きみは屁理屈をこねているだけだ。くだらない言い逃れだ。心の奥では、行方をくらましたときに、ぼくを裏切ったと感じたはずだ。その償いをしてもらう」

そう、たしかに裏切りだと感じた。だからこそ、ベンの言うとおりに夜の闇にまぎれて逃げたのだ。まるでこそ泥のように。公爵とはなんの約束もしていない。けれど、体を許しあうたびに、身を飾るみごとな宝石を贈られるたびに、公爵のもとに留まろうと思ったのだ。法的には公爵のもとを去ってもなんの問題もない。だが、気持ちの上では、公爵を騙して、捨てたのだった。

口には出さなかったが、姿をくらましてからというもの、罪悪感に苛《さいな》まれていた。それでも、いまようやく気づいた――公爵とその異常なまでの欲望から逃げだしたのは正しかった。まちがいがあったとしたら、それは居所を突き止められてしまったこと。

「裏切りを認めて、謝れば、解放してくれるのかしら?」それですむとはとうてい思えなかったが、一応訊いてみた。

公爵の低い笑い声に、背筋に寒気が走った。「まさか、そう簡単にはいかない。とはいえ、ぼくが最終手段を使うまえに、きみは裏切りを認めて、謝ることになる、それはまちがいない」

そのとおりのことが起こるのだろう――ヴェリティはがっかりした。そうして、すぐに尋ねた。じっくり考えていたら、わずかに残った勇気のかけらさえなくなってしまいそうだった。「どうやって居場所を突き止めたの?」

「実のところ、想像以上にてこずった。まったく、きみの抜け目のなさは賞賛に値するよ」

それが誉めことばのはずがなかった。閉めきった馬車のなかは寒くなかったが、ヴェリティは身震いした。

カイルモアはさらに言った。「最初は、いかにもきみが行きそうな場所を探した。だが、もしきみが新しい恋人といっしょだとしたら、それを知っている誰もがそうとう口が堅いとしか思えなかった。どんなに調べても、きみの居場所に関する情報はひとつも得られなかったからね」

「それはさぞかし――」

「悔しかったか？　ああ、そのとおり」公爵のくっきりと整った眉の下にある目が、まっすぐにヴェリティに向けられた。「さっきも言ったとおり、きみにはたっぷり償ってもらうよ」

「償わなければならないようなことはしていないわ」内心ではそこまでの確信はなかったが、ヴェリティはきっぱり言った。

公爵はそのことばを無視した。「とにかく、人を使って国じゅうを捜させた。都会を中心に。きみが引退するとは思いもしなかったからね」

「あら、それはおかしな話ね」ヴェリティはありったけのいやみをこめて言った。「わたしは召使に夢中になって、手に手を取って逃げた、あなたはそう思ったんでしょう？」

これまでもたびたび公爵の顔に浮かんでいた皮肉な笑みが、また顔を覗かせた。「きみとベン・アーブードが親密な関係でも、そのことはぼくから金品を搾《しぼ》り取る妨げにならなかったようだからな。だとしたら、これからもきみが愚鈍な金づるを引っかけるつもりでいたとしても不思議はない」

「ずいぶん見下されたものね」ヴェリティは絞りだすように言った。

「いや、その逆だ。きみのプロの愛人としての手腕を高く評価しているよ」公爵はこともなげに言った。腕を組んで、感情が読み取れない藍色の目でヴェリティを見つめ、相変わらずあらゆる秘密をあばこうとしていた。「だが、求婚をはねつけて、逃げだしたのはいただけない。これほど気前のいいパトロンはふたりといない、きみはそれに気づくべきだった」

公爵のものうげな口調にこめられた侮蔑に、ヴェリティは胸の内で反論した。公爵がソレイヤを欲するのはしかたのないことかもしれない。けれど、それによって公爵は自分自身を貶《おとし》めている。そうして、その償いを愛人にさせようとしているのだ。

「わたしには売れるものはひとつしかなかった。それをいちばん高い値で売ったところで、あなたに文句を言われる筋合いはないわ」

「たしかに。だが、それを言うなら、ぼくが支払った金のもとを取ろうとしても、きみに文句を言われる筋合いはない」下層階級の生意気な女の意見を聞く耳など持たないとでも言いたげに、公爵はさらに話を続けた。「とはいえ、すぐに思いついたのは、遺言や遺産のことだ。エルドレス卿は資産家で独身だった。だから、きみに何がしかのものを遺してもおかしくないと思った。とりわけ、きみは感動的なほど忠誠を装っていたわけだから。それに、きみが次のパトロンを決めるまで、半年の間を置いたのも思いだした。それはパトロンからの報酬以外の収入があったという証拠だ」

「それはパトロンを慎重に選んだ証拠かもしれないわ」自分の生きかたを冷酷に分析されたことに腹が立って、ヴェリティは言い返した。

「きみが次に選んだのはジェイムズ・マロリーだったが、あれはつまらない男だ」

「あんなにやさしい人はいないわ」ヴェリティはきっぱりと言った。

くだらないと言いたげに、カイルモアは眉を吊りあげた。「きみのような女には、やさしいだけの男では不充分だ。ぼくもきみもそれに気づいている」そう言うと、手を伸ばして、馬車のなかを灰色の世界にしているブラインドを上げた。

陽光が端整な男の顔を照らすと、ヴェリティにもそこに疲労と緊張が見て取れた。愛人が姿を消してからというもの、公爵は頭がおかしくなるほど苦しんだのかもしれない。それがわかったところで、虚栄心をくすぐられることもなく、むしろ恐ろしくなるだけだった。

公爵がブラインドから手を離すと、馬車のなかが灰色の世界に戻った。「また雨が降ってきた。北への旅はずっと雨だな」

「北へ向かっているの?」とはいえ、どこへ連れていかれようが大差なかった。自分の運命は公爵に握られている。行き先がロンドンだろうとモンゴルだろうと同じことだった。

「そうだ、スコットランドの高地《ハイランド》にあるカイルモア家の領地に行く。そこなら邪魔が入ることもない。使用人たちの口からきみのことが外に漏れることもない」公爵の顔に浮かんだ笑みには、見まちがいようのない満足感が表われていた。「この復讐は個人的な問題で、人に知られてはならないからな」

気の弱い女なら大声で泣きだすはずだった。けれど、ヴェリティはなんとか平静を保った。公爵がわざと脅しをかけているのはわかっていた。

悔しいことに、実はその目論見《もくろみ》は成功していた。

公爵が口をつぐんだ。ようすを窺っているのかもしれない。けれど、ヴェリティがなんの反応も示さないと、少しがっかりした顔をした。

これからもっと失望させてやるわ——ヴェリティは心のなかで誓った。すると、この悪夢が始まって以来初めて、勇気が湧いてきた。

公爵は何かを振り払うように白くすらりとした手を振った。心のなかをヴェリティが占めていることを、無言で否定するかのようだった。「どこまで話したかな？ああ、エルドレス卿の遺言だ。それを手に入れて、多額の年金がヴェリティ・マティルダ・アシュトンなる女に支払われているのを知った。エルドレス卿と同じ身分の人々や何人もの旧友に尋ねたが、親戚《しんせき》にも使用人にもミス・アシュトンなる者はいなかった。実際、誰ひとりとしてその女が何者なのか知らなかった。ついでながら言っておくが、マティルダとはどう考えてもきみに似つかわしくない。きみのことをヴェリティだと思うのもたいへんだ。本名を名乗るとはきみらしくないからな。いずれにしても、マティルダとはね！」

「母の名前よ」公爵に針でちくちく刺されるようないやみを言われても、心を乱すまいとヴェリティは必死だった。

「なるほど」公爵が小馬鹿にするように息を吐きだした。「きみの母上が、大人になった娘よりはるかに立派な女性だったことを願うよ」

「そうよ」

やさしく、信心深い母は、ヴェリティが情婦になるまえにこの世を去った。体を売る女の行く末には地獄の業火が待っていると母は信じていた。けれど、向かいの席に座っている傲慢な男にそのことを話すつもりなどさらさらなかった。

「そうして、ちょっとした手はずを整えて、良心に少々欠ける男をエルドレス卿の弁護士の事務所に忍びこませて、ミス・アシュトンの行方を突き止めた。その結果、きみはいまたっぷり楽しんでいるというわけだ」

ひとことひとことをはっきり言いながらも、なめらかで得意げな話しぶりが、ヴェリティの癇《かん》に障った。こんな物言いをする男にはとうてい太刀打ちできない――いつもは心の隅に引っこんでいる臆病《おくびょう》な自分が囁いた。

勇気を出すのよ、ヴェリティ。縛られた手を膝の上で握りしめながら、自分に言い聞かせた。まだ負けたわけじゃない。相手は無敵だなどと思ってしまったら、それこそ勝ちを譲ることになる。

「無理やり言うことを聞かせても、おもしろいのは最初だけよ」挑発を口にするのは危険だが、明らかに不利なこの闘いで、勇気を奮いたたせなければならなかった。

「きみは勘ちがいしているようだな」公爵がこともなげに反論した。「ぼくの望みは文字どおりきみを妻にすることだ」

恐ろしくてたまらないのに、ヴェリティは冷ややかに笑った。「望むだけで馬が手に入るなら、物乞いだって馬に乗るわ」

公爵の険しい顔が和らぐことはなかった。「欲望という意味では、きみもぼくも物乞いと大差ない。いずれきみもそれに気づくさ」

ついに、わずかながらも公爵に話を聞かせることができた。それをうまく利用しなければ。

「わたしは自分の体を売っていたのよ。そういう女が男と寝るのは快楽のためじゃなく、お金のため。あなたはわたしのことを、ベッドに入る相手を好みで決めている貴婦人と勘ちがいしているようね。わたしが脚を開くのはお金がもらえるから。あなたのまえでわたしがそうしたのは、それでひと財産とも言える大金が手に入るからよ」

すさまじい愚弄《ぐろう》のことばに、薄暗い馬車のなかでさえ公爵の顔が青ざめたのがわかった。

「いいや、きみとぼくのあいだには、それ以上のものがあったはずだ」

今度はヴェリティのほうが傲慢な物言いになった。「そんなふうに思ってくれていたとは光栄だわ、公爵さま。でも、そう思わせるのが手練手管というものよ」

そう、その調子。闘って、たっぷり侮辱するのよ。立ち直れないほど攻めたてるのだ。頑なで口汚い女に公爵はすぐに嫌気がさすにちがいない。公爵が望んでいるのは男をそそる従順なソレイヤで、顔はそっくりでも、げんなりするほど頑固なヴェリティではないのだから。だが、そんな策略を公爵はあっさり見破った。「怒らせて、解放してもらおうと思っているなら大まちがいだ。怒らせたら、ぼくはきみを……気遣えなくなるかもしれない」

その日の午後に目にした白く泡立つ大波のように、怒りがヴェリティの胸に押し寄せてきた。「あなたの気遣いなんていらないわ。あなたには何も期待していない。あなたなんて大嫌い」

意外にも、怒る相手をまえにして公爵はむしろ冷静になったようだった。「自分をもっと大切にしたほうがいい。これから行くところでは、きみの命はぼくが握っているも同然だ。ぼくがきみに何をしようと文句を言う者はいない」

ヴェリティは不機嫌な顔で肩をすくめた。「だったら、殺してちょうだい。いますぐわたしを殺せば、こんな不愉快な長旅をする必要もなくなるわ。いくら脅しても、わたしの気持ちは変わらないんだから」

そもそもわかっていたことだが、挑発したところで公爵の自信を打ち砕けはしなかった。

「ああ、たしかに脅しなどなんの役にも立たないんだろう。とはいえ、せっかくおもしろくなってきたんだから、話を続けようじゃないか」

公爵は揺れる馬車のなかで易々と立ちあがって、となりにやってきた。ヴェリティは思わず隅のほうへと身を縮めた。公爵は大男ではなかったが、馬車のなかは狭く、引き締まったしなやかなその体で座席の空間がすべて埋まった。公爵の脚が自分の脚に触れると、その熱が黒い厚手のスカート越しに染みこんできた。

こんなことぐらいで屈したりしない、とヴェリティは思った。最後まで闘うのよ。

「ということは、最後には命も奪うのね」そう言いながらも、それがまちがっていることを祈った。

公爵がこっちを向いて、まっすぐに見つめてきた。そうすれば、相手を射すくめられると思っているかのように。

「いや、まだそこまでは決めていない」公爵の口角が上がり、その口もとに冷ややかな笑みが浮かんだ。「といっても、ぼくが最後の決断をするよりさきに、きみのほうが死を願うようになるかもしれない」

ヴェリティは詰めものをした革張りの壁にさらに身を寄せたが、そもそも狭い座席にふたりで座っていては、何をしたところでふたりの距離が広がるわけがなかった。馬車が揺れるたびに体が触れあって、それがなぜか扇情的だった。公爵の腕や太腿の感触が、思いだしたくもない官能の記憶を呼び覚ました。

「いったい何をどうしたいの？」精一杯落ち着いた口調で尋ねた。両手を縛った公爵を呪った。縛られていては、不愉快な男の体を押し返すこともできない。

「驚かされるのは好きじゃない？」静かに尋ねるその声に残忍さは微塵も感じられなかった。ベンジャミンを襲ったときや、命を奪うという話をしたときとは別人のようだった。

「あたりまえよ」ヴェリティは嚙《か》みつくように言った。眩暈がして、さらには、不安と怒りで吐き気もした。公爵はいったい何を企んでいるの？

「それは残念だ」公爵がつぶやいた。「予想外のことをきみが楽しめるようなら、うまくやっていけると思ったんだが」そう言うと、片手を上げて、すらりと長い指をヴェリティの頰から下へと滑らせて、顎で止めた。

挑発的に触れられたとたんに体がほてった。身をよじって逃れようとしたが、無駄だった。

「走っている馬車のなかで、スカートをまくるなんてことはしないわよ」

公爵の手の感触はやわらかかったが、容赦なかった。「ぼくがひとこと言えば、きみはいつでもどこでもスカートをまくるんだよ。裏切り者のきみには、ぼくに指図する資格はない」

「いいえ、最後まで抵抗するわ」それが事実であることを心から願った。

「だったら、お手並み拝見だ」公爵が身を寄せて頬ずりしてきた。わずかに伸びたひげが肌を刺激した。ケンジントンでの午後に、幾度となく鼻をくすぐられた温かな麝香の香りが押し寄せてきた。

体にぎゅっと力を入れて、脅し同様、偽りのそのやさしさをはねつけた。「やめて!」心なしか声が甲高くなっていた。

公爵がやけに穏やかに笑った。「静かに」今度は首に顔をすり寄せながら、耳もとで囁いた。

絶対に負けない——ヴェリティは決意を新たにした。負けてたまるもんですか。

「ヴェリティ」ドレスの高い襟をよけながら、公爵の唇が肩に触れた。「きみにはソレイヤと同じぐらいそそられる」

「その口をふさいでやりたいわ」反発する声がうわずっているのに気づいて、ヴェリティはあわてた。公爵がまた声をあげて笑い、首のつけ根に温かな息がかかった。

「それでこそ、ぼくの愛人だ」公爵が体を引き寄せて、鎖骨のあたりの敏感な部分を愛撫《あいぶ》しはじめた。一年間の親密なつきあいで、そこが愛人の官能を目覚めさせるのを知っていた。

ヴェリティが虚勢を張っているのはお互いにわかっていた。快感に、ヴェリティは思わず声を漏らした。公爵の愛撫は巧みで反応せずにいられなかった。それは富裕なパトロンを喜ばせるための演技ではなく、まぎれもなくほんものの反応だった。ヴェリティは公爵と愛を交わすのが好きだった。ときにはふたりいっしょに快楽の高みに上りつめることもあったのだ。

そうして、そんなときには決まって自分に言い聞かせた。若くたくましい男に対する若い女の自然な反応、ただそれだけのことだと。

これほど若くたくましい男に抱かれたのは初めてなのだから……。

それでも、今度ばかりは感情を無理やり押さえつけて、気持ちと公爵の行為を切り離そうとした。ロンドンでのセックスには不可思議な信頼感が漂っていた。けれど、いったん行方をくらました愛人を、公爵が信頼するはずがない。もちろん、ヴェリティだって白昼堂々と女を拉致《らち》して、弟を殺そうとした残忍な男など信じられるはずがなかった。その残虐な行為を思いだすと、公爵の愛撫に抵抗できた。

ついに、体を離して、甘く端整な顔に不満げな表情を浮かべて見つめてきた。

成功だ。ヴェリティはほっと胸を撫でおろした。

「きみの心もぼくからは逃れられない。心だけをどこかべつの場所に置いておくことなどできやしない」公爵はそう言ったが、ほんの数分前の魅惑的な男とは別人のような口調だった。

「言わせてもらいますけど、公爵さま、わたしをどこにも行けなくしているのはあなたよ」

ヴェリティは縛られた両手を上げてみせた。「あなたのもてなしぶりには、とてもじゃないけれどうっとりなどできないわ」

端整な顔からいかにも高慢で不機嫌そうな表情が消えて、公爵は短く笑った。「おや、それは知らなかった」

「紐をほどいてちょうだい」縛られているのがいよいよ我慢できなくなって、ヴェリティは言った。「動いている馬車から飛び降りられるはずがないんだから」

「といっても、敵の目を引っかくぐらいはできるかもしれない」

「どうせなら、全身引っかき傷だらけにしてやりたいわ」そう言うといくらか気分がすっきりしたが、実際には公爵の体に傷のひとつも負わせられないはずだった。ウィットビーで御者の銃を奪えていたら、ためらいもせずに公爵を撃っていただろう。けれど、無理やりとはいえ愛撫されたあとでは、なんとしても公爵を苦しめて仕返しするという決意が揺らいでいた。

公爵もそれを感じているはず……。

ヴェリティは背筋をぴんと伸ばした。捨てたパトロンに強引に愛撫されたぐらいで、気持ちが揺らぐなんて情けない。捨てられたパトロンのほうは、愛人はいまでも自分のものだと身勝手な主張をしているというのに。

そうよ、わたしはわたし自身のもの。カイルモア公爵がどれほど自分のものだと主張しようと、断固として拒否するわ。

「またやってるんだな」公爵が静かに言った。

ヴェリティはまばたきした。「何を？」

「くだらないことを、またうだうだと考えている」

ヴェリティはわざとそっけなく肩をすくめた。「しかたがないわ、ここにはほかに興味をそそられることがないんだもの」

しまった。ヴェリティはたったいま口にしたことばを後悔した。

相手を傷つけようとして言ったはずなのに、男を誘っているようにも聞こえかねなかった。そして、当然のことながら、ヴェリティがすねたような顔で男の気を引くことばを言ったのを公爵が見逃すはずがなかった。

公爵がにやりとした。さながら獲物を見つけた狼《おおかみ》だ。「ということは、もう少し刺激的なのを望んでいるのかな?」

ヴェリティは目を閉じて、公爵が強調した〝刺激的〟ということばを頭から追い払おうとした。「やめて」弱々しい声になった。「お願いだから」

公爵は軽く笑ってみせた。「もう音をあげるのか、ソレイヤ? もう少し手応《てごた》えがあると思ってたんだがな」

「わたしはソレイヤじゃないわ」それが精一杯の抵抗だった。

なぜなら公爵の言うとおり、音をあげたから。公爵のわざとらしくもどかしい誘惑から逃れられるなら、プライドも捨てて、どんなことでもするはずだった。

5

「いいや、きみはソレイヤだよ」公爵が頭に手をまわしてきた。品よく編んだ髪に指を差しいれて、顔を自分のほうに向かせた。

何かされるのだとヴェリティは身構えた。けれど、公爵のほうが一枚上手だった。じれったいほどゆっくりと唇を合わせた。それは口づけとさえ言えないほどだった。そう、口づけではなく、さきほどのやさしい愛撫の続きだった。ちがいは、唇と唇が触れているということだけ。いままで公爵から唇を重ねてきたことなどほとんどなく、ましてやこんなふうに心をこめて唇を愛撫されたことなど一度もなかった。

ヴェリティは身を引こうとしたが、頭を押さえている公爵の手は動かなかった。もう一度唇が触れあうと、さきほどよりわずかに長く愛撫が続き、次にヴェリティが気づいたときには、ほんものの口づけへと変わっていた。

思わず悲しげな声が漏れた。欲望のせいではなく、恐怖のせいだった。「お願い、やめて」

公爵が空いているほうの手を上げて、額にかかった巻き毛をそっとよけた。「どうして？　唇を重ねているだけのことだ。いままでふたりでいろいろなことをしてきたんだ、これぐらいどうってことないだろう？」

けれど、公爵はそうではないのを知っていた。公爵の澄んだ藍色の目を見れば、ヴェリティにもそれがわかった。口づけだけは真摯《しんし》なものだとしても、それ以外のやさしさはすべて策略と偽りだ。そうやって優位に立とうとしているのだ。偶然であれなんであれ、求める女を手に入れる方法を公爵は見つけたのだ。

あらがうこともできた。けれど、十五のときからやさしさに飢えていた。偽りのやさしさであっても、閉ざした心を開かせる力を持っていた。

それでも、どうにか気持ちを奮いたたせて、抵抗した。「いいわ、好きなようになさい」冷ややかに言って、そっぽを向いた。「足の紐を解いて、わたしを膝の上に載せれば、あなたを多少なりとも満足させられるかもしれない。そうすれば、しばらくはちょっかいを出す気もなくなるでしょう」わざとそっけなく言ったが、内心は、いまにも火がつきそうな互いの欲望を消し去ろうと必死だった。

公爵がまた静かに笑った。ヴェリティは鳥肌が立った。「いや、それはあとのお楽しみに取っておこう。いまは無邪気な口づけだけで充分だ」

「口づけなんて大嫌い」思わず言っていた。

公爵の指が頬をなぞり、頬を両手で包まれた。「行方をくらました日、きみはぼくに口づけた。憶えているだろう?」

「あれはどうかしていたのよ」ヴェリティは動揺しながらも言った。

あのときにも口づけたのはまちがいだったと気づいていた。口づけなどせずに、公爵をさっさと帰すべきだったと。そもそも、自分の直感を信じて、カイルモア公爵の愛人になるべきではなかったのだ。

カイルモア公爵に出会って以来、頭の片隅で小さな声が響いていた。その男――その男だけがソレイヤという女の仮面を打ち破ると。それなのに、うぬぼれていたのか、甲高い声で発せられるその警告を無視した。そうして、公爵の愛人として過ごした一年間は、心に鉄の鎧《よろい》をまとっていたようなものだった。心まで奪われるなどということはあってはならなかった。金で身を売る女とイギリスの公爵の心が通じあうはずがないのだから。

愛人の契約を結ぶまえには、しつこくつきまとう公爵を頑なに拒みつづけた。まるでゲームでもしているかのように、目のまえに次々と餌を投げられて、いま思えば、そんなゲームを心のどこかで楽しんでいたのかもしれない。それでも、最後に使った手段はある意味で賭けだった。愛人になる代わりに莫大な金を要求したのだ。まっとうな男なら、ひとりの女に貢ぐはずのない額を。

とはいえ、カイルモアの公爵家の男はそもそもまっとうではないのだろう。

公爵はついに望みのものを競り落とした。そうして、気づいたときには、ヴェリティは一世一代の賭けに出たつけを払うことになった。一年、たったの一年だけならなんとかなる――公爵といっしょにいてもソレイヤの仮面をつけたままでいられると自分に言い聞かせて、それは成功しかけた。

そう、ほぼ成功したはずだったのに。

その〝ほぼ〟という短いことばがいまや大きな災いとなって、破滅に追いやられようとしていた。

いいえ、まだ終わったわけじゃない。それを公爵にきちんとわからせなくては。ふたりの唇が重なっても、石のように固く心を閉ざしているのだ。ヴェリティは目を閉じて、公爵を憎む理由を数えあげた。

傲慢。

自分勝手。

長いあいだ夢見てきて、やっと願いどおりの生活を手に入れたと思ったとたんに、そこから無理やりわたしを引きはがした。

髪に差しいれられた手が緩やかな円を描いて動きはじめたかと思うと、編みこんだ髪の結び目をひとつひとつほどいていった。その間もずっと、公爵は重ねた唇をついばみつづけた。

公爵なんて大嫌い。

感じては駄目。両手を握りしめた。

ヴェリティが何もせずにいても、公爵が興奮しているのは明らかだった。いつスカートを持ちあげて脚を開かせ、無理やり押し入ってきても不思議はなかった。いっそのことそうしてほしかった。そうすれば心の底から憎めるのだから。

セックスを強要されれば、不本意ながら性的快感にかぎりなく近づきつつあるこの苦しみも終わるはず。必死になって公爵を嫌おうとした。けれど、実際は、涙が出そうなほど公爵はやさしかった。

悔しいことに、そのやさしさが最大の武器だと公爵は知っているのだ。

さらに、男らしいにおいが鼻をくすぐった。清潔でたくましく健康な男のにおい。多くの男が使っている悪趣味な香水とは似ても似つかない、爽やかな陽光のにおいだ。思わずうっとりして、はっとわれに返ると、自分は石だとあわてて言い聞かせた。石がうっとりするはずがない。

けれど、狭く閉ざされた空間で、馬車の揺れに合わせてぴたりと身を寄せている公爵が、一瞬の心の揺らぎに気づかないはずがなかった。「スコットランドに着くまで、ずっとこうしていてもかまわない」ヴェリティの耳に囁いた。

「わたしはおもちゃじゃないわ」

「きみはぼくの言うとおり、なんにでもなるんだよ。それが裏切りの代償だ」公爵が指を巧みに動かしただけで、ヴェリティの髪がほどけて肩にこぼれ落ちた。公爵の指が豊かな髪のもつれを解いていった。「ほら、このほうがいい。これでぼくの愛人らしくなった。とはいえ、貞淑な未亡人にもそそられることに初めて気づいたよ。そうだな、それはまたの機会に取っておこう」

余裕を感じさせる態度が、ヴェリティの癪《しゃく》に障った。といっても、公爵がわざとそういう態度を取っているのはわかっていたけれど。「わたしはもうあなたの愛人ではないのよ。言ったでしょう、ソレイヤはもういないの」

髪を梳《す》いていた手が一瞬止まり、また動きだした。その手の動きに惑わされたりしないとヴェリティは思ったが、髪を梳かれるたびに、快楽の予感が弾けた。

いいえ、そんなの気のせいよ。

「ソレイヤはちょっと隠れているだけさ」自信満々の物言いを聞いて、ヴェリティは公爵を叩きたくなった。

「こんなことを続けても、すぐに飽きるわ」それが事実であることを願った。

「そうかもしれない。だが、誰が主導権を握っているかまだわからないのかい？」公爵は両手を滑らせて、ヴェリティの肩で止めた。

もし、その手がさらに少しでも動けば、易々と首にかかる。公爵はすでに力に訴えていた。公爵を頑なに拒むためにも、恐怖心を呼び起こそうとしてみたが、これほどやさしく触れられていてはそんなことができるはずがなかった。

やさしいですって？

冗談じゃない。何を馬鹿なことを考えているの。

何がしかの敬意を払われているのかもしれない――そんなふうに思わせておいて、実はわたしの破滅をじっくり見物しているのだ。そんな感傷的で幼稚な手に引っかかるようでは、こんな苦境に立たされているのも不思議はない。

そのとき、公爵がため息をついた。「ひとつ取引をしよう、ミス・アシュトン」

ヴェリティは顔を上げた。「あなたが約束を守らないのはもう知ってるわ」

少なくとも話していれば、口づけはされずにすむ。といっても、公爵の深みのある声が温かな蜜のように全身に染みわたった。走る馬車の揺れに合わせてエロティックなリズムを刻む体が触れあった。

「だとしても、ひとつだけ約束しよう。きみが口づけにきちんと応えてくれたら、目的の場所に着くまでは何もしない」

「〝きちんと〟とはどういう意味？」詰《いぶか》るようにヴェリティは尋ねた。

公爵は声をあげて笑った。「そんなことは言わなくてもわかっているだろう。きみは法を楯《たて》にして、自分の行動を正当化しようとしている。でも、もうわかっていると思うが、法はきみを守ってはくれない」

公爵は腹が立つほど自信満々だった。「言うとおりにしたら、紐をほどいてくれるの？」

ヴェリティに交換条件を出す権利などなかった。すべてを牛耳っているのは公爵だと互いにわかっているのだから。

「それはきみがどれだけ真剣に口づけをするかによる」

公爵は座席の背にもたれた。ヴェリティは深く息を吸った。否が応でも、公爵のにおいを吸いこむことになった。そのにおいは馬車の隅々にまで染みついているかのようだった。同じように、わたしの人生にも染みついているの？　そんなことを思って鬱々とした。この悲惨な出来事が終わっても、公爵からはけっして逃れられないの？

少なくともこれからの一日は逃れられない。

ヴェリティがためらっているのを見て、公爵の端整な顔に苛立ちが浮かんだ。「ぼくはきみとどんな約束をする必要もない。きみの運命を握っているのはこっちなんだから。何をしようと、きみは拒めない」

傲慢な物言いだが、そのとおりだった。今度ばかりは、公爵を心から憎らしいと思えた。

「わかったわ、あなたに口づけをすれば、目的の場所に着くまではこれ以上苦しめないでいてくれるのね？」

またもや、公爵の口角が上がった。「口づけてきみが恍惚《こうこつ》としても、押し倒して、強引に押し入って、悶《もだ》えさせたりしないと誓うよ」

ヴェリティは思わず息を呑んだ。なぜか不安でたまらなかった。「さっき言ったこととちがうわ」

「たしかに。だが、ぼくの提案はそれだ。さあ、呑むのか？　拒むのか？」公爵は腕組みをして、さも苛立しげに返事を待った。

決断しなければならなかった。たった一度の口づけで、束の間の休息が得られる。たとえ束の間でも、その間に逃げるチャンスがあるかもしれない。同意する以外になかった。

ほの暗い馬車のなかでヴェリティは公爵の目を見た。「わかったわ」

「それでいい」

ヴェリティは抱きしめられるのを待った。が、公爵は動こうとせず、いかにもくつろいだようすで黒光りする革の座席に座ったままだった。不快なことが少しでも先延ばしになるのを喜ばなければ、ヴェリティは自分にそう言い聞かせたが、まもなく、何もしようとしない公爵に苛立った。

「いつでもどうぞ」ヴェリティはきっぱり言った。

公爵は傲慢な顔つきで眉を上げた。「約束はたしか、きみがぼくに口づけをするはずだったと思うが」

いったいどこまで侮辱すれば気がすむの？　いいえ、こんなのはきっとまだ序の口――頭のなかで残酷な声がした。「卑劣な人」ヴェリティは低い声で吐き捨てるように言った。「あなたなんて地獄に落ちればいいのよ」

「いまさらそんなことを言われても困るね」公爵は冷淡な笑みを浮かべた。「約束を破るのか？　魔性の女ソレイヤなら口づけぐらいどうということもないだろう」

ヴェリティはソレイヤとして公爵の体のあらゆるところに唇を這わせたことがあった。公爵の男としての象徴を唇で愛撫して絶頂へ導いたこともあった。けれど、恋するひとりの女として公爵に口づけたことはなかった。それを言うなら、どんな男に対しても。

そう思うと、悲しく、侘《わび》しくなった。

公爵がこっちを向いて、クッションの効いた壁に寄りかかっていた。縛られた手を公爵の膝に置いてバランスを取れば、体を近づけるのはむずかしくはなかった。が、そのとたんに公爵の太腿に力が入るのがわかった。自分で思っているほどには、公爵も冷静ではないのだ。そう思うと、勇気が湧いてきた。

大丈夫。さあ、やるのよ。

何をためらっているの、たかが口づけでしょう？　わたしは魔性の女ソレイヤ。口づけて、ちょっとした苦難を切り抜けるぐらいわけはない。

ためらいがちに唇を重ねた。公爵の唇がなぜか懐かしく思えた。が、それも当然だ、一年のあいだ愛人だったのだから。公爵は身じろぎもしなかったが、ヴェリティは唇をぴたりと重ねて、その感触を味わった。公爵の唇は硬かった。硬いけれど、なめらかだった。そうして、頑ななまでになんの反応も示さなかった。

もちろん、そうに決まっている。これは復讐以外の何ものでもないのだから。口づけを求めたのは迷路のように複雑にゆがんだ心が生みだした屈折した企みでしかない。

公爵がわざわざこんなことをさせているのは、愛人に一時的な猶予を与えるためだ。それでも、青天の霹靂《へきれき》ともいえる事情で、わたしがロンドン一の情婦になったのだとすれば、口づけだけで男の冷酷な策略を忘れさせられるはず。

ヴェリティは深く息を吸うと、刺激的な男の香りを無視して、気持ちを集中させた。そうして、さきほどの公爵のやりかたを真似て、相手を口づけの虜にしようとした。手を置いた公爵の太腿にさらに力が入った。目をやらなくても、ほかにも硬くなっているものがあるのがわかった。

それでも、公爵は口づけを返そうとしなかった。

「どうしたの、公爵さま?」ヴェリティはからかうように言った。「これはあなたが言いだしたことでしょう」

「これぐらいじゃ、そそられない」なげやりな口調だった。

そんなことを言われたら腹が立ってもおかしくなかったが、その声がかすかにうわずっているのがわかった。どうやら、公爵の欲望に火をつけるのも償いの一部というわけらしい。

まるで協力的でない相手の欲望に火をつけるのも。

とはいえ、公爵はあくまで冷静というわけではない。ヴェリティは一瞬、太腿に置いた手をずらしてそれが勘ちがいでないことを確かめようかと思った。

ソレイヤならためらわずそうしたはずだ。けれど、ヴェリティはもっと慎重だった。いま求められているのは口づけだけで、最後に押し倒されるなどということは望んでいない。そうして、〝強引に押し入られる〟――公爵の淫らで露骨な言いまわしを借りればそういうこと――なんて事態はなんとしても避けなければならない。

ヴェリティは決意も新たに自分に求められていることに気持ちを集中したが、公爵はやはり屈しなかった。

「あなたはわたしに何かを教えようとしているのよね」ヴェリティは公爵の頰に囁いた。

公爵は否定しなかった。「で、きみは何かを学んだのか？」

「ええ、ラバのように頑固なのはあなただけじゃないってことをね」

それを聞いて公爵がにやりとするのがわかったが、そんな人間らしい感情を垣間見《かいまみ》たからといって気を許すわけにはいかなかった。「なあ、ヴェリティ、あるいはソレイヤ、あるいはいまきみがなんと名乗っているにせよ、ときにその減らず口には驚かされるよ」

ヴェリティも思わず微笑んだ。「減らず口以外のことでも驚いてほしいものだわ」

公爵はさらに何か言おうとしたが、ヴェリティはその唇をふさいで、開きかけた口に舌を差しいれて、情熱的な口づけをした。今度ばかりは公爵も熱く応じた。そうしようと思ったからではなく、そうせざるを得なかったのだ。ヴェリティにもそれがわかった。

けれど、冷静に分析できたのもそれまでだった。それからは貪るように唇を重ねた。いままで経験したことのない妖しい愉悦の炎にあっというまに包まれた。どこまでも熱く危険な炎なのに、ヴェリティは身を守ることも忘れて、自らそのなかに飛びこんだ。公爵の腕が体にまわされて、膝の上に抱き寄せられた。

悔しいことに、さきに身を引いたのは公爵のほうだった。

公爵がわずかに体を離したかと思うと、気づいたときにはヴェリティは座席に横たわっていた。嵐のような口づけのあいだに押し倒されていたのだ。あともう数分でも口づけが続いていたら、まちがいなく強引に押し入られていたはずだ。公爵の体の重みを感じた。スカート越しでも熱く硬いものはっきりとわかり、それは、強引に押し入られる可能性がまだ消えていないことを示していた。

そうと知っても、冷静にはなれなかった。身を守ることもすっかり忘れて、公爵の下に横たわって愉悦にひたっていた。

「いまやめないと、抑えられなくなる」公爵の口調は張りつめていた。表情も険しかった。公爵の体を支えている両腕に捕らえられている格好だというのに、それでも、ヴェリティはあらがう気になれなかった。「きみが望んでいるなら話はべつだが」

「わたしが望んでいる？」ヴェリティはまばたきしながら、ぼんやりと公爵のことばをくり返した。唇が熱く、胸が高鳴っている。公爵の熱い欲望を感じながらうっとりと横たわっているのではなく、走って逃げようとしているかように大きな動悸《どうき》がしていた。

「この抱擁は自然の成り行きだと思っていいのかな？」束の間、公爵は以前のロンドンでの紳士的な恋人に戻っていた。

ヴェリティは激情を鎮めようと、ぎこちなく息を吸った。馬車の軋む音を耳に感じながら、千々に乱れた考えをまとめて、ひび割れた防御の楯を構えなおそうとした。公爵の言った〝口づけぐらいどうということもない〟ということばが脳裏をよぎった。どうということもないどころか、地獄での乱飲乱舞の酒宴を覗いた堕天使のような気分にさせる口づけだった。

「さあ、どうだい？」公爵の硬く高まったものが腹に押しつけられた。

何をしても頭の靄《もや》が晴れなかったが、その露骨な仕草にヴェリティはようやくわれに返った。甘くとろける感覚が全身から一気に消えていくと、身を固くして無言で拒否した。

「いやよ」どうにか声を搾りだした。それから、務めて冷淡な口調で言った。「でも、あなたの望みをかなえたのだから、もちろん紐はほどいてもらえるわね」

公爵が不思議そうに見つめてきた。「口づけているあいだに、ほどいたじゃないか」

「えっ？」ヴェリティは一瞬わけがわからなかったが、すぐにそのとおりだと気づいた。さらにばつが悪いことに、自由になった腕を公爵の体にまわして、背中をそっと撫でていた。いままた情熱的な口づけをしようと、公爵を抱き寄せる寸前だったのだ。そういえば嵐のような抱擁のあいだに手が引っぱられたような気がする。そのときに紐がほどかれたのだろう。

さきほどとはちがう意味で顔がほてった。拉致されて何がいちばん屈辱的だったかといえば、それはまちがいなく縛られたことだ。それなのに、目も眩む口づけに夢中になって、拘束が解かれたことにも気づかなかったとは。

「どいてちょうだい」公爵の背中にまわした手を引っこめながら、嚙みつくように言った。けれど、公爵は動かなかった。命令されて、おとなしく従うような男でなかった。「馬車のなかというのはいままで試したことがなかったな」やけに感慨深げな口調だった。ヴェリティにしてもそんな経験はなかったが、それは言わなかった。「ベッドのほうがいいわ」

馬車が揺れて体がぶつかると、公爵の口もとにゆっくりと笑みが浮かんで、一瞬、その顔が穏やかになった。「それはつまり、もとの鞘《さや》に戻る気になったという意味かな?」しまった！　誘っているとも取れそうなことを口走ってしまうとは。ソレイヤなら簡単に男につけこまれたりしないが、いまのヴェリティは緊張して、何か言うたびに泥沼にはまっていくようだった。

いまさら守りを固めても遅かったが、ソレイヤだったころを思いだして、皮肉をこめて言った。「それ以外にわたしに選択肢はあるのかしら?」

公爵の目に浮かんだのは失望なの?　そんなことがある?　いずれにしても、その顔をちらりとよぎった表情は一瞬で消えて、公爵は体を起こすと、最初に座っていた場所に戻った。「いや、そんなものはない」

ヴェリティもぎこちなく体を起こした。とはいえ縛《いまし》めを解かれて、揺れる馬車のなかでも体のバランスを取りやすくなった。座席に座りなおすと、服の乱れを直そうとした。驚いたことに、襟もとのボタンがいくつかはずれているだけで、ほかに乱れはなかった。髪はほどいたままにしておいた。ピンやヘアブラシがなくては、きちんと結いあげられるはずもない。公爵が身を乗りだして、ブラインドを上げた。薄暗い場所での愛撫のあとでは、雨の夕刻の光さえ眩《まぶ》しかった。ヴェリティは目をすがめて、公爵を見た。

しわの寄った服を着ていても、公爵の気品に変わりはなかった。これほど非道な男がなぜこんなに美しいのだろう？　六年前に初めて会ったとき、公爵は二十一歳で、大人の仲間入りをしたばかりだった。ひと目見た瞬間、この世でいちばん美しい男だと思った。同時に、当時でさえ、ほっそりした知的な顔には、末恐ろしいほどの冷静さが漂っていた。認めたくはないけれど、歳を重ねるごとに、その魅力はますます増していた。

見つめていると、公爵がいつもの落ち着きを取り戻そうとしているのがわかった。けれど、顔には赤みが差して、唇はいつもよりやわらかくふっくらしていた。

カイルモア公爵を冷酷非道な男と呼んでいる世間の人々は、公爵の真の姿を理解していなかった。何にも動じないその顔の下に、情熱の炎が赤々と燃えているのを知らないのだ。底知れぬ感情を秘めておくにはどれほどの意志の力が必要なのか、それはヴェリティにも見当もつかなかったけれど。

とはいえ、公爵はもう感情を押しこめてはいない。少なくとも、いまこのときは、感情をさらけだしていた。怒り、恨み、そして傷心。とはいえ、傷ついているのを認めるのは苦しかったはずだ。同時に、春先のさかりのついた動物のように好色でもある。それでいて、約束を守って、一線を越えなかったのは驚き以外の何ものでもなかった。欲望が満たされずに、公爵がじりじりしているのがわかるぐらいには、ヴェリティは目のまえの男を知っていた。

　姿をくらましたときには、公爵はすぐに次の愛人を見つけるだろうと思っていた。ソレイヤを忘れられなかったとしても、女に捨てられたという事実にはけっして目を向けないだろうと。それに、公爵は人一倍精力的なのだ。愛人として過ごした一年のあいだにも、わざわざ愛人宅まで来る暇がないときには、ほかの女で欲望を満たしているにちがいないと思っていた。公爵ほど魅力的なら女の気を惹《ひ》くのはわけもない。公爵がベッドをともにしているのは自分だけ――そんな幻想をヴェリティは抱いてはいなかった。

　けれど、向かいに座って、忌々しいことに相変わらずこっちを射るように見つめているのは、欲望という熱に浮かされた男だった。全身から抑えがたい欲望のにおいが立ちのぼっていた。公爵は長いこと女を相手にしていない――そんな直感を抱いて驚いたが、すぐにそれはまぎれもない事実だと確信した。公爵は愛人が出奔して以来、女に触れてもいないのだ。

　馬鹿な。そんなはずがない……。

　身を屈めて足首の紐をほどきながら、ヴェリティは考えた。女を断っていたからこそ、誘拐という暴挙に出たのかもしれない。

だとしたら、なぜ三カ月ものあいだ抑えていた欲望を、いますぐに満たそうとしないの？

公爵がその気になれば、手を触れないなどという約束はあっというまに反故《ほご》になる。いずれにしても、まもなくすべてを意のままにするはずなのだ。

いくら考えても、どういうことなのかわからなかった。束の間でも手出しをしないつもりなら、あれほど激しい口づけを交わす必要などあるの？　そう考えると、じっとしたまま動かない公爵に驚かずにいられなかった。

「あれはどういうことだったの？」長い間を置いてから、ヴェリティは尋ねた。

公爵は男らしく、質問の意味がわからないふりなどしなかった。「口づけのことかい？きみが言ったとおりだよ。きみに教えたいことがあった」その声はまたもや冷たく鋭く、ヴェリティは身震いした。

「その気になれば、いつでもわたしに触れられることを？」挑戦的な口調で尋ねた。「そんなのはとっくにわかってるわ」

公爵がにやりとした。「なるほど。だが、もうひとつわかったことがあるだろう？　ぼくに触れられたら、きみは反応せずにいられない。どうだい？　そう思うと、悔しくてたまらない、だろう？」

忌々しいことに、そのとおりだった。この悲惨な長い一日で初めて、ヴェリティは心底ぞっとした。

6

ヴェリティに口づけたのはとんでもないまちがいだった。

カイルモアはクッションに寄りかかって、超然とした外見を保とうとした。その間もずっと、内心では男のもっとも根源的な欲求と激しく闘いつづけていた。ヴェリティに飛びかかり、そもそもの思いを達したくてうずうずしていたが、全身に痛みが走るほど身を固くして必死にこらえた。ヴェリティと約束したからというより、獣のような欲望を抑える精神力があることを自身に証明したかった。

ヴェリティを胸に抱くと全身が疼《うず》き、この三カ月のあいだ心に巣食っていた孤独な夢のすべてが満たされた。

ヴェリティはどこまでも刺激的だった。いますぐにわがものにしたら、それで勝利したことになるのか？　いいや、そんなことをしたら、またヴェリティの虜になってしまう。小賢《こざか》しい子猫のようなヴェリティのことだ、それもまたお見通しだろう。弟と引き離したのは、力を見せつけるためで、ふたたび虜になるためではなかった。

ところが、練りに練った計画をまたもやヴェリティにぶちこわされた。手練手管を身に着けた情婦には不釣合いな無垢《むく》なスミレのにおいを発する女に、たった一度だけ、いやいやながらのじらすような口づけをされただけで、ソレイヤといっしょにいたときの自分に戻ってしまった。恋焦がれ、切望して、抑えきれない飢えを感じた。

くそっ。

忌々しいことに、その気さえない女にひざまずかされたのだ。激しい動揺を顔に出すまいとカイルモアは必死だった。だが、すぐに、感情が顔に出ようが心配することはないと気づいた。

ソレイヤ――いや、ヴェリティはこっちを見ようともせず、窓の外の黄昏《たそがれ》の景色を見つめていた。薄れゆく光に照らされた顔には苦痛と恐怖がはっきり表われていた。

黒く渦巻く欲望の海から同情心が湧きあがり、胸を刺したが、その気持ちを押し殺した。こんな災難を招いたのも、もとはといえばヴェリティのせいなのだ。馬車に押しこめてからの数時間で、怖気づかせて服従させたのなら、それほど喜ばしいことはない。生意気なヴェリティが自分の犯した罪な行いのせいで苦しむのは当然だ。ああ、あの口づけも大きなまちがいというわけではなかったのかもしれない。

不快感を和らげようと姿勢を変えた。なんとしてもヴェリティをわがものにしなければならなかった。欲望が決意を焼き尽くし、真っ白な灰に変えてしまいそうだった。三カ月の苦しい禁欲生活のせいで、いますぐ目のまえの女を奪えという声が頭のなかで響いていた。ましてや、ついさっき互いの欲望に火がついて、どちらも愛の行為を求めていたのだから。

いや、もしかしたらそれは勘ちがいだったのか？

もう一度座席に座りなおして、いずれにしてもまもなくヴェリティをわがものにできるのだからと自分に言い聞かせた。そうやって、熱くたぎる血を冷まそうとした。

だが、もう待てない。

いますぐにほしいのだ。

さきほどの行為は、優位に立っているのはこっちだと証明するためのものだった。ところが、証明されたのは、以前と変わらず、目のまえの悪女に骨抜きにされるということだった。女を意のままに操れると確信するはずだったあの口づけは、屈辱的なほどあっというまに、意図したものとはまったくちがうものに変わってしまった。考えたくもないようなものに。激しいせめぎあいが、皮肉にも、最後には驚くべき純粋な行為になってしまった。そう、たしかに口づけた。だが、それだけだ。ヴェリティの非の打ちどころのない体にもほとんど触れなかった。あらゆる曲線が脳裏に深く刻みこまれている体にさえ。それを思うと唸《うな》りたくなったが、もぞもぞと姿勢を変えてどうにかこらえた。

スコットランドに着くまでは、手を出さないと心に誓ったのだ。我慢しようと決めたのは、ベッドをともにするまえに、まずはヴェリティに不安と後悔の日々をたっぷり過ごさせたかったからだ。

それなのに、なぜ、自分のほうが――目のまえの女の主人でありカイルモアの公爵であるこの自分のほうが、拷問台にくくりつけられているような気分になっているのか……。

あの口づけには魔力があった。魅惑的で、男を酔わせ、すべてを忘れさせた。官能的だった。

最初、ヴェリティは口づけのしかたさえ知らないようだった。いや、馬鹿な。ソレイヤの巧みな唇は、すでにこの体の隅々まで味わっているのだ。ソレイヤとの行為をいくつか思いだしただけで、股間で眠りかけていたものが堪えがたいほど硬くなった。

くそっ、この調子では、スコットランドに入るまえに頭がおかしくなりそうだ。

怒りをこめてソレイヤを見た。

いや、ヴェリティを。ミス・アシュトンを。

ヴェリティは一瞬で押し倒せるほど近くにいながら、同時に、果てしなく遠い存在だった。もう手を触れてはいけない。自制心はこの一時間でついえそうになっていた。

カイルモアは覚悟した——これからはひどく長い旅になりそうだ。

数時間後、馬車がヒントン・ステーシーの村に入るころには、とっぷりと日が暮れていた。ヴェリティは相変わらず押し黙っていた。とはいえ、愛人はそもそも口数が多いほうではなかった。気にすることはない、とカイルモアは自分に言い聞かせた。話をするために拉致したわけではないのだから。

「両手を出すんだ」そう言いながら、紐を手に取った。情熱的な口づけのあとはヴェリティを拘束しなかった。できることなら、そうしたかったが。

ヴェリティがこっちを向くと、暗い馬車のなかでその顔がやけに白く見えた。「いやよ」

やはりそう来たか。こうなることを予測しながらも、カイルモアは油断したことを後悔した。どうやら、ヴェリティは口づけのあとの数時間で、ふたたび硬い殻にこもってしまったらしい。

いったい何を期待していた？　たった一度抱きしめただけで、どこにでもいる従順な女になるとでも思ったのか？　そんなことを自問しながら、不機嫌そうにゆがめられたヴェリティの口もとを見た。その唇をもう一度味わいたくてたまらないのに、あきらめなければならないのか？　ヴェリティが自らすすんで主人を悦ばせる愛人だったときには、口づけにこれほど執着を感じなかった。そう考えると、いまの自分の気持ちが不可解でならなかった。

「残念ながら、きみが姿をくらましたときから、〝いや〟ということばはぼくたちのあいだではなんの意味も持たなくなった」目のまえの女にというより、むしろ自分に苛立ちながら、ぐいと手を伸ばした。

「いやよ、縛らせない！」ヴェリティは大きな声で言うと、革の座席の上で身を縮めて、できるだけ離れようとした。

ヴェリティと取っ組みあいをするのはあまりにも品位に欠ける。ああ、だからそんなことはしないとカイルモアは思った。取っ組みあううちに、体が反応してしまうのを恐れているわけではないと。

「となると、きみは痛い目にあうことになる」そうは言ったものの、ほんとうにそんなことができるのか自信がなかった。

ヴェリティは脅しに負けなかった。「だったら、そうしてもらうわ」

なんて豪胆な女だ。カイルモアはこれまでの人生で、勇気というものを何よりも高く評価していた。そしていま、身分の低い情婦が、これまで会ったどんな男にも負けない度胸を見せていることに驚いていた。

口調を少し和らげることにした。怒鳴ったところでうまくいくはずがない。あるいは、ヴェリティの体を傷つけることなく言うことを聞かせるのも無理そうだった。ヴェリティに怪我をさせると考えるだけで、評判の非情さもどこかに行ってしまった。

とはいえ、この一件で自分がどれほどの悪党かは立証された。

「温かい食事や風呂、身のまわりの世話をする者が待っている。お互いに馬車から出たいと願っているのはまちがいない、そうだろう？ぼくだけが馬車を降りて、見張りをつけてきみをここに残しておいても、ぼくとしてはとくに不便はない。ただし、言っておくが、ここで休憩を取ったら、そのあとは夜通し馬車を走らせる。何があっても止まらない」

そのことばの意味を理解して、ヴェリティがようやく小さな声で言った。「でも、縛られるのはいや」

豪華な家と放埓《ほうらつ》な友人たちといっしょにロンドンに置いてきたはずの良心が、また疼きだした。さらに良心が騒ぎだすまえに、邪悪な胸の奥にそれを押しこめた。

「絶対に逃げないと誓えば、縛らないでおこう」なんの根拠もなかったが、ヴェリティが約束を守るのがわかった。ロンドンでは騙されて、利用されたというのに。

「そんな約束はできないわ」悲しげな声だった。

「だったら、両手を出すんだ。力ずくでしたがわせるのは趣味じゃないが、ほかに方法がないとなればそうするしかない」

「わかったわ」

ヴェリティは手と足を縛られるあいだ、震えながらじっとしていた。ふてぶてしいことばとは裏腹に、怯えていた。そんな姿を目の当たりにして、カイルモアの良心は疼くどころか、堪えがたいほど痛みはじめた。

「さるぐつわもしたら?」嘲るような口調でヴェリティが言ったが、落胆もはっきりと読み取れた。

カイルモアはやはり冷静に言った。「これからも憎まれ口ばかり叩くなら、そうしよう。だから、気をつけたほうがいい」

さるぐつわでなく、唇を重ねて黙らせたい。そんな衝動と闘いながら身を引いた。次に、ヴェリティの足もとにひざまずくと、またもや男心をくすぐる香りに包まれた。とたんに、抱きしめて、もう一度口づけたくなった。口づけから始めて、すべてを満たしたかった。

明かりは馬車の外に吊るされたランプだけだったが、ヴェリティが当惑して眉根を寄せるのが見えた。意外な譲歩に戸惑っているのだ。だが、ヴェリティもまもなく気づくはずだった。今夜向かう場所では、わがままな女に救いの手が差しのべられることはないと。

手足を縛られたまま、ヴェリティは身じろぎもせずに、押し黙って座っていた。公爵の話から、これから宿屋に入るのだと思った。誘拐した女を連れこんでも騒ぎにならない、そんないかがわしい宿屋なのだろう。駆け落ちした男女が目指すことで有名な北の村グレトナグリーンへ向かう道に、そういった宿屋があっても不思議ではなかった。

ところが、馬車は道を外れて、カイルモア家の紋章である金の鷲《わし》が彫られた門柱を抜けた。暗くてあたりのようすはわからなかった。雨は上がったが、空には重い雲が垂れこめている。馬車のランプが私道沿いに生い茂る藪《やぶ》を照らしていた。不安でいまにもくずおれそうになっている女にとって、それは心休まる光景ではなかった。

田舎の広々とした邸宅のまえに馬車が停まると、男が駆け寄ってきて、馬車の扉を開けた。

「遠路はるばるようこそいらっしゃいました、公爵さま、マダム。長旅は順調でしたか?」

男のことばには聞きまちがいようのないスコットランド訛りがあった。とはいえ、まだイングランドから出ていないはずだ。カイルモア公爵の馬は速いが、空を飛びでもしないかぎり、これだけの時間でスコットランドに入れるはずがなかった。

「ちょっとばかり厄介なこともあったが」公爵が皮肉っぽい笑みを浮かべながら馬車を降りた。

公爵に屈服させられたのをほのめかすことばを聞いて、ヴェリティは頬が熱くなった。とろけるような巧みな口づけで内なる部分を刺激された。それは、体の交わりで得る刺激とはまったくちがっていた。悔しいことに、公爵もそれに気づいているようだった。

男が言った。「言いつけどおりに、準備万端整えておきました」

「ありがとう、ファーガス」公爵は振り向くと馬車のなかに手を伸ばして、ヴェリティを抱きあげた。

普通ならぎこちなくなるはずの行為を、公爵は易々とやってのけた。ヴェリティは公爵のことを権力を楯にする無法者だと見下したかった。けれど、その所作も目を見張るほど美しければ、それ以上に、頭脳も明晰だった。いま、わたしが誰かを敵にまわしているとしたら——ヴェリティは鬱々と思った——まさに闘いがいのある敵を選んだというわけね。

無表情な中年の召使に見つめられながら、公爵はヴェリティをしっかりと抱き寄せた。家のまえでなめらかな円を描く車回しを四本の松明《たいまつ》が照らしていた。召使はヴェリティの手足を縛る紐をちらりと見て、表情を変えずに目をそらした。

そのようすを見て、ヴェリティはその男の助けは得られないと思った。さるぐつわをされなかったのも合点がいった。金切り声で叫んだところで、ファーガスという名の召使はやはり冷たい視線を向けるだけだろう。

体を包む公爵の腕は温かくたくましく、口づけを交わしたときにどんなふうに抱かれたかをいやでも思いださせた。まずいとは思ったが、体がこわばって、抱きかかえる公爵にあらがうような格好になった。

「抵抗するな」公爵が鋭く言いながら、腕の位置を調節した。憎らしい人……。玄関へと続く広い階段を上りながら、公爵の息はひとつも乱れていなかった。

「落とされたってかまわないわ」ヴェリティはぶっきらぼうに言った。閉鎖された場所から出られた安堵感と戸外の爽やかな空気が、馬車のなかでの眩暈がするような口づけの記憶とあいまって、気力が湧いてきた。

「それはまた勇ましいことだ。だが、冷たく固い大理石の上に落されて痣ができて、きみが喜ぶとは思えない」公爵が腕に力をこめると、厚い胸板がヴェリティのわき腹に押しつけられた。

これほど近くにいると、公爵のたくましさや非情さ、力強さがひしひしと伝わってきた。それでいて、情熱的で、心地よい安心感も漂っていた。あの口づけが忌々しくて、ヴェリティは身をよじった。といっても、縛られていては、思うように体を動かせなかったけれど。

「行儀よくしてないと、肩に担ぎあげるぞ」

「わたしはあなたの忠実なしもべですもの、それほど光栄なことはないわ」皮肉たっぷりに言った。

「なるほど」吐き捨てるようなそのことばには、公爵の男としての悶々とした思いがこもっていた。「忘れるなよ、これからきみの望みをかなえてやるんだからな」

いったん階段の上に立たされたと思ったら、次の瞬間には、肩に担ぎあげられていた。農夫が小麦袋を担ぎあげるのといっしょだった。ふいに子供のころのことを思いだして、公爵が重い荷の位置を調節するあいだ動けずにいた。ほどけた髪が黒いカーテンのように顔のまわりに垂れていた。だらりとぶらさがった手を握りしめて、下ろしてもらおうと公爵の背中を叩いたが、無駄だった。

「こんなこと頼んでないわ」公爵の上等な外套に口をふさがれそうになりながらも言った。

公爵が一歩足を踏みだすたびに、上質な生地を通して力強い筋肉の動きが伝わってきた。

「いまさら何を言う」公爵は召使が開けて待っている玄関の扉へ向かった。

長身の男に担がれていると床がはるか下に見えた。ヴェリティはこみあげてくる怒りと恐怖を呑みこんだ。とはいえ、落とされるとは思わなかった。自分を捨てた女を傷つけるという公爵の計画に、女を床に叩きつけることは含まれていなかった。

気づくと、蠟燭《ろうそく》が灯る廊下に入っていた。外の階段は大理石だったが、そこは黒と白の品のあるタイル張りだった。とはいえ、その床も大理石と変わらず固そうで、おまけに担がれて幾何学模様の床の上を運ばれていると頭がくらくらした。

「遠路はるばるお疲れさまでございました、公爵さま」

垂れた髪のせいで、出迎えた女の顔は見えなかった。

「やあ、メアリー」公爵はメイフェアの舞踏会で貴婦人に会ったかのように応じた。実際には、王国の最果ての地に捕らえた女を無理やり連れてきたというのに。

ヴェリティは唸って、あたりのようすを見ようともがいたが、それも無駄な抵抗だった。

自分がどれほどあられもない姿をしているかはよくわかっていた。尻を突きだして、ふくらはぎも足首も丸見えのはずだ。公爵を蹴飛ばそうにも、力強い腕で太腿をがっちり押さえられていてはままならなかった。

「薔薇の間を用意しておきました」そのことばにもやはりスコットランド訛りがあった。手足を縛った女を主人が無理やり連れてきたというのに、ふたりの召使はどちらもそんなことをまるで気にしていない口調だった。ひょっとすると、主人の誘拐の手助けをするのに慣れているのかもしれない。

「よろしい。まずは風呂。それから食事だ」

「承知しました」召使がわきによけて、公爵がまた階段を上りはじめた。少しでも仕返しができればと、ヴェリティはまたもや足をばたつかせて、蹴飛ばそうとした。

とたんに、尻を叩かれた。

「何するの!」身をよじってあらがった。といっても、スカートとペチコートの上から叩かれたのだから、たいして痛くはなかった。叩かれて大いに傷ついたのはプライドだった。

「おとなしくしているんだ」公爵は低い声で言うと、また階段を上りはじめた。ずいぶん荒々しい足取りだった。

豪華な寝室に入って、肩から下ろされたときには、目がまわって、少し吐き気がした。それでも、攻撃の手は緩めなかった。

「なんて野蛮なの」吐き捨てるように言うと、首を振って顔にかかる髪を払った。

「いまごろわかったのかい」非難のことばにも動じずに、公爵はさらりと言った。「さあ」

もどかしそうに手を伸ばして、ヴェリティの髪をうしろに撫でつけると、鋭い視線も気にせずに、にやりと笑った。「座ったらどうだい？　すぐうしろにベッドがある。まもなく風呂の用意もできる」

「立っていたいの」言いなりになどなるものかと、ヴェリティは必死だった。

公爵は気にするようすもなく言った。「お好きなように」

そうして、驚いたことに、くるりと踵を返して、戸口へ向かった。ヴェリティの予想では、この部屋で公爵にたっぷりいたぶられるはずだったのに。「夕食で会おう」

ひとりになったとたんに、ヴェリティはぐったりとベッドに座りこんだ。ああ、なんて憎らしいの……公爵はわたしが座りこむのを知っていたのだ。

逃げ道はないかと、ヴェリティは部屋を隅々まで見ていった。拉致されて以来、ひとりになったのは初めてで、このチャンスを逃す手はなかった。とはいえ、手足を縛られていては、大したことはできそうになかった。けれど、公爵はこれから風呂と食事が待っていると言った。まさかそのときまで手足を縛ったままにはしておかないだろう。

それに、まさか公爵自ら風呂や食事の世話をするなんてこともないはず……。石鹸をつけた公爵の大きな手が素肌を滑る場面を想像して、ぞくっとした。口が割けても人には言えないが、そうされるのがいやでたまらないというわけでもなかった。

ケンジントンの別邸には最新式のバスルームがあった。そこでは、公爵といっしょに幾度となく新たな官能を追求した。温かいお湯のなかで濡《ぬ》れた体が擦《す》れる感触がよみがえって、思わず息を呑んだ。

でも、それはソレイヤだったころのこと。いまのわたしはヴェリティ。気高い魂を持つヴェリティが淫らな快楽とともに生きることはない。

致命的な弱点――なんとしても克服しなければならず、それができないなら死んだほうがましとまで思っている弱点――となりかねない記憶を頭から振り払って、もう一度部屋のなかをじっくり見ていった。部屋は広く快適で、細かい薔薇模様の壁紙が張られていた。家具はマホガニー。暖炉の炉棚には凝った彫刻が施され、ふたつある窓には金襴《きんらん》のカーテンがかかっていた。

何もかも上等ではあるけれど、おもしろみのない部屋。これが子供のころなら、模様が織りこまれたふかふかの絨毯や、シルクのベッドカバーを見て目を丸くしたかもしれない。けれど、貴族の情婦を経験したいまとなっては、とりたてて驚くようなものは見あたらなかった。貴族の子女用にしつらえられた部屋、ただそれだけだった。

とはいえ、ほんとうなら地下室に投げこまれなかったことに感謝するべきなのだろう。考えてみれば、そうなる可能性のほうがはるかに高かった。なんといっても、公爵は自分を捨てた女に屈辱を与えようと躍起になっているのだから。

もしかしたら、この寝室を選んだのには何か特別の意図があるのかもしれない。ふたたび旅路につくまえに、愛らしい薄紅色のカバーがかかるベッドで、猛る欲望を満たすつもりかもしれない。目的地に着くまでは手を出さないと言ったが、約束など信用できるはずがない。あらゆる仕草に欲望がちらついているのだから。

縛られた体に怖気《おぞけ》が走った。これから公爵にされることを思うと、恐ろしくてたまらなかった。馬車のなかの口づけでうっとりしたように、われを忘れて反応してしまいそうで怖かった。そんなことになったら、屈せずにいられるわけがない。

そう、あの口づけを思いだしてはわたしが悶え苦しむのを、公爵は予想していたのだ。そして、悔しいことにそのとおりになった。拉致されたときには、公爵の男としての魅力にいずれ屈することになると誰かに言われたとしても、笑い飛ばしていたはずだ。けれど、いまはどれほど易々と押し倒されてしまうかわかった。そうして、心底恐ろしくなった。

公爵が鍵をかけて出ていった扉――すでに隅々まで確かめて、そこからは逃げられないとあきらめた扉――が開いた。ファーガスと見るからに屈強な若者がバスタブを運んできた。それに続いて、おそらくさきほど階下で出迎えた女――公爵がメアリーと呼んだ女が、石鹸と山ほどのタオルを持って部屋に入ってきた。

三人の背後で開いている扉が手招きしているように思えたが、手足を縛られていては、走って逃げるわけにもいかなかった。

いまは我慢しなければ。

ヴェリティは三人の召使を無言で見つめた。若者の浅黒い肌や四角い顎がファーガスにそっくりなところ見ると、まずまちがいなく息子だろう。ファーガスの息子がバスタブに湯を注ぐと、壁紙の薔薇の蕾《つぼみ》がいっせいに開いたかのように、心地よい香りが部屋じゅうに広がった。甘い香りが苦痛を癒《いや》してくれた。

公爵がやってくるにちがいないと思ったが、風呂の用意ができて部屋の扉が閉じられると、その場に残ったのはメアリーだけだった。歩み寄ってくるメアリーのやさしい青い目と白髪混じりのくしゃくしゃの髪を見ると、とても犯罪に手を貸す女には思えなかった。

メアリーはヴェリティの手首を縛っている紐をそっとほどいた。「あたしはメアリー・マクリーシュ。ファーガスの女房でこの屋敷の使用人です。手伝いますよ、マダム」穏やかなスコットランド訛りで言った。

ここに着いたときにファーガスもそう呼びかけたように、メアリーもフランス式の敬称でヴェリティを呼んだ。まさに逃げた愛人にふさわしい呼び名だ。英語のマイ・レディという敬称で呼ばれでもしたら、あまりにも滑稽で大笑いするところだった。

それまではあえて無表情でいたメアリーだったが、足首の紐をほどこうとひざまずくと、その顔にどこか非難めいた表情が浮かんだ。公爵が現われたら、味方をつくるチャンスはなくなってしまう。ヴェリティは勇気を出して、メアリーに話しかけた。

「わたしは公爵に拉致されたの。無理やりここに連れてこられたの。お願い、わたしを逃がして」低い声で訴えた。

公爵が腰を屈めて鍵穴に耳をつけているとは思えなかった。でも、ほんとうに？　公爵に拉致されるとは夢にも思っていなかったのだ。

メアリーはせわしなく動かしていた手をいったん止めたが、すぐにまた靴と靴下を脱がせにかかった。「うちの家族はご主人さまにたいへんな恩があるんです。マダムが苦しんでるのはお気の毒だと思ってます。でも、公爵さまが本気でマダムを傷つけるつもりだなんて、そんなことは絶対にありませんよ」そう言うと、メアリーは立ちあがった。ヴェリティの悲しげな顔を見ないですむように目を伏せたままだった。見てしまったら、助けたくなるに決まっている、そう思っているかのようだった。「さあ、手伝いますから、服を脱いでください」

「いいえ、公爵はわたしを傷つけるつもりでいるの。だって、そう言ってたもの。わたしがどんな扱いを受けたか、あなたもその目で見たでしょう」ヴェリティはメアリーの無表情な顔を見つめた。どうすればいいのかわからずに、歩み寄ると、紐を解かれたばかりの手でメアリーの手を握った。「お願い。助けて。神に誓って、あなただけが頼りなの」

「軽々しく神なんてことばを口にしてはいけませんよ」とメアリーは言った。そのことばには、異様な姿で現われた公爵を階下で出迎えたとき以上の不快感が表われていた。「さっきも言ったように、公爵さまにはそむけません」

ヴェリティは何を言っても無駄だと気づいた。けれど、あきらめるわけにはいかなかった。公爵の隙をついて逃げる唯一のチャンスかもしれないのだ。昂る感情に声が震えた。「公爵はわたしを縛ったのよ。家族から引き離したの。無理やり犯すと脅したの。あなたも女なら……」

メアリーは不安げに目をそらした。どこからともなく公爵が現われて、有無を言わさずここから追いだされると思っているかのようだった。「公爵さまの悪口は聞きたくありません、マダム。貧しく飢えていたあたしたちを、あのお方は救ってくれたんですから。この屋敷で働くマクリーシュ家の者は誰だって、公爵さまのためなら命を投げだしてもいいと思ってます」メアリーがヴェリティをまっすぐに見た。その目には心からの同情が浮かんでいた。「こんなことになってほんとうにお気の毒です。でも、あたしには助けられません。さあ、立ってください。体を洗いましょう」

「わたしを逃がしてくれないなら、カイルモアの公爵と同じように、あなたも罪を犯しているのよ」ヴェリティは痛烈に言ったが、何を言っても時間の無駄でしかないのはわかっていた。メアリーはカイルモア公爵に絶対の忠誠を誓っている。何をしたところで、その気持ちは変わらないのだ。

辛辣《しんらつ》なことばを投げつけられて、メアリーの顔が赤くなった。「そうかもしれません、マダム。でも、あたしは……助けるわけにはいかねえ……んだから、もうそんな話はやめてくだせえ」よほど辛かったのか、メアリーの訛りが急に強くなった。「おねげえですから、公爵さまにそむけなんて言わねえでください」

怒りと絶望でヴェリティは胸が苦しくなった。メアリーに対する怒りより、その主人に対する怒りが新たに湧きあがって、黒いドレスの胸もとのボタンに触れているメアリーの手を払った。

やはり味方はいないのだ。

「ひとりでやるわ」ヴェリティは冷たく言い放った。

メアリーが困った顔をした。「公爵さまからお世話をするように言われたんですよ」

「あなたに世話をされるより、ひとりにしてもらったほうがありがたいわ」思わず語気を強めた。

メアリーは渋々承諾してお辞儀をした。「わかりました。でも、ご用があるといけませんから、戸口のすぐ外にいます」

わたしが煙になって鍵穴から逃げだしたりしないように見張っているのね。ヴェリティはそんなことを考えて、さらに不愉快になった。メアリーは悲しげに肩を落として部屋を出ていったが、だからといって、扉に鍵をかけるのを忘れはしなかった。

ヴェリティは差し迫った生理的欲求だけをすますと、カーテンを開けて、窓の外を見た。部屋の明かりが窓から漏れて、逃げ道を探れるぐらいには外のようすが見えた。

駄目だ。そう思ってがっかりした。

部屋は三階で、窓の近くに都合よく木の枝が伸びていることもなかった。飛び降りれば、首の骨を折りかねない。といっても、それもまたこの苦しみから逃れるひとつの方法ではあるけれど。

窓から身を乗りだして、排水管にしろバルコニーにしろ、なんでもいいから外に張りだしているものがないか探した。けれど、建物は純然たるパラディオ様式で、無意味な装飾はひとつもなかった。召使が戻ってくるまえに、ベッドを囲む垂れ布でロープをつくれるだろうか……。

「そんなことを考えても無駄だよ」窓から漏れた明かりが地面に描く四角のなかに、公爵が現われて、口もとに葉巻を持っていった。

「わたしはただ……」ヴェリティはあわてて言った。何か企んでいると思われて、貴重なプライバシーを侵害されたくはなかった。

公爵は短く笑って、葉巻の煙を吐きだした。上等な葉巻の香りが雨上がりの庭の爽やかな香りと混じりあいながら立ちのぼり、ヴェリティの鼻をくすぐった。「きみが何を考えているかは手に取るようにわかる。さっさと入浴をすませるんだな。ゲームは始まったばかりなのに、ぼくが易々ときみを逃がすと思ったのかい？　そんなつまらないゲームをするとでも」

自分が放った網のなかで獲物がもがくのを見て楽しんでいるような口調だった。これまでにないほど激しい憎しみが、ヴェリティの胸にこみあげてきた。いまここに拳銃があれば、即座に公爵を撃っているところだった。

「喜んでもらえて光栄だわ」ヴェリティは皮肉をこめて言った。

「まったくだ」公爵は軽く言った。「いずれにしても、ゲームの醍醐味《だいごみ》はこれからだよ」

子供じみていると思ったが、ヴェリティにできたのは窓をぴしゃりと閉めることだけだった。

カイルモアが薔薇の間に入ると、愛人は相変わらず貞淑な未亡人の装いをしていた。黒いドレスのボタンをいちばん上まできちんと留めて、艶《つや》やかな髪をぴたりと結っていた。険しい感情が銀色の瞳を曇らせていた。パトロンの策略にはけっしてはまらないという明らかな意思表示だった。

とはいえ、とカイルモアは思った。ヴェリティには申し訳ないが、まだ策略を実行に移してもいない。

常軌を逸したこの逃避行のあいだに胸に湧きあがるはずの感情ならまえもって予測していた。怒り、憎しみ、満足。だが、これほど楽しめるとは思ってもいなかった。さらには、反抗的で、どんな譲歩にも牙《きば》を剝く女が、薪《まき》がはぜる暖炉のまえに座っているのを見るだけで、この数カ月で何よりも胸が躍った。

つまりは、この自分も両親に負けず劣らず異常だったというわけか。

テーブルをはさんでヴェリティの向かいに座ると、ふたつのグラスに赤ワインを注いだ。傍らの給仕台の上には銀の蓋《ふた》をかぶせた料理が並び、食欲をそそるにおいを放っていた。とはいえ、言うまでもなく、目のまえにいる美しい女ほどそそるものはなかった。ダマスク織りのテーブルクロス越しに、殺してやるとばかりに睨みつけている女ほど。

ああ、本気で殺すつもりでいるのかもしれない。そんなことを考えながらも、それならそれでかまわないと思った。

「そのナイフをきみの手の届かないところに移してもいいかな?」そう言うと、椅子の背にもたれて、グラスを口もとに持っていった。

ヴェリティがはっとしてテーブルに目を落とした。食事用のナイフが武器になるとは思ってもいなかったらしい。ヴェリティはほんとうは心根のやさしい女なのだ、カイルモアがそう感じたのはそれが初めてではなかった。いや、少なくとも、世間の人々のまえでヴェリティが演じている冷ややかな女よりは、多少なりともやさしさを持ちあわせているらしい。

やさしい女? とんでもない! なんの躊躇《ちゅうちょ》もなく男を利用して、ぽいと捨てたのだ。毒蛇のような女じゃないか。見た目の美しさに騙されてなるものか。ヴェリティは強欲なあばずれだ。

とはいえ、冴えない服を着て、髪をひっつめていても、目を見張るほど美しかった。地味な装いのせいで、なめらかな卵形の顔の輪郭や、大きく澄んだ瞳、ふっくらとやわらかな唇がかえって強調されていた。

ヴェリティの唇……。

それに口づけてすっかり魅了されたことで頭がいっぱいになるまえに、目をそらした。そうして、あらためて自分に言い聞かせた——ヴェリティの手中に落ちるために拉致してきたわけではない。無理やり連れてきたのは、カイルモアの公爵を軽んじたらただではすまないと思い知らせるためだ。裏切りの代償をたっぷり払わなければならないのをわからせるためだった。

カイルモアは立ちあがった。ひとつには、ヴェリティに手を伸ばしたくなる衝動を抑えるためでもあった。「料理を取り分けよう。メアリーは一流の料理人だ」

予想に反して、男をそそる濡れた唇から出たのは、冗談めかした皮肉だった。「罪を犯した囚人にも、愛情のこもった料理を食べる資格があるのかしら?」

カイルモアはヴェリティの皿に料理を盛った。「お望みなら、空っぽの胃袋で運命に立ち向かってもらっても、こっちとしては一向にかまわない」

「いただくわ」ヴェリティはきっぱり言った。「力をつけておかなければならないようだから」

カイルモアは静かに笑った。そうだ、ぜひとも力をつけてもらわなければ。といっても、その目的は、ヴェリティが考えているものとはまったくちがうが……。料理をたっぷり盛った皿をヴェリティのまえに置くと、次に自分の皿に料理を取り分けた。

ことばどおり、ヴェリティは供された料理をすべてたいらげた。だが、酒にはほとんど手をつけなかった。酔って頭が鈍ってはいけないと警戒しているのだ。逃げようとしても時間の無駄だと言ってやってもよかった。一度捕まえたら、けっして逃しはしないと。

「あれは気に入らなかったのか?」カイルモアはベッドの上に広げてある深いワインレッドのドレスを指さした。入浴後に愛人が着るようにと、メアリーに用意させたものだった。

ソレイヤにうってつけのドレス――流行のデザインで、華やかで、エキゾチックな雰囲気が漂っている。これまでにソレイヤのドレスを何着も仕立てた店で、カイルモア自らわくわくしながら選んだものだった。そのドレスがソレイヤの麗しい体からゆっくりと滑り落ちるのを思い浮かべて、さらにわくわくしたものだった。

「ええ、自分の服のほうがいいわ」ヴェリティは贅沢な衣装に目もくれなかった。

妙なものだが、言われてみればたしかにそうだ、とカイルモアは思った。ベッドの上に広げられたドレスは、冷ややかな拒絶の表情を浮かべている女には似合わなかった。あれは情婦の衣装だ。誰もが驚くほど高価ではあるが、それでも情婦のドレスであることに変わりはない。男を惑わす気など微塵もないヴェリティをテーブル越しに見ていると、そこにいるのがほんものの貞淑な未亡人であるかのような錯覚を抱いた。

だが、もちろんそんなはずはない。とはいえ、ケンジントンでの罪深く長い昼下がりの記憶は、いまのヴェリティの貞節な印象とはまるで一致しなかった。

この女はかつての女とはちがうのか？　そんな不愉快な思いがまたもや胸に広がった。そこで初めて、目のまえにいる女はソレイヤではなく、ヴェリティなのだと痛感させられた。

「そんな地味な服には、すぐに嫌気がさすさ。それに、些細なことにいちいち抵抗してどうするつもりだ？　そんなことをしてもなんの足しにもならない」

ヴェリティは首を振っただけで答えなかったが、カイルモアにはその気持ちが読めた。なんであれひとつ受け入れるたびに、敗北に近づくと考えているのだ。とはいえ、ヴェリティが気づいていないこともある——それはすでに敗北への道を歩みはじめているということだった。

いや、もしかしたら気づいているのかもしれない。

カイルモアは立ちあがった。同時にヴェリティが身を縮めた。小さな悪魔にそそのかされて、カイルモアはヴェリティのうしろにまわると、肩に手を置いた。甲高い叫び声でもあげそうな勢いで、ヴェリティの体がびくんと震えた。

「体に触れないという約束よ」鋭い口調だった。

「あの約束はまちがいだった」カイルモアはあっさり言うと、ヴェリティの弱さと強さの両方を確かめるように、華奢な肩を揉《も》みはじめた。

「やめて！」ヴェリティは大きな声で言うと、身をよじって手を振り払い、暖炉の火かき棒に飛びついた。いままでカイルモアが見たことがないほど、ヴェリティは必死だった。「もう一度さわったら、殺すわ」息を荒らげながら、火かき棒を持ちあげた。切羽詰まっているせいで、美しい顔から血の気が引いていた。

ヴェリティの椅子のうしろに立ったまま、カイルモアは高慢に笑った。「馬鹿な真似をするんじゃない。何をするつもりだ？　頭を叩き割る気か？」

「ええ、いざとなればそうするわ」黒い喪服に包まれた丸い胸が上下して、きつく結わえた髪がほつれて頬に落ちていた。

ヴェリティが反撃に出たのも不思議ではなかった。なんといっても拉致してからというもの、ヴェリティを嘲りつづけて、反抗させるように仕向けてきたのだから。「わかっているだろう、まばたきするあいだに、その火かき棒がぼくの手に移ることになるのは」

「だったら、そうしてみるといいわ」ヴェリティの口調は不安げだった。

「火かき棒を下ろすんだ。こんなことをしても、ぼくを怒らせるだけだぞ」カイルモアは歩み寄ると、強引に手を伸ばした。次に話しはじめると、さらに厳しい声になっていた。「それに、きみの運命を握っているのはぼくだってことを忘れるな。となれば、いましていることが、どれほど浅はかかわかるだろう。いままでは、われながら驚くほどの自制心を働かせてきたが、これ以上ぼくを怒らせたら、どうなるかわからない」

「あなたなんてちっとも怖くないわ」

「なるほど、だったら恐れてもらおう」低い声でそう言うと、カイルモアはヴェリティのまわりをまわりはじめた。

ヴェリティは火かき棒を下ろそうとしなかった。どうやら本気でそれを使う気でいるらしい、とカイルモアは思った。鉄の棒を振りかざす怒りに燃えた女戦士――そんなヴェリティと向きあっているのだからもっと緊張してもよさそうなものだが、それどころか、この三カ月でいちばん体に力がみなぎっていた。

「あなたを信用するなんて馬鹿だったわ」ヴェリティはそう言いながらも、じりじりとまわって、相手から目を離そうとしなかった。

「ぼくを信用したとは、世迷言《よまいごと》を言ってくれるじゃないか」とカイルモアは冷ややかに応じた。同時に、思いもかけず後悔の念を抱いた。

カイルモアの返事に心が揺れたのか、ヴェリティが顔をしかめて、束の間、その視線がそれた。その機を逃さず、カイルモアは易々ととなりに立った。頭めがけて振り下ろされる火かき棒をなんなくかわすと、ヴェリティの腕を取ってうしろにまわし、背後から体を押さえつけた。ヴェリティはもう動けなかった。

「放してよ。このろくでなし!」

カイルモアは無礼なことばを無視した。できることならその体のぬくもりも無視したかった。体をぴたりとつけている以上、ヴェリティが震えているのに気づかないわけにはいかなかった。反抗的な態度のすぐ下に恐れが隠れていたのだ。カイルモアは一瞬でそれを読み取った。

「ヴェリティ、火かき棒を捨てるんだ」

押さえつけられながらも、ヴェリティはもがいた。「いやよ、人でなしの言うことなんて聞くもんですか!」

「ことばに気をつけたほうがいい」カイルモアは片手を滑らせて、ヴェリティの手首へ持っていくと、怪我をさせないように気をつけながらも手首を絞めつけた。「さあ、火かき棒を寄こすんだ。でないと痛い目にあうぞ」

その口調に何かを感じたのか、ヴェリティはがっくりとため息をついて、間に合わせの武器を離した。ふたりの足もとの絨毯の上に、火かき棒が乾いた音をたてて落ちた。

カイルモアはヴェリティの体をまわして、自分のほうを向かせた。「なんて無茶なことをするんだ」その声は穏やかだった。「誰かがあんなきみの姿を見たら、男に怯えた生娘だと勘ちがいするところだ。だが、ぼくはけっして騙されない、それを忘れるな。きみとは一年のあいだ、ありとあらゆる快楽を追求したんだ。きみの体のことなら隅々まで知ってるよ」

ヴェリティの目が負けを認めて曇った。それでも、すねたように唇を尖《とが》らせた。「わたしはもうあなたの愛人じゃないわ」暗い声だった。

カイルモアはさもうんざりしたようにヴェリティの体を押しやった。「これ以上旅を続ける必要がなければ、そのことばが偽りだといますぐに証明してみせるところだ」

ヴェリティは戸惑いを隠そうともせずに眉根を寄せた。「旅を続ける?」張りつめた沈黙のあとに尋ねた。

「そうだ。馬車のなかで言ったはずだ。予定どおり北へ向かう」戸口へ向かいながら、カイルモアは肩越しに言った。「三十分で戻る。そのあいだに、協力したほうが身のためだと自分に言い聞かせておくんだな」

7

三十分後、敗北を思い知らされて落胆し、さらには、愚かな小娘のような自身のふるまいにもがっかりしながら、ヴェリティは公爵に導かれて馬車へ向かった。長身の公爵は考えこんで、気味が悪いほど押し黙ったまま、薔薇の間を出て、階段を下りた。さも貴族的な尊大な仮面の下で何を考えているのか、ヴェリティには見当もつかなかった。あれほど歯向かったのだから、腹を立てているのはまちがいない。腕をつかむ大きな手に必要以上の力がこもっているのが、無情な復讐を完璧に果たすまでは、かつての愛人を手放す気など微塵もないことを物語っていた。

火かき棒を手に芝居じみたことをして、わたしはいったいどうするつもりだったの？　女が怒ったところで、公爵が怖がるはずがない。豪華な織物で彩られたベッドに押し倒されるのが恐ろしくて、あんな無謀なことをしてしまったのだ。

公爵を殺したら、絞首刑はまぬがれない。そうなれば、公爵が何を企んでいるにせよ、わたしの長年の夢は永遠についえることになる。もし公爵を傷つけたら、いままで以上に怒らせるだけ。公爵が復讐に飽きないかぎり、この苦しみは死ぬまで続くのだ。そんな辛い現実を受け入れるしかなかった。

思えば、そもそも最初から公爵の気持ちを読みちがえていた。ロンドンでは、公爵が魔性の女ソレイヤをなんとしても愛人にしようとしたのは、男としての名声をさらに高めるためだとばかり思っていた。さらには、一年間の愛人生活で感じたのは、公爵が社交界でもとくに高い地位にあると自負していることだった。

けれど、いまあらためて、これまでとはちがう視点で考えてみた。六年ものあいだひとりの女を追いつづけたことや、その女を得るために膨大な金を払ったことも含めて、公爵の執着心の強さを。

ソレイヤというひとりの女への執着心を。

ロンドンで暮らしはじめてまもなく、カイルモアの公爵であるキンムリー家には狂気の血が流れているという話を耳にした。とはいえ、それは大げさな噂話だと考えてきた。そう、いままでは。

思わず身震いした。どうしようもなくぞっとした。さらに悪いことに、公爵はその恐怖心を感じとって利用していた。

馬車に乗ろうと家を出ると、なぜ今回は縛られなかったのかがわかった。マクリーシュ家の人々が傍らにぴたりと張りついていた。険しい表情を浮かべたその顔には、公爵が連れてきた女が逆らうそぶりでも見せようものなら、即座に行動を起こすという固い意志が読み取れた。

けれど、薔薇の間で味わった屈辱からまだ立ち直れずにいて、あらがう気持ちなどとうぶん起きそうになかった。力で対抗したのは失敗だった。いとも簡単に武器を奪われたショックはそう簡単には忘れられなかった。

そこからの旅には、マクリーシュ家のふたりの息子がくわわることになった。ヴェリティはそのふたりが御者のとなりに座るのをぼんやり見つめた。見張りが増えたところで変わりはない。自分を見張る人々のなかで真に問題なのは、体が触れあうほどそばにいる手ごわい男だけなのだから。

公爵に無言で馬車に押しこめられた。それに続いて公爵自身も乗りこんで、向かいに腰かけると、天井を鋭く叩いた。それを合図に馬車が動きだした。馬車が速度を上げるまで、公爵はしっかりつかんだ腕を離そうとしなかった。

ヴェリティは後悔した。薔薇の間で感情を爆発させたのはまちがいだった。いままで以上に公爵を用心させることになったのだから。

馬車が走りだしてだいぶ経ってから、ヴェリティはようやく口を開いて、田舎の邸宅に着いたときから気になっていたことを尋ねた。「ここはもうスコットランドなの?」

思いにふけっていた公爵が顔を上げた。田舎の邸宅を出て、馬車が北へ向かいはじめてから、公爵はひとことも口をきいていなかった。ヴェリティにしてみれば、そんな時間が何時間も続いたかに感じられた。火かき棒で頭を叩き割ろうとしたのだから、たわいない質問にも敵意と怒りのこもったことばが返ってきても不思議はなかったが、公爵はいかにも品のある洗練された口調で答えた。

「いや、ここはまだヨークシャーだ。なぜそんなことを訊く？」

「マクリーシュ一家はスコットランド人よね」

「あの家族はヒントン・ステーシーの屋敷の管理人だ。一年のうちで、ぼくがあそこを使うのは狩猟期間のほんの数週間だ。それ以外はマクリーシュ一家に任せてる」

「あの人たちはカイルモアの公爵にずいぶん献身的なのね」ヴェリティは皮肉をこめて言った。メアリーの公爵に対する心からの賞賛には驚かされ、同時に当惑もした。あのときのメアリーは、ヴェリティの知りもしない男の話をしているかのようだった。

馬車の外に吊るしたランプの明かりが、公爵の冷笑を浮かべた顔をちらりと照らした。

「彼らは誰についたほうが得かわかっているのさ」

いいえ、それだけじゃない、とヴェリティは思った。あの家族は公爵を英雄のように崇《あが》めていた。もしかしたら、公爵の真の姿は社交界でのものとはちがって、実はやさしいのだろうか？　そして、愛人への容赦ない復讐のなかで、そのやさしさが顔を出したりするの？

残念ながら、それは期待できなかった。

公爵が手を伸ばしてきた。「少し眠ろう」そう言うと、ヴェリティの両手を縛って、紐の反対側を自分の手首に結んだ。

ヴェリティは落胆して疲れ果て、あらがう気力もなかった。あらがったところで、どうせ縛られるのだ。公爵はしたいことをする。公爵に捕らえられている以上、それがまぎれもない現実だった。

旅に出て四日が経つと、意外にも、ヴェリティはヒントン・ステーシーで過ごしたわずかな時間が懐かしくなった。あれ以降、芳香漂う湯を張った風呂も、蠟燭の炎に輝く上質な皿で供される温かい食事もなかった。さらには、自分をさらった男に無理やり押し倒されるのではないかと恐れていたあの大きなベッドさえ、いつ終わるとも知れないこの旅で与えられた寝床を思えば夢のようだった。

旅は昼も夜も続いた。公爵への嫌悪感にも劣らないほど、馬車の絶え間ない揺れに嫌気がさした。

公爵が体に触れてくることはなかったが、本心では触れたくてうずうずしているせいで、ふたりのあいだの空気はつねに張りつめていた。鉄の意志で無関心を装いながらも、公爵はつねに油断なく見張っていた。ヴェリティが茂みで用を足すときにも、公爵とその従僕はかならず声の届くところにいた。

ヴェリティにしてみれば、屈辱的で許しがたい行為だった。そうやって、気力を萎えさせるつもりなのはわかっていた。

けれど、ヴェリティ・アシュトンの気力はそう簡単に萎えたりしない。無力感や疲れや不安に負けたりしない。公爵を心の底から憎むことで、すべてに堪える気力をかきたてていた。

いくらかでも残っていたソレイヤとしての自分が、マクリーシュ家の息子を誘惑すればいいいと囁いた。十六歳ぐらいとおぼしき下の息子は、誰にも見られていないときを窺っては、憧《あこが》れの眼差しでちらちらとヴェリティを見ていた。

いっぽうで、人に使われて生きていたころを思いだすと、自分の都合で誰かの生活を破綻《はたん》させることに大きな罪悪感を抱いた。マクリーシュ家の人々は犯罪に加担しているが、それは悪魔のような主人の命令に従うしかないからだ。責められるべきは主人なのだ。邪悪な主人に尽くしているからといって、世間知らずの若者から食い扶持《ぶち》を奪うわけにはいかない。

馬を替えるときには、田舎に住む騎士道精神にあふれた男が現われて、助けてくれるのを願ったが、馬車が停まるたびに、公爵の手で口をふさがれた。さらには、公爵は準備のために従者のひとりをつねにさきに行かせて、驚くべき早さで馬を交換した。

四日目の夜は、めずらしく馬車を降りて、かつての小作人の住まいで、いまは廃墟となった小屋で一夜を明かすことになった。馬車の激しい揺れにうんざりしていたヴェリティは、それまで頑ななまでに貫き通してきたやりかたを公爵がなぜ変えたのか訊きもしなかった。前日にイングランドからスコットランドに入ってからというもの、道は悪くなるばかりだった。とくに今日はいままでになく馬車が揺れて、大きく傾いて、がちがちと鳴る歯が折れなかったのが奇跡のようだった。

宵闇が迫るなか、ヴェリティはマクリーシュの息子たちが粗末な床に敷いてくれた敷物の上に座って、食事を用意する彼らを無言で見つめた。今夜もオート麦のビスケットとニシンの塩漬けだった。

ヴェリティ、ずいぶん贅沢になったものね、と心のなかでつぶやいた。オート麦のビスケットと塩漬けニシンがご馳走《ちそう》だったころもあったはずなのに。けれど、いくら自分を戒めてみても、温かな風呂と、ナイフとフォークで食べる食事のためなら魂を売ってもかまわないと思わずにいられなかった。

屋根があって、雨に濡れないだけでもありがたいと思わなければ。気温が下がり、外では陰気な雨が降っていた。ガラスのない窓から冷たく湿った風が吹きこんで、はるか北まで旅してきたのを思い知らされた。まだ八月のはずなのに寒くてたまらなかった。

公爵はどこに行ったのだろう？　そんなことを考えながら、火のそばへ行った。手足の紐を解いた状態で、公爵がそばを離れるのはこれまでにないことだった。とはいえ、逃げる手立てを考えて、なけなしの気力と体力を無駄にしたりはしなかった。たとえマクリーシュの息子たちの裏をかいて逃げたとしても、人の住まない荒野でどこへ向かうというのか。スコットランドのカイルモアの公爵領がこれほど過酷な土地だとは思ってもいなかった。

外で馬のいななきと人の声がした。公爵が戸口に現われた。黒い髪をうしろに撫でつけて形のいい額があらわになっていた。いつものように、その所作には強い意志がみなぎっていた。そんな公爵を見て、ヴェリティは苛立った。いまのいままで雨に降られていたはずなのに、ぬかるみで苦労したようすなど微塵もなかった。

ええ、それはそう。気高い公爵さまにはあれこれと身のまわりの世話を焼く召使がいるのだから。公爵のシャツは真っ白で染みひとつなかった。

気高い公爵さまですって？ ヴェリティは思わず叫びたくなるのをこらえた。

公爵がマクリーシュの息子たちに言った。「今夜はここで過ごして、明日、カイルモア城まで馬車を走らせてくれ」

また旅の話？ ヴェリティはうんざりした。いまいるのがどこなのかも、これからどこへ向かうのかも知らなかった。知っていたとしても、意見など聞いてもらえるはずがなかった。

公爵は食事を運んでくると、となりに座って、ブーツを履いた足を火のほうへ伸ばした。

ヴェリティは公爵の沈黙にはもう慣れっこだった。ウィットビーで拉致されてからというもの、公爵からは絶え間ない嘲りや非難を浴びせられたが、火かき棒を手に歯向かってからは、ほとんど口をきかなくなっていた。旅を続ければ続けるほど、どんどん自分の殻にこもっていくようだった。

けれど、しゃべらないからといって、欲望が失《う》せたとは思わなかった。欲望は以前と変わっていない。ただそれを行動に移さないだけ。そうして、公爵が欲望をあらわにするときをあとまわしにすればするほど、ヴェリティの不安はかきたてられた。

なぜ、すぐにでもわたしをわがものにしないの？ 公爵は何を待っているの？ もちろん、わたしが同意するのを待っているなどということはない。人目が気になるなら、マクリーシュの息子たちをさきに行かせて、その間にたっぷり楽しめばいい。

ヒントン・ステーシーを発《た》ったときには、公爵がすぐさま欲望を剥きだしにするものと思っていた。あの情熱的な口づけ——ことばでは言い表せないほど悔やまれる口づけ——のせいで、ヴェリティが口にしたどんな抗議のことばもうわべだけのものでしかなくなってしまった。それなのに、手足を縛るときと、その紐をほどくときを除けば、公爵が体に触れることはなかった。

いまは手も足も自由だが、眠るまえにまた縛られるのはわかっていた。そのことに文句を言う気にもなれないほど、疲れ果てていた。

うつむいて、粗末な食べ物を口に運んだが、味はほとんどわからなかった。とにかく疲労困憊《こんぱい》で、横になって二度と動きたくない、そんな気分だった。全身が痛んだ。馬車のなかよりは、床に敷いた敷物の上で眠るほうが疲れが取れそうなものだが、そうとも思えなかった。敷物があっても床のくぼみやふくらみが痛む体にはっきり伝わってきた。

新たにやってきたふたりが火のそばに来た。公爵が言っていたアンディとアンガスなのだろう。図体《ずうたい》の大きなそのふたりが、拉致されたときに公爵の手助けをした男たちだと気づいてはっとした。粗末な食事が床に転がるのもかまわずに、長いあいだ馬車に揺られて震えが止まらずにいる脚ですっくと立ちあがった。

「弟に何をしたの？」甲高い声で叫んだ。「ベンに何をしたのか言いなさい」

「騒ぐんじゃない！」公爵が立ちあがったかと思うと、次の瞬間にはうしろにいて、ふたりの男に飛びかからんばかりのヴェリティの腰に腕をまわした。

華奢な女が、目のまえのふたりの大男に大怪我を負わせると考えているかのようだった。とはいえ、ヴェリティは本気でそうするつもりだった。煮えたぎる怒りに、さきほどまでの無気力はどこかへ消えていた。

「放して!」、叫びながら、公爵の腕から逃れようともがいた。

「叫んだところで無駄だ。ふたりとも英語はわからない」

公爵はゲール語らしきことばで男たちに話しかけた。ひとりがヴェリティを不審そうに見ながら、すぐに答えた。

「弟は元気だと言ってる」耳もとで、公爵が低い声で言った。ヴェリティは爽やかな男らしいにおいを必死に無視しようとした。公爵からはやはり大自然の香りがした。しかも、雨で洗われた爽やかな自然の香りが。「きみの弟を大修道院跡に置き去りにして、このふたりはぼくたちを追ってきたんだ」

ヴェリティはもがいても無駄だとあきらめた。公爵がその気にならないかぎり、力強い腕から逃れられないのはこれまでの経験が物語っていた。

「何もせずにベンを解放したの?」そんなはずがないと思いながら尋ねた。

公爵はまたもやゲール語で男に話しかけた。忌々しいことにその腕は腰をがっちりとつかんだままだった。頬に公爵の息を感じて、ヴェリティの血が熱く沸きたった。「ああ、そういうことらしい」

「信じられないわ」胸に湧きあがる艶《なまめ》かしい思いを押しこめながら、ヴェリティは冷ややかに言った。「だとしたら、ベンはわたしを追ってくるはずだもの」

またもやゲール語でやりとりがあり、男たちが大声で笑った。マクリーシュの末の息子まで声をあげて笑っていた。公爵も白い歯を見せて笑うと、押さえていた腰から手を離して、ヴェリティのまえに立った。物腰は優雅で、どこまでも端整な顔には冷ややかな表情が浮かんでいた。

ああ、もう、なんて癪に障る男なの。

「もちろんそうしただろうな……身にまとう服を縫えたら」と公爵は言った。

ウィットビーで弟と引き離されたときと同じだけの怒りがヴェリティの胸を満たした。

「やっぱりあなたも野蛮なのね」とヴェリティは侮蔑をこめて言った。「あなたたちはみんな男の風上にも置けない連中よ」

公爵の笑顔が凍りついた。「といっても、マダム、ここにいる男はひとりとして盗人でもなければ詐欺師でもない」冷淡な口調がヴェリティの胸に突き刺さった。公爵がそんな口調でソレイヤに話しかけたことは一度もなかった。そう、プロポーズを拒まれるまでは。

ヴェリティは顎を上げて、蔑むように公爵を見た。「わたしは情婦だったけれど、誠実だった。残念ながら、あなたもそこにいる男たちも、わたしと同じぐらい誠実だとは言えないわ」

胸を張って、食事をしていた場所に戻った。そうして、膝を折って座ると、まっすぐに空《くう》を見つめた。勝ち誇ったように大笑いしているスコットランドの男たちには目もくれず、この試練を受けてから初めてこぼれそうになる涙を、まばたきして押し戻した。姉をかわいそうなベン。弟はわたしが生きているのか死んでいるのかもわからずにいる。姉を見つけられずにいることを、どれほど悔しがって、怒っていることだろう。公爵がわざと大きな街道を避けて旅しているのはわかっていた。さらには、いまいるのが人の住まない荒野で、ここまでは誰も追ってこられないのもわかっていた。

それでも、ベンは賢く、行動力もある。わたしを捜しだせるのは、弟しかいない。そのかすかな希望さえ失いそうになっている自分を叱った。ウィットビーを離れて以来幾度となく、そうやってくじけそうになる気持ちを奮いたたせてきたのだった。

男たちは焚《た》き火を囲み、あとから到着したふたりが持参した怪しげな火酒を飲んで遅くまで騒いでいた。ヴェリティは陰になった場所で敷物に座っていたが、男たちがすっかり気を緩めているように見えるからといって、逃げられるとは思わなかった。少し体を動かしただけでも、公爵の冷ややかな視線をいやというほど感じた。

公爵が酒宴にくわわることはなかったが、荒くれた男たちとずいぶん親しげに話していた。それには、ヴェリティも驚かずにいられなかった。人づきあいが得意とは言えない公爵が、そこにいる男たちと強い絆《きずな》で結ばれているのが見て取れた。イギリスでは、貴族の主人といっしょにいて召使がこれほど気楽にふるまうことなどありえなかった。

しばらくすると、公爵が男たちから離れて、そばへやってきた。明かりは黄色がかった焚き火の炎だけで、公爵の表情は読み取れなかった。どんな酒を飲んだにしろ、その超人的な自制心は少しも揺らいでいなかった。ヴェリティは身震いしたくなるのをこらえた。震えそうになったのは、冷たい風のせいではなく、公爵に何をされるのか不安だったからだった。

わたしに侮辱されたのをまだ怒っているの？　罰するつもりなの？　公爵がわたしに怪我をさせたところで、マクリーシュの息子たちがそれを止めるはずがないのはとっくにわかっていた。ロンドンでは、公爵に手荒な真似をされたことはなかった。けれど、文明とは無縁の未開の地で、公爵をかんかんに怒らせてしまったら、何をされるかはわからなかった。もしかしたら殺されるかもしれない。とはいえ、いつ終わるとも知れないこの旅では、ときに、いっそのことそうしてほしいと願わずにいられなかった。

公爵が目のまえにひざまずいたが、懇願するようなようすはなかった。「両手を出して」

その口調には有無を言わさぬ強さがあった。無言のまま、けれど、明らかな侮蔑をこめて、ヴェリティは両手を差しだした。ウィットビーに公爵が現われて、心から願っていた穏やかな暮らしをめちゃくちゃにされたときと同じ恐怖を感じたが、それをどうにか表に出さないようにした。悔しいことに、虚勢を張ったところで、公爵には通じないとわかっていたけれど。

公爵は手首を縛ると、紐の反対側の端を自分の手首に結んだ。馬車のなかで過ごした幾度もの夜と同じだった。向きあって座り、互いに浅い眠りをむさぼったときと。けれど、もちろん今夜はちがう。旅立って以来初めて、動く馬車のなかではない場所で眠るのだ。

男たちのまえで公爵に襲われるとは思わなかったが、それでもヴェリティは威嚇するように言った。「約束を忘れないことね」

公爵の表情が崩れることはなかった。「心配するな。いまのところ、きみは安全だ」

公爵がいまにも破裂しそうな欲望を抱えているように見えるのは、わたしの勘ちがいなの？　これまでにそんな疑問が何度も頭に浮かんだが、今夜は勘ちがいではないとはっきりわかった。公爵の引き締まった体からは、欲望が湯気のように立ちのぼっていた。

公爵についてはわからないことだらけなのに、不思議なことに、性的欲望がどれだけ高まっているかだけは手に取るようにわかった。大勢の客であふれたエルドレス邸の広間で公爵をひと目見た瞬間に、その欲望を感じとった。名を知るよりさきに、自分を求めているのがわかったのだ。

そんな男が何者なのか永遠に知らずにいられたらよかったのに……心からそう願わずにいられなかった。

公爵が身を横たえた。ヴェリティはできるだけ座ったままでいたが、まもなく疲れ果てて、となりに横たわった。寒かったのか、公爵が小さく唸りながら毛布を引きあげて、ふたりの体にかけた。抱き寄せられるの？　ヴェリティはそう思ったが、公爵は体を離したまま、天井の荒削りの梁《はり》を見つめていた。火を囲んでいた男たちもいつのまにか眠りについた。夜のしじまに屋根を打つ雨音だけが響き、やがて公爵が口を開いた。

「弟が助けにくるなんて期待しないほうがいい」

ヴェリティは答えずに、紐がぴんと張るほど体を離そうとしたが、悔しいことに、公爵がとなりにいるのを忘れられるほどには離れられなかった。

目覚めたときには、ヴェリティは暖かく気分がよかった。まだ暗かったが、まもなく夜明けだとわかった。その証拠に、外の木立で早起きの鳥がさえずっていた。

傍らで公爵が身じろぎもせずにぐっすりと眠り、たくましいその腕がヴェリティの体にまわされていた。公爵の体が発する熱とにおいが、官能的なアロマのようにヴェリティを包んでいた。ふたりの腰から下をおおう毛布の下で、公爵はまるで自分のものだと言わんばかりに、長い脚をヴェリティの脚の上に載せていた。

ヴェリティは我慢できなかった。怒りが喉までこみあげてきて、体を離そうともがいた。公爵は眠そうな声をあげながら、半分目を開いた。「どうした？　何かあったのか？」

「くっつきすぎよ」ヴェリティはひそめた声で鋭く言いながら、体を離そうと公爵を拳で叩いた。

公爵は体を起こすと、ふたりをつないでいる紐をあわててつかんだ。「やめろ、ヴェリティ。落ち着くんだ」

いまのいままでふたりで荒海に投げだされたかのようにヴェリティを抱きしめていた公爵が、すぐさま身を引いた。そこでようやく、目覚めてから初めてヴェリティは大きく息を吸った。

「紐の端は何かべつのものに縛りつけてちょうだい」おさまりきらない怒りが口調に表われていた。「あなたのとなりで眠るのはいや」

「馬鹿馬鹿しい」絡まった紐をほどきながら、公爵はそっけなく言った。

「どうかしましたか？」マクリーシュの息子のひとりが頭を上げて、消えかけた火を見て、眩しそうに目をこすった。

「いや、大したことじゃない」そう答えてから、公爵がさらにゲール語で何やらひとこと言うと、マクリーシュの息子は半分寝ぼけながらも笑った。

わたしを馬鹿にして笑ってるんだわ——ヴェリティにもそのぐらいは察しがついた。男なんてひとり残らず地獄に落ちればいいのよ。とくにとなりにいる非道な男は地獄の業火で焼かれてしまえばいい。

公爵は絡まった紐を苦労して解くと、やれやれと言いたげに大きく息をついて、またごろりと寝転んだ。今度はふたりのあいだにそれなりに距離ができて、ヴェリティはほっとした。

「二度とさわらないでね」嚙みつきそうな勢いで言うと、仰向けになって、暗い天井を見あげた。

「おっしゃるとおりにいたします、マダム」公爵は慇懃《いんぎん》無礼に答えると、背を向けて、あっというまにまた眠りに落ちた。

公爵の規則正しい寝息を聞きながら、ヴェリティは恐れとふがいなさで胸がざわついた。よるべない子供のように公爵にすがりつくなんて冗談じゃない。公爵なんて大嫌い。同時に、公爵のことが怖い……。それに、ここまでの旅でわたしは警戒を怠ってはいけないと学んだはずなのに……。このときばかりは、となりで人の気も知らずにぐっすり眠っているろくでなしよりも、破滅的な自分の脆《もろ》さが憎らしかった。

8

夜明けまえに雨は上がり、まもなく晴天になりそうだった。ヴェリティは公爵のとなりに立って、気まぐれな陽光を浴びながら、あれほど嫌っていた馬車が揺れながら丘を下っていくのを見つめた。

「ここが目的地なの？」まさかと思いながら尋ねた。「尊大なあなたにもう少しお似合いの場所に行くのだとばかり思っていたわ」

当然のことながら公爵のエスコートで、すでに小屋の裏手の小川へ行って、顔を洗っていた。そうしていま、唯一の移動手段が遠ざかっていくのを目にした。訝るように、みすぼらしい小屋を見た。壁や天井はあるとはいえ、お世辞にも瀟洒な住まいとは言えなかった。

「馬車ではこのさきの起伏の激しい道を進めない。ここからは馬で行く」公爵はすらりとした手で木の下を示した。いつのまにか、そこには数頭の馬がつながれていた。

それはヴェリティにとって、この数日に公爵から引きだしたもっとも明確な事実だった。

「でも、あなたはカイルモア城へ行くと言っていなかった？」

「いや、そこへ向かうのはマクリーシュの息子たちだ。あの城では、望んでいるほどにはプライバシーが守られないからな」公爵は抑えた声で言った。ヴェリティに大の男と同等の行動を求めているのに気づいて、わずかに良心が痛んだような口調だった。そうして、これからの旅に同行させるために残したとおぼしきアンガスとアンディのほうへつかつかと歩いていった。

ヴェリティはあとを追って、やりこめられるのを覚悟で言った。「わかったわ。だたし、ひとつだけは譲れない」

公爵が振り返った。聡明《そうめい》そうな端整な顔に隠しきれない苛立ちが表われていた。「まえにも言ったはずだ。きみの意見など訊いていない」

ヴェリティは歯を食いしばった。「でも、今度ばかりは耳を傾けないわけにはいかないわ。わたしは馬なんて乗ったことがないの」

公爵は心底驚いたようだった。いまのいままで苛立たしげな顔をしていたのに、口を開けたままぽかんとしていた。こんな状況でなければ、ヴェリティはそれを見て大笑いするところだった。貴族に生まれた公爵は、誰もが歩くよりさきに馬にまたがるものだと信じていて、そうでない者がいるとは思ってもいなかったのだ。だが、ヴェリティは一度も乗ったことがなかった。幼いころに父の農耕馬に踏まれてからというもの、馬が怖くてたまらなかった。

「すぐに慣れるさ」ちょっと間を置いてから、公爵はにべもなく言った。それで問題が解決したかのように、馬のほうへすたすたと歩いていったが、ヴェリティがついてこないのに気づくと、立ち止まって振り返った。「きみも来るんだ」

「いやよ」ヴェリティは口を尖らせた。

何があろうと、たとえ短気で非情な貴族に何を言われようと、鼻息の荒い危険な生き物に近づくつもりはなかった。

公爵は苛立たしげにため息をついて、戻ってきた。「このままここにいるわけにはいかない。それぐらいはわかるだろう。馬車は行ってしまった。さきに進むには馬に乗るしかないんだ」

「歩いていくわ」

公爵は呆れ顔でヴェリティの華奢な体を見た。「きみの脚じゃあ、ひとつめの山を半分も登らないうちにへたばるさ」

「だったら、ここに置き去りにすればいい。それでわたしが飢え死にでもすれば、あなたの復讐心もおさまるでしょう」

「いいや、ちっとも」返事はあっさりしていたが、公爵の言わんとしてることは明らかだった。

「でも、馬には絶対に乗らないわ」

馬に乗るという難題をすでに抱えていなかったとしても、公爵の口もとが引き締まるのを見れば、厄介なことになりそうなのがヴェリティにもわかった。「いや、乗ってもらう」

ヴェリティはじりじりとあとずさったが、手遅れだった。腕をつかまれて、引き寄せられた。「逃げようたって無駄だ」

公爵は腕をつかんだまま、身を屈めると、ヴェリティを抱きあげた。抱きあげて無理やり連れていくのは、ヒントン・ステーシーのときと同じだ。一瞬、馬車のなかでの口づけという思いだしたくもない記憶がよみがえって、ヴェリティはあらがうことも忘れた。

次の瞬間には、はっとして身をよじった。「降ろして!」

忌々しいことに、公爵は声をあげて笑った。「行儀よくするんだ、さもないとまた肩に担ぐ。たわごとを聞いてる暇はない。天気が崩れたら、いままでの旅が楽園だったと思えるぞ」

「馬には乗らないわ!」それでもヴェリティは抵抗した。

「いいや、いますぐ乗ってもらう」公爵は立ちどまって、ヴェリティをまじまじと見た。「嘘だろう? 風に揺れる木の葉みたいに震えてるじゃないか」

ヴェリティは公爵の目に思いやりらしきものが浮かんだような気がした。だが、すぐに、そんなのは幻影だと切り捨てた。何年もまえに純潔といっしょに捨てた甘い考えだ。自分の甘さに腹が立って、さらに激しく言い返した。「ええ、震えてるわよ、あなたみたいな無骨な人がよくわかったわね」

非情で豪胆な男らしく、公爵がまた声をあげて笑った。思いやりなど、やはり幻影だったのだ。「アンガスとアンディが大笑いしてるぞ。あのふたりはイングランドの女はみな、頭がおかしいと思ってることだろう」

「どう思われたって気にしないわ」

公爵が先頭の小型の馬――意地の悪そうな月毛のポニー――のまえで立ち止まるころには、ヴェリティはがたがたと震えていた。そうして、あろうことか、憎むべき男にしがみついた。「お願い。下ろして」その声には無神経な男でもわかるほどの必死の思いが表われていた。とはいえ、そんな願いを公爵が聞きいれるはずがなかった。なんといっても、懲らしめるために拉致してきたのだから。

また馬鹿にされるに決まっている。ヴェリティは覚悟したが、公爵の口から出てきたのは、冷ややかとも言えるほど落ち着いた声だった。その声が、やわらかなバターに差しいれたナイフのように、怯えた心に突き刺さった。「きみに怖いものがあるとはな、ヴェリティ」

ええ、そうよ、あなたのことが怖くてたまらない。心のなかでつぶやいたが、次の瞬間には、無造作に鞍に座らされて、片鞍乗りの姿勢で息を呑んだ。必死にこらえて悲鳴だけはあげずにいたが、恐ろしくて身じろぎひとつできなかった。

大きな馬ではなかったが、それでも、地面がはるか下にあるかのようだ。深く息を吸って、こみあげてくる吐き気を押し戻し、落ちないように鞍にしがみついた。

「アンガス！」厄介な荷を背負わされた馬が暴れだしそうになっているのを見て取ると、公爵は近くにいる大男を呼ばわった。

アンガスが手綱を握り、ヴェリティを乗せて興奮したポニーにやさしく声をかけてなだめた。公爵が手袋をはめた手でヴェリティの腰を押さえた。その触れかたがやけに親密に思えてヴェリティははっとした。同時に、馬が怖くてこわばっていた体が動くようになって、鞍から降りようとした。

「じっとしてるんだ」静かに言う公爵に、鞍に押し戻された。「大騒ぎしたら、馬が怯える」

公爵の断定的なひとことが、全身に広がっていた恐怖をさらにかきたてた。なんていやな男なの。不安定な心のなかで恐怖と憎悪がせめぎあっていた。ウィットビーで拳銃を奪えていれば、邪悪な男の胸に弾を撃ちこんでいたはずなのに。そんなことを考えながら、ぱっと顔を上げて、公爵を睨みつけた。

「わたしが馬を怯えさせるですって？」怒りにまかせて訊き返した。

「そうだ。馬は正直なんだ。ヒステリックな女を乗せると不安になる」公爵がヴェリティの足をあぶみに載せて、高さを調節した。次に、背中に片手をあてて、姿勢を正させた。ヴェリティは背中を支える温かい手を無視しようとしたが、うまくいかなかった。「体ががちがちじゃないか。さあ、力を抜いて」

「簡単に言わないで」ヴェリティは声を荒らげながらも、できるだけじっとしているようにした。

この忌々しい生き物が動きだしたら、どこにつかまればいいの？　もし落ちたら、荒々しく地面を蹴るひづめに踏み潰《つぶ》されてしまう。目を閉じて、新たにこみあげてきた吐き気を呑みこんだ。

公爵がため息をついて、背中をそっとさすった。とたんに、ヴェリティは背中でゆっくりと円を描く手の感触しか考えられなくなった。恐ろしくて歯の根も合わないほど震えながらも、かろうじて背筋を伸ばしていられるようになった。

「二頭のポニーにふたりで乗るわけにはいかないからな」と公爵は穏やかに言った。「小型の馬ではぼくひとりの重さだけでもきついだろう。それに、これから行く道は険しく穴だらけで、タナスグには乗れないんでね」

ヴェリティは頬にわずかに残っていた血の気まで引いていくのがわかった。目を上げて、近くにつないであるタナスグという名の大きな葦毛《あしげ》の馬を見た。公爵のその愛馬は、いままたがっているポニーよりはるかに大きかった。

その思いを察して、公爵が言った。「ああ、そうなんだよ。さあ、勇気を出して。このさきは小型の馬で行く」背を撫でているのとは反対の手で、公爵はヴェリティの手を鞍からそっと引きはがすと、馬の硬いたてがみに触れさせた。馬が苛立たしげに足踏みした。

公爵はゲール語で囁いて、馬をなだめた。ついさっき、それとそっくりの口調で鞍の上にいるように言われたのを思いだして、ヴェリティは悔しくなった。公爵になだめられて、さきほどの自分と同じように、馬がおとなしくなるとますます悔しかった。

「馬になんか乗れないわ」不満げに言った。

「乗れるさ。ぼくがさきに行くから、ついてくるだけでいい。心配ないさ。馬にしがみついて、祈ってるんだな。それで少しでも安心できるなら」

「何をしたって安心なんてできるはずがないわ」むっつりと言った。

公爵が手を伸ばして、頬に触れてきた。「しっかりするんだ、ヴェリティ。きみはどんなことにもくじけなかったじゃないか」

純粋な励ましのことばをかけられるとは思ってもいなかった。そのせいで、それ以上に驚かなければならないことがあると気づくのにちょっと間があいた。公爵の誉めことばは、ソレイヤの官能的な美しさではなく、ヴェリティの不屈の精神に向けられたものだった。

公爵にとってわたしは第一にソレイヤで、第二にヴェリティでしかなかったはずなのに、それがいまは変わったの？　低く深い声でためらいもせずに、ヴェリティと呼んだのがその答えなのかもしれない。

そのことに驚いて、呆然としているうちに、少人数の旅の一行は出発した。ヴェリティはおとなしく公爵のあとについていった。

美しい女はどんな刃《やいば》よりも鋭い、とカイルモアは思った。どれほどあらがっても、美しい女に胸を深くえぐられて、長く空虚な年月に身を守ろうと築いた防壁などなんの役にも立たなかった。

馬の広い背にまたがって、ハイランドの美しい晩夏の景色を眺めながら、カイルモアは恐怖と悲嘆に彩られたおぞましい記憶を封印しようとした。けれど、記憶は弱った精神にするりと入りこんで、どっかり居座った。無言の怒りを抱きながら、カイルモアは目を閉じた。

これほど北までやってきたのは、七歳のとき以来だった。澄んだ空気も、見渡すかぎり連なる青く霞む山々も、大きな空も、赤いナナカマドの実やヒースの紫の花も、小川のせせらぎも、いまのいままですっかり忘れていた。惨《みじ》めな少年時代に織りこまれた輝く金糸のようなこの自然の美を、いまのいままで思いだすことはなかった。

美……。

それこそが、けっして克服できない自分の弱点であり、ソレイヤに会ってからはさらにその虜になった。ああ、そうだ、ソレイヤの美しさに魅せられて、それが破滅への第一歩だった。エルドレス邸の広間で非の打ちどころがないほど美しく気高い女をひと目見た瞬間に、その女を手に入れて、永遠に離さないと心に決めたのだった。

いまあらためて考えてみると、その女への飽くなき欲望はますますつのっていた。妙なことに、寛容な情婦としてそばに置いていたときより、この数日の苦しい旅でその女についてさまざまなことを知った。

ソレイヤという女はあらゆる意味で偽りの存在だったのだ。ソレイヤは妖艶な体と情欲で男を虜にした。ソレイヤは何ひとつ思いどおりにいかないこんな旅には、すぐに音をあげるような贅沢な女だった。ソレイヤはパトロンのさまざまな要求に素直に応じた。その情婦をひとことで言い表わすとすれば、快楽主義者ということになる。

それに比べて、ヴェリティははるかに厳格だ。

貯《た》めこんだ財産を誰にも渡さない守銭奴のごとく、貞節を守っている。妥協を知らない心が誘惑に屈することはない。この手が体に触れるたびに、悲鳴をあげたいのをこらえているような顔をする。さもなければ、山猫のように嚙みついて、引っかきたい、そんな思いがありありと顔に浮かぶ。たしかに、ソレイヤもときには噛んだり、引っかいたりしたが、それは愛の戯れを盛りあげるためだ。

ヴェリティは過酷な旅に必死に堪えている。この計画を思いついたときには、旅の辛さに泣きながら不平を並べる情婦を想像して、大人気なくもそれが現実になるのを楽しみにしていた。そんな情婦の弱さが、この仕打ちを正当化する、なぜかそう考えていたのだ。だが、日を追うごとに、不本意ながらも、拉致した女に尊敬の念を抱くようになっていた。悔しいことに、それをどうすることもできずにいる。

ヴェリティは自身に課されたものすべてを受け入れながらも、同時に闘いつづけている。何をしても屈しなかったヴェリティが、馬に乗せられるとわかって音をあげそうになるとは、なんとも皮肉な話だった。

いや、尊敬の念を抱くなんて冗談じゃない。この無謀な旅に駆りたてた怒りを忘れずにいなければ。息をするたびにヴェリティを求めずにいられなかったとしても、ロンドンで愛人を憎んだように、いまも憎んでいたかった。

押し黙ったまま、カイルモアは壮大な景色を見つめた。その景色に現実を思い知らされた。かつての泣くことしかできなかった弱い少年といまの自分はちがう――そんなうぬぼれは木っ端微塵に砕かれた。恥ずべき苦痛と恐怖の地にふたたび戻ることはないと思っていたのに。

やはり、願いはことごとく無視されるものらしい。となれば、最後まで無情でいるしかない。そうして、幼いころの忌わしい記憶を振り払うのだ。だが、馬に乗ってうしろをついてきている女に最後まで対抗できるのか？　扱いにくい馬にしがみついて、美しい顔を蒼白《そうはく》にしている女に。

その夜も無人の小屋に泊まった。このあたりには旅人が夜を明かせるみすぼらしい小屋がいたるところにあるらしい、とヴェリティは思った。そう、小屋はあるけれど、住む者はいない。その日は結局、誰にも会わなかった。公爵が人気《ひとけ》のない場所に行きたがっているとはいえ、さすがにこれは異様だった。

進めば進むほど、荒涼とした自然が広がっていった。ヴェリティが生まれ育ったヨークシャーも、南部に比べれば厳しい自然に囲まれていたが、このスコットランドの山や崖や入江のような光景は見たことがなかった。人っ子ひとりいない場所へ連れていかれるの？　いくら振り払っても浮かんでくるおぞましい考えを必死に否定した。

けれど、ひとつだけたしかなことがあった。さすがのベンもここまでは追ってこられない。悔しいことに、弟にはけっして捜しだせないという公爵の自信満々のことばは正しかった。山と谷でできた複雑な迷宮は、公爵率いる旅の一団を追う者を確実に排除するはずだった。

馬への恐怖心は消えなかったが、それでもまずまず乗りこなしていた。長い一日を鞍に揺られて過ごして、馬は四本足の拷問道具だと思った。何度も唸っては、座る位置をずらして、少しでも楽な姿勢を取ろうとした。鞍敷きをきちんと付けているのに、その効果はほとんどなかった。

公爵が小屋に入ってきて、目のまえに座った。たとえいままでは公爵を憎んでいなかったとしても、いまこの瞬間にまちがいなく憎いと思った。これほど苦しい旅をしているというのに、なぜそんなに凜々しいままでいられるの？　それはもう超人的だった。とはいえ、疲れは微塵も表われていないものの、公爵には思い悩んでいる雰囲気が漂っていた。

かつての情婦に自分がしたことを悔やんでいるの？　とんでもない、何を甘いことを考えているの！　そう、それとはちがう何かが公爵の自慢の冷静さを乱していた。ヴェリティは心のなかで肩をすくめて、頭をもたげる好奇心を振り払った。なんであれ、勝手に悩ませておけばいい。

「尻が痛むのか？」公爵が静かに尋ねてきた。今日は何度か公爵の顔を見ていたが、つねに不機嫌そうだった。世間知らずの無知な女なら、自分のことを心から心配してくれているのではないか、そんな淡い期待を抱いたはずだった。

ヴェリティは愚にもつかないそんな考えを頭から消し去って、鋭い目で公爵を見た。「わたしが弱音を吐くのを待っているんでしょう？」

公爵の顔にかすかに笑みがよぎった。「生意気な口をきくな。魔法をかけて、楽にしてやろうと思っているんだから」

ヴェリティは皮肉をこめて公爵を見た。「あら、どうやって楽にするつもり？　撃ち殺してでもくれるの？」

「何をやってもうまくいかなかったら、それも考えよう」公爵はヴェリティから顔をそらして、ゲール語で何か言った。隅のほうに座って低い声で話していたふたりの大男が立ちあがって、小屋を出ていった。

ついにそのときが来た。いたぶるためにぎりぎりまでは我慢してきたが、これから公爵はかつての愛人の体をわがものにする気なのだろう。けれど、ヴェリティは疲れ果てて、鈍い怒りしか抱けなかった。これまでもさまざまな苦難を乗り越えてきたのだ、今度だって乗り越えてみせる、と心に固く誓った。何時間も馬に乗って、全身が痛んでいるのだから、公爵が無理やり押し入ってきても、何も感じないかもしれない……。

とはいえ、疲れと無意味な虚勢の裏で、心は泣き叫んでいた。

「仰向けに寝てごらん」

「どうするつもりなの？」生気のない声で言いながら、あらがうこともなく公爵のことばにしたがった。

逆らってどうなるというの？　このときが来るのは最初からわかっていたのだ。あらゆることに抵抗してきたが、いままた暴力をふるわれて怪我をするのはいやだった。

公爵が短く笑った。「ミス・アシュトン、きみはずいぶん疑り深いんだな」その声に敵意はなかった。けれど、口調の変化はさらに恐怖をかきたてただけだった。公爵のやさしさが、実は何よりも危険だった。

ヴェリティのブーツの靴紐を、公爵がほどきはじめた。ヴェリティはその手を振り払う気にもなれなかった。生まれて初めて馬に乗って、丸一日過ごしたせいで脚がこわばり、たとえ走って逃げたとしてもすぐに捕まるのは目に見えていた。

素足に触れる公爵の手はひんやりしていた。靴下はすでに洗って、小屋の外の人目につかないサンザシの木に干してあった。体が固まってうまく動けない。思っていたほどには、覚悟ができていなかったらしい。

「さあ、体の力を抜いて」公爵が囁くように言った。「さもないと、きみにやさしくしなければならないのを忘れてしまうかもしれない」

「あら、公爵さまにやさしさがあったのかしら?」ヴェリティは不満げに言った。「あなたにそんなものがあるなら……ああ……」

何を言おうとしたにしろ、そのことばは長いため息に変わった。公爵の手でふくらはぎを巧みに揉まれると、あまりの気持ちよさに思わずため息が漏れた。

「もうけっこうよ」やっとのことでそう言ったものの、いまマッサージをやめられたら、悲しくて涙が出そうだった。

「もう少し」公爵がそう言うと、抵抗する気にはなれなかった。

「今度はうつ伏せだ」至福のひとときにひたっていると、公爵の声が耳に響いた。

あらがうことなど考えもせず、素直にうつ伏せになった。公爵がスカートをそっとまくると、夕刻の冷気が脚に触れた。火が燃える暖かな小屋のなかは静かだった。聞こえるのは、ときおりはぜる薪の音と、公爵の手が肌を滑る音だけだった。

疲れ果てた体を揉みほぐされてうっとりしていると、公爵の手が伸びてきて、ドレスの前ボタンをはずされた。その手が胸に触れると、靄のかかる頭のなかで警戒心が目を覚ました。

「何をしてるの？」尋ねる声が掠れていた。

肩があらわになるようにドレスを下ろされて、袖から両腕がするりと抜けた。「背中はもちろん、体じゅうが痛んでいるはずだ」公爵があっさり言った。

たしかにいちばん痛むのは、何時間も馬の硬い背にあたっていた部分だ。とはいえ、疲れて何も考えられないといっても、そこをさわらせてはならないことぐらいはわかっていた。それを言うなら、背中をさすられるだけでも災難を招きかねなかった。

「やめて……」

硬く張った肩を揉まれた。一瞬、自分が何を言いかけたのか忘れそうになる。「もう、いいわ。ずいぶん楽になったから」

それでも、公爵の魅惑的な手は止まらなかった。ヴェリティは心のなかでつぶやいた――わたしは喜んでなんかいない……。

「ヴェリティ、明日も馬に乗らなくてはならないんだよ」

「そんな……」

とはいえ、言われるまでもなく、それはわかっていたはずだった。このみすぼらしい小屋は一夜を明かすための仮の宿にすぎない。けれど、朦朧《もうろう》とした頭では、数時間後にまた馬の背に揺られるという拷問が待っていることまでは考えられなかった。ヴェリティは目を閉じて、体を癒してくれる手に身を任せた。

逆らったところでなんになるの？　いつだって、最後に勝つのは公爵なのだから。

うつらうつらしていると、公爵がドレスを着せてくれた。体にふわりと風を感じたかと思うと、毛布がかけられた。

「おやすみ、ヴェリティ」やさしい声がした。

ヴェリティは暖かな毛布にくるまった。揉みほぐされた脚が心地よかった。あまりにも眠くて、公爵のやさしさに驚くことさえ忘れていた。

「ありがとう」そうつぶやいたときには、公爵はもういなかった。

この苦しい旅で、縛られずに一夜を明かしたのは初めてだと気づいたのは、朝になってからだった。

翌日の午後の半ばに、一行は崖《がけ》の上で馬を停めた。公爵が振り返ってヴェリティを見た。

「これからあそこへ向かう」公爵の低い声はいつも以上に険しかった。

気丈な公爵もいよいよ疲れが出たのだろう、とヴェリティは思った。昨夜の、真摯な気持ちで体を揉みほぐしてくれたやさしい男の面影はすっかり消えていた。

ヴェリティも朝から馬に揺られて、昨日と同じぐらい疲れきり、気分も悪く、今夜の仮の宿に興味を示すこともできなかった。過酷な旅を経験して、日常のどんな些細なことも当然だと思ってはならないと気づかされた。温かな湯、清潔な服、テーブルで食べる湯気の上がる食事。これからは、そんな慎ましい贅沢ひとつひとつを大切にして、それを与えてくれた神に感謝しようと心に誓った。

とはいえ、そんなささやかな幸せがふたたび味わえる日が来ればの話だ。

馬が勝手に歩きだして、公爵の馬のとなりで足を止めた。ここに来るまでに幾度となく眺めたように、いままたヴェリティは崖の下を見渡した。森が見えた。透きとおる川が曲がりくねりながら光り輝く大きな鏡にも似た入江に流れこんでいる。そのあたりにも、やはり人の気配はなかった。

とはいえ、すぐに、その谷がいままで目にしたものとはちがうのに気づいた。眼下の谷には大きな館があり、それをいくつかの建物が囲んでいた。さらに、館は手入れが行き届いていた。おまけに、煙突から煙が立ちのぼり、人が住んでいるのがわかった。

ヴェリティは公爵がさらに何か言うのを待ったが、公爵は無言で馬を操って、崖を下りはじめた。その馬につながれたヴェリティの馬もあとに続いた。

貴族と情婦とふたりの大男。荷を背負った小型の馬が数頭と、小さな家ほどの価値があるサラブレッドが一頭。そんな風変わりな旅の一行は谷へと向かっていった。遠い昔のことのようにも思えるが、実はほんの数日前に公爵が口にした、あの狩猟用の館へ……。その館に着けば、触れないという約束は終わる。

苦しい旅も終わりになる。けれど、そこから真の苦しみが始まるのをヴェリティは知っていた。

9

カイルモアは館のまえの荒れた草地に馬をつないだ。奇妙なことに、何もかもが記憶のままだった。これほど長い年月が流れたのだから、記憶がちょっとしたいたずらをしかけていてもおかしくなかった。それなのに、あらゆるものが何よりも辛い思い出とぴたりと一致していた。

胸の奥底にしまいこんできた幼いころの自分が、叫びながら逃げだしたがっていた。いっぽうで、冷静沈着な貴族となった大人の自分は、田舎の馬にまたがったまま、アンガスが一行の到着を告げにいくのを待っていた。ヴェリティには目をやらなかった。鋭い灰色の瞳にすべてを見抜かれてしまうのではないか、そんな気がして見られなかった。

「公爵さま！」ヘイミッシュ・マクリーシュが扉を開けて、走りでてきた。「今日ご到着されるとは、こりゃまたびっくりだ」

館とちがって、ヘイミッシュはずいぶん変わった、とカイルモアは思った。最後に会ったときは、働き盛りの頑丈な男だった。もちろん、いまでも背が高く、がっちりしているが、髪が白くなり、厳しい冬を二十回以上も越した証拠に、顔に深いしわが刻まれていた。

「さあさあ、そんなとこにいないで、お入りください。連れのご婦人は暖炉と熱い紅茶がお望みでしょう」

「ああ、頼む」カイルモアはそう応じると、馬を降りて、ヴェリティを見た。

ヴェリティの顔には、連れのご婦人はどうせなら紅茶に毒でも盛ってもらったほうが喜ぶのにと書いてあった。どうやら、自分のふるまいから胸の奥にある思いをヴェリティに読み取られる心配はなさそうだ。ヴェリティは緊張していて、この館で待ち受けている自身の運命のことだけで頭がいっぱいのようだった。

そもそもソレイヤのプライドを踏みにじるのが目的だったのだ。それなのに、いまは、ヴェリティが無言で恐れているのを見ても、満足感はこれっぽっちも湧いてこなかった。

「とりあえず、なかに入ってもらおう。担ぎあげられるまえに」ひそめた声でぴしゃりと言った。そうやってわざとヴェリティを苛立たせて、恐怖にこわばったその顔を緩ませたかった。そうして、ことばとは裏腹に、鞍から降りようとするヴェリティをやさしく支えた。

だが、たったいま口にしたことばは、ヴェリティの耳に入らなかったようで、地面に降りたつまでその体が震えていた。

カイルモアは顔をしかめた。気の強い女がいったいどうしたんだ？　不安なのはわかる。そうなるように仕向けたのだから。だが、怯えの原因がそれとはちがうところにあるように思えてならなかった。あるいは、拷問されると本気で心配しているのか？　最初からヴェリティを殺す気でいたなら、ヨークシャーでそうしていたはずだ。そのほうがはるかに手間が省けるのだから。ヴェリティにはそれがわかっていないのか？

頭の隅ではヴェリティにはなんの責任もないのはわかっていたが、ひたすら怯えていることに無性に腹が立って、ヴェリティを引きずるようにして館のなかに入った。ヘイミッシュの言うとおり、客間の暖炉では火が赤々と燃えていた。そこには幼いころの記憶どおりに年代物の家具が置かれていた。二十年という歳月が流れても、館のなかのようすは何ひとつ変わらず、ここでの苦しい出来事がまるで昨日のことのようによみがえってきた。

カイルモアはヴェリティから手を離すと、彫刻が施された大きなオークの肘掛け椅子の傍らに立った。それはかつて、召使たちが丈夫な革紐を使って、幾度となく父を拘束した椅子だった。正気を失った第六代カイルモア公爵を縛りつけておけるほど頑丈な椅子は、この館にはそれひとつだけだった。いまの自分とそっくりの長い指で革紐を引きちぎろうとしながら、唾を飛ばしながらわめく父の姿を思いだすと、ぎこちなく息を吸って、その記憶を頭のなかから追い払った。

泣くことしかできない幼い子供だった七歳の少年は、この館をあとにするときに、何があってもここには戻らないと胸に誓った。まさか、長いときを経て、暖炉のまえの絨毯の上で不安げに立っているずる賢い女への欲望に駆られて、いままたここへ戻ってくるとは思ってもいなかった。

とはいえ、すべての責めを負わせようとしている欲深い女と、目のまえにいる青白い顔の怯えた女が同じ女だとは思えなかった。あの魔性の女ソレイヤがそこにいるとは信じられなかった。

ヴェリティに不釣合いな黒いドレスは濡れて、汚れて、ひどい有様だった。長旅のあいだもどうにか自分で整えていた美しい髪も乱れて、メイドの助けが必要だった。ヴェリティは疲れきり、怯えて、失望しているようだった。

それなのに、自分の頭はどうかしてしまったにちがいない。いまのヴェリティを見ても、これまでに出会った女のなかでもっとも美しいと感じるとは。ヴェリティにした仕打ちも、その輝きを失わせはしなかったらしい。

ヘイミッシュが居間に入ってきた。「お茶をお持ちしますよ、公爵さま」

カイルモアはちらりとヴェリティを見た。いまにもくずおれそうになっているのがわかった。ヴェリティを屈服させたいのは山々だが、疲労から足もとにひれ伏されたところでほんものの勝利とは言えない。

「お茶は寝室に用意してくれ、ヘイミッシュ。マダムがお茶を飲んでいるあいだに、入浴の準備を頼む」

ヘイミッシュがお辞儀した。「では、公爵さま、おっしゃるとおりに」

立ち去るヘイミッシュを見ながら、二十年前に最後にその召使と会ったときのことが頭に浮かんできた。当時は、〝公爵さま〟ではなく、ジャスティンと呼ばれていた。あのころのヘイミッシュはかけがえのない友人だった。だが、長い年月にその関係も変わってしまったらしい。

ヴェリティは根が生えたように立ち尽くしていた。カイルモアはため息をつくと、ヴェリティを抱きかかえようと歩み寄った。そうしなければ、二階の寝室——久しぶりにほんもののベッドで眠れる部屋——にもヴェリティはたどりつけそうになかった。この数日間の旅で幾度となく疼いた罪悪感が、胸のなかに淀《よど》むさまざまな感情と混じりあった。

ヴェリティが身を固くして、触れられるのを拒むと、カイルモアの自分でもわけのわからない怒りに火がついた。何日間も張りつめていた神経と、ヴェリティのしつこい抵抗のせいで、一気に怒りが噴出した。

「まったく、どこまで頑固な女なんだ！　少なくとも入浴がすむまでは、身の安全は保証してやる」ヴェリティの青白い顔のまえで、唸るように言った。

とたんに、青白い顔からさらに血の気が引いた。不当に愚弄されて、尊大なソレイヤのプライドが傷ついたのかもしれない。こみあげてくる不本意な同情心を、カイルモアは振り払った。この女をここへ連れてきたのは罰するためだ。ああ、お守りをするためじゃない。口ではああ言ったものの、カイルモアはヴェリティをやさしく抱きかかえると、居間を出て、廊下を歩き、階段を上がった。ヒルトン・ステーシーで抱き抱えたときより軽く感じるのは、単なる勘ちがいだと自分に言い聞かせた。だが、この一週間、ヴェリティがほとんど食事らしい食事をしていなかったのを思いだして、良心が疼いた。腕のなかにいる女は、細い骨と真っ白な肌だけでできていて、いまにも壊れそうだった。

そのとき、ヴェリティの銀色の鋭い目とカイルモアの目が合った。

「降参したわけじゃないわ」とヴェリティがきっぱり言った。

そのことばには何にも屈しない反骨精神が表われていた。ヴェリティの思いが針のようにカイルモアの胸を貫いた。あっさり屈服させられると思っていたのは大きなまちがいだった。疲れて恐れているからといって、強固な意志が萎えることはないのだ。またもや闘いが始まったと思うと、なぜかうれしくなって、束の間の迷いは消えていった。

寝室ではメイドがふたりがかりでバスタブに湯を入れて、石鹸とタオルを用意していた。メイドがお辞儀をすると、カイルモアにとって故郷のことばである耳に心地よいゲール語で挨拶《あいさつ》した。

部屋の真ん中でヴェリティを下ろした。指示どおりにすべてが用意されていた。それも当然だ。なんといっても、いまや自分はカイルモアの公爵なのだから。だが、そんなことを思っても、満足感は湧いてこなかった。

「明日の朝また会おう」唐突に言った。

ヴェリティが呆気《あっけ》にとられたようにこっちを見た。靴さえ脱がないうちに、襲いかかられるとでも思っていたのだろうか？　くそっ、これほど長いこといっしょにいても、まだヴェリティがほしくてたまらないとは。

だが、そういうことに関しては心の準備ができていなかった。さまざまな事柄が重なって、いつもは冷静なはずの頭が混乱していた。この館。幼いころの記憶。ヴェリティへの欲望。果敢にも闘いつづけながらも、いまにも倒れそうなヴェリティ。

ああ、そうだ、いまは別々に休んだほうがいい。やつれた顔をして、目だけぎらつかせているヴェリティとは離れて。

カイルモアは戸口で足を止めると、メイドにゲール語で言った。「その黒いドレスを脱がせて、燃やしてしまえ」

翌朝、ホットココアを持ってメイドが部屋に入ってくると同時に、ヴェリティは目を覚ました。公爵が何をする気でいるにせよ、兵糧攻めにするつもりはなさそうだった。ゆうべ運ばれてきた盆には、ケンジントンを離れて以来目にしていなかったご馳走が山盛りだった。さらには、公爵の指示で上等な赤ワインまでついていた。

公爵が口にしたゆうべの意外な挨拶に嘘はなかった。あれから、入浴して、食事をして、そして、驚くべきことに誰にも邪魔されずに眠ったのだから。

体を起こして、メイドの挨拶に応じた。といっても、そのメイドもやはりスコットランド育ちで、英語はまったく理解できないようだった。それから、ベッドの上で恐る恐る腰をずらして、二日間、硬い鞍にあたっていたところが痛むかどうか確かめた。

まだ少し痛んだ。けれど、ベッドで眠った一夜は奇跡だった。ほんとうなら公爵は何があろうと、拉致してきた女を床の上で眠らせるべきだったのだ。今日は公爵と互角にわたりあってみせる——そんな気力が一夜にして戻っていた。

昨日、部屋に入ったときにすでに閉まっていた厚いカーテンをメイドが開けた。すると、息巻いていた気持ちが一気にしぼんだ。

窓には鉄格子がはまっていた。

寝室に監禁されるものと思っていたが、部屋を出ても誰にも止められなかった。アンガスとアンディがぴたりとあとをついてきたが、それでも、ヴェリティは自身の監獄を見てまわった。館はどれほど大きな田舎屋敷にも負けず横へ横へと広がっていて、ヴェリティが生まれ育った家の何倍もの大きさがあった。どこも暗く重苦しく、飾られているのは狩りの成果ばかり。壁には遠い昔に狩られた鹿の頭がずらりと並び、大きなガラスケースにはさまざまな動物の剝製《はくせい》が押しこめられて、傍らを通ると、うつろなガラスの目で見つめられているような気がした。

そんなことから、外に出るとほっとした。顔をしかめて、荒れた庭を見まわして、手首をさすった。シルクの紐が傷跡を残すことはなかったが、縛られた屈辱はそう簡単には忘れられなかった。

いつ終わるとも知れない長旅のあとでは、一日じゅう同じ場所に留まっているのが妙な気分だった。夏の朝の空気は爽やかで、メイドが用意したウールの青緑色のドレスをまとった体をすくめた。とはいえ、寒気がしたのはひんやりした空気のせいではなく、強い不安のせいだった。

館を囲む庭のすぐ向こうには雑草のはびこる芝地が続き、納屋の裏手には畑があった。それ以外はほぼ見渡すかぎり森で、山の斜面の高いところに点々と見える空き地にはヒースとシダが茂っていた。入江に通じる一本道も見えた。ほかに谷にあるものといえば、納屋や家畜小屋、それに、使用人が住んでいるとおぼしき小屋がふたつだけ。たしかに人を寄せつけない場所ではあるが、それでも絶景であるのはまちがいなかった。

監視はついているにせよ、なぜこれほどの自由が許されるのか、その理由はすぐにわかった。いくつもの山を越えて街道に出るか、あるいは、よほど泳ぎが達者でなければ、この谷からは出られない。また、人に助けを求めることもできなかった。昨日、出迎えたヘイミッシュという男を除けば、この谷の住人とはことばが通じないのだから。

最初は、公爵の姿を見ずにひとりで過ごせるのがうれしかった。公爵の藍色の目で探るように見つめられていなければ、闘う気力を保つのもさほどむずかしくはなかった。けれど、とくにすることもなくぶらぶらしていると、いつのまにか公爵に会いたくなっていた。一分が一時間にも思えるほどの退屈な一日を埋めてくれるなら、なんでも、誰でもかまわなかった。

けれど、馬車のなかでの口づけがふいに頭に浮かんで、また怖くなった。あの口づけで、意志や理性を失って、公爵に対する憎悪も揺らいだ。さらには、巧みに男を誘惑するソレイヤの下に隠れていた人格を、公爵に知られてしまった。情婦として過ごした長い年月には、ただの一度も見せたことのないヴェリティという真の姿を。

わたしはどうすればいいの？　どうやって公爵から身を守ればいいの？　さらに悪いこと

に、公爵に触れられると反応してしまう体をどうやって止めればいいの？

捕らえられてからというもの、捨てたはずのソレイヤという人格をどうにかしてよみがえらせようとした。真の自分とはちがうソレイヤの自信と高慢さが必要だった。けれど、一度葬った魔性の女は、よみがえるのを頑なに拒んでいた。

そうしていま、自分のなかには臆病なヴェリティしかいない——その事実にはっきりと気づいた。ヴェリティは公爵に対抗できるほど強くはない。完全に屈服させられて、この一件が終わるときには、すべてを奪われて放りだされるのだ。

公爵の目的は体だけではなかった。ソレイヤと分かちあっていたものを取り戻そうと、こんな面倒なことをしているのでもない。そう、公爵はソレイヤを演じていたヴェリティという女を破滅させるつもりなのだ。それはお互いにわかっていた。

鬱々とした思いに導かれるようにして、ヴェリティはやはり鬱々とした館に戻った。この運命から逃れる方法が何かしらあるはずだ。避けがたい、はるか以前から決まっていたようなこの運命から。けれど、どんな方法も思いつかず、助けてくれる者もいなかった。月にひとりきりで取り残された気分だった。それを承知で公爵は、わざわざ人里離れたこの狩猟の館へ連れてきたのだ。

どういうつもりで、幼いころを過ごしたこの館にヴェリティを連れてきたのか自分でもわからない——カイルモアは胸のなかでつぶやいた。ここにヴェリティを閉じこめることにしたのはまちがいだったのかもしれない――早くもそんな思いを抱いていた。ヴェリティといると胸が痛み、さらには、この場所も同じように胸を疼かせる。冷酷非情な男に徹しなければならないときがあるとしたら、それがいまだということはわかっていた。

薄暗い厩舎《きゅうしゃ》で馬から飛び降りると、ありったけの悪態をついた。日暮れが迫るなかを、主人を追って厩舎に入ってきたヘイミッシュが、タナスグの手綱を受けとった。

「若さま、そんなに悪態をついたところでどうにもならんでしょう」ヘイミッシュはスコットランド訛りで穏やかにたしなめた。すでにランプが灯されて、ほのかな光がカイルモアの険しい顔を照らしていた。

このところ馬に乗りっぱなしだった。そんな厳しい旅を終えたばかりなのだから、まともな人間ならひとつところに留まれるのを喜ぶはずだ。だが、カイルモアは自分をまともだと思ったことはなかった。今回の長旅の裏にある事実――いやがる愛人を無理やりさらってきたという事実――を知った者からは、まともな男と見なされるはずがなかった。

それでも、今日は何時間か馬で出かけて、ひとつだけいいことがあった。ヘイミッシュがようやく〝公爵さま〟と呼ぶのをやめてくれた。子供のころのような友情が戻るとは期待していないが、朝からいっしょに過ごしたおかげで、昔のような気安さを取り戻していた。さらには、言うまでもなく、馬に乗っていたおかげで、この館の忌わしい思い出や厄介な愛人のことをくよくよと考えずにすんだ。

ソレイヤ……ヴェリティ。息をするたびに、切望してやまない女……。

ヘイミッシュとの会話には、その女は存在しなかった。ヘイミッシュは神の名を使って悪態をつくことも含めて、主人がさまざまな罪を犯しているのを知っていた。女を無理やり連れまわすのは微罪がひとつ増えただけだということも。

そんな冷酷非道なカイルモアも、絶世の美女を連れてきていながら、スコットランドの片隅の辺地で落ち着かずにこそこそと動きまわっているわけを人に話す勇気はなかった。

「馬の世話を頼んだぞ」とカイルモアはきっぱり言った。昔の親密さを多少なりとも取り戻したとはいえ、ヘイミッシュの態度のあちこちに窺える非難にはうんざりしていた。

ああ、昔の親密さを取り戻したからこそ、そんな態度を取るのだろう。

さらには、女をさらったせいで疼く良心を鎮めるのにもうんざりしていた。逃げた愛人を捜しているときには、筋が通っていると思った。ソレイヤはパトロンを騙して、大金をせしめて、何も告げずに姿をくらまして裏切ったのだから、罰されて当然だった。

それゆえに、その女を罰することで満足感を得た。

だが、それはもう過去のこと。どこに連れていかれるのかもわからないまま、馬や残忍なパトロンにあれほど怯えていたヴェリティの、過酷な長旅に堪える気高い姿を目にするまでの話だ。

疲れ果てて我慢の限界を超したヴェリティの脆さを目の当たりにするまでの話だ。さらには、ふたたび気力を振りしぼってヴェリティが抵抗するまでの話。抵抗したところで無駄だとわかっているはずなのに。

いまこそヴェリティをわがものにするつもりだった。

その結果がどうなるかははっきりしていた。ただし、復讐を考えたときに予想もしていなかったのは、自分の心と体が正反対の反応を示すことだった。

くそっ、なんて女だ。

「おやすみなさい」ヘイミッシュが大きな葦毛の馬の鞍をはずしながら、カイルモアの遠ざかる背中に声をかけた。

公爵はヴェリティの部屋の扉を乱暴に開けた。その勢いにカーテンが波打って、暖炉の火が大きく揺れた。夜遅くのことで、ヴェリティは大きなベッドに横たわりながらも、恐ろしくて眠れずにいた。逃げられないのはよくわかっていた。

そう、けっして逃げられない。

公爵をひと目見た瞬間に、その男には注意しなければと思ったのは正しかった。そんな男を操れると考えたのは大きな誤算だった。そうして、いままさに、不幸な判断ミスのつけを払うときがやってきた。

それでも、公爵の目のまえでいかにも臆病者のように身を縮めるつもりはなかった。枕《まくら》に肘をついて上体を起こすと、頭を傾げた。

「こんばんは、公爵さま」と冷ややかに言った。

声が震えないようにと必死になっているのを見破られないようにと心のなかで祈った。恐ろしくて心臓が早鐘を打ち、シーツを楯のように胸まで上げたくなるのをこらえた。

公爵が憎しみをこめて睨みつけてきた。そう、本気で憎んでいるにちがいない。

「こんばんは、お嬢さま」公爵は嘲るようにヴェリティのことばを真似て言った。「何はともかく、マダム、互いに礼儀を重んじるのはいいことだ」

公爵の考えがヴェリティには読めなかった。もちろん、体を求めているときの公爵のようすならわかっていた。一年もその男の欲望をなだめてきたのだから、わからないわけがなかった。

だが、今夜の公爵にそんな雰囲気はなかった。

公爵が腕を高く上げて戸口に手をついた。胸もとの開いた白いシャツと細身の黒いズボンといういでたちでそんなポーズを取る公爵は、たくましく美しい男を絵に描いたかのようだった。

カイルモアの公爵はとびきりハンサムだが、いくつもの理由から、これまでヴェリティはその魅力の虜になってはならないと自分を戒めてきた。けれど、今夜は神々しいほどの肉体美に殴られたような衝撃を受けて、思わず下唇を噛んだ。その仕草が不安を表わしていることに気づく間もなかった。

引き締まった胸を張って、公爵がゆったりと歩いてきた。そのまえに、扉を蹴って閉めるのを忘れなかった。その音にヴェリティの体がびくんと震えた。

「いまさら泣き言は言わないでくれよ。心の準備をする時間は一週間もあったんだから」

その一週間を、ヴェリティは馬車のなかでの口づけで自制心を失ったことを考えて費やした。それこそが、この非情な男が企んだことだった。ヨークシャーでの嵐の午後にまんまと捕まってしまったが、今夜は何があろうと屈しない──ヴェリティは心に誓った。

公爵がベッドの傍らに立って、藍色の目の上の印象的な黒い眉をひそめた。

「そんなものをどこで手に入れたんだ？」そう言うと、すらりとした手を差しだして、地味な白いネグリジェの襟もとに触れた。「マダム・イヴェットにこんな安物を注文した覚えはないぞ」

「メイドから借りたのよ」ヴェリティはむっつりと答えた。

さきほど、ソレイヤお気に入りの仕立屋につくらせたドレスが衣装箪笥《だんす》に詰まっているのを見たときには驚いた。同時に、最初から公爵はここを目指していたのだと思い知らされた。となれば、逃げるチャンスなどあるはずがなかった。

豪華なドレスが並んだ衣装箪笥のなかには、服とはとても呼べないような薄く透けたネグリジェも入っていた。ヴェリティはぎこちない身振り手振りで、もっと体が隠せるようなネグリジェを借りたいとメイドに頼んだ。怯えるメイドを説き伏せて、そもそもわずかしかないメイドの服のなかからネグリジェを借りるのにゆうに五分はかかった。

「それを脱ぐんだ」眉をひそめたまま公爵が言った。「お遊びはもう終わりだ。ぼくはきみの恋人だからな、マダム。以前はぼくのいやがることなどしなかったじゃないか」

そのとおりだった。だが、同時にそれは大きなまちがいでもある。

公爵は好きなときにいつでも目のまえの女を抱けると思っているようだが、それはもう過去のことで、ヴェリティは金輪際、公爵の快楽のために従順に体を差しだすつもりなどなかった。

そうよ、今夜、このベッドのなかで公爵が楽しむことはない。たとえ、そういう状況に追いこまれたとしても。

顔をそむけて、暖炉のなかの燃える火を見つめながらつぶやいた。「いまは何もかも変わったの。わたしは変わったのよ」

衣擦れの音に振り返ると、公爵がシャツを脱いで、ぞんざいに床に落とした。なめらかな腕と肩が金色に輝いていた。

「何も変わってないさ」その口調は自信たっぷりだった。ヴェリティは手をぎゅっと握りしめて感情を抑えた。できることなら、すぐにでも飛びかかって、引っかいてやりたかった。大嫌いな仕事からいつかは足を洗おうと、それだけを胸に生きてきたのに、いままた男にのしかかられて、愛のない交わりをしなければならないなんて。

このさきも自由は得られず、永遠にソレイヤを演じつづけなければならない、そんな恐ろしい未来がちらりと頭をよぎった。とたんに、こんな苦痛に堪えられなくなった。シーツを邪険にわきに払って、仰向けに横たわった。

「さあ、どうぞ」冷ややかに言って、目を閉じた。どうせ屈しなければならないのなら、涙ながらに懇願したりするものか。公爵はそれを望んでいるのだから。「好きにするといいわ」

とはいえ、そんな芝居じみたやりかたで、目のまえにいる男が動揺するわけがなかった。

公爵は小馬鹿にするように小さな笑い声をあげた。

「これは、また信じられないな、マダム。こんなに簡単にことが運ぶとは」

ヴェリティは体のわきで拳を固めて、これぐらいは堪えられると自分に言い聞かせた。これまでだってずっと堪えてきたのだから。

けれど、どれほど言い聞かせても辛くてたまらなかった。衣擦れの音がして、公爵が服を脱ぎ捨てたのがわかった。

公爵のほうを見ようともしなかった。見る必要などなかった。その裸体がどんなものかはよくわかっていた。

すらりと背が高く、生まれながらの剣士のようにたくましい。うっすらとした黒い胸毛。そして、まもなくこの体に押し入ってくる、硬く屹立した男の証。

体は細身なのに、その股間にあるものは驚くほど立派だ。それもまた、公爵を冷静沈着な男と呼ぶのがとんでもなく的外れだということを示していた。公爵の体は、精力的で果てしない欲望を持つ男を象徴していた。とはいえ、いまこのときまでは、欲望のままにヴェリティの体をもてあそぶことはなかったけれど。

いまこのときまでは……。

公爵はとことこにいたっては、うわべだけでも相手に敬意を払い、洗練された態度を取る気などないようだった。本能を剝きだしにして奪うに決まっている。マットレスがたわんで、公爵がベッドに入ってきたのがわかった。そうして、次の瞬間にはもう体にまたがっていた。これが初めてというわけではないのに、公爵の体が発する熱に息を呑まずにいられなかった。

「まだいやがるふりを続けるつもりか？」そっけない口調で訊かれた。

「ふりなんかじゃないわ」それでも頑なに公爵のほうを見ようとしなかった。見ないでいれば、何をされても堪えられる気がした。

「いいや、きみはいやがるふりをしてるんだよ」公爵は自信たっぷりだった。

ふいに公爵が動いた。ヴェリティはもっと警戒していなかったことを悔やんだ。襟元に手がかかったかと思うと、ネグリジェが裾まで一気に引き裂かれた。そうして、公爵はこれまでに幾度となく見つめてきた女の裸体に目を据えた。ヴェリティは引き裂かれたネグリジェや自分の手、さもなければ、シーツで体を隠したくなるのを必死にこらえた。

蠟燭の明かりに照らされた公爵の顔は張りつめて、決然としていた。それはいままでに見たこともない表情だった。ロンドンでは、公爵はさまざまな期待を胸にやってきたが、いまその心にあるのは失望だけのようだった。そう思うと、不可思議な考えが頭をよぎった。裏切った愛人に怒りをぶちまけようとしながらも、公爵は心の奥底にひそむほんとうの自分と闘っているのかもしれない。

目を下に向けた。女を求めていきり立っているものが見えたとたんに、たったいま頭をよぎった馬鹿げた考えがまちがっていたことに気づいた。公爵の本性ははっきりしている。人を屈服させて征服する——その胸のなかにあるのはそれだけだ。

「奪いたければ、奪えばいいわ。そうよ、あなたは盗賊と変わりないんだから」吐き捨てるように言った。

侮辱のことばが公爵の怒りに火をつけた。藍色の目が細く鋭くなった。これほど理不尽なやりかたでベッドに押さえつけている男を愚弄するのが賢いことだったのかどうか、いまさら考えたところで手遅れだった。

「マダム、誰が盗賊だって？」鋭い口調だったが、束の間の激しい感情に冷ややかな目が曇り、次に口を開いたときには、その口調は女心がくすぐられるほど甘かった。「ヴェリティ、自分が何をしているか考えてごらん。そんなことをする必要はないはずだ。以前は、ふたりで奇跡のような悦びを分かちあったじゃないか」

悦び――そのことばが鋭い剣となってヴェリティの心を貫いた。胸の奥で複雑に絡みあっていた感情がするりとほぐれて、思いだしたくもない記憶がよみがえった。公爵が体に入ってくるときに覚えた悦び。なじみ深いいくつもの記憶に負けそうになった。公爵の爽やかなにおい。熱く燃える体。女を惑わす美しい顔。

「そんなことがほんとうにあったみたいな口ぶりね」引き締めた唇からことばを搾りだした。「すべては幻影だったのよ、それはあなただって知っているはず」

「いや、あれはまちがいなくほんものだった」公爵のやわらかな口調に、ヴェリティの体が震えた。それは嫌悪感からだけではなかった。ああ、嫌悪感だけを感じていられたらいいのに……。

「いいえ、ほんものだったことなんて一度もないわ」でも、それは嘘。公爵が眉根を寄せた。ああ、なんてこと、公爵の顔に浮かんでいるのが、怒りではなく悲しみに見えてしまうなんて。「とはいえ、きみはぼくを盗賊だと思いこみたいらしい。だったら、そうなるまでだ」

公爵はヴェリティの脚をぐいと開いた。その真ん中にひざまずいて、ヴェリティのなかに押し入った。

前戯などなかった。ヴェリティは身を固くした。けれど、気持ちとは裏腹に、体はすでに受け入れる準備ができていた。

一気に深々と押し入ってきた公爵がうめき声を漏らした。その声が敗北を決定づけるようにヴェリティの心に響いた。やけに長く暗く感じられるその瞬間、ヴェリティは公爵の下で身じろぎもせずにいた。体のなかに公爵を感じていた。においを感じていた。じっとして、公爵のたしかな重みを受け入れた。

公爵がいったん身を引いて、すぐにまた強く突いてきた。一度、二度。あっというまに自制のたががはずれて、びくんと体を震わせたかと思うと、ヴェリティのなかにほとばしる欲望を解き放った。そうして、永遠とも思えるほど長いあいだ身を震わせていた。やがて、もう一度うめき声をあげると、横に転がってヴェリティから下りた。

終わった――とヴェリティは思った。公爵にすばやく、情け容赦なく、永遠に奪われたのだ。そうして、ふたたびカイルモアの公爵の情婦になった。できることなら、死んでしまいたかった。

それでも、ぎこちなく深く息を吸った。ずいぶん長いあいだ息を止めていたかに思えた。公爵のにおいがした。公爵とセックスのにおいが。体を洗わなければ……。老婆のような気分で、ゆっくりとベッドを下りた。

ヴェリティが体を起こしたのに気づいて、公爵が腕を伸ばしてその手をつかんだ。「どこへ行く？」片方の肘をついて体を起こすと、ヴェリティを見た。「逃げだしても、山のなかで死ぬだけだ。このあたりの自然は厳しい。この土地に不慣れな者は生きて山を出られない」

目的のものを奪ったからには公爵は勝ち誇った口ぶりになるにちがいない、ヴェリティはそう思っていた。なんといっても、公爵はいくつもの障害をものともせずに、このベッドにみごと求める女を押し倒したのだから。それなのに、口調は単調で、どんな感情も表われていなかった。

「逃げたりしないわ」ヴェリティは暗い声で答えると、破れたネグリジェで体を隠した。まるで犯された処女のように。

犯された処女ですって？　お笑いぐさもいいところ。苦々しげに思った。とはいえ、とても笑う気分ではなかった。それどころか、泣きたかった。金と引き換えに、初めて体を差しだしたときのように。

震える手で蠟燭に火をつけて、部屋を出た。なぜ公爵に引き止められなかったのか……。

そんな疑問が頭に浮かんだのは、しばらく経ってからのことだった。

10

力の入らない脚で、ヴェリティは階段を下りて、厨房へ向かった。かまどのなかの灰をかけた火種はまだ赤く、やかんに水を入れて、湯を沸かした。破れたネグリジェでは夜気から身を守れるはずもなかったが、感覚が麻痺《まひ》しているせいで、寒さは感じなかった。公爵の精液で脚のあいだが湿って、べとついていた。

その感覚には不慣れだった。公爵がなかで放ったことはいままで一度もなかった。ロンドンでは避妊具を使うか、さもなければ、べつの方法で公爵を満足させた。男を満たす秘術を教えてくれたのは、パリで知りあった年上の情婦だった。気は進まなかったが、秘術をきちんと身に着けた。なぜなら、情婦として必要不可欠だったから。

それなのに、今夜の公爵は子供ができようができまいが、そんなことはおかまいなしだった。それもまた裏切った愛人への罰なのかもしれない。赤ん坊を孕《はら》ませて、この出来事から一生逃れられないようにするつもりなのだ。だが、その方法で復讐を遂げる日は永遠に来ない、ヴェリティは公爵にそう言ってやりたかった。

機械仕掛けの人形のように、小さなたらいに湯を注いで、体を洗った。単純な動きをくり返していると、地獄のような出来事を経験してついえそうになっていた生気が徐々に戻ってきた。それでも、陵辱《りょうじょく》された瞬間のことは考える気になれなかった。

手が震えていたが、引き裂かれたネグリジェで体を拭うと、ネグリジェを火に投げこんだ。洗濯が終わった衣類の山からヘイミッシュのものとおぼしき男物のシャツを取りだして、素肌にまとった。使った湯を捨てて、蠟燭に火をつけると、眠れそうな場所へ向かった。午前中に館のなかを見て歩いたときに、上階に粗末なベッドが置かれた部屋があった。

さきほどの荒々しい交じりあいで怪我をしたわけではなかったが、全身が痛んだ。ゆっくり階段を上って、公爵のいない部屋へ向かった。驚いてはいたけれど、公爵のもとを離れてからは、不思議と怒りはほとんど感じなかった。それを言うなら、あらゆる感情がぼやけていた。きっと公爵は階上の寝室で裏切った愛人をもう一度ベッドに連れこもうと待ちかまえているにちがいない。ありがたいことに、誰にも会わずに粗末な寝室にたどりつけた。狭いベッドにもぐりこんで、毛布を顎まで引きあげて、震える体をしっかり包んだ。狭いベッドのなかでわずかな安らぎを得たとたんに涙があふれた。抑えきれない嗚咽《おえつ》が喉からこみあげてくる。あまりにも惨めで声をあげて泣いた。枕で口を押さえても、泣き声が漏れるのを止められなかった。

思いやりなど微塵もない公爵に、人形のように体をもてあそばれた。自分のものだと言いたげに、公爵は押し入ってきた。愛人だったころには、あれほど強引に奪われたことはなかった。ロンドンでの公爵は悦びを分かちあおうとした。ともに官能の世界にひたろうと巧みに誘ったのに……。

けれど、今夜は心から憎んでいるように体をもてあそんだ。

憎まなくてはならないと自分に言い聞かせているかのように。

わたしはそれほどひどく裏切ったの？

公爵にはことあるごとに嘲られた。それなのに、言うことを聞かない体はすぐに反応してしまう。それはソレイヤの巧みな媚態《びたい》とは無関係の、ヴェリティの孤独な心が真に求めた反応だった。

セックスのあとで泥のように眠っていたカイルモアは、低く唸りながら目を覚ました。ヴェリティのベッドでひとりきりで寝ていたが、そこにはふたりの交わりの残り香が色濃く残っていた。

もちろん、それはなじみのあるにおいだった。

なじみがないのは、抱いている罪悪感と後悔だった。そのふたつが、胸のなかの卑しい虚空――普通の男なら心があるはずの場所――にどっかりと居座っていた。

ソレイヤとのセックスはいつでも、ほかの何によっても得られない安らぎを与えてくれた。だが、ソレイヤは行方をくらますと同時に、その唯一の安らぎも奪っていった。ゆえに、なんとしてもそれを取り戻したかったのだ。大好きなおもちゃを奪われて、泣き叫んで取り戻そうとしている子供のように。

そうして、大好きなおもちゃをたしかに取り戻したはずなのに、それでも泣きたい気分は相変わらずだった。

姿を消した愛人への怒りと、三カ月の惨めな禁欲生活、そして、ヴェリティの無礼なふるまい。そういったことがつもりつもって、あんなことになったのだ。

けれど、それは言い訳にもならない。

唸りながら、体を起こした。獣のように奪ってしまった。自制心など吹き飛んでしまった。どんな女が相手だろうと、あんなことは一度だってしたことがないのに。

ヴェリティのなかで果てたことを思いだして、身震いした。あのときは、すべてをヴェリティに注ぎこみたかった。あの華奢な体を自分のものだけで満たしたかった。

そんなことを考えて顔をしかめたが、制御のきかない体は、初めてすべてを解き放って、思うぞんぶんヴェリティを味わった悦びで満たされていた。これまでは、呪《のろ》われたキンムリー家の血を引く者を残すまいとつねに気をつけてきた。それなのに、荒れくるう欲望に任せて、自分の惨めさをヴェリティに注ぎこんだあの瞬間――ああ、悔しいことに、まさに一瞬で果ててしまった――は、その結果がどうなるかなど考えもしなかった。あのときは、このベッドにいるふたりだけがこの世にあるすべてで、もっとも原始的な方法でヴェリティをわがものにしたのだった。

たしかに、あの瞬間は最高だった。

だが、いまは惨めで、侘しく、自ら始めたゲームにうんざりしていた。

苦々しく笑った。ゲームはまだ始まったばかりだ。いま下りるわけにはいかない。良心がゲームをやめろと訴えていても、欲望がそれを許さなかった。

ヴェリティをわがものにするという異常な欲望が、最後にはこの身を破滅させるのか？だが、いまはそんなことはどうでもよかった。

カイルモアは易々とヴェリティを見つけた。いっぽうで、ヴェリティがこの聖なる監獄のなかで、よりによってカイルモア自身の部屋を選んだのには驚かずにいられなかった。とはいえ、その部屋がこの館の主人の寝室だとは思いもしなかったのだろう。ヴェリティに与えた部屋のほうが広く、家具も上等で、館の主寝室にふさわしかった。

蠟燭の灯を掲げて、しわの寄った枕に頭を載せて眠っているヴェリティの顔を見つめた。ほのかな明かりのなかでも、頰に涙の跡が見て取れた。後悔と罪悪感が混ざりあい、黒い塊となって胸を突き破ろうとした。これまでの過酷な試練にも涙を見せなかったヴェリティを、今夜泣かせてしまうとは。

そんな男をヴェリティはどれほど憎んでいることだろう。そんな男の邪悪な態度を、むちゃくちゃな欲望を。目的の女をなんとしても手に入れるためのそのやりかたを。男と呼ばれるのに値する者なら誰だって、これでヴェリティを解放するにちがいない。だが、ヴェリティを失うと考えただけで、体のあらゆる部分が苦悩に満ちた拒絶の叫びをあげた。

ヴェリティを手放す？　そんなことができるのか？　ヴェリティがベッドを出ていくと思

ったただけで、荒らぶる気を鎮めるために何かを壊したくなるというのに。

蠟燭の火を吹き消して、棚の上に置いた。ゆっくりと毛布をわきによけて、ヴェリティを抱きあげた。てっきり、さきほど怒りに任せて引き裂いたネグリジェを着ているものと思っていたが、そうではなかった。手に触れるざらついた綿の布地は、男物のシャツのようだった。ヴェリティはどこかでそれを見つけたのだろう。そのとき、ヴェリティの口から低く悲しげな声が漏れた。その声が心に突き刺さるような気がしたが、すぐに自分には心などないことを思いだした。

同時に、ヴェリティが目を覚ました。「やめて！」叫びながら、もがいた。「下ろして！ さわらないで！」

カイルモアはヴェリティを抱く手にさらに力をこめた。薄い木綿の布越しにヴェリティの肌が手に擦れることにも、暖かな場所でぐっすり眠っていた女のにおいに鼻をくすぐられることにも気づかないふりをした。

「いいや、絶対に下ろさない」意外にも厳しい口調になった。

「ひとりで眠らせて」ヴェリティはもがくのをやめて、か細い声で言った。「わたしの願いはそれだけよ」

「そういうわけにはいかない」カイルモアはそう言ったが、そのことばは自分の耳にも悲しげに響いた。「さあ、もうおしゃべりはやめだ」さらに高く抱きかかえると、広々とした寝室へと運んでいった。

夜が明ける直前のいちばん冷える時刻に、カイルモアは目を覚ました。硬くいきり立つ男の本能が、それ以上眠らせてはくれなかった。

思いやりのある男なら、良識のある男なら、となりに静かに横たわる女に手を出さず、そのまま眠らせてやるはずだ。だが、この冷たい男に思いやりや良識を求めるのはどだい無理な話だということは、ヴェリティももう知っているはずだった。

とはいえ、〝冷たい〟ということばは、いまのカイルモアの状態にはそぐわなかった。熱く張りつめた下半身がいくらかでも楽になるようにと寝返りを打った。その動きが浅い眠りからヴェリティを目覚めさせた。つまりは、どちらもぐっすりとは眠れなかったというわけだ。この館にいるかぎり、カイルモアが心から休める日は永遠に来なかった。さらには、たっぷりと距離を取って横たわっている女を忘れることもできなかった。

眠っていても、ヴェリティは触れられるのをいやがった。北へ向かう旅の途中で、腕のなかでヴェリティが目覚めたときのあの不可思議な感覚が、脳裏をかすめた。あのときは、周囲の光景がぐるりとまわったような気がして、次の瞬間には、すべてがゆがんだ状態で静止した。以来、世界はゆがんだままだった。

愚かで楽天的な幻想だとは知りながらも、ヴェリティと交わればゆがんだ世界がすっかりもとどおりになるかもしれない、そんな期待を抱いていた。けれど、数時間前にこの部屋でヴェリティに無理やり押し入ってからというもの、それまで以上によるべなく、自分が頼りなく思えた。

だからといって、欲望はおさまらなかった。

カイルモアは上掛けを一気に足もとまで下げると、ヴェリティの肩に手を伸ばして、繊細な骨とくぼみを撫でた。ヴェリティは裸だった。この部屋のベッドに運んできたときに、みすぼらしいシャツを剝ぎとったのだ。立ちのぼる甘い香りに、引き寄せられずにいられなかった。

闇のなかでもヴェリティの肌が透き通るように白いのがわかった。背中からウエスト、そして、輝くばかりの腰へとつながる優美な曲線が見て取れた。欲望が一段と高まって、こらえられずに腕に力が入った。

「いや」くぐもった声がした。ヴェリティは背中を向けたまま、ベッドの端で身を縮めていた。

「いいだろう」カイルモアはきっぱり言うと、ヴェリティを仰向けにした。またもや男をじらす芳香がベッドに広がった。

カイルモアにとって、それはいつでも楽園の香りだった。その至福の園に駆けあがるのを、一瞬たりとも先延ばしにはできなかった。

意外なことに、抵抗はされなかった。体をずらして、ヴェリティにおおいかぶさると、両肘をついて上体を起こした。「さあ、ぼくの体に腕をまわして」

ヴェリティは頑として腕を動かそうとしなかった。

なるほど、そういうことか。静かに、けれど頑なに拒んで、超然としたままでいて、ひとり熱くなっている男を馬鹿にしようというわけか。愚かな女だ。もう少し賢いと思っていたのに。

すぐになかに入りはしなかった。とはいえ、なめらかな太腿が腰に触れて、硬く張りつめたもののすぐそばにあるヴェリティの秘所が発する熱にじらされて、自制の限界をはるかに超えていた。

それでも、二度と野蛮な獣になる気はなかった。数時間前のようなことは絶対にしない。ヴェリティを泣かせたようなことは。

すでに深く傷つけてしまったのだから。そう思うと、三カ月のあいだ復讐だけを夢見てきたはずなのに、後悔の念に胸が詰まった。白い頬に残る涙の跡を思いだしながら、豊かな乳房にそっと触れた。痛々しいほどやさしい触れかただった。

ヴェリティの肌は冷たくなめらかだった。みごとな曲線を愛しむように撫でてから、頭を下げて乳首を口に含んだ。唇に触れたとたんに、それはぎゅっと硬くなった。

慣れ親しんだ反応に、震えるほどの悦びを覚えた。どうやらソレイヤは煙のように消えてしまったわけではなかったらしい。熟したキイチゴを味わっているようだった。激しく愛撫するたびにヴェリティが息を吞むのを感じながら、その夏の甘い果実に舌を絡ませ、すすって、ぞんぶんに堪能した。

ヴェリティが反応しまいとしているのはわかっていた。が、そんなのは無理に決まっている。

反対の乳房に唇を移した。ヴェリティを求めつづけて空虚な数カ月を過ごし、さらには、昨夜の悔やまれる交じりあいのあとでは、もう一秒たりとも待てなかったが、これまでの自身の非情な行ないをヴェリティの記憶からなんとしても消し去りたかった。ヴェリティを大切にしたかった。これほど華奢で、勇敢で、美しい女のことを。

ゆえに、乳房の味と感触を楽しみながらたっぷり愛撫した。そうしながらも、優美な曲線を描く腹から、その下のやわらかなふくらみへと手を這わせた。ふわっとした毛に指を差しいれると、ヴェリティが喘ぎ声をこらえながら身もだえた。意図せず、ヴェリティの太腿が猛るものをかすめると、カイルモアも喘ぎ声を漏らした。すでに限界を超えていて、シーツが擦れただけでも達してしまいそうだった。

もう待てない。指をさらに這わせて、ヴェリティの秘密のくぼみに差しいれた。

脈打つ欲望に勝利の鐘の音が混じりあい、雷鳴のようなシンフォニーが全身を駆けめぐる。ヴェリティは熱く濡れて、いままさに男を迎えいれようとしていた。熱く濡れた場所を味わいたかった。記憶に深く刻まれた甘露な雫《しずく》を、唇で確かめたかった。

だが、逸《はや》る気持ちはそれすら許さなかった。すぐさまヴェリティを自分のものにしなければ、正気を失ってしまうにちがいない。秘所から手を離すと、いきり立つものをそこに据えた。

ヴェリティはすべてに屈したわけではない——カイルモアは頭の片隅でそう感じていた。

だが、こうして体を重ねていると、ヴェリティが体だけは受け入れるつもりでいるのが伝わってきた。

自分の口から漏れる苦しげな声を遠くに感じながら、なかにするりと入った。最初こそ抵抗を感じたが、すぐに受け入れられたのがわかった。ヴェリティのなめらかな内側にしっかりと包まれて、さらに奥へと導かれた。

こんな感覚はこの世にふたつとない。これからだって二度とない。容赦ない運命に奪われまいとするように、ヴェリティをさらに強く抱きしめた。

小石のように硬くなった乳首が胸にあたった。ぎこちなくヴェリティの両膝を持ちあげると、その脚を自分の腰に絡めて思うぞんぶん突けるようにした。そうして、ヴェリティの心にまで触れるほど、深々とその体に自分を埋めた。

それに合わせて、ヴェリティが腰を浮かせるのを待った。ソレイヤはいつだってそうしたのだから。

だが、ヴェリティは身じろぎもせずじっとしていた。唇からか細く苦しげな喘ぎ声が漏れていた。カイルモアは闇のなかで顔を上げて、ヴェリティの表情を確かめようとした。すると、一心に天井を見つめている目が涙で光っているのが見えた。そればかりか、ヴェリティの細い体がこわばっているのもはっきりとわかった。

一瞬の間のあとに、たとえどんな魔法を使って気持ちを和らげようとしても、ヴェリティはそれにあらがいつづけるのだと気づいた。体はしっかりつながっているというのに、心は鎧をつけたまま頑なに拒みつづけている。それにどうやって堪えろというのか？ ヴェリティの心の鎧をなんとしてでも打ち砕かなければ、頭がおかしくなりそうだった。

ゆっくりと探るようなリズムで腰を動かしはじめた。その動きがヴェリティを恍惚とさせるのを知っていた。至福の悦びに溺れさせようと、あらゆる術を尽くした。一年のつきあいで、その体のことなら隅々まで知っている。何をすれば悦ぶのかはよくわかっていた。

これほどヴェリティを欲していながら、欲望を抑えるのは拷問に等しかった。相手のことなど考えずに上りつめたいという気持ちを抑えるのは、背骨を折られるほど辛かった。頭のなかに火がついて、全身の神経を引きちぎられるほどの苦痛だった。

それでも我慢した。歯を食いしばり、自制心を総動員して、ヴェリティの心の鎧を打ち破ろうとした。

だが、角度や速度を変えても、忘我の境地に導くことはできなかった。ヴェリティの体を支配しているのはまちがいないが、熱い深みに自分自身を埋めるたびに、その心に拒まれるのを感じた。

くそっ。騙されてたまるか。これだけが、この行為だけが、ヴェリティに届く唯一の方法なのだから。

なけなしの自制心が怒りに蝕《むしば》まれていった。激しい感情が芽生え、つのり、火がつくと、体の動きも激しくなった。やさしく誘う気持ちは、果てしない欲望の力に崩れ落ちた。

それでも、ヴェリティは応えなかった。目のまえの男を、その男との交わりを求めているのを見せようとしなかった。体だけは女のにおいを発しながら熱く濡れて、そこにカイルモアが深々と押し入るたびに、しっかりと受け止めているというのに。

まもなく果てると知りながらも、カイルモアは激しく突いた。赤く燃える頭のなかに、ヴェリティの喘ぎ声が染みこんできた。苦痛の声なのか悦びの声か、それさえわからなかった。

たとえ命と引き換えにしても、ヴェリティの心を開かなければならない。

そのためには、こらえなければならない。

だが、こらえきれない。

もう限界だ……。

いまこそ達するという最後の瞬間に、ついにヴェリティが体を震わせた。そうだ、もう少しで応えてくれる。手を下に滑らせて、秘めた部分を愛撫した。

抑えた叫びをあげて、ヴェリティが肩にしがみついてきて、爪を立てた。その痛みをカイルモアはこらえた。ヴェリティが自ら抱きついてきたことを思えば、痛みなどなんでもなかった。

絶頂への前触れにヴェリティの濡れた内側がぎゅっと締まると、カイルモアは身を震わせながら大きく息を呑んだ。

すべてを忘れて、小刻みに震えているヴェリティに包まれた。動きを止めて、官能の愉楽に溺れる女の体を堪能した。

いまにも達しそうになりながらも、ヴェリティの本心を読み取った。ヴェリティもやはりこれを求めていたのだ。嵐のような欲望に翻弄されていたのは自分ひとりではなかった。顔をヴェリティのうなじに埋めると、恍惚として身を震わせる女をたっぷりと味わった。

やっと手に入れた。けっして離しはしない。もう二度と。

その瞬間、ヴェリティが果てた。疲れきった女の熱く途切れ途切れの息に頰を撫でられた。とたんに、カイルモアの頭からすべてが消し飛んだ。迫りくる絶頂に何もわからなくなった。骨や筋肉が悲鳴をあげるほど体をこわばらせて、目も眩むほどの快感とともに自分を解き放った。

永遠とも思えるほど長いあいだ、苦痛と切望のすべてを、横たわるヴェリティに注ぎこんだ。そのまま体を震わせていたが、やがて疲れ果てて、腕からも脚からも力が抜けて、ヴェリティの上にぐったりとくずれおれた。胸が裂けそうなほど心臓が大きな鼓動を刻んでいた。頭のなかは空っぽで、感じるのはヴェリティの熱く甘い香りだけだった。

やがて、現実がゆっくりと戻ってきた。荒れくるう血が徐々に鎮まっても、目も眩む悦びの余韻は全身を満たしていた。

のしかかられて、そうとう重かったはずだが、ヴェリティはあらがわなかった。クライマックスを迎えると、ヴェリティの手はカイルモアの肩からはずれて、その両腕はすでに体のわきでまっすぐに伸びていた。そうして体を小さく震わせていた。

カイルモアの渇いた口のなかに苦い失望感が広がって、肉体的な悦びを少しずつ蝕みはじめた。

ヴェリティを絶頂に導いた。だが、真の意味で征服することはできなかった。そんな思いが荒涼とした胸を満たした。すべて自分のものにしたかった。ヴェリティが自ら望んでベッドに入ってくるようにしたかった。だが、相変わらず、その願いはとうてい手の届かないところにあった。

ベッドのなかのソレイヤはいつでも堂々と男を誘惑しながら、自らも満たされようとした。だが、ヴェリティはいかにも侮蔑するようにじっと身を横たえて、男が果てるのを待っていた。

カイルモアはヴェリティの体から下りた。ヴェリティが悲しげに小さな声をあげて、できるだけ離れていたいとでも言いたげにベッドの端へとすばやく移って、体を丸めた。

カイルモアにはそのことに文句を言う気力も残っていなかった。胸を大きく上下させて息をしながら、ヴェリティと同じベッドで横たわっているしかなかった。激しいセックスに全身の筋肉がわなないて、肌に噴きだした汗が冷えていた。震える手で額にかかる湿った髪をうしろに払って、これからのヴェリティとの関係を考えた。だが、ほんとうにそんなことを知りたいのか？　そうとは思えなかった。

だいぶ経ってようやく、話す気力を奮いおこした。「いくら冷たい態度を取ろうと、あきらめないからな」

無言の交じりあいのあとでは、自分の声がいつもとちがうように聞こえた。カーテン越しに朝日がうっすらと差しこんで、ヴェリティがベッドの端で身を縮めているのが見えた。

「これからだって、氷の心で接するわ」ヴェリティが感情のこもらない声で言った。

カイルモアにはヴェリティの顔は見えなかったが、見るまでもなかった。その顔にプライドと苦痛が浮かんでいるのはわかっていた。「ソレイヤは官能的な悦びを知っている女だ」

「ソレイヤなんてもういないのよ」

ヴェリティがいやがるのもかまわずに、カイルモアは体を寄せて、顔を覗きこんだ。冷ややかで無表情な顔を見ることになると思っていたが、みずみずしい唇と深みのある瞳から読み取れたのは脆さだけだった。「いいや、ちがう。きみはソレイヤなんだよ」

ヴェリティは目を閉じて、首を振った。「ちがうわ、わたしはヴェリティよ」

「きみはヴェリティであると同時に、ソレイヤでもあるんだ」

カイルモアは頭を下げてヴェリティのやわらかな唇に口づけた。一瞬、それに応じるようにヴェリティの唇が動いて、カイルモアはようやく望みのものを手に入れたと思った。が、それも束の間、ヴェリティが顔をそらした。

朝日のなかで、ヴェリティは疲れ果てているように見えた。思いやりのある男なら、ひとりで休ませてやるところだろう。

いや、思いやりのある男なら、そもそもヴェリティをベッドの上で苦しめたりはしない。

「ソレイヤはいまもきみのなかにいる。ソレイヤをかならず引っぱりだしてみせる」それは誓いとも取れることばだった。

ヴェリティは無言で首を振った。カイルモアはじれったくなって、体を離すと、起きあがった。そうして、さも忌々しそうに、シーツを引っぱって、ヴェリティの裸身を隠した。

実のところ、またヴェリティがほしくなっていた。長いあいだ捌《は》け口のない欲望を抱いてきたのだから、この程度の交じりあいではとうてい満たされなかった。だが、持ちあわせていないはずの思いやりが、これ以上身勝手な放蕩者としてのふるまいを許さなかった。いっそのこと、ヴェリティにそんな男だと思われたほうが楽だったが。

長い夜を過ごして、ヴェリティはいまにもばらばらになりそうだった。それはカイルモアにもわかった。魔性の女ソレイヤが相手なら、辛辣なことばで攻めたてていたはずだ。が、相変わらず身を縮めて、頑なに拒みつづけるヴェリティは、エキゾチックな愛人ソレイヤとちがって、身を守る術《すべ》を持ちあわせていなかった。

いつかはヴェリティの心の鎧を打ち破ってみせる。

だが、そのいつかはいまではない。ああ、そうだ、まだ早い。


カイルモアは滝の上に立っていた。滝は崖の上から谷へと一気に流れ落ちていた。午後の日差しを浴びてほとばしる水がきらめいていたが、そんな自然の美しさもカイルモアの目には入らなかった。

それどころか、愛人のせいで鬱々としていた。とはいえ、それもいまに始まったことではない。愛人が行方をくらましてからというもの、その女のことが頭を離れたことはなかった。いや、白状すれば、それ以前から多くの時間を、その女のことを考えて過ごしていた。

ヴェリティのせいでこのさきずっと、不愉快な胸の疼きを抱えていなければならないのか？　ヴェリティは気づいていないだろうが、不本意にも囚われの身になって苦しんでいるのはヴェリティだけではなかった。

カイルモアは腰を下ろすと、子供のころからそこにある岩に寄りかかって、陽光で暖まった地面に長い脚を伸ばした。イートン校でつまらない寄宿生活を送るために、七歳でここを離れたというのに、この谷と館のことをこれほど鮮明に憶えているとは驚きだった。辛い思い出をときが和らげてくれると思っていたが、その願いはいまだかなっていなかった。

ここまで登ってくるには、ずいぶん長いこと歩かなければならず、ここから館に帰るだけで、日暮れ近くになるはずだった。つまりは、この朝、館を出るときに目論んでいたとおりになるというわけだ。

とくに腹が減ったわけではなかったが、ポケットからパンとチーズを取りだして、口に入れた。スコットランドにいると食欲が失せるらしい——ふとそんなことを思った。

松やにの塗られた屋根が眼下に見えた。狩猟の館とそれを囲む納屋などだ。この人里離れた谷には、もともと小作人の小屋が一軒あっただけだった。そうして、祖父がこのあたりに無数にいる鹿を狩るときに、その質素な小屋を使っていた。よほどの変人でもないかぎり、こんな辺鄙《へんぴ》な場所で暮らしたがるはずがなかったが、祖父にとって狩猟は唯一の生きがいだった。

すでにわかっていることとはいえ、キンムリー家の男はそろいもそろってひとつのことに執着するらしい。聞くところによると、祖父は徐々にここで過ごすことが多くなり、信仰にのめりこむ妻を避けて、このあたりの野生動物を撃ち殺していたらしい。

不幸な結婚。それもまたキンムリー家の伝統かもしれない。カイルモア城の廊下に並ぶ肖像画を見れば、そこに描かれた夫婦がどれほど毛嫌いしあっているかがはっきりとわかった。

父が一年を通してここで暮らしはじめるにあたって、当然のことながら、狩猟用の粗末な小屋は全面的に改装された。人里離れた谷底にあるその館は、六代目のカイルモア公爵の不適切で危険な性癖を世間の目から隠しておくのにうってつけだった。

そのときの改装によって、いまやここがソレイヤ、いや、ヴェリティ――かつての愛人のことを徐々にヴェリティとして見るようになっていた――の理想的な幽閉場所になったというわけだった。

くそっ。また愛人のことを考えているとは。苛立たしげに、食べかけの食事をわきに押しやった。

憂鬱な気分で、館のことを考えた。ヴェリティはいまごろどうしているだろう？　自分が館を出たときと変わらず、傷ついた動物のようにベッドに横たわっているのだろうか？

そう思うと、冷たい岩を呑みこんだ気分になった。今朝のヴェリティはすべてを失ったかのように打ちのめされていた。その姿を思いだすと、堪えられないほど苦しかった。もとはといえばヴェリティを懲らしめるために馬車に押しこめて、無理やりここに連れてきたのに、そんな気分になるとはそれこそお笑いぐさだった。

そうとはわかっていても、あれほど気高かった愛人の、あまりにも哀れな姿を見たくなかった。

とはいえ、ヴェリティは尊大で才知に長《た》けたかっての愛人とは別人のようで、それこそがカイルモアにとって解決しようのない難問だった。

ここに無理やり連れてきた女は、情欲を満たすためにロンドンで契約を結んだ女とはちがう。

最初は、ヴェリティがいやがっているのも男を惑わす手練手管のひとつかもしれないと疑った。同情を買い、油断させて、あわよくば、解放してもらおうと思っているのかもしれないと。だが、昨夜と今朝の苦しげなさまは、まぎれもなくほんものだった。それが真実であることに、公爵の地位を賭けてもかまわなかった。

とはいえ、呪われた公爵の地位にそもそも未練はなかったが。

この数年間、ソレイヤを見つめて、この谷の鹿を狩りつづけた祖父に倣《なら》って、ソレイヤだけを追ってきたというのに、結局、その女のことを何ひとつわかっていなかった。そしていま、ヴェリティがヴェリティたる所以《ゆえん》をきちんと理解するまでは、けっしてわがものにはできないと気づいた。

なんとしてでもヴェリティを自分のものにしなければ。さもなければ、正気を失ってしまう。

たとえ、すでに正気を失っていなかったとしても。

もしかしたら、ソレイヤとヴェリティはひとつの心のなかに存在する、まるでちがうふたつの人格なのかもしれない。いや、そんな馬鹿な。ソレイヤとヴェリティは別人ではない。その証拠に、自分がこれほど恋焦がれているのだから。愛人の複雑な一面を知っても、悔しいことに、魅力を感じずにいられなかった。むしろ、それまで以上に魅了された。二度の満たされない交わりも、ヴェリティを確実にわがものにしたいという欲望が増しただけだった。すべてを手に入れたいという欲望が。

そうして、心に誓った。この一件に決着がつくまえに、ヴェリティに差しださせてみせる

――そう、すべてを。

迷いながらもひとつの決意を胸に、ヴェリティは窓辺の椅子に座って、公爵が現われるのを待った。昼間は一度も姿を見せないまま、すでに日が沈みかけていた。それでも、公爵はかならずやってくる、体の芯でそう感じていた。

目覚めてからの長く鬱々とした一日のあいだに、そばにやってきたのは、無言で油断なく目を光らせているふたりの大男と、着替えを手伝い、居間に食事の用意をした若いメイドだけだった。傲慢なかつてのパトロンの姿はないまま、昼がのろのろと黄昏どきに変わり、惨めさに喉が詰まり、さらには、正当な怒りもこみあげてきた。

これほど不当に扱われるのが許せなかった。また、こんな状態にいつまでも甘んじているつもりもなかった。公爵はことばも通じない蛮人ではないのだから、あのゆがんだ心から騎

士道精神のかけらを引きだして、解放するように説得できるはずだった。

いま着ているドレスは、公爵が注文して仕立てさせたもののなかで、もっとも肌の露出の少ない一着だった。鮮やかなコバルトブルーの上質な羊毛のドレスには、ミリタリー調の飾りボタンが付いていた。いまの気分に不釣合いなドレスというわけではなかった。何しろ、これから公爵と闘うのだから。

自前の喪服が処分されたことには腹が立った。とはいえ、あの服は最果ての地への過酷な旅で、繕いようもないほどぼろぼろになっていた。それでも、あれはわたしのものだ。自分で稼いだお金で買ったものだ。たとえ、そのお金がカイルモア公爵のふところから出たものだとしても。この谷にいる一分一秒が、誰にも頼らずひとりで生きているという事実を少しずつ蝕んでいくのが苛立たしかった。

入江と山を照らす陽光が徐々に薄らいでいくのを見つめていると、屋敷を囲む壮大な自然が人を拒絶しているのがひしひしと感じられた。圧倒的ともいえるほど無慈悲な自然のなかで暮らそうという者がほとんどいないのもうなずけた。夕暮れとはいえさほど寒くはなく、暖炉にも火が入っていたが、思わず身ぶるいして、カシミヤのクリーム色のショールで体をしっかり包んだ。

気づくと、公爵が部屋の戸口に立っていた。鋭い一瞥《いちべつ》でその場のようすをすべて見て取ったのが、ヴェリティにもわかった。

「いったいどういうつもりだ？」公爵の厳しい声が響いた。「そのドレスを脱いで、髪を下ろして、いますぐベッドに入るんだ」

明らかな抵抗も公爵には通じなかった。公爵を苛立たせるつもりだった。それを目論んでいたのだ。

公爵が部屋に入ってきて、化粧簞笥に寄りかかった。ヴェリティは立ちあがると、手の震えを止めようと体のまえで両手を握りあわせた。

「処分される羊のように過ごすのはもうたくさんよ」きっぱりした口調で言った。「ロンドンで結んだ契約はとっくに切れて、いまのあなたにはわたしの体を求める権利はないわ」

「ぼくはしたいことをする、そう言ったはずだ」公爵はいかにも不機嫌そうに胸のまえで腕組みをした。麻のシャツの胸もとが大きく開いていた。

公爵が身に着けているのは田舎暮らし用の服だった。シンプルなシャツに黄褐色のズボン、長いブーツ。一日じゅう外で過ごしていたのか、山の爽やかな風を感じさせた。蠟燭のほのかな黄色い光と暖炉の火が、シャツから覗く胸とうっすらとした黒い胸毛を照らしていた。

種馬の気配を感じた牝馬《ひんば》のように、自分がじりじりと公爵から離れようとしているのに気づいて戸惑った。何をぐずぐずしているの。公爵の体がそこにあるというだけで、言うべきことも言えなくなってしまうなんて。ロンドンではふたりで思うぞんぶん淫らなことをしたのに、ここにいるといままでにないほど公爵の男の部分を意識せずにいられなかった。

「あなたはほしいものを手に入れた。復讐を果たしたはずよ」自分を見失うまいと必死だった。「わたしを解放して。こんな……怪奇小説まがいのことはやめて。さもないと、取り返しのつかないことになるわ」

公爵は唇をゆがめて、冷笑を浮かべた。「言いたいことはそれだけか？」

そこで初めて公爵と目が合って、ヴェリティははっとした。公爵の顔に怒りを見るにちがいないと思っていたが、実際には、そこには疲れて投げやりな表情が浮かんでいた。同時に、あまりにも悲しげだった。

気持ちを読まれたことに気づいたのか、公爵は姿勢を正すと、鉄格子のはまった窓に歩み寄って、不愉快そうに外を見た。

「丸一日かけて、そんなくだらない台詞《せりふ》を考えていたのか」皮肉たっぷりに言った。「そんなことばでどうにかなるとでも思ったのか？　今夜は平穏に過ごして、明日にはすぐさま家に帰れるとでも？　涙のひとつやふたつこぼせば、それで思いどおりになるというわけか。だが、憶えておくといい、野獣にもなれる男なら、脚にすがりついて涙を流す美女の願いもあっさり断われるのさ」

公爵のさも見下したような物言いにヴェリティはかっとした。それでも、どうにか平静を保って言った。「すがりついて泣けばすべてが解決すると思っていたら、とっくのとうに喜んでそうしていたでしょうね」

公爵が振り向いて、睨みつけてきた。それまでどんな感情を抱いていたにしろ、徹底的に嘲ってやる、そう言いたげな表情だった。「こんなのはきみにとって時間の無駄でしかない。ああ、お互いにとって。カイルモアの公爵がどれほど極悪非道な男かということは、どちらもわかってるんだから」そう言うと、ヴェリティのドレスを鋭く指さした。「こんな茶番はもう終わりだ。たったの五分もあれば、その上品ぶったドレスを剝ぎとって、きみにのしかかれることは、お互いにいやというほどわかっているんだからな」

公爵の眼差しはあまりに冷ややかで、ヴェリティはまたもや身震いした。それでも、苛立たしげに言い放った公爵の脅しに、恐怖を覚えたのを顔に出すつもりはなかった。

「いいえ、そうと決まったわけじゃないわ」

「まだわからないのか、ヴェリティ？　いまのいままで、その程度のことはわかるお嬢ちゃんだと思っていたんだがな。いいか、きみにはなんの力もない。なんの権利もない。きみはぼくのものだ。ここはロンドンとはちがう。カイルモア公爵家の人里離れた領地だ。そして、その領主はここにいる、このカイルモア公爵だ。きみには逃げ場もなければ、手を貸す者もいない。もうわかってるだろうが、きみの命もぼくの気持ちしだいなんだよ」

ヴェリティは息が速く浅くなるのを感じた。怯えているのが公爵に知られてしまうと思っても、どうにもならなかった。「あなたはわたしを淫らな女だと思っているのよね。お金と引き換えに、どんな男の相手もすると」負けずに言い返した。

「いいや、そんなことはない。なぜなら、きみはぼくのものだから。これからも永遠にぼくのものだから。それがきみの運命だ」

ヴェリティは屈しなかった。「わたしがいままでどんなことをしていたにせよ、自立した女であることに変わりはない。誰のものでもないわ」それは一日じゅう心のなかでくり返していたことばだった。無駄とは知りながらも、そうやってなけなしの勇気を奮いおこしたのだ。

公爵の口もとに見まちがいようのない冷笑が浮かんだ。「きみはこれからもぼくのものだ。いままでもずっとそうだったんだよ」

頭の片隅でそのとおりだと囁く声が聞こえて、ヴェリティはぞっとした。それでも、不吉な心の声に負けまいと、気持ちを引き締めて、精一杯の侮蔑をこめて公爵を睨みつけた。

「ちがうわ」

あとひと押しでヴェリティの心の鎧が砕けると知っているかのように、公爵は余裕たっぷりに片方の眉を吊りあげた。

ヴェリティはさらに言った。「わたしは絶対にあなたの言いなりになんてならない。それに、もちろん、気高いカイルモアの公爵ともあろう人なら、いやがる愛人を追いまわすはずがない。そんなことをプライドが許すはずがない」

そのことばは公爵の胸に突き刺さるはずだ――ヴェリティはそう思っていたが、公爵は顔色ひとつ変えなかった。「気高いカイルモアの公爵なら、望むことをなんでもするんだよ、マダム。ぼくはロンドンで三カ月のあいだ、甘んじて世間の笑いものになった。恥も外聞もなく、イギリスじゅうで愛人の消息を尋ねた。平民の田舎者とやりあうことさえした。そうして、人さらいになりさがった。ぼくが何かをするのにプライドが邪魔をするなどとは考えないほうがいい。目的を果たすためなら、なんだってする。きみが姿をくらましたときに、プライドなんてものは捨てたんだ。そんなことばを持ちだせばどうにかなると思っているなら、それは大きなまちがいだ」

ヴェリティは一瞬、不本意ながらも公爵に同情した。ロンドンでのカイルモア公爵は、貴族の鑑《かがみ》のような存在だった。万人から好かれていたとは言えないにしても、賞賛され、尊敬され、畏《おそ》れられ、また、妬《ねた》まれてもいた。

愛人が行方をくらましたことで、公爵はさぞかし高い代償を払ったにちがいない。

ヴェリティは穏やかに言った。「何も言わずに姿を消したことは謝るわ。あれはわたしがまちがっていた。最後に……」ことばに詰まった。愛人としての最後の日に、公爵が意気揚々とケンジントンの家にやってきて、血迷ったプロポーズをしたのを思いだすと、いまでも心が揺れた。「最後にあなたが訪ねてきたときに、説明するべきだった。お別れを言わなくてはいけなかった。そうすれば、少なくとも憎みあわずに、きれいに別れられたのよね」

公爵は苦々しげに笑ったが、次の瞬間には眉間のしわが深くなった。「そうすれば、ぼくがきみをおとなしく手放したと思っているような口ぶりだな。だが、お互いにわかっているはずじゃないか、そんなはずはないってことは。あのとき、きみはそれに気づいていた。だからこそ、こっそり逃げだしたんだ」

ヴェリティは思わず公爵に一歩近寄った。「お金は返すわ」

そのためには何を犠牲にしなければならないのか、公爵にわかるはずもなかった。自分の生活だけでなく、弟や妹の人生まで犠牲にしなければならないのだ。けれど、この悪夢から逃れる術はないかと、朝からずっと考えていた。法的には自分のものだと信じている財産をなげうてば自由になれるというのなら、喜んでそうするつもりだった。

弟も妹もなんとかして生きていけるはず。申し訳ないと思いながらも、自分にそう言い聞かせた。そうよ、アシュトン家の人間はどんな苦境にも負けないのだから。

さらに言った。「何日か待ってくれたら、すべてお返しするわ」

公爵がふいに振り返った。ヴェリティはつい油断して、近づきすぎていた。公爵の手が勢いよく伸びてきて、両方の腕をつかまれた。

「何を馬鹿なことを言ってるんだ。金など問題じゃない！　たしかに金はきみが盗人だという証拠ではあるが、金のことなど最初から考えちゃいない」公爵の手が腕に食いこんで、ヴェリティの体が震えた。

ヴェリティは必死の思いで公爵を見た。公爵は手を離さなかった。

それでも、わずかでも思いやりが感じられはしないかと。けれど、そこに浮かんでいるのは怒りと苦悩だけで、ためらいは微塵もなかった。

ぎこちなく息を吸って、言った。「わたしは何も盗んでいないわ」

公爵の指がドレスの袖をつかんだ。「きみはぼくからきみ自身を盗んだ。だから、ぼくはいまこうしてきみを取り返したのさ。そして、二度と手放さない」

ヴェリティは掠れた声で叫ぶと、身をよじって公爵から逃れた。「そんな馬鹿なことがあってたまるもんですか。あなたにだってそれぐらいはわかっているはずよ」

「いいや。きみを手放さないと決めたんだ」獲物を見つけた狩人《かりゅうど》のように、公爵はヴェリティに近づいた。

公爵の頑とした口調に恐怖を覚えて、ヴェリティはあとずさった。これ以上この館に閉じこめられていたら、公爵の言うことが正しいと思いこみかねなかった。

そのとき、部屋の扉が開いているのに気づいた。公爵が入ってきたときに閉め忘れたのだ。ヴェリティはすぐさま戸口へと走った。公爵が飛びかかってきたが、一瞬遅かった。突きだされた手が空を切るのがわかった。

ヴェリティはさきに戸口まで走ると、部屋を出て、振り向きもせずに乱暴に扉を閉めた。階段を駆けおりて、玄関の間を抜ける。全速力で走りながらも、ずらりと並ぶ剝製の視線を感じた。が、まもなく、玄関の頑丈な扉に付いた閂《かんぬき》に手をかけた。

泣きながら、重い鉄の門を引っぱった。公爵が背後に迫っていた。木の階段に靴音が響いていた。

玄関の間を駆け抜けた公爵が飛びかかってくるのと同時に、扉が開いて、ヴェリティは夜の闇に飛びだした。公爵から逃げなければ——頭のなかにあるのはそれだけで、どこへ向かうかは考えていなかった。

11

ヴェリティは館のすぐわきに、伸び放題の低木の生垣があるのに気づいた。身を隠すにはうってつけの場所に思えた。館のまえの遮るものが何もない草地を、公爵に捕まらずに駆け抜ける自信があれば、森へ向かったはずだった。けれど、どれほど頭が混乱していても、それは無理だとわかっていた。

湿った草むらを飛び越えて、低木の下にもぐりこんだ。小枝や棘《とげ》に髪が引っかかり、ドレスが破れるのもかまわずに、奥へ奥へと這いすすんで、それ以上進めないほど枝が絡みあっているところでようやく止まった。

そうして、見つからないように体を小さく丸めた。とはいえ、下草と闇が味方して、外から姿は見えないはずだった。上がった息を鎮めようとしたが、うまくいかなかった。

公爵は近くにいるはずだ。足音もしなければ、姿も見えなかったが、うなじの毛が逆立って、公爵がこっちを見ながら、気配を窺っているのがわかった。

「ヴェリティ、出てくるんだ」ややあって声がした。やはり、すぐそばにいた。「逃げられやしないぞ」

なだめすかすような口調は理性的な男のもののように聞こえた。以前なら、ほんとうはそうなのかもしれないと思っていたところだが、いまとなっては騙されはしなかった。噂はほんとうだったのだ。キンムリー家の人々はそろいもそろって頭がおかしいという噂は。復讐に燃える公爵は、なかでもいちばん異常なのかもしれない。

ヴェリティはさらに身を縮めて、ぴたりと口を閉じていた。冷たい夜露がうなじを伝っても、拭わなかった。

「これからもっと寒くなる。また雨が降りだすぞ」公爵は立ち去ろうとしなかった。ここにもぐりこんだときに、絡まる枝が分かれて穴があいてしまったのかもしれない。

ヴェリティの不安に気づいたように公爵が言った。「そこにいるのはわかっている。低木の下のちょっとした空間にもぐりこんでいるんだろう。ぼくはここで育ったんだ。この谷のことならすべて知ってる。逃げようとしても無駄だ。このあたりにある穴やくぼみや岩の割れ目なら、すべて子供のころに見つけて、入ったことがある」

少年がよくやるように、公爵も秘密の場所を見つけて遊んだのだろう。ふと幼いころの公爵の姿が頭に浮かんで、妙な気分になった。そんなことを想像したのは初めてだった。けれど、枝がガサガサと鳴る不穏な音がしたとたんに、束の間の想像の世界から現実に引き戻された。

「お望みなら、そこまで行って、引っぱりだしてやる。あるいは、自分から出てくるか。いずれにしても、外で一夜を明かすなんて無謀だぞ」

上がっていた息が鎮まるにつれて、無鉄砲な逃亡へと駆りたてた恐れが薄らいでいった。そう、まさに無謀な逃亡だ。これからいったいどこへ向かうというのか? ましてや、夜だというのに。旅装もしていなければ、食べ物もお金も持っていない。おまけに、この谷をどうやって抜けだせばいいのか見当もつかなかった。

公爵のため息が聞こえた。「なるほど、だったら、そっちへ行くぞ」

「駄目」ヴェリティは弱々しく言った。「来ないで。そこにいて」叫んで、じたばたしたあげくに、無理やり引っぱりだされるのはなんとしても避けたかった。

ついさっきまで抱いていた怒りが落胆に変わっていくのを感じながら、枝にぶつかり、引っかかれながら、束の間の避難場所をあとにした。濡れて、泥だらけで、体のあちこちにできた小さなすり傷がひりひりと痛んだが、這いでるしかなかった。とはいえ、何より辛かったのは、あとさき考えずに逃げだした自分の愚かさを思い知らされたことだった。

ヒステリーを起こして、逃げたところでどうにもならない。それはそうだろう、一年間じっくり計画を練って、逃亡を試みたあげくが、この始末なのだから。

命令におとなしくしたがったとはいえ、ヴェリティは公爵と面と向かってもひるまなかった。「あなたと寝るつもりはありません」

「いいや、きみはそうするんだよ」

公爵の手が伸びてきて、腕をつかまれた。濡れた羊毛のドレスの袖を通して、公爵の熱い手を感じたとたんに、冷えた体のなかで血管が大きく脈打った。玄関のほうへくるりと向かされて、公爵に連れられて歩きだした。

痣にはなりそうになかったが、それでも腕をつかんでいる手は揺るぎなかった。公爵はなぜ、わざわざ腕をつかんでいるの？　濡れそぼった惨めな姿では、いくら堂々と立ち向かったところで、今夜の勝者は公爵だということはお互いにわかっていた。

表向きは従順にしたがって、館に入り、階段を上ったが、悔しくてたまらなかった。公爵からはけっして逃れられないのだ。同様に、ソレイヤからも逃げられない。十三年のあいだ、いつかは自由になれるという思いだけを頼りに生きてきて、いまさら、これほど執拗な欲望を抱く公爵につきまとわれるとは思ってもいなかった。

けれど、欲望はそれを助長する刺激がなければ、消えてなくなるものだ。欲望の対象が何も与えず、反応もせず、何ひとつ分かちあおうとしなければ……。公爵はプライドが高すぎて、女の岩のように固い抵抗心に屈するのが許せないのだ。

とはいえ、プライドなどとっくに捨てたと公爵は言っていた。

考えてみれば、この数日間、わたしは公爵の行為にまったく反応しなかったというわけでもない。拒むのではなく、喜んで受け入れてしまった瞬間——馬車のなかでの口づけと今朝の恍惚とした絶頂感は瞬間とは言えないけれど——を思いだすと、恥ずかしくてたまらなくなった。

あれはこれまでの習慣がたまたま顔を出してしまっただけ、と自分に言い聞かせた。なんといっても、一年ものあいだ公爵の愛人だったのだから。

さもなければ、公爵の巧みな床あしらいのせい。

さもなければ、わたしのなかに不変の罪深い欲望がひそんでいるのか……。

とはいえ、公爵に触れられたとたんに、それまでの願いや信念がすべて消えてなくなってしまうわけではない――必死にそう思いこもうとした。抱かれても、気持ちをたしかに持って、氷のような女でいれば、公爵の異常な執着心もすぐに失せるにちがいない。

でも、そうなったとしても、そのあとは？　すんなり解放して、望んでいた人生を歩ませてくれるの？　そうとは思えなかった。

興味がなくなったら、殺すの？　これほど人里離れた場所ならば、人殺しも簡単だ。

とはいえ、公爵がどれほど怒っていても、まさか殺人まで犯すとは思えなかった。ベッドの上で無理やり押し入ってきたり、無理に言うことを聞かせたりすることはあっても、公爵はわたしを生かしておきたがっている。なぜかそう思えてならなかった。

けれど、それもほんのわずかな慰めにしかならなかった。

ヴェリティは自分に与えられた寝室の真ん中に立って、寒さと不安に震えながら、公爵が暖炉に火をつけるのを見つめていた。少なくともいますぐに愛人がまた逃げだすことはない。公爵はそう思っているようで、扉に鍵もかけずに、火を熾《おこ》す作業に集中していた。

この国でとくに高い地位にある貴族でありながら、意外にも公爵はたきつけとふいごの扱いに慣れていた。それもまた、いままでは知らなかった一面だ。ロンドンにいたころは、ほかの貴族同様、公爵も身のまわりのことなど何もできないと思っていた。ソレイヤを手に入れようと競っていた男たちよりは賢く、冷酷なのだろうとは感じたが、いずれにしても、ほかの貴族と大差ないと思っていた。

けれど、厳しい旅を続けても、公爵は疲れを微塵も見せなかった。さらには、粗末な館を恥じているようすもない。もちろん田舎育ちのヴェリティにしてみれば、この館は充分に立派だが、公爵の別邸としてはずいぶん質素だった。

いま、公爵はひざまずいて火を熾していた。貴族のどの屋敷でも、それは最下位のメイドの仕事だ。カイルモアの公爵はたくましく、知的で、同時に、驚くほど難解でもあるということだ。

考えていたとおりの頼りない放蕩者であってくれればどれほど楽か、とヴェリティは思った。けれど、この一週間の公爵の行動を見るかぎり、かつてのパトロンのことをまったく理解していなかったと思い知らされた。考えていたよりずっと奥深く、暗い一面があり、さらには危険な男でもあった。とはいえ、むろん、ロンドンでもそうした真の姿がときどき顔を出していたはずだ。ただ、わたしがそれに目を向けようとしなかっただけで。

たとえば、愛人を求める情熱。ベッドでの飽くなき欲望はすさまじかった。

いいえ、公爵の性欲の強さはロンドンでも気づいていた。エルドレス卿ははるかに淡白で、ジェイムズにいたっては未熟で、手取り足取りレッスンしなければならなかったのだから。

カイルモアの公爵を見誤った原因のひとつは、わたしの経験が足りなかったせいだ。とはいえ、そんなことを言ったら、それこそ大笑いされるにちがいない。ロンドン一の魔性の女と呼ばれた情婦が、うぶな小娘のように男の強烈な性欲に驚いているのだから。そう思うと、ヴェリティ自身も笑いそうになった。

それでも、心のどこかで公爵を恐れていたのはまちがいなかった。そうでなければ、あれほどの誘惑に、ここまで抵抗できるわけがない。

けれど、口説かれて愛人になったときには、なんとなく警戒しながらも、その男の心にひそむ邪悪さまでは予測できなかった。世慣れているはずの女が、ぼんやりと抱いた直感に目を向けず、経済的な安定を得るための道を選んだのだ。

世慣れているはずの女？　それが事実なら、カイルモアの公爵とベッドをともにするまえに、テムズ川に身を投げていたはずだ。

さまざまな苦難を経験してようやくものごとの本質に気づいたとはいえ、すでに手遅れだった。邪悪な男に深く関わってしまったつけが、いままさにまわってこようとしていた。立ちあがって、ゆっくりと歩いてくる男の藍色の目が、物言いたげにきらりと光っているのが、そのときが目前に迫っている証拠なのだろう。

「なぜ逆らってばかりいる？」小さな声で言いながら、公爵はヴェリティのドレスのミリタリー調のボタンをはずした。ヴェリティは怯えながらも、器用に動く公爵の指に苛立った。

ますます体が震えたが、その場を動かなかった。逃げたところでどうにもならない。またすぐ捕まるだけだ。

「理由はわかっているはずよ」固い口調で答えた。

ヴェリティの肩からドレスをはずしながら、公爵の顔に真意のわからない笑みがよぎった。

「ああ、わかりはじめてきた気がするよ」

ドレスを脱がされながらも、ヴェリティは人形のように立ち尽くしていた。意外にも、公爵に急ぐようすはなかった。裸にされても動じたりしないと心に誓った。これまでにも、公爵のまえで幾度となく肌をさらしてきたのだから。けれど、いよいよ全裸にされて、見つめられると、自分の無力さに体が震えた。

公爵がヘアブラシに手を伸ばすと、おぞましい考えが頭に浮かんだ。「それで叩くつもり？」うろたえながら尋ねた。屈辱に満ちた一夜のなかで、どういうわけかそれがもっとも大きな屈辱に思えた。

公爵の静かな笑い声が神経を引っかいた。「まさか。とはえ、それできみが悦ぶならそうしてもいい」

公爵はヴェリティの結った髪に手を伸ばすと、器用にほどいていった。低木の下にもぐりこんだせいで、髪はひどく絡まっていた。公爵はヘアブラシで長い黒髪を、根元から毛先まで丁寧に梳《と》かしていった。

それでも、ヴェリティは身じろぎもせずに立っていた。部屋が静寂に包まれた。公爵は一心に髪を梳いている。穏やかな、けれど、真剣な表情を浮かべて、この世でいちばん大切なことをしているかのようだった。

やがて、ヘアブラシをわきに置くと、ヴェリティをやさしくベッドに横たわらせた。ヴェリティはまっすぐ天井を見つめたまま、公爵が服を脱ぐ衣擦れを聞いていた。いくら抵抗しても拒んでも、結局は公爵の望みどおりになるのだ。

こみあげてくる涙を必死に押し戻した。

ゆうべと同じだった。明日の夜も、あさってても同じなのだろう。

この残酷な仕打ちに公爵が飽きるまでは、毎晩同じことがくり返されるのだ。

蠟燭の灯を消すこともなく、公爵がとなりに体を横たえた。脚を開かれて、押し入られるのをヴェリティは覚悟した。が、今夜はじっくり時間をかけて楽しむつもりらしい。今朝の交わりで、性の快楽こそ最高の懲罰だと気づいたのかもしれない。逃亡を企てた女をたっぷり罰するつもりなのだ。

ヴェリティは公爵のほうを向いた。公爵はいつものように片肘をついて上体を起こすと、口もとに不敵な笑みを浮かべて、横たわったヴェリティの体を値踏みするように見た。聞こえるのは、暖炉のなかの薪がはぜる音と、ヴェリティのひそめた不安げな息遣いだけで、あとはしんと静まり返っていた。

ヴェリティは身を固くして、公爵の口もとに浮かぶ笑みが意味するものを無言で拒んだ。大丈夫、いままでのことを考えれば、公爵が欲望のままに好き勝手なことをしたとしても、冷ややかなままでいられる。思いやりのかけらもない男をまえに、心が揺らいだりしない。

それなのに、いまの公爵は思いやりのかけらもない男だとは思えなかった。手を伸ばして、ヴェリティの裸身を撫でて、優美な曲線とたおやかな手ざわりを確かめた。そんなふうに繊細に触れられるのは、カイルモアの公爵以外にいなかった。公爵が満足そうにため息を漏らした。腹も肩も脚も愛撫された。鎖骨のくぼみから腕へと指を滑らせながら、公爵が満足そうにため息を漏らした。素肌に触れる手はやわらかく温かかった。

さまざまな場所に触れられるたびに、意に反して、胸の鼓動が速まっていく。公爵は真剣な面持ちで、複雑で規則のない模様を描くように肌に指を這わせていた。指の動きのひとつひとつが官能を刺激した。

ヴェリティは目を閉じて、これも初めてではないのだからと自分に言い聞かせた。ケンジントンでの長くものうい昼下がりに幾度となくくり返されてきたことだ。

初めてベッドをともにしたときには、公爵はたっぷり時間をかけて快感を与えようとした。ヴェリティはそれに驚き、さらには自分の反応にショックを受けたものだった。

エルドレス卿の愛人だったころに、性の営みに堪える術を身に着けた。男の欲望の対象となることで、生活の糧を得るしかないのなら、自身の務めをきちんと果たそうと覚悟したのは意外にも早かった。けれど、カイルモアの公爵はそれまで知らなかった目も眩む官能の世界の帳《とばり》を開いた。その世界はあまりにも魅力的で、公爵のもとを離れるころには、その引力に必死にあらがうはめになったのだ。

そして、いまもあらがっていた。公爵に触れられながらも、反応してはいけないと。女を官能の世界へと誘うために公爵がどんなことをするかはよくわかっている。知り尽くした手段であれば、その効果も薄れるにちがいない。

けれど、今夜の公爵の手の感触はちがっていた。さらには、ことばではうまく言い表わせないが、公爵自身もいろいろな意味で別人のようだった。

羽のようにやさしく、太腿やわき腹や腕を撫でられた。そうやって、女の体を確かめているのかもしれない。鼓動が激しくなって、まるで胸のなかで捕らえられた小鳥がもがいているかのようだった。肌をかすめる手はどこまでもやさしく、信じられないほど刺激的だった。

乳首がつんと立つのがわかった。抑えようもないほどすばやく反応して、隠す術もなかった。気持ちが昂って、すでに不規則だった息が一瞬止まったが、すぐにますます不規則になった。公爵の手が乳房に触れるのが待ちきれなかった。

けれど、官能をかきたてられるとは思いもしなかった場所ばかりを、公爵の手は愛撫していく。とはいえ、愛人として過ごしたこの一年で、その手にかかれば、体のあらゆる部分が感じることはよくわかっていた。

それでも、巧みな手の魔力にじっと堪えていると、公爵が乳房と脚のつけ根をわざと避けているのがわかった。

口づけもしなかった。

自分のほうが勝っているのを、見せつけるつもりなのだろう。もちろん、そうに決まっている。そう、これは主導権争いなのだ。そう思うと、どこであれ公爵の指が触れるたびに湧きあがってくる激しい快感を押しこめられそうだった。

この男はわたしを拉致したのよ、心のなかで何度もくり返した。この男はわたしを自分のものだと思っている。破滅させたがっている。そう、公爵は身勝手な人でなし以外の何者でもない。

心のなかでそうくり返して、ついには愛撫の魔力に打ち勝った。淫らな体は屈服したがっているのかもしれない。頂点へと導かれた記憶は体にしっかり刻まれている。けれど、頭と心は体より強く、けっして屈しないはずだった。

興奮がおさまると、今度は公爵がどれほど感じているかがよくわかった。呼吸が乱れて、手の動きもそれまでの軽やかさを失っていた。触れそうなほどそばにある公爵の体は、燃えさかる炎のような熱を発していた。その指が腹を這い、じわじわと秘めた部分に近づいていた。

けれど、そこで動きが止まった。

一瞬の間を置いて、ヴェリティは目を開けた。公爵は相変わらず片肘をついて上体を起こし、こっちを見ていた。その顔は上気して、目には欲望の暗い光をたたえていた。羞恥心《しゅうちしん》とは情婦には手の届かない贅沢で、そんなものをヴェリティはとうの昔に捨てていたが、それでも上掛けで裸身を隠したくなった。

「これでは駄目だ」公爵はつぶやいて、ヴェリティの頬にかかった髪をうしろにそっと撫でつけた。

そんな見せかけのやさしさが、ヴェリティは憎かった。そのせいで、棘のある言いかたになった。「まえもって言ったはずよ、こんなことは望んでいないと」

公爵はそのことばを無視した。「ぼくに迷いがあるせいだ。こうすればうまくいくと思ったが……どうにも集中できない」

「そんなことを言って、わたしに何をさせたいの？　同情してほしいの？」ヴェリティは苦々しげに言った。

蠟燭の炎に照らされた公爵の顔は罪作りなほど美しかった。思い悩む表情を浮かべたほっそりした顔。眉にかかる黒い髪。そのせいで、どこか少年のように見えた。とはいえ、そんなのは幻だとわかっていた。

公爵の視線は動かなかった。どうしても答えを見つけなければならない哲学的な問題であるかのように、その視線はヴェリティに注がれていた。「きみの欲望をかきたてるつもりだった」考えていることをそのままことばにしている口調だった。

あまりにも滑稽なことばに、ヴェリティは冷ややかな笑みを浮かべた。「そんなのは絶対に無理よ」

「大口を叩くとあとで後悔するぞ」公爵はやさしくたしなめながら、ヴェリティの髪を指で梳いた。「きみはまちがいなく反応していた。ただ、ぼくの気持ちが落ち着かなくて、きみを悦ばせて、恍惚とさせることに集中できなかったんだ」

ヴェリティは心のどこかで、公爵に身を任せて、すべてを差しだすのを望んでいた。けれど、いっぽうで、すべてを奪われるのを恐れてもいた。望みもしない愉楽の世界に導かれるたびに、心を少しずつ奪われていく。このままでは、あっというまにすべてがなくなってしまいそうだった。

「あなたはこのベッドを離れて、少し頭を冷やしたほうがいいんじゃないかしら」そんな提案がすんなり受け入れられるとは思えなかったが、ヴェリティは言った。

滑稽だと言いたげに笑いながら、公爵が言った。「いや、それはちがうんじゃないかな」

互いにあれほど不穏な感情を抱いたはずなのに、おかしなことに、親しい友人のように話していた。それは、いままでになかったことだ。ソレイヤは公爵であるパトロンとは、その地位にふさわしい距離を置いていた。口と手と体で頂点に導いているときでさえそうだった。公爵がいつまた無理やり押し入ってきてもおかしくないのに、そんなふうに話しているとはなんとも妙な気分だった。蠟燭の揺れる炎に公爵のたくましく引き締まった体が輝いていた。女と交わる準備がすでにできているのが、ヴェリティにもはっきりと見て取れた。

公爵が体を寄せてくると、ヴェリティは怒りと憎悪を呼び覚まそうとした。けれど、どちらの感情もしぼんで心の奥に隠れてしまった。

公爵が身を屈めて、低木の棘で傷ついた首筋に口づけると、ふたつの感情はさらに心の奥底へと引っこんだ。

「傷だらけだ」と公爵が囁いた。

そう、傷だらけよ、とヴェリティは思った。とはいえそれは、公爵が言っている体の傷のことではなかった。

「どうってことないわ」わざとぶっきらぼうに答えた。

蠟燭に照らされた部屋の暖かなベッドの上での偽りの親密さが、あらがおうとする気持ちを消し去っていく。けれど、あらがうのをやめたが最後、めちゃくちゃにされてしまう。公爵の香りに包まれると、自らすすんでとなりに横たわったときのことがいやでも思いだされた。

「傷ついたきみに口づけたい」公爵はヴェリティの手を取ると、そこにできた傷ひとつひとつに唇を押しあてていった。あとさき考えずに低木の下に逃げこんだせいで、手は傷だらけだった。

しばらくヴェリティはじっとしていた。馬鹿げているとはわかっていたが、公爵の口づけが痛みを和らげてくれる気がした。けれど、まもなく気持ちが揺らぎはじめているのに気づいて、手を引っこめた。

公爵の見せかけのやさしさに屈するところだった。その策略にとくに弱いのを気取られるわけにはいかなかった。とはいえ、忌々しいほど勘のいい公爵のことだから、すでに気づいているのかもしれない。

「やめて」きっぱりと言った。「やさしいことばや仕草で、邪悪な行ないを取り繕うのは」

公爵はもう一度手を取ると、やさしく、けれど、有無を言わさず手を開かせた。そうして、その手をじっと見つめた。

「ソレイヤの手はやわらかくなめらかだった。だが、ヴェリティの手にはたこがあるんだな」

そう言うと、親指で指のつけ根の硬くなっているところを撫でた。そうされたとたんに、すでに危ういほど敏感になっていた体に戦慄が走り、脚のつけ根の温かく湿った場所を刺激した。ヴェリティはじっとしていられず、冷たいシーツに触れる体をずらした。

「無骨な手が気に障ったのなら、謝らせていただくわ」そう言ったものの、意図したほどには皮肉めいた口調にはならなかった。「でも、農民の出だということを隠したことは一度もないわ」

親指で触れた場所に公爵が口づけると、またもや体の芯に不本意な刺激が走った。手に唇が触れただけで、感じてしまうなんて……。

「いいや、きみの出自はいままで聞いたことがない。その点をうっかり見過ごしていたよ。そうと気づいたからにはさっそく正さなくては。きみの弟の強い訛りから察するに、どうやら北部の出身のようだな」

ヴェリティは顔をしかめて公爵を見た。あまりにも腹立たしくて、公爵が脚のあいだに割りこんできても、身を引くことも忘れていた。「あなたにおもちゃにされるために、わたしは生まれてきたわけじゃないのよ、公爵さま」

公爵は両手をついて体を支えると、興味深い会話と欲望に胸を躍らせながらヴェリティを見つめた。「おもちゃだなんて、いまのふたりの関係にはそぐわない、そうだろう？」

公爵はわずかに体を起こしたかと思うと、ヴェリティの腰をつかんで引き寄せた。それでもまだ押し入ろうとはしなかった。認めたくはなかったが、ヴェリティはその間がじれったかった。そうされればされるほど、この長い拷問を終わらせたくなった。

なぜこんなにぐずぐずしているの？　無理やり押し入ってくるのは簡単なはずなのに。

ヴェリティはソレイヤの冷めた口調を使おうとした。とはいえ、下腹に破裂しそうな欲望を抱えた男に組み敷かれていては、それもままならなかった。「情婦とは裕福な男の人形よ。それ以外の何者でもないわ」

「いいや、ここにいる情婦は人形よりはるかに危険なはずだ」公爵がさらりと言った。

公爵の体に力が入ったかと思うと、とうとう――そう、ようやく――なかにするりと入ってきた。ヴェリティは思わず喘いで、それに公爵の満足げな低い唸りが重なった。

しばらく、公爵はじっとしていたが、やがて深々と根もとまで押しこんだ。ヴェリティにもはっきりわかるほど、激しいひと突きだった。体に触れる公爵の肌は火がつきそうなほど熱く、皮肉の効いた冗談の裏に隠れた本心を明かしていた。同様に、抑えきれない欲望も公爵の心を物語っていた。

ヴェリティの体が熱くいきり立つものとそのすべてを受け止めると同時に、公爵はもう一度歓喜にうめいて、一気に自分自身を解き放った。

ヴェリティは公爵の体の重みを感じながら、喘いでいた。まだつながったままで、互いの体がべとついている気がして、やけに不快だった。

満たされない——そんな思いがなんとなくあるせいで、不快に感じるの？　あれほど長くじらされたのだから、絶頂まで導いてくれるはず、どこかでそんなことを期待していたの？悦ばせて、恍惚とさせる——公爵はそう言ったのでは？　そのときは、頑なな心が躍起になってそのことばを否定したけれど。

もしかしたら、心の通わないこの交わりに、意図せず救われたのかもしれない。公爵が入ってくる直前には、頑ななはずの心がゼリーのように震えていたのだから。

体のわきに力なく投げだした手を持ちあげて、公爵の体を押した。手のひらに触れた肌は温かな岩のようだった。その夜、自分から公爵に触れたのはそれが初めてだった。「どいてちょうだい」

公爵は両肘をついて、体を持ちあげたが、ヴェリティから出ようとはしなかった。「いや、まだ終わっていない」と静かに言った。

公爵がエロティックに腰を動かすと、萎えはじめていたものが、また硬くなった。

「いいえ、もう終わりよ」きっぱり言うと、ヴェリティはあらがおうと身をよじった。

「ああ、それだ。もう一度頼む」ロンドンにいたころのような貪欲な笑みが公爵の顔に広がった。その表情は公爵が創意に富んだ前戯を始める合図のようなもので、それに気づくといつでもソレイヤは警戒したものだった。

同時に、いつでもその行為をふたりで楽しんだものだった。けれど、今夜はそうはいかない。

抵抗心もそろそろ尽きかけている。それははっきり自覚していた。公爵も感づいているにちがいない。公爵の深い藍色の目を見れば、すでに勝利を得たつもりでいるのがわかった。ヴェリティはいま失いかけているものすべてを思い浮かべた。自尊心。自分の未来。さらには、弟のベンや妹のマリアの未来。

心の奥には黒曜石にも負けず冷ややかなものがある——ヴェリティは自分に言い聞かせた。それがあったからこそ、日陰の女として生きてこられたのだ。誰にもそれに触れさせてはいけない。それこそがヴェリティそのもので、ソレイヤでさえ触れたことはなかった。

目を閉じて、身じろぎもせず横たわっていた。ほんとうの自分には公爵はけっして手が届かない、そう思うと落ち着いていられた。

静寂が部屋を満たした。心をぴたりと閉ざしたことに公爵は気づいて、その意味を理解したにちがいない。たとえ体は奪えても、心には近づけさえしない。そう、空の星に手が届かないように。

公爵がため息をついて、動きだした。ゆっくりした動きだが、延々と押し寄せる波のように力強かった。しばらくすると、手を伸ばして、ヴェリティの膝を持ちあげて、さらに深く激しく突いてきた。

そんなことをしてもなんにもならないとヴェリティは公爵に言ってやってもよかった。わたしは何にも犯されない聖所にいるのだからと。

けれど、心の底にある黒く冷たい部分も、願っていたほどには冷たくもなければ、黒くもなかったらしい。公爵のにおいと、激しく突かれるときの欲望を刺激する音を無視できずにいた。さらに目をきつく閉じて、心の砦《とりで》の奥深く閉じこもろうとした。

公爵の熱い体が出ておいでと誘っていた。なめらかに押し入ってくる公爵をこれほど感じながら、温かく濡れた体でそのリズムに応じずにいるには、果てしないほどの意志の力が必要だった。

意図せず口から低い声が漏れた。それが心からの抗議の声に聞こえるのを願ったが、悔しいことに、快楽に溺れる喘ぎ声でしかなかった。公爵にしがみつきたくなるのをこらえて、シーツをぎゅっと握りしめた。

「目を開けてごらん」公爵の低い声が官能に疼く神経を鋭く刺激した。「目を開けるんだ」

「いや」頑なに抵抗した。どんな些細なことであれ、一歩でも譲ってしまえば、完全な敗北につながるとわかっていた。公爵のことばに素直にしたがいたくなる気持ちを抑えて、顔をそむけた。

「目を開けるんだ」ヴェリティが応じないと、公爵はやさしく魅了するように言った。「目を開けないなら、ひと晩じゅうこのままこうしていよう」

ヴェリティは激しく首を振った。公爵と目が合った。その藍色の目は揺るぎなく、深遠な決意が表われていた。公爵はことばどおりのことをするはずだった。

そう思ったとたんに、唇から悲しげなため息が漏れた。もう逆らえないと気づいた。その思いを裏づけるように、公爵をさらに深く誘おうと、体の内側に力が入った。

今度は公爵が目を閉じて、快感の長いため息をついた。そうして、ヴェリティの上に横たわると、ひげが伸びはじめた頬をヴェリティの頬に押しつけた。それは体の交わりよりも親密な行為だった。

ヴェリティはわれを忘れて、さらに深く迎え入れようと背をそらせた。乳房に公爵の胸毛が触れる。公爵の手が下に伸びて、脚のあいだを愛撫された。今度は取り繕う暇もなく、愉楽に喘ぐしかなかった。

敗北の苦い味も忘れて、公爵の体が刻む情熱のリズムに合わせて腰を動かした。腰を浮かせて、いきり立つものを迎え入れたその瞬間、公爵が勝ち誇ったように低く唸るのがわかった。

でも、そんなことはもうどうでもいい……。いまさら抵抗して、憎んだところでどうなるの?

束の間、頭をよぎったそんな思いも、あっというまに快感の渦——公爵に激しく突かれるたびに高まって、大きくなっていく渦——に呑みこまれていった。震える腕を公爵の背中にまわして、頭をのけぞらせた。嵐のような恍惚感がすぐそこに迫っていた。

そのころには、公爵の超人的な自制心も揺るぎはじめていた。それまでのゆっくりと力強い動きが、より速く容赦ないものに変わっていた。けれど、ヴェリティはそれにもほとんど気づいていなかった。動きに応じて締めつけて、抱きついて、最後の深々としたひと突きをしっかり受け止めた。

そうして、公爵の腕のなかでくずおれた。生まれて初めて味わう切ないほど純然たる絶頂感が訪れた。公爵がうめきながら自身を解き放つと、目も眩む絶頂感がさらに激しさを増した。体を震わせて、恍惚感のすべてを、最高の悦びすべてを味わい尽くした。

宇宙に放り投げられて、星々のあいだをゆらゆらとさまよっているかのようだ。そんなふうに感じながらも、心に巣食う悲しみが完全に消えることはなかった。

わずかな自制心を取り戻したときには、頰を伝う涙は乾いていた。死ぬまで離すまいとしているかのように、ヴェリティは公爵を抱きしめていた。公爵の息遣いは荒く、温かなその息を耳に感じた。

たったいま終わった情熱的な交じりあいで、肉体的には公爵にあらがう術はないと証明されたのかもしれない。けれど、公爵がそれ以上の意味を感じているかどうかは、見当もつかなかった。

たったいま終わったセックスで、抱いていたあらゆる希望がついえてしまった。

勇敢で強い意志を持っていたはずが、たった二日で公爵の腕のなかで喘いで、求めてしまうとは。

たったの二日で……。

公爵は心のなかで大笑いしているはずだ。すばやく手に入れた勝利に、ほくそ笑んでいるにちがいない。ソレイヤは一年のあいだ屈しなかった。それなのに、ヴェリティは拒絶する理由が無数にありながら、わずか数日で脆くも崩れ落ちてしまった。

いまさら嫌悪感や抵抗心を示してみても手遅れだと知りながらも、公爵の背中にまわした腕を離した。

公爵が体を起こして、こっちを見た。

てっきり勝ち誇った表情を浮かべているものと思ったが、公爵もまたうつろな顔をしていた。いや、そんなふうに見えるのも、どうすればいいのかわからないほど動揺しているせいかもしれない。行為の余韻でまだ体が震えて、破裂しそうなほどの快楽の記憶がゆっくりと全身をめぐっていた。

「大嫌い」とヴェリティはきっぱり言った。

公爵の目がきらりと光ったが、疲れ果てて悲嘆に暮れるヴェリティには、光る目の意味を読み取る気力すらなかった。公爵が体を離して、驚いたことにベッドから出た。

「それならそれでかまわない」公爵はあっさり言うと、腰を屈めて、散らばった服を拾った。そのとおりだった。そんなことは問題ではないのだ。以前と変わらず、いとも簡単に体を攻略できるのを、公爵はたったいま証明してみせたのだから。

いや、以前と変わらないところか、これまで以上に。

ヴェリティは白い天井に渡された太い梁《はり》を見つめながら、泣いては駄目と自分を叱《しか》った。泣いたところで、いま以上の屈辱を感じるはずもなかったけれど。

扉が開き、公爵のうしろで閉まった。

それから長い時間が経って、ヴェリティはようやく途切れ途切れの眠りに落ちた。が、そのとたんに、夜の闇をつんざく苦しげな叫び声が響いて、はっきりと目を覚ました。

12

最初は夢のなかで叫び声を聞いたのかと思った。けれど、泣き腫《は》らした重い瞼《まぶた》を開くと同時に、もう一度叫び声がした。

館のどこかで、男が苦しげに叫んでいた。

召使が病気か何かで苦しんでいるの？　とはいえ、館にいるのは自分と公爵だけで、ほかの者はみな使用人用の小屋で寝ているはずだった。

考える間もなく立ちあがると、衣装簞笥に手を入れて、最初に手に触れた服――シルクのガウン――を取りだした。長いあいだ弟と妹の世話をしていたときの習慣は、すっかり染みついていて、そう簡単に抜けるものではなかった。そのせいで、助けを求める男の声を無視できなかった。

手探りしながら蠟燭に火をつけて部屋を出たが、すぐに足を止めた。館のどのあたりで叫び声がしたのかわからなかった。

するとまた叫び声がした。鋭く長い叫びが、低く途切れ途切れの泣き声に変わっていく。それは廊下のさきのほうで響いていた。裸身にまとったガウンのまえをしっかり合わせて、昨夜公爵からの避難場所として逃げこんだ部屋へ向かった。

小さなベッドがあるだけの質素な部屋の扉をそっと押し開けると、そこいたには夜のしじまに叫び声を響かせた召使ではなかった。

そこには公爵がいた。

戸口で足を止めると同時に、憎悪が黒い潮流となって喉までこみあげてきた。これほど邪悪な心を持つ男が、悪夢に苦しめられていても同情心など微塵も湧いてこなかった。邪悪な男が一瞬たりとも平穏なときを過ごせないのは自業自得というものだ。ヴェリティには復讐の手段はなかったが、公爵が夜ごと悪魔と闘っていると知ると、胸がわずかにすっとした。見えない敵が目のまえにいるかのように、長身で引き締まった公爵がベッドの上でのたうちまわっていた。乱れたシーツが体に絡まり、公爵の苦悶を無言で物語っていた。裸の胸が見えた。黒い胸毛がうっすらと生えた白い肌に汗が光っていた。

公爵が悪夢にうなされている。でも、それがどうしたというの？　公爵はわたしを拉致して、思うぞんぶんなぶったのだ。公爵にわずかでも良心というものがあるなら苦しんで当然だ。

ヴェリティはくるりと背を向けて、その場を離れようとした。惨めな夢のなかでいくらでも苦しめばいい。現世でのこの苦しみは、いずれ落ちる地獄での苦しみの予行練習のようなものだ。

背後で低いうめき声が響いた。ヴェリティの足が止まった。公爵の声に骨も凍るほどの悲しみを聞き取りたくはなかったが、いやでもそれは耳に入ってきた。

背筋をぴんと伸ばした。駄目よ。心を鬼にしなければ。公爵の心がそうであるように。泣いて、頼んで、抵抗しても、公爵は容赦なく欲望を満たした。そんな男が安楽な眠りを得られなくても、それは当然の報いというもの、気にすることなどない。

このまま悶え苦しませておくことだけが、わたしにできる唯一の復讐なのだから。

悪夢にとらえられた公爵がまたもやのたうって、小さな部屋にベッドが軋む音が響いた。公爵の苦悶を笑ってやる——ヴェリティはそう思った。けれど、そんな虚しい復讐よりもはるかに強い感情が湧いてきて、その場を一歩も動けなかった。

ためらいがちにゆっくりうしろを向いた。

気づくと、ベッドにじりじりと近づいていた。公爵は仰向けで、大の字に横たわっていた。夢のなかでいままさに襲われようとしているかのようだった。ヴェリティは自分に言い聞かせた——公爵が悪夢に絡めとられているいまなら、わたしに手出しはできない。だから、公爵の苦しむ姿をたっぷり楽しませてもらうのよ。

ところが、目を覚ます気配もなく眠っている公爵とその苦しみのすべてを、蠟燭の灯が照らしだすと、とても楽しむ気にはなれなかった。

そこにはロンドンでの公爵のいかにも貴族然とした傲慢さはなかった。さらには、愛人を拉致するという暴挙に出た冷酷な暴君の雰囲気も微塵も残っていなかった。目のまえに横たわっているのは、正気を失うほどの悪夢に苦悶するひとりの男でしかなかった。

何かを激しく拒むように、公爵が汗にまみれた黒髪を振り乱して、頭を振った。息が上がって、苦しげに呼吸するたびに厚い胸が大きく上下した。

公爵にさまざまなことをされたというのに、復讐したくてたまらないというのに、その姿があまりに哀れで、ヴェリティの胸が締めつけられた。どれほど卑劣な男だろうと、これほど悶え苦しんでいるのを見捨ててはおけなかった。

「公爵さま」声をかけながら身を屈めると、ためらいがちに肩に触れた。

手に触れたなめらかな肌は冷たく湿っていた。よほど恐ろしい悪夢に閉じこめられているのだろう。

「公爵さま、悪い夢を見ているだけですよ。起きてください」

触れたとたんに、公爵が火傷《やけど》でもしたかのようにびくんと身を引いた。頬に残る涙の跡を見て、ヴェリティははっとした。それでも、公爵は目覚めることなく、悪夢に囚われたままだった。

今度は肩をつかんで、そっと揺すった。「起きてください」

公爵は手を突きだして、ヴェリティの手首を握ると、リンドウ色の目を見開いた。目覚めたのか、一瞬、道に迷った子供のような目をヴェリティのほうに向けた。ヴェリティの心に幼いころの公爵の姿が浮かんだ。きっと、こんな目をした少年だったにちがいない。

とはいえ、たくましい男である公爵につかまれて、細い手首の骨が折れそうだった。

「誰だ?」公爵がうつろな目で空《くう》を見つめながら、掠れた声で言った。

まだすっかり目覚めたわけではなさそうだ。悪夢がその鋭い爪で獲物を放そうとしないらしい。

「公爵さま、わたしよ」ヴェリティは公爵の手を振りほどこうとした。不用意に近づいたのが悔やまれた。さんざんいやな思いをしてきて、まだ何も学んでいないとは、そんな思いが頭をかすめた。

たったいま口にしたことばが聞こえていないのか、力まかせに引き寄せられた。勢いあまって、公爵の上に屈みこむ格好になった。ほどいた髪が公爵の裸の胸に触れた。

「誰だ？」

「わたしよ、ヴェリティよ」

静かな部屋に、公爵の荒い息遣いだけが響いていた。公爵は反対の手を伸ばして、ためらいがちにヴェリティの髪に絡ませた。胸が痛くなるほどやさしい仕草だった。

「黒い絹糸のようだ」不思議そうに、公爵は掠れた声で言うと、さらにはっきりした口調で言った。「ヴェリティ？　きみなのか？」

「そんなに強く握られたら痛いわ」公爵の頭のなかの靄が早く晴れるようにと、ヴェリティはきっぱりと言った。

握りしめているヴェリティの手首に、公爵がうつろな目を向けた。「ああ、すまない」

公爵が手を離した。この機を逃さず自分の部屋へ走って戻らなければ……。そうとはわかっていても、ヴェリティはその場を動けなかった。

公爵が体を起こして、枕に寄りかかると、ここはどこだと問うように部屋を見まわした。「ヴェリティ」だいぶ普段の口調に戻っていた。「ここで何をしてる?」

ヴェリティは痛む手首をさすった。「叫び声が聞こえたから、何事かとようすを見にきたの」

「いや、悪い夢を見ただけだ」公爵の口調はそっけなかったが、そのことばを鵜呑《うの》みにするほどヴェリティは無知ではなかった。

ただの悪夢で片づけられるようなものではない。公爵の怯えた叫びがまだ耳に残っていた。それだけではない、泣いていたのだ。いままでは、非情な公爵に涙などあるはずがないと思っていたが、それがまちがいだったことが今夜証明された。

「もう部屋に戻っていい」ロンドンの邸宅で召使を下がらせるときの口調だった。「きみの眠りをこれ以上妨げはしないから」

すんなり解放されるなら、素直にしたがわなければ。手首が少し痛むものの、それ以外に乱暴なことをされずに帰してもらえるのだから、喜ばなければならないのはわかっていた。公爵は徐々に普段の自分を取り戻していた。そして、普段の公爵がいかに危険かは、すでにヴェリティは身をもって経験していた。そこで、蠟燭を手に取ると、ゆっくり戸口に向かった。視界の隅に、公爵が手を上げて、顔にかかる黒い髪を払うのが見えた。その手が大きく震えていることに、ヴェリティは気づかないふりをした。

公爵がうつむいたまま言った。「おやすみ」

「おやすみなさい」とヴェリティは答えた。公爵の声に孤独な響きを感じたのは、勘ちがいだと自分に言い聞かせた。

戸口でふと振り返ると、公爵の端整な顔に見まちがいようのない寂寥《せきりよう》感が浮かんでいるのが見えた。そのまま朝まで眠らずにいるつもりなのか、公爵はベッドに座ったままだった。そのときばかりは、自信に満ちたいつもの公爵の姿がひび割れて、真の姿がはっきり見えた。憔悴《しようすい》しきった顔。この谷にやってきてから、公爵は一睡もしていないのではないか、ふとそんなふうに感じた。形のいい唇も、苦痛に堪えるように固く結ばれていた。

この世にこれほどのお人よしがいるものか……。ヴェリティは自分自身に呆れながら引き返すと、ベッドの傍らに戻った。「飲み物でも持ってきましょうか？　ワインか何かを。厨房に行って、お好きなものを取ってきます」

公爵が寂しげな藍色の目で見つめてきた。その目には、自分が抱いているのと同じだけの孤独感が浮かんでいたが、それには気づかないふりをした。

「いや、いらない」

「わかりました」

けれど、また戸口に向かおうとすると、手をつかまれた。「きみはここにいるんだ」ぶっきらぼうな物言いだった。懇願したくなる気持ちを抑えて、わざと命令口調を使ったのがはっきりと表われていた。

「でも……」同じベッドに入ったら、どうなるかは考えるまでもなかった。

拒絶の表情を読み取ったのか、公爵は手を離して、ヴェリティを通り越して戸口のほうを見ながら、いつもの尊大な口調で言った。「いや、もう行っていい」

虚勢を張る公爵に同情するなんて馬鹿げている、とヴェリティは思った。公爵はわたしを破滅させようとしているのだから。あらためてその事実を胸に刻みつけた。それなのに、いまこの瞬間は、目のまえにいる男が非情で全能のカイルモアの公爵だとは思えなかった。むしろその姿は弟のベンを思わせた。どうしても誰かに慰めてもらいたいときにかぎって、気持ちを素直に表に出せない子供のころのベンにそっくりだった。

でも、公爵はベンではない。わたしを奴隷にしようと目論んでいる男だ。わずか数時間前に、その企みをほぼ達成した男だった。悲嘆に暮れて苦しんでいる公爵は、昼間の公爵ほど危険ではない、そんなふうに思いこもうとしているなんてあまりにも浅はかだ。もしかしたら、こんなときこそさらに危険かもしれないのに。

冷ややかに遠くを見つめる公爵のほっそりとした顔に、貴族らしい尊大さが見て取れた。それでいて、目のまわりには濃いくまができて、頬が小刻みに引きつっていた。

同情などしたら、かならず後悔する……。そうと知りながらも、無骨なオーク材のサイドテーブルに蠟燭を置いて、ベッドに上がった。後悔すると頭ではわかっていても、体が勝手に動いていた。

「ヴェリティ……」

応えずにいると、公爵は体をずらして、場所を空けた。

ヴェリティは公爵の体に触れたくなかった。こんなことをしていること自体が愚かではあるけれど、体に触れるのはさらに愚かだとわかっていた。さらに、いくら公爵が細く引き締まった体をしていても、狭いベッドでそのとなりに横たわるには、落ちそうなほど端のほうで体を伸ばしていなければならなかった。

公爵が発する熱に誘われて体をすり寄せたくなるほど、ふたりの距離は近かった。公爵に引き寄せられて、脚を広げられて、のしかかられるに決まっている。けれど、公爵は身を固くして、じっとしていた。ふたりの交わりあいのルールが、いつのまにか変わったかのようだった。

ずいぶん長いこと、どちらも口をきかなかった。ヴェリティはますます落ち着かなくなった。公爵の麝香の香りに包まれて、さきほど交わったときに哀れにも激しく反応してしまったのを思いだした。

こうして、わたしが自分からベッドに入ったというのに、公爵はなぜ無視しているの？

やはり、こんなのはまちがっている。どうしようもないまちがいだ。

「もう行きます」震える声で言って、起きあがろうとした。

「駄目だ」

公爵はすばやく身を起こすと、体に腕をまわして引き寄せた。公爵の胸とヴェリティの背中がぴたりと重なった。シルクのガウン越しに、公爵の震えが伝わってきた。叫び声を聞きつけて、ここへやってきて、苦しむ男を見たときのことがありありと頭に浮かんだ。人生最大の過ちを犯していると知りながら、ヴェリティはためらいがちにうしろを向くと、公爵をそっと抱きしめた。

「眠ったほうがいいわ」と囁いた。「もうすぐ朝だから」それは悪夢に怯えながら目を覚ましたベンとマリアをなだめたときの口調だった。

公爵が嘲るか、勝ち誇ったように何か言うにちがいないと思った。いまこうしてこの世でいちばん大事な宝物のように公爵を抱きしめている以上、さきほど言い放った〝大嫌い〟ということばが本心ではなかったと言われてもしかたなかった。

けれど、このときばかりは公爵の辛辣な口はおとなしくしていた。公爵は無言でヴェリティをかき抱くと、心からほっとしたように大きくため息をついた。ヴェリティの手に触れる公爵の肌が徐々に温まって、息遣いも深く規則正しくなった。

カイルモアの公爵はヴェリティの腕のなかで眠っていた。

カイルモアは目を覚ました。これほどぐっすり眠れたのは、何十年ぶりだろうか。気まぐれなハイランドの陽光が、カーテンもない質素な寝室の窓から差しこんでいた。日差しは温かく、朝はすでに終わろうとしていた。腕のなかには、芳しい香りを漂わせてすやすやと眠る女がいた。

いや、むしろヴェリティの腕のなかに自分がいるのかもしれない。頭がヴェリティの胸に載っているのがわかった。さらに、あらゆる敵から守ろうとするかのように、ヴェリティの腕が体にまわされていた。不思議な気がすると同時に、少し悲しくなった。誰かにこんなふうに抱かれたのは、生まれて初めてだ。

自分を毛嫌いしている女の腕のなかにいて、これほど安らかな気持ちでいられるとはますます不思議だった。

毛嫌いするのも、当然といえば当然だが……。

そんな苦々しい思いにも気持ちは乱れなかった。ぐっすり眠り、何よりも欲する女の腕のなかで目覚めたのだから。

実のところ、すぐにでも女と交われるほど、下半身が昂っていた。けれど、やはり不思議なことに、いきり立つものを解き放とうとは思わなかった。解き放つ対象が、傍らで無防備に眠っているというのに。

同じベッドにヴェリティがいるという事実を、すぐさま利用できるほど無情になれたらと思った。いまなら、ヴェリティが目覚めるよりさきに押し入ることもできる。ヴェリティが防御の楯を手にするまえに。それに、昨夜、燃えるような悦びを味わったからには、どんな楯であれ、あっさり打ち砕けるにちがいない。

だったら、何をためらっている？

なぜなら、ヴェリティは恐怖と憎悪を押し殺して、ここへひとりの男を助けにやってきたから。そうして、自らの意思で同じベッドに横たわり、憎んで当然の相手を慰めた。男の苦しむさまを見て、危険を承知で、苦痛を和らげてくれたのだ。

あらゆる意味で、ゆうべはさまざまなことが明らかになった。

非情な男から逃れようと、ヴェリティは闇のなかに飛びだした。この自分はそんなヴェリティを捕らえて、巧みに屈服させた。企みどおり、荒々しく攻めたてた。そうして、人生で最高の快楽を味わった。

だがいま、ヴェリティの勇敢な心によって、ふたりの関係が一変した。

この三カ月のあいだすべての原動力になっていた怒りが、今朝は消え失せていた。飽くなき復讐心は影も形もなかった。

だが、ヴェリティを罰する気持ちが消えても、手放す気は毛頭なかった。安らぎを与えてくれるのは、ヴェリティただひとり。たとえほかに何もなくても、昨夜の出来事がいままで以上にそれが真実であることを物語っていた。

ヴェリティは執拗に追ってくる悪魔からこの身を守ってくれる楯なのだ。ゆえに、運命は決まっている。永遠に放しはしない。

ヴェリティは館の裏手の花壇にはびこる雑草を根気よく抜いていた。うなじにあたる陽光が暖かかった。ヘイミッシュ・マクリーシュの女房ケイトは、丹精こめた小さな畑で料理に使う野菜を育てていたが、花を植える暇はなかった。ほったらかしにされた花壇にヴェリティが気づいたのは昨日のことで、体のなかで眠っていたヨークシャーの農民の娘の血がふいに騒ぎだした。

その日は朝から公爵と会っていなかった。ありがたいことに、目覚めたときにはすでに姿がなかった。顔を合わせたところで、なんと言えばいいのか見当もつかなかった。

けれど、実際には、意外にも気持ちは穏やかだった。呆れたことに、ゆうべはひと晩じゅう公爵を腕に抱いて眠った。公爵に寄り添っているのが、この世でいちばん居心地がいいかのように。公爵よりはるかに理性的な男でも、そんな女がとなりにいたら、これ幸いとわがものにするはずなのに。

ヴェリティはまたもや自分の愚かさを叱った。そんなことを何度くり返してきたか、もう数えられなかった。

いったいどんなつもりで公爵のところへ行ったりしたの？　公爵に打ち勝つには、徹底的に抵抗しなければならないのに。それなのに、抵抗のことばをつぶやきもせずに同じベッドにもぐりこんでしまうなんて。そんなことをしたあとで拒んでも、説得力などこれっぽっちもない。

情婦として生きて、富を得たのは、心ではなく頭を使ってきたからだ。頭とは切り離してきたはずの心が、哀れな公爵の姿を見て痛んだ？　冗談じゃない、ふたりの関係はすでに終わっているのだから。

でも、公爵と無関係であるならば、その涙――流している本人さえ気づかなかった涙――にあれほど深く胸をえぐられるだろうか？

過去の辛い記憶に公爵は苦しんでいる。その辛い出来事のせいで、公爵は真の感情を冷酷な独裁者という仮面の下に隠して、みごとなまでの自制心を発揮してきたのだ。

ヴェリティは不満げな声とともに苛立ちを吐きだした。公爵のことが苛立たしかった。この状況も、さらには、何よりも自分自身が苛立たしくてならなかった。なぜこんなに公爵のことばかり考えていなければならないのか……。唯一の願いは解放されることなのに。それも、いますぐ完全に、永久に。

とくに根の深い雑草にとりかかった。

ゆうべは公爵のせいで、いままで知らなかった至上の悦びを味わってしまった。それだけでも、絶対に公爵を許せない。

さらに悪いことに、心のひびをあっさり開かれてしまった。腕力で闘えば、わずかながら勝てる可能性もあるかもしれない。けれど、公爵の欲望にはまるで太刀打ちできなかった。真に愚かなことをしてしまうまえに、姿を消さなければ。

たとえば、わたしの体も心も自分のものだと信じて疑わない、あの傲慢な暴君に恋するなんてことになってしまうまえに。

渾身《こんしん》の力をこめて雑草を引っぱったが、びくともしなかった。

「やめてください！　怪我をしたらたいへんだ！」

混乱した思いを頭から追い払って、顔を上げるとヘイミッシュがいた。目を丸くしてこっちを見つめていた。この地方の民族衣装を身に着けたヘイミッシュは大きく、いかにも頼れそうだった。巻きスカート《キルト》の裾から突きでた脚はまっすぐで、たくましかった。

さきほどまではアンガスが見張りについて、どうにかして草むしりをやめさせようとしていた。その仕事は館の女主人にはふさわしくないと考えているようだったが、ヴェリティはことばがわからないふりをして、草をむしっていたのだ。

いずれにしても、ヴェリティはヘイミッシュを見て驚いた。ヘイミッシュにはこれまでずっと避けられていたからだ。それはたぶん、この館の使用人のなかでただひとり英語が話せるからだろう。ことばがわからない者であれば、ヴェリティに懐柔される心配もなかった。

「おはよう、ミスター・マクリーシュ」

この数日のヴェリティのいくつもの祈りに、天使は頑なに耳を閉ざしていた。けれど、ついいましがた心のなかで必死に願ったこと——ここから逃げたいという願い——には耳を傾けてくれたらしい。

「おはようございます、マダム」ヘイミッシュはさらにそばに来た。「このあたりは石ころだらけで、花には向かないんですよ。だから、ケイトもあきらめたんです」

ヴェリティは立ちあがると、スカートの上に着けた色あせたエプロンで手を拭った。「ミスター・マクリーシュ、手を貸してほしいの」

「もちろんですも、マダム。といっても、ご覧のとおり、庭いじりはずいぶん長いことやってませんがね」

ヴェリティは首を振った。「いえ、そういうことじゃないの」大きく息を吸って、勇気をかき集めた。「あなたが高潔な人だということはわかるわ」

ヘイミッシュはまっすぐにヴェリティの目を見た。南部の使用人は主人にへつらうが、スコットランドの使用人にはそんなようすはまるでなかった。「ええ、そのとおりですよ」

「だったら、無理やりここへ連れてこられて、苦しめられている女を、黙って見ていることなどできないはずね」

ヘイミッシュの表情がふいに険しくなった。「逃げるのに手を貸せってわけですか」その口調は冷ややかだった。

ヴェリティはヘイミッシュに一歩近づくと、訴えるように言った。「カイルモアの公爵はわたしを家族から引き離して、無理やりここに連れてきたの。わたしは意思に反してここにいるの。慎ましく生きようと決めたのに、公爵は愛人のままでいさせようとしている。嘘じゃないわ。高潔な男として、お願い、わたしに協力してちょうだい」

ヘイミッシュは首を振った。「それは無理だ」

「お願いだから助けて!」ヴェリティは必死に頼みながら、ヘイミッシュの腕を握った。ひとりの女が公爵に何をされたか知ったからには、何もせずにその女を見捨てることなどヘイミッシュにできるはずがなかった。

「わしは死ぬまで公爵さまに仕える覚悟なんですよ」ヘイミッシュは悲しげに、けれどきっぱり言うと、ヴェリティの手を振り払った。「マダムはほんとうにお気の毒だ。でも、助けるわけにはいかない。何があっても公爵さまにはそむけませんから」

時間の無駄だとわかっていても、ヴェリティはあきらめられなかった。これがヘイミッシュを説得する最初で最後のチャンスかもしれないのだ。ヘイミッシュに見捨てられたら、もう誰にも助けを求められない。

緊迫感からヴェリティの声が震えた。「お金は払うわ。たっぷりと払う。わたしを弟のところへ連れていって。お礼はきちんとするから」

ヘイミッシュの眉間にしわが寄り、気分を害したのがわかった。「いんや、マダムから金をもらうなんて冗談じゃない」

ヴェリティは両手を広げて必死に訴えた。「でも、あなたの主人は大きな罪を犯しているのよ」

「マクリーシュ家の者はひとりだって、公爵さまのことばにそむかない。わしらがいまもここで暮らしてられるのは、公爵さまのおかげなんだから。落ちぶれて流浪の旅に出るしかなかったわしらを、あの方が救ってくれたんだから。そういうわけだから、マダムの力にはなれませんよ」ヘイミッシュは鋭い目でヴェリティを見た。「言っときますが、ひとりで逃げるなんてことは、夢にも思わねえように。山のなかじゃ、命を落とすもんがあとを絶たねえ。このあたりをよく知る者だってそうだ。ましてや女ひとりじゃあ、霧がかかったり、足もとの岩が崩れたりした日には、とたんに身動きが取れなくなる」

そんな状態に陥った自分の姿が目に浮かび、公爵が言ったことは真実なのだとあらためて思い知らされた。ヘイミッシュのことばがほんとうなのかと疑う気にもなれなかった。

ヘイミッシュの日に焼けてしわだらけの顔が、いくらか穏やかになった。「なんといっても、わしは公爵さまがほんの小さな子供だったころからお仕えしてる。だから、裏切るなんて気にはなれねえんですよ。公爵さまがなさることにはそれなりの理由がある。わしに言えるのはそれだけですよ」

ええ、欲望と嫉妬と怒りという理由がね――とヴェリティは反論したかった。

でも、そんなことを言って、どうなるというのか？　公爵の使用人に助けを求めたのはこれが二度目だった。そして、二度とも完全に失敗した。わがままな暴君は揺るぎない忠誠心を持つ召使でまわりを固めている。それが現実のようだった。

ヘイミッシュが公爵に恩義を感じているのはまちがいなかった。王国の片隅の人里離れたこの場所には、封建社会の領主と農民の強い絆がいまだに残っているのだ。たとえ、領主がどれほど邪悪でも。

ヴェリティはがっくりと肩を落として、顔をそむけた。ふいにこみあげてきた涙を見られたくなかった。目のまえにいる老人の助けが得られないのははっきりした。打ちひしがれて、また草むしりを始めた。逃げるなら、ひとりで行動するしかなかった。

ヴェリティが夕食のために食堂を兼ねた居間へ行くと、意外にも、そこに公爵がいた。その部屋で食事が供されるのを待っている公爵の姿を見ると、ヴェリティはふと、公爵が昼間はほとんど館にいないことに気づいた。きっと、幼いころによく行った場所に出かけて、そこで過ごしているのだろう。

とはいえ、どこへ行こうが、何をしようが、心は休まらないはずだ。ゆうべの悲しげな公爵の顔が頭に浮かんだ。普段の冷静沈着さの下にいったいどんな苦しみが隠れているのだろう？　またもやそんなことを考えずにいられなかった。公爵の不自然なほどの自信に満ちたの態度がほんものだと思えることは、もう二度とないはずだった。

窓辺に立っていた公爵が振り返った。部屋は入江に面していて、公爵の背後で静かな水面に夕日が反射していた。「ヴェリティ」

「はい」

ほんとうなら、礼儀正しく膝を軽く曲げてお辞儀するべきだが、ヴェリティはそうはしなかった。これ以上自信を失わないための、せめてもの抵抗だった。女を拉致するような男には、たとえ公爵でも、その地位に見合う扱いなどしてやるものか。

とはいえ、公爵といっしょにいて、どうふるまえばいいのかよくわからなかった。抱きあって一夜を過ごしたあとでは、これまでのように黙りこくって反抗的な態度を取るのもおかしな気がした。

あんな悲しげな叫びなど聞こえなければよかったのに……。内心の苦悩を知ってしまった以上、公爵を冷淡な人でなしとは思えなくなっていた。

公爵がテーブルに歩み寄り、ヴェリティのために椅子を引いた。それはヴェリティが普段ひとりで食事をするときに座っている椅子だった。公爵は外出用の服のままだったが、シャツの上に革のジャケットをはおり、クラバットを緩めに結んでいた。

「ヘイミッシュから聞いたが、花壇の手入れを始めたそうだね」

たわいない世間話でもしているかのような口調だった。ヴェリティは訝るように、上目遣いに公爵を見た。逃亡の手助けを頼んだことも、ヘイミッシュから聞いているの？　公爵が引いてくれた椅子に腰を下ろしながら、表情を窺ったが、何を考えているのか読めなかった。

とはいえ、それもいまに始まったことではなかった。

テーブルをはさんで向かい側に公爵が座り、ワインを注ごうと手を伸ばした。この狩猟の館には食べ物にしろ飲み物にしろ、生活に必要なものがすべてそろっていた。そういうものをいったいどうやって運びこんでいるのだろう？　ヴェリティはふと不思議になった。あの険しい山道を通ってくるのでないことだけはまちがいなかった。それとはちがう手段があるはずだ。もしかすると入江を利用して、船で運びこんでいるのかもしれない。

「囚われの身では時間をもてあましてしまうから」あてつけにそう言ってみたものの、ひとりの女をここに閉じこめていることに対して、公爵に罪悪感を抱かせるのはとっくにあきらめていた。

「明日はきみの手伝いをするようにとヘイミッシュに言っておいた」公爵はナプキンをさっと広げて、膝の上に置いた。

「見張りをつけなかったら、わたしがトンネルでも掘って逃げだすと心配しているのかしら？」ヴェリティはいやみを言った。

公爵にやさしくされると落ち着かなかった。あからさまに辛辣なことばを言い合ったほうがよっぽどましだった。公爵がグラスを持ちあげて、椅子の背に寄りかかりながら何気なく視線を送ってきたのも気に入らなかった。やはりここから逃げださなければ。このままここにいたら、悔しいことに公爵にますます魅了されて、完全に自分を見失ってしまう。

ケイト・マクリーシュがスープの入った鍋を運んできた。やがて、ケイトが出ていって、またもや部屋にふたりきりになると、ヴェリティは敵意を呼び起こした。どんどん情にほだされて手厳しいことばが口にできなくなっている。同情心などひとつ残らず追い払わなければならなかった。

「さもなければ、手の届くところにうっかり鋤《すき》でも置いたら、それで襲いかかられるとでも思っているのかしら?」

公爵はスプーンを置くとやさしく言った。「ヴェリティ、きみには選択の余地がある。食事をして、おしゃべりをして、それなりに洗練された夜を過ごすか、あるいは、何もせずにベッドでつがうか。どちらでも、きみ次第だ」

ヴェリティが澄んだ銀色の目を見開いたのに、カイルモアは気づいた。ソレイヤなら何を言ったところで驚くはずはない。だが、ヴェリティはさまざまなことを経験してきたはずなのに、ソレイヤほど冷静ではなかった。

くそっ、またやっている。目のまえにいる女にふたつの人格があるなどと考えるのはやめなければ。この谷への旅を始めるとすぐに、ひとりの女の心のなかにふたりの女が住んでいるのではないかと思った。ひとりはソレイヤという魔性の情婦。もうひとりは、その体をどれほど淫らな悦びに溺れさせても、なぜか純粋さを失わないヴェリティという女が。けれど、この数日、呪われたこの館を避けてできるだけ外で過ごしたせいで、無理やりここに連れてきた女について、新鮮な空気を吸いながらひとりで考える時間がたっぷりあった。

ウィットビーでヴェリティを見つけたときは、欲望の塊と化して正気を失っていたにちがいない。そうでなければ、派手な情婦より、そのときヴェリティがなりすましていた貞淑な未亡人のほうが、はるかに真の姿に近いことにすぐに気づいたはずだ。

だが、結局は魅惑的な愛人を取り戻して、裏切りの償いをさせようと、無理やりここへ連れてきた。その結果、ヴェリティのなかにソレイヤを見いだそうとすると同時に、ソレイヤのなかにヴェリティを見いだそうとするという矛盾を抱えることになった。

いったいどういうことだ。ソレイヤには分別のある男が望むすべてがあった。ベッドのなかでは労を惜しまない情婦で、それなりに知的な会話もできる洗練された女だった。それでいて、厄介な感情を抱くことも、それを爆発させることもなかった。

対して、ヴェリティは……。

ヴェリティにきちんと目を向けるんだ――カイルモアは苦々しく思いながらも自分に命じた。ヴェリティはソレイヤとちがって、やさしく傷つきやすい。勇敢で、率直で、齧ると口のなかに蜜の味が広がる桃のようだ。悪夢を追い払い、安らぎを与えてくれたのはヴェリティだ。

ソレイヤとヴェリティの両方がほしかった。

ゆうべ、ヴェリティは抑えきれない欲望に屈した。頂点へと上りつめながらも、ヴェリティの体が反応しているのがはっきりとわかった。あとは、もう一度そういう状態へ導くだけだ。そうすれば、カイルモアの公爵夫人になるのがどれほどすばらしいか、ヴェリティもきちんと気づくはずだった。

すばらしいだって？

思わず苦笑いした。こんな男と結婚して、何がすばらしいんだ？

ひとりきりの地獄で無為に生きている男など、さぞかし厄介で破滅的な夫に決まっている。ひとつのことにとり憑かれて、哀れにも正気を失う。先祖代々そうだったように、自分にもそんな血が流れているのだろう……。

社会に適合できないのけ者の人生。このさきの人生に待っているのはそれだけなのでは？ふたりの結婚を世間がどう思うかはさておき、カイルモアの公爵の地位にある卑屈な男と結婚したら、ヴェリティは恥辱に満ちた人生を歩むことになる。

ああ、まちがいない。

テーブル越しに、うつむいている女のすべやかな首筋が見えた。深紅のドレスの襟――アップにした髪に触れそうなほど高い襟――とは対照的に、ヴェリティの顔は青白く、大理石の墓の上に据えられた彫像にも劣らず悲しげだった。

この部屋に入ってきたときから、ヴェリティには鬱々とした雰囲気が漂っていた。いままではひとこと言っただけで、むきになって食ってかかってきたというのに。ついやさしくしたくなる不都合な衝動を抑えるには、ヴェリティの刺々しい返事が必要だった。それなのに、今夜、ヴェリティが口にした精一杯の皮肉には、無理に反撃して闘おうとしている、そんな気持ちが表われていた。

「それで？　どっちにする？」と公爵は尋ねた。

「公爵さまがお決めください」ヴェリティはそっけなく答えると、スプーンを手にして、スープを口に運びはじめた。

いますぐヴェリティを寝室に運んでいって、思いきり脅してやりたい。どんなことをしてでも、鬱々としたヴェリティを奮いたたせてやりたい。そんな思いをカイルモアは必死に抑えた。ヴェリティの心のなかでつねに燃えさかっていた炎が今夜は消えて、すっかり冷えていた。その炎がなければ、カイルモアは凍え、いつにもまして孤独だった。

食事が終わるのを待って、カイルモアはどうしても訊きたかった質問を口にすることにした。尋ねたいことはいくつかあったが、ついさっき言ったことばとは裏腹に、どれも洗練された質問とはいえなかった。

暖炉のまえに置かれた長椅子にヴェリティと並んで座って、手にしたポートワインのグラスを揺らした。ヴェリティの傍らには、食事のさいちゅうにも一度も手をつけられることのなかったワイングラスが置かれていた。それを言うなら、ケイトが用意した何種類もの凝った料理も、ヴェリティはほとんど口にしなかった。

そのことに気づくと、カイルモアは愚かな乳母か何かのように心配でたまらなくなった。やめてくれ、邪悪なカイルモアの公爵はどこに行ったんだ？　この谷にやってきたのはずる賢い愛人を罰するためだ――必死に自分にそう言い聞かせた。

愛人が行方をくらましてからというもの、実はその女のことをほとんど知らなかったのをいやというほど思い知らされた。美しい体は隅々まで味わったのに、ヴェリティがどこで生まれ育ったのか知らなかった。そうして、美しい灰色の瞳の奥に何が隠れているのか、どうしても知りたくなった。ゆうべ、その気持ちが極限に達したのだった。

ゆうべ、ヴェリティに大嫌いとはっきり言われたときに。さらには、腕に抱いて悪夢から守ってくれたときに。

「そもそもどうして情婦になることにしたのか、一度も訊いたことがなかったな」わざとさりげなく尋ねた。

その瞬間、ヴェリティの目に苦しげな色が浮かんだ。ほんの一瞬のことで、顔をじっと見つめていなければ、見逃していたはずだった。

「女が体で稼ぐようになった理由なんて、どれも似たようなものよ」ヴェリティは顔をそむけたまま、鋭い口調で答えた。「詳しく話したところで、公爵さまを退屈させてしまうだけ」

なんのためらいもなく、ヴェリティは自分を娼婦呼ばわりした。とはいえ、低俗でない娼婦がいるとすれば、それはソレイヤだった。

「話してくれ」とカイルモアはやさしい口調で言った。暖炉のなかで燃える火が、ドレスの開いた胸もとから覗くクリーム色の肌を妖しく照らしていた。

そんな質問をされて、悲しげだったヴェリティの目についに強い光が宿った。ヴェリティは顔を上げると、いつものように憎しみをこめて睨みつけてきた。「これは罰のひとつなの？　わたしの罪をひとつ残らずあばいて、あなたは楽しむつもりなのね」

「告解は心を軽くする」とカイルモアは穏やかに言った。「とにかく話してみろよ。退屈だったら、そう言うから」

ヴェリティが立ちあがった。顔に浮かぶ表情は固く、まぎれもない侮蔑が表われていた。カイルモアは思った——考えてみれば、尋ねられたからといって、ヴェリティがそう簡単に秘密を明かすはずがない。

「いやよ」案の定、そう答えた。

ソレイヤはけっして〝いや〟とは言わなかったが、ヴェリティはまるでそのことばしか知らないようだ。部屋を出ていこうとするヴェリティの手をつかんで、足を止めさせた。「いずれかならず話させてみせる」心に誓うように、カイルモアは言った。

ヴェリティが手を振り払った。「一年前にあなたが買ったのはわたしの体よ、公爵さま。心じゃない」

どんな傲慢な公爵夫人にも負けないほど、ヴェリティは堂々と胸を張って部屋を出ていった。

13

カイルモアはためらいもせずヴェリティの部屋に入った。それは自分がいまでも冷酷な男であることを、ヴェリティと自分自身に証明するためだった。

ひとり居間に残されて鬱々と考えた末に、ソレイヤとヴェリティのふたつの幻影に翻弄されるのはもうたくさんだと思ったのだ。ウィットビーでは、自分が愛人に何を求めているのかはっきりわかっていた。いるべき場所はカイルモア公爵のベッドのなかだと教えるつもりだった。それさえ学べば、愛人は逃げようとせず、自らすすんで独創的な手腕を駆使して、つねに主人の欲望を満たすにちがいない——そのときはそう信じて疑わなかった。

いまこそ単純明快な目的に立ち返らなければ。

高慢な態度で居間を出ていったヴェリティが、自室の窓辺に置かれた椅子に座って、闘いに備えていてもカイルモアはとくに驚きはしなかった。食事のときに着ていた華やかなドレスはそのままで、美しい顔には揺るぎない反抗心が見て取れた。ベッドに横たわって憎むべき男にのしかかられるぐらいなら、裸足でモロッコまで歩いたほうがまし、そんな表情だった。

今朝は手を出されなかったから、もう放っておいてくれるかもしれない、ヴェリティはそう思っていたのかもしれない。

だが、本気でそんなふうに考えていたとしたら、愚かとしか言いようがなかった。熱く燃えたつこの体は、ヴェリティからしか得られない慰めを切望しているのだから。

「公爵さま」ヴェリティは立ちあがりもしなければ、歓迎するそぶりも見せなかった。

「さっさと服を脱いでベッドに入るんだ」カイルモアは戸口から低く唸るように言った。

さきほど、悲しみがよぎったはずのヴェリティの目には、いまやいつもの怒りだけが浮かんでいた。「そうでしょうとも、公爵さまはそれはそれはお忙しいんでしょうから」辛辣な口調だった。「ならば、スカートを持ちあげて、壁に寄りかかったほうがいいかしら？　それなら五分ですむわ」

「そうせかすなよ」カイルモアはクラバットをぞんざいにはずして床に放ると、ヴェリティに近づいた。「その結果がきみの気に入るとは思えないからな」

「いまこうしていることだって気に入らないわ」ヴェリティが冷ややかに言い放った。

このときばかりは、カイルモアも目のまえにいるのがソレイヤだと思えた。とはいえ、愛人の契約を結んでからのソレイヤの辞書には、拒絶という文字はなかったが。

カイルモアは鋭い目で睨みつけたが、誰であろうと瞬時に服従させるその視線も、目のまえのほっそりした女には通じなかった。「嘘つきめ。きみは大いに気に入ってるじゃないか。ただし、わからないのは、お互いに求めていることをするまえに、なぜいつもきみがこんな厄介なことをするのかだ」

「わたしはあなたなど求めていないわ」ヴェリティは揺るぎない声で言った。「まだわかっていないのね。わたしが生きるためにしかたなくしていたことと、本心からしたいと思っていることのちがいが」

カイルモアはシャツを脱ぐと、クラバットの上に放った。「いいや、きみのことならぼくのほうがよくわかっている。きみは根っから男と睦《むつ》みあうのが好きなんだよ。だからこそ、一流の情婦になれた。その証拠に、ぼくが触れただけで燃えあがるじゃないか。ああ、いつだって」

ヴェリティの顔から一瞬にして血の気が引いていった。カイルモアはベッドに腰かけると、ヴェリティに向かって脚を伸ばした。

「ブーツを脱がしてくれ」

ヴェリティは立ちあがった。その目が怒りでぎらついていた。「自分で脱ぐのね」

肩をすくめて、カイルモアはブーツを引っぱった。「そうするしかないなら、そうするまでだ」

カイルモアが目をやると、ヴェリティは堂々とした彫像さながらに身じろぎひとつせず待っていた。実際、立ち居ふるまいでヴェリティに勝る貴婦人を、カイルモアはひとりも知らなかった。

これほどの威厳をどこで身につけたんだ？　いずれ、かならず訊きだしてみせる。

「いいかい、きみは時間を無駄にしているんだよ」そう言って、たったいま浮かんだ疑問をひとまず頭の隅に追いやった。「きみが何を言おうと、ぼくは癇癪を起こして部屋を出ていったりしない」

驚いたことに、ヴェリティのふっくらした唇に蔑むような笑みが浮かんだ。「あら、公爵さまはもっと冷静だと思っていたわ」

「ふさぎこむ以外にも不愉快な気分を晴らす方法があるらしいな」カイルモアはあっさり言うと、ヴェリティの自信がたちまち狼狽に変わるのを見て喜んだ。束の間の優位を利用して、さらにたたみかけるように言った。「服を脱ぐように頼んだはずだが」

「さっきのは、人にものを頼んだようには聞こえなかったわ」ヴェリティが鋭く言い返した。

カイルモアはブーツを部屋の隅に放った。ブーツが大きな音をたてて床に落ちた。いつもは几帳面《きちょうめん》だが、それは苦心して培った自制心の賜物だ。いまはこの館のなかのものすべて――ヴェリティも含めてすべて――が自分のものだということを示したかった。だから、なんでも好きなように扱うのだと。

ズボンは脱がずにそのままで、威圧的に歩み寄る。ヴェリティは一歩あとずさったが、勇気を振りしぼってその場に踏みとどまった。

だが、それは無意味な勇気だ。一目散に逃げだすほうが、よっぽどましなはずだった。とはいえ、ゆうべは逃亡を試みたものの、その結果は、避けられない運命に直面するのがわずかにあとまわしになっただけだった。

ヴェリティにも言ったとおり、カイルモアはこの館と周辺のありとあらゆる隠れ場所を知っていた。父が正気を失ったとき、わが身の安全は巧みに姿を隠せるかどうかにかかっていたのだ。そんなときに、よくもぐりこんだのがあの生垣だった。館のすぐそばにあり、とっさに逃げこめるのがそこを選んだ理由ではあったが。

ヴェリティがぐいと顎を上げて、睨みつけてきた。「こんなことは、もうやめて」

その口調が懇願というより要求に近いことにカイルモアはほっとした。ヴェリティが傲慢なソレイヤとしてふるまってくれたほうがありがたかった。ヴェリティが悲しみに沈んでいると、自分が地上でもっとも卑劣な虫けらのように思えてしまう。

ああ、まただ。目のまえにいる女はふたりではない。ヴェリティひとりだ。たとえ、百人の女に匹敵するほど手がかかるとしても。

「懇願しても無駄なのはわかっているはずだ」淡々と言った。

「無理やり奪うことにまだ飽きないの？　それで満たされるの？」

カイルモアは嘲るように笑った。「きみはそんなにうぶじゃないだろう。互いにたっぷり満たされているじゃないか。正直なところ、抵抗されるのもなかなか刺激的だ。ソレイヤはいつもこのうえなく……従順だったからな」

銀色の瞳に羞恥心らしきものがよぎったが、それでもヴェリティがひるまなかったのはさすがだった。「だったら、わたしが何も言わずに脚を開けば、こんな馬鹿げたゲームをやめるの？」

これはゲームなのか？　そんな疑問がカイルモアの頭をよぎった。いまこの瞬間、自分にとってこれは生死にかかわる問題にも等しいというのに。

とはいえ、思い返してみると、これまでも、この女のまえでは欲望の奴隷だった。しかも、信じられないことに、その女を手に入れても、奴隷をつなぐ鎖はますます太くなっただけだった。

「どうなるか試してみようじゃないか」あらゆる手段を使ってでも、ヴェリティを奪うつもりだった。といっても、思い描いているようには服従させられずにいることは、おくびにも出さなかった。

「人でなし」ヴェリティは低く震える声で吐き捨てると、体のわきで両の拳を握りしめた。そうして、深紅のスカートを翻して、くるりと背を向けた。

カイルモアはヴェリティの腕をつかむと、内に秘めたしなやかな強さを感じながら、自分のほうに向かせた。ヴェリティは臆病ではない、そう、それでこそカイルモアの公爵の女だ。それでも主人のほうが強いことを理解させなければならなかった。

「やめるんだ。今夜はきみを追いかけて生垣にもぐりこむ気分じゃない」ゆったりとした口調で言った。「その手の楽しみは、またの機会に取っておこう」

「わたしはものじゃないのよ」ヴェリティがきっぱり言った。

「いや、白状すれば、つい最近、ぼくの体の下でじっとしたまま身じろぎひとつしないきみのことを、もしかしたらものなんじゃないかと思ったよ」痛烈に皮肉った。

ヴェリティが鋭く息を呑んだかと思うと、手を振りあげた。カイルモアは身構える暇もなく、頬を思いきり叩かれた。

一瞬、静まり返った部屋に鋭い平手打ちの音が響き渡った。

ヴェリティがすすり泣くような声を漏らして、逃れようともがきはじめた。カイルモアは頬に鋭い痛みを感じながらも、荒っぽくヴェリティの両手を押さえた。

「こんなことをして、すぐに後悔するはめになるぞ」吐き捨てるように言った。

「いまだって、あなたに出会ったことを後悔してるわ！」ヴェリティが叫んだ。

「それはお互いさまだ」

「だったら、どうしてわたしを自由にしてくれないの？　ふたりとも破滅するまえに、こんなひどいことはやめにして」

カイルモアは自分の顔に狡猾な笑みが広がるのを感じた。「その理由はわかっているはずだ」念入りに束ねられた豊かな黒髪に指を差しいれた。「このせいだ」

もがく相手を強引に引き寄せると、迷うことなく唇を奪った。一瞬、ヴェリティが唇をぎゅっと結んで拒んだが、次の瞬間には、カイルモアの嵐のような激しさに、同じ激しさで応えていた。どこまでも淫らに、どこまでも貪欲に。

どこまでも熱く。

カイルモアはヴェリティの髪に差しいれた手を動かした。やがて髪がほどけて背中にこぼれ落ちた。その間も、ヴェリティが降伏せずにはいられなくなるように、唇を貪《むさぼ》った。自暴自棄の不穏な口づけに、ヴェリティの反抗的な態度の下でうごめく欲望がくわわった。カイルモアに劣らないほどの欲望が。

喘ぎながら、カイルモアは顔を上げた。ヴェリティの豊かな味が舌にはっきり残っていた。ついにヴェリティの意思と欲望が溶けあったのだ。その証拠を探して顔を見つめた。激しい口づけで唇がふっくらと腫れて濡れていたが、その目は怒りに燃えていた。

「負けを認めるんだ、ヴェリティ」掠れた声で懇願するように言った。圧倒的な欲望に、プライドなど塵のようにどこかへ消えていた。

「絶対にいや」きっぱりした口調だった。

だが、驚いたことに、ヴェリティは手を伸ばしてカイルモアを引き寄せると、今度は自分から口づけた。むさぼるように唇を奪いあい、いったん唇が離れたかと思うと、また重なった。永遠かと思えるほどいつまでもそうしていた。

カイルモアにとって、それはこれまで味わったどの口づけともちがっていた。欲望、怒り、苦痛、さらには、どちらかが屈服するまで終わらない長い闘いの味がした。

そして、もちろん悦びも。目も眩むほど魅惑的な悦びも。

細いウエストに腕をまわして、ヴェリティをのけぞらせると、首筋に口を押しつけた。乱れ打つ脈を唇に感じた。アヘンに溺れて身を滅ぼした父のように、誘惑のリズムを熱く刻む淫らな女に溺れそうだった。

ヴェリティが震えながら息を吸うたびに、それを味わった。ふたりはしっかりとつながって、まるでヴェリティはこの口づけだけで生きているかのようだった。情熱の香りに欲望をかきたてられて、さらに執拗に求めた。鼻孔をふくらませ、もっとも原始的なやりかたで女の高まっていく欲望のにおいを確かめた。

夢中になったヴェリティの指が肌に食いこんだ。その指が縮れた胸毛に差しいれられて、乳首を撫でた。シルクのドレスに包まれた体が押しつけられた。まるで、目のまえにいる男によじのぼろうとしているかのようだった。興奮が一気に高まって、カイルモアはもう堪えられなかった。

ついに、ヴェリティの仮面を剝ぎとった。そうして、その奥にひそんでいたソレイヤを引きずりだしたのか？　いや、ソレイヤがこれほどまでに激しい欲望にわれを忘れたことはなかった。いま腕のなかにいる女は自制心を失いかけていた。

そうだ、ヴェリティを夢中にさせるんだ。

ぎこちない笑い声を漏らしながら、ヴェリティの体の向きを変えて、荒々しくベッドに押し倒した。ヴェリティが苦しげな声をあげて、マットレスの上でその体が弾んだ。逃れる隙も与えずに、カイルモアはのしかかると、押さえつけた。

「あなたなんて大嫌い」ヴェリティが甲高い声で言った。

「またそれか。同じことばかり言うとは能がないぞ」カイルモアはわざと気のない声で言ったが、体のなかでは熱くたぎる血が駆けめぐっていた。

「何度同じことを言ったって真実は真実よ」ヴェリティが鋭く切り返す。カイルモアの顔を見つめる目は、怒りとこらえた涙で光っていた。

いったいヴェリティの目には何が映っているんだ？　カイルモアには見当もつかなかった。とはいえ、洗練された紳士を自負していたはずが、いまの自分にはその片鱗《へんりん》すら残っていないのはわかっていた。それまでもヴェリティを手荒に扱ったが、今回ははるかに危険で、そのことにどちらも気づいていた。カイルモアはヴェリティにまたがると、凝った刺繍《ししゅう》がされたドレスの襟をつかんだ。

洗練された仕立屋で美しいそのドレスを選んだときの浮きたった気分が一瞬よみがえった。かなり値の張るドレスだったが、そんなことはかまわなかった。あのときは、値段より、鮮やかな色のドレスに映える染みひとつない愛人の肌を思い描くことに夢中になっていた。

「こんなの堪えられない」ヴェリティが喘ぎながら言った。激しい口づけのせいで、唇が濡れて光っていた。

「いや、堪えられるとも」カイルモアは低い声で言った。「堪えてもらう」

そうして、力をこめて一気に引っぱった。豪華なドレスがその下のシフトドレスとともにウエストのあたりまで裂けて、美しい乳房があらわになった。

固くつんと尖った乳首は熟れたベリーのようで、口づけたくてたまらなくなった。カイルモアは頭を下げると、薔薇色の頂に舌を這わせた。とたんに、ヴェリティの味が口のなかに広がって、荒れくるう興奮がいっそう高まった。ヴェリティが喘ぎ声を漏らした。目も眩む欲望に翻弄されながらも、押し殺したその声には屈服の響きが混ざっていた。

唇で乳首を愛撫して、強く吸った。最高だ。完璧だ。これほど完璧な女はいない。ヴェリティのわき腹に両手を這わせて、今度は反対の乳房を愛撫した。

奪うんだ、いますぐに。ためらわず。さあ、早くしろ。胸に巣食う悪魔が、同じようにヴェリティのなかにひそむ悪魔――ヴェリティが心の奥底に押しこめている悪魔――と交わりたくてのたうちまわっていた。

「きみを傷つけたくない」靄のかかる頭で考えられる精一杯のやさしいことばをどうにかつぶやいた。

「あなたがこの世にいるだけで、わたしを傷つけているのよ」ヴェリティが叫んだ。

そのことばに無言で逆らうように、カイルモアは唇を奪って、貪った。

ヴェリティが闇雲にあらがって、肩をつかむと、その爪が肌に食いこんだ。体にヴェリティの印が刻まれて、カイルモアの内にひそむ野性が歓喜した。

ふたたび口づけて、ヴェリティを燃えあがらせようと、巧みに舌を動かした。

スカート――ヴェリティがまとっている無残に引き裂かれた上等な布――をまくって、脚のあいだを撫でる。すでにたっぷりと湿っていた。愛撫したとたんに、指先に激しい反応が伝わってきた。

口づけたままヴェリティがうっとりと声をあげて、ついに舌を絡めてきた。カイルモアはぞんざいにズボンを開いていきり立つものを解放すると、ヴェリティのなかに根もとまで一気に押しこんだ。

ヴェリティが息を呑んで、身を固くした。男を鼓舞するぬくもりにカイルモアは包まれた。永遠に放すまいとするように、ヴェリティのなめらかな内側が固く締めつけた。

カイルモアはもっとも原始的なやりかたでヴェリティに烙印《らくいん》を押すつもりだった。自分はヴェリティが思っているとおりの冷血な獣だと証明するつもりだった。それなのに、ヴェリティが動きに合わせて腰を浮かしたとたんに、目も眩むほど甘美なその一瞬に打ちのめされた。ヴェリティをわがものにして、同時に悦ばせたいという渇望――いまとなっては懐かしい渇望――が、狂喜する心にじわりと広がって、貪欲な欲望を押さえつけた。

意図したわけでもないのに、愛撫をくわえる手がやさしくなった。征服者さながらに奪うのではなく、ヴェリティの上で動きを止めて、至福のひとときをゆったりと味わった。

この女がいればほかには何もいらない。ああ、この瞬間のためにいままで生きてきたのだ。この瞬間と引き換えなら、ヴェリティに対するいくつもの罪深い行ないのせいで永遠の苦しみを味わってもかまわない。言語に絶する至上のこの交わりがついに得られた報償ならば、地獄の業火に焼かれたってかまわない。

我慢の続くかぎり動きを止めて、栄光の瞬間をたっぷり味わった。そうして、動きだした。雄々しさを見せつけるように、ゆっくりと、けれど、止まることなく深々と差しいれた。ヴェリティが吐息を漏らした。カイルモアの肩から手がはずれ、背中にまわされた。

ためらいがちな抱擁にこれほど感じてしまうとは愚かな男だ――それはわかっていた。それでも、感じずにいられなかった。ロンドンでソレイヤに巧みに愛撫されたときよりはるかに。貫くたびに、ヴェリティの手が動いた。カイルモアの張りつめた背中を這って、こわばった尻を揉む。押し寄せては引いていく官能の波にすべてをゆだねたヴェリティは、男の体に触れていることさえ気づいていないようだった。

脚のつけ根が焦げそうなほど熱を帯び、いまにも破裂しそうだった。それでも、懸命にこらえた。絶頂に達したいという思いより、ヴェリティを歓喜の極みへ誘いたいという思いのほうが強かった。すべてを解き放ってしまいたい、そんな切望に堪えるのが、死ぬほど辛かったとしても。

動きを速めた。今度はヴェリティも同じリズムを刻みだした。耳もとで、ヴェリティがまたもや甘い喘ぎ声を漏らしたかと思うと、もっとなかへとせきたてるように、長い脚を腰に巻きつけてきた。カイルモアはもう何も聞こえなかった。何も見えなかった。頭のなかには、甘く熱い感覚——ヴェリティの体に自分自身を深々と埋めては、引き抜くという感覚——しかなかった。

まもなく、ヴェリティが小刻みに震えはじめた。絶頂の前触れだ。カイルモアはつながったままヴェリティが果てる瞬間をしっかり捕らえようとした。ついに、ヴェリティが屈した瞬間を。

けれど、そんなことができるはずがなかった。いままでに幾度となく襲ってきた官能の嵐にあっというまに呑みこまれて、天高く舞いあがった。

そうして、いつものように、欲望の猛火のなかで、ヴェリティを奪って支配するという思いは一瞬にして灰と化した。

徐々に感覚が戻ると、カイルモアは自分の体の下でヴェリティがあらがうこともなく静かに横たわっているのに気づいた。象牙《ぞうげ》色の頬に涙の跡が光っていた。うつろな銀色の瞳を縁取る黒く濃い睫毛《まつげ》が濡れていた。尋ねるまでもなく、たったいま起きた出来事をヴェリティが後悔しているのがわかった。

ふたりの仲をもっとも単純な関係に戻すのが、カイルモアの目的だったとしたら、いまの行為は完全に失敗だった。ヴェリティの奴隷であることに変わりなかった。すばやく激しく奪うたびに、あるいは、ゆっくりやさしく奪うたびに、ふたりをつなぐ鎖は解きようがないほど複雑に絡みあうばかりだった。

自分がどれほど野蛮かはわかっていた。それでも、ヴェリティに抱かれてあのかけがえのない瞬間をふたたび味わえるなら、どんな苦悩や試練も喜んで受け入れるはずだった。結局ソレイヤは見つからなかった。ヴェリティの心の奥に鍵をかけて閉じこめられている大胆不敵で自由奔放な愛人――ロンドンでの記憶に刻まれた愛人――を目覚めさせることはできなかった。

それでいて、何かにつけてあらがうヴェリティと愛を交わして、いままで知らずにいた深い感情を抱いた。

気が進まなかったが、それでもゆっくりとヴェリティから下りた。ヴェリティの口から不満げな声がかすかに漏れた。

乱暴なことをしてしまった。だが、絶頂へと駆けのぼりながらも、ヴェリティが達した瞬間はまちがいなくわかった。ゆうべのような目も眩む恍惚感に弾け散ったわけではないが、その瞬間、しっかりと抱きしめられた。この自分がヴェリティを拒めないように、ヴェリティも目のまえの男を拒めないという事実を、ついに突きつけたのだ。

ヴェリティはようやく体を開いた。けれど、心は閉じたままだった。

体さえ手に入ればそれでいい——カイルモアは自分に言い聞かせた。

だが、そのことばは笑わずにいられないほど空々しかった。束の間の肉体的な欲望よりも、激しい対立のほうがはるかに深く心を揺さぶられるとは。どれほど、逆であってほしいと願っても。

カイルモアがとなりに体を横たえると、ヴェリティが震えながら息を吸った。ヴェリティの眉にかかる濡れた黒髪をそっと撫でつけたい、カイルモアはそんな衝動を抑えた。やさしくされるのをヴェリティが望んでいるわけがない。そう思うと、悲しくて、胸を矢で射抜かれたかのようだった。

張りつめた静寂のなかで、長いあいだ横たわっていた。やがて、ヴェリティが乱れたベッドから起きあがった。カイルモアのほうを見ようともせずに、引き裂かれたドレスで体をおおった。

その姿はあまりにも悲しげだった。酷使され、打ちひしがれていた。それでいて、どこまでも美しかった。カイルモアにとってヴェリティは、空気のようになくてはならない存在だった。

疲れ果てていたが、手を伸ばして、ヴェリティのしわだらけのスカートをつかんだ。「どこへ行く?」

「体を洗うのよ」弱々しい声だった。

「いや、ここにいてくれ」

「わかりました」

カイルモアは眉間にしわを寄せた。あっさり言うことを聞くとはヴェリティらしくなかった。「〝わかりました〟だと?」

ヴェリティがまっすぐに見つめてきた。その瞳はかつてないほどうつろで、どんな感情も浮かんでいなかった。

ついさっき、ヴェリティから欲望を引きだした。だが、いまこんな目をしているのは、そのせいなのか?

「逃げても、捕まるだけ。だったら、ここにいるわ」

「なるほど」カイルモアはスカートから手を離した。ヴェリティに憎まれているのと同じぐらい、自分自身が憎かった。絶頂に達したとき、ヴェリティはしがみついてきたが、それでも憎んでいることに変わりはないのだ。

すっかりほどけた髪をかきあげようと、ヴェリティが手を上げた。カイルモアは華奢な手首に痣ができているのに気づいた。

「傷つけてしまったんだな」自分がますます憎くなった。

ヴェリティは気にするそぶりもなく、痣をちらりと見ただけだった。「ゆうべの痣よ。どうでもいいことだわ」そう言うと、くるりと背を向けた。豊かな髪がうなだれた顔を隠した。

「もう何もかもどうでもいい」

カイルモアはヴェリティの反抗心を打ち砕こうと、徹底的に闘った。そしていま、その闘いに勝利した。それなのに、なぜ悲しみが心に突き刺さるのか？　この胸にあるはずのない心に。

14

カイルモアは低木の生垣にもぐりこんだ。これまではそこにいれば安全だった。それなのに、暴れまわる怪物がみるみる近づいてきて、枝やイバラの壁を引きちぎりはじめた。

見つかったら殺される。

闇のなかで身を縮めて、息を押し殺した。怪物に居所を知られてしまったが、姿は闇にまぎれて見えないはずだ。

だが、もちろん闇にまぎれることなどできなかった。怪物の真っ白なおぞましい手が伸びてきたかと思うと、破れて泥だらけのシャツの胸ぐらをつかまれた。

恐怖のあまり、すすり泣くようなか細い声が口から漏れた。低木の棘が背中を刺した。たとえ奇跡が起きて、怪物が手を離したとしても、逃げ道はなかった。またもや、すすり泣くような声をあげずにいられなかった。自分の無力さを呪った。捕まってしまった自分の愚かさも。

狂気の笑い声をあげる怪物にぐいと引っぱられた。

その痛みなど序の口だとわかっていた。八つ裂きにされて、犬に食われるのだ。これまでに怪物が何度もそう言うのを聞いていた。幾度となく怪物から逃れてきたときに。

だが、今度ばかりは運に見放された。

「いやだ！　いやだよ、父上！　お願い、やめて！　いい子になるから。やめて、痛いよ！　父上、やめて！」

けれど、大きく非情な手――それ以外は幼いカイルモアとそっくりの手――に、容赦なく低木の下から引きずりだされた。

「やめて！」泣きながら言った。「お願いだから」

ほっそりした白い手に体を揺さぶられた。

その指はもう鉤爪《かぎづめ》のように肌に食いこんではいなかった。それどころか、その感触はやわらかで、ひんやりしていた。瞼を開くと、闇のなかで身を乗りだして覗きこんでいるヴェリティがいた。一瞬、頭が混乱して、がたがたと震えていることや、涙を流していることを恥じる気持ちも湧いてこなかった。

「目を覚まして。また悪い夢を見たのよ」穏やかになだめる声がした。

ということは、怪物はいない。殺されることもない……。

そうだ、あの怪物は二十年前に死んだのだ。頭がはっきりしてくると、目をしばたたいて深く息を吸った。何時間も走りつづけたように胸が痛んでいた。

「悪夢か」カイルモアはつぶやいた。しわがれた自分の声が不快だった。

イートン校で過ごしているあいだ、ずっと悪夢に苦しめられた。夜中にすすり泣いて、うめき声をあげるせいで、体の大きな同級生や上級生に散々いじめられたものだった。悪夢は成人してからもしばらくは続いたが、すでに自力で悪夢を追い払ったと思っていた。その証拠に、もう何年も昔の記憶に苛まれたことはなかった。何にも動じない偉大なるカイルモアの公爵に、冷静さを失うような弱点があってはならないのだから。

この谷のせいだろう。やはり戻ってくるべきではなかった。この館にやってきたのは、何事にも左右されない男——自分にとって理想の男——になれたかどうか、それを見極める最後の試験でもあったのだ。

そうして、その試験にあえなく落第した。

全身汗だくで、体がぶるりと震えた。死んでしまいそうなほど孤独だった。

心のなかでうめきながら、ヴェリティ——カイルモアの公爵を心から憎んでいる女——を抱きしめて、やわらかな胸に顔を埋めた。とたんに、悩ましい女の香りに包まれて、早鐘を打っていた心臓が鎮まっていった。

この女を手放す？　ヴェリティはそれを夢見ているが、冗談じゃない。心に平穏を与えてくれるのは、この世にヴェリティしかいないのだから。この哀れな男が狂気に落ちるのを、ヴェリティが押し留めてくれている。それがふたりに課せられた逃れようのない運命なのだ。

長いあいだ、ベッドのなかで何も言わずに抱きあっていた。カイルモアはすぐに押しのけられるだろうと覚悟していた。あまりに惨めで認めたくはなかったが、これまで金を払わずに誰かにやさしくされたことも、慰められたこともなかった。ゆうべ、ヴェリティが部屋にやってくるまでは。あのとき、ヴェリティは闇に灯る明かりのように、力とぬくもりを与えてくれた。

けれど、自分がそんなやさしさを受けるに足りる男でないのはわかっていた。激しい欲求に駆られているときでも、そのぐらいはわかった。嘲りや拒絶を覚悟しながら、カイルモアはヴェリティの華奢な体を強く抱きしめた。

「もう大丈夫よ」腕のなかで囁く声がした。「悪夢は去ったんだから」寄り添ったままふたりがもっと楽な体勢でいられるようにと、ヴェリティは体をずらして、ヘッドボードに寄りかかった。

カイルモアはことばも出ないほど驚いた。ヴェリティには憎まれているはずなのに……。この世からいなくなってほしいと思われているはずなのに……。

それなのに、なぜこんなに穏やかな声で話すんだ？　なぜこんなにそっと抱いてくれる？

「もう大丈夫よ」もう一度言いながら、ヴェリティがカイルモアの湿った眉にかかる髪をそっとどかした。骨の髄までしみるやさしさで。「あれはただの夢よ」

誰よりも何よりも求めていた女の慰めのことばは、どこまでも耳に心地よかった。このときばかりは、体の交わり以上に、肌のぬくもりが恋しかった。

母でさえこんなふうに抱いてくれたことはなかった。記憶にあるかぎり、愛情をこめて体に触れられたことは一度もなかった。

ヴェリティのひんやりとした手に髪を梳かれながら、カイルモアはじっと横たわっていた。

ゆっくりと髪を梳かれるたびに、恐ろしい夢の記憶が少しずつ遠ざかっていった。ヴェリティの香りはこの世のすばらしいものすべてを思いださせた。焼きたてのパン、刈りたての芝、雨上がりの田舎の風景、谷に向けて一気に流れ落ちる滝と、その上に漂う澄んだ空気。

それでいて、そのどれともちがう香りだった。まさしくヴェリティだけの香りだった。いまヴェリティに押しのけられたら、父という人生最大の恐怖から逃げまどう少年のように悲鳴をあげてしまうにちがいない。だが、ヴェリティは押しのけはしなかった。それどころか、館の暗い影から守ろうとするように、ぴたりと身を寄せてきた。

耳もとでヴェリティがたわいもないことばを囁いた。それはいままで耳にしたなかで、何よりも魅力的な響きだった。さらに体を寄せて、ヴェリティが寝るまえに身に着けたネグリジェに指を絡ませた。悪夢がますます遠のいていった。

それでも、体を離さずに、ヴェリティの規則正しい息遣いに耳を傾けた。冷えきった魂にぬくもりがじわじわと染みこんでいく。

ヴェリティはいま、何を考えているのだろう？　あれほど激しく破滅的な欲望を剝きだしにするように仕向けた男がとなりにいるというのに、ヴェリティからは非難も軽蔑も感じられなかった。

「わたしはヨークシャーの農家で生まれたの」長い沈黙のあとで、ヴェリティが静かに話しはじめた。「父はチャールズ・ノートン卿の小作人だった」

返事を待つように、ヴェリティがいったん口をつぐんだが、カイルモアは何も言わなかった。何か言ったら、ヴェリティが話をやめてしまいそうで怖かった。

謎に包まれた身の上をついに明かしてくれるとは夢にも思っていなかった。しかも、そんな贈り物をされる価値などいまの自分にはまったくないというのに。

「わたしと弟のベンジャミンは五つ年が離れているわ。さらに五つ年下のマリアという妹もいる。母は病弱だったから、わたしが弟と妹の面倒を見ていたの」

なるほど、ヴェリティならしっかり面倒を見ていたにちがいない。ヴェリティの根底には母性本能がある。自分にあれほどひどい仕打ちをした男を、いまこうして救っているのがその証拠だった。

子供におとぎ話を読んで聞かせるような穏やかな落ち着いた口調だった。深まる夜が、ヴェリティの口から秘密を引きだした。

「父は貧しい小作人だったけれど、わたしたちはなんとか暮らしていけた。でも、それもわたしが十五のときに、荒野一帯が熱病に襲われるまでの話だった」穏やかな声にわずかな動揺が表われた。ヴェリティはしばらく口をつぐんだが、やがてまた話しだした。「両親は一週間と間を置かずに相次いで亡くなったわ。家にお金はなく、わたしは父の畑を引き継ぐには若すぎた。そう、たとえチャールズ卿が女に農地を貸したとしても。頼れる親戚もいなかった。だから、村に住む知り合いにベンとマリアを預けて、あるお屋敷のメイドになったの。たいして稼げなかったけれど、弟と妹を食べさせるぐらいはできた」

そして、その仕事は辛く単調だった、とカイルモアは思った。幼いころにやさしくしてくれたのは使用人だけだったせいで、カイルモアはそういった人々の事情に詳しかった。大きな屋敷では、田舎者の十五歳のメイドなど、最下位の使用人でしかなかったはずだ。そういうメイドにまわってくるのは、何よりも辛く厳しく、不快な仕事と決まっていた。

「幸せだったとは言えないけれど、なんとしてもそこでがんばるつもりでいたわ」感情がこみあげてきたのか、ヴェリティはまた口をつぐんだ。カイルモアを撫でる手も止まった。

「それなのに……」

カイルモアはヴェリティの胸に預けていた頭を上げた。闇を通して見えるのは、美しい頬と顎の輪郭だけだった。蠟燭はすでに燃え尽きていた。明かりがないせいで、視覚以外の感覚が研ぎ澄まされていた。触覚、嗅覚、聴覚が。

「何があったんだ?」さきをうながした。「どうしたんだ?」身を起こして、今度は自分の腕のなかにヴェリティを横たわらせた。けれど、ヴェリティはそれにも気づいていないようだった。

さっきまで力が抜けてやわらかだったヴェリティの体がこわばっていた。そうして、首を振った。

「わたしったら、何をくだらない話をしてるの」声が掠れていた。「どうしてあなたにこんな話をしているの? あなたみたいな人が、身を持ち崩した女の生い立ちなんかに興味を持つはずがないのに」

「自分のことをそんなふうに言うのはやめるんだ」カイルモアは思わず声を荒らげたが、ヴェリティがいつものように心を守る楯の向こうに隠れてしまわないように、すぐに穏やかな声で言った。「何があったのか話してくれ」カイルモアはもう、唯一の支えであるかのようにヴェリティにしがみついてはいなかった。その代わりに、ヴェリティをしっかりと胸に抱いて、話を続けるように無言で励ました。

「チャールズ卿は高齢だった。奥さまに先立たれていた。それに、使用人にやさしかった。だから、わたしは堪えられた。でも、夏になると――」ヴェリティの途切れ途切れのことばに内心の動揺がにじんでいた。「ご子息のジョンがケンブリッジから帰省したの。普通なら、大きな屋敷の子息がわたしなんかに気づくはずがないのに……」

「だが、そいつはきみを欲したんだな」カイルモアは苦々しく言った。よくある話だが、だからといって、しかたがないとは思えなかった。

十五歳のヴェリティの姿が頭に浮かんだ。くそっ、三十歳に近づきつつあるいまでも、ヴェリティは息を呑むほど美しい。少女から大人になりかけた当時は、さぞかし愛らしかったにちがいない。

このうえなく愛らしく、まるで無防備だったはずだ。

ヴェリティがうなずいた。下ろした艶やかな髪が、ヴェリティを守るように抱いているカイルモアの腕に心地よく触れた。「ええ」ヴェリティは震えながら息を吸った。「その貴族の子息が何を求めているかわかると、わたしはできるだけ顔を合わさないようにした。わたしのことはかまわないでほしいと懇願もしたわ。ほかの使用人にも助けを求めた。みんなはできるかぎりのことをしてくれたけれど――」

「だが、そのジョンという男は領主の息子で、跡継ぎで、きみは無一文のメイドだった」

ジョン・ノートンがどんな男かは知らないが、この場にいたらと願わずにいられなかった。そうすれば、気を失うまで殴ってやれるのに。ヴェリティに対するこれまでの自分の言動を考えると、皮肉以外の何ものでもなかったが。

「ええ、当時のわたしはただの田舎者だった。両親は厳格なクリスチャンで、わたしは信じられないほどうぶで世間知らずの田舎娘だった」ヴェリティはおもしろくもないのに笑った。「人は誰でも根は善良だと信じていたの。いまでは、そんなふうにはこれっぽっちも思えないけれど」

「そのろくでなしはきみを騙したというわけか」カイルモアは感情をこめずに言った。ヴェリティのことばを聞いて、否が応でも自分の行為が思いだされて、胸が鋭く痛んだ。

「謝りたいという手紙をもらったの。血も涙もないろくでなしがそんなふうに下手に出るはずがないのに。わたしが愚かだったのよ、自業自得だわ」

カイルモアはヴェリティをさらに強く抱きしめた。「ちがう」うつろな声で言った。「自業自得なんかじゃない」

それは貴族の軽薄な子息に陵辱されたことだけでなく、ヴェリティの身に降りかかったすべての災難に言えることだった。どす黒い羞恥心が全身を駆けめぐり、悔恨の念に胃がよじれた。

「ある日の午後、音楽室で待っていると呼びだされたわ。そして……そして……」

昔の記憶から逃れるように、ヴェリティが胸に顔を埋めてきた。ヴェリティは気づいているのか？　過去の亡霊から守ってやろうと抱きしめているのが、いまヴェリティを苦しめている男だということを。苦しげなヴェリティに身を寄せられて、この胸が同情と驚愕の念に打ち震えているのを。

「そいつはきみに襲いかかったんだな」カイルモアは吐き気を覚えながら言った。

「ええ。力ではとうていかなわなかった」ヴェリティはカイルモアの胸に顔を埋めて、掠《かす》れた声で言った。「助けを求めて叫んでも誰も来なかった。服を引き裂かれて、殴られたわ。必死に抵抗したけれど、相手は何しろ体が大きくて力も強かった。そうして、わたしは倒されて、床に頭をぶつけたの。次に気づいたときには……のしかかられて……そして――」

「強姦《ごうかん》された」これ以上ヴェリティの話を聞いていられそうになかった。

「いいえ」ヴェリティは震える声で言うと、顔を上げた。目は潤み、顔は蒼白だった。「いいえ、かろうじてそれは免れたわ。そのときちょうど屋敷に招かれていたエルドレス・モース卿が悲鳴を聞きつけて、間一髪のところで現われて……」

震えながら息を吸って、ヴェリティは話を続けた。「エルドレス卿はのしかかっている子息を引き離して、わたしに誘惑されたと言い張るろくでなしの話には耳を貸さなかった。わたしが無理やり犯されるところだったのは一目瞭然だったから。殴られて、血を流していたんだから」

「つまり、エルドレス卿はきみを救っておきながら、自分の欲望の捌け口にしたというわけか」カイルモアは吐き捨てるように言った。

なぜこんなにも腹が立つのか？　ヴェリティの女としての魅力に絡めとられて、自分だって似たようなことをしているというのに。認めたくはないが、一皮剝けば、この自分もヴェリティを犯そうとしたジョン・ノートンと同じだ。たしかに、メイドを強姦したことはない。そんな必要は一度もなかったが、愛人に対する扱いはけっして誉められたものではなかった。

「いいえ、それはちがうわ。エルドレス・モース卿は助けてくれたのよ」ヴェリティは真剣に反論した。「エルドレス卿は親切だった。子息がしたことをチャールズ卿に話してくれた。わたしはメイドをクビになったけれど、それはエルドレス卿のせいじゃない」

「きみは領主の息子を誘惑したという理由で辞めさせられたんだろう？」

「屋敷の当主はエルドレス卿ではなく自分の息子を信じたのよ。それはまちがっていたのに。あの家の子息の異常な趣味の犠牲になったメイドは、わたしが最初でもなければ、最後でもなかった……いいえ、もっと不幸な目にあったメイドだっていたはず。いま思えば、あの貴族の息子は女を痛めつけることに快感を覚えるタイプだったのよ。エルドレス卿はわたしを悲惨な運命から救ってくれたの」

「くそっ」カイルモアは小さく悪態をついた。

ふいにヴェリティから体を離して、ベッドを出た。荒れくるう魂が爆発しそうだった。なんとか平静を取り戻さなければ、感情の嵐に打ちのめされて、粉々に砕け散ってしまう。罪悪感、悲しみ、怒り、自分と同じぐらい辛い過去を持つ者への共感が、不本意ながらも胸に渦巻いていた。

悪態をつきながら、窓に歩み寄って、大きな音がするのもかまわずにカーテンを勢いよく開いた。外はまだ暗かった。とはいえ、それ以上に、胸をかき乱す激情のほうが暗かった。

ヴェリティを奪うまえに脱ぎもしなかったズボンのまえを震える指で閉じた。剝きだしの肩に冷たい空気を感じながら、窓の外を見つめた。

「公爵さま？」ベッドのほうで、ヴェリティの戸惑った声がした。

「エルドレス卿はきみを救っておきながら、不道徳で不名誉な人生に導いた」窓に付いた鉄格子越しに、夜空に浮かぶ山脈の輪郭を睨みながら、やっとの思いで言った。

「街角で体を売るよりずっとましだわ」ヴェリティも強い口調で言い返した。「エルドレス卿がいなければ、そうなっていたはずよ。そうしたら、ベンとマリアはどうなっていたかしら？」

ヴェリティも哀れなら、自分もなんて哀れなのだろう。たしかにヴェリティの言うとおりだ。カイルモアは上等な金襴のカーテンを握りしめた。悪夢を忘れられるようにと、ヴェリティは身の上話を始めた。その話がそのまま悪夢になるとは気づきもせずに。

ヴェリティの話は告解のようなものかもしれない。だが、その告解を聞いた司祭は、己の忌わしい罪によって地獄に突き落とされたのだ。

「その後、村に戻ったわたしをエルドレス卿が訪ねてきた。そうして、貧困にあえぎながら幼いきょうだいの面倒を見ているわたしに、愛人にならないかと言ったの」

「そして、きみはそれに応じた」カイルモアは苦々しげに言った。

胸に広がるさまざまな感情に混じって、嫉妬心が酸のように腹を蝕んだ。年嵩《としかさ》の准男爵がヴェリティの体を奪ったことも悔しかったが、それ以上にエルドレス卿のことを話すヴェリティの声ににじむ愛情に嫉妬した。ヴェリティはいまでもエルドレス卿を敬い、称賛して、好意を抱いているのだ。

ヴェリティはエルドレス卿を愛していたのか？

なぜそんな疑問が頭をよぎる？　そもそもソレイヤ――あるいは、ヴェリティ――と交わした契約のどこにも愛情は含まれていなかったのに。

「自分から望んだわけじゃないわ」ヴェリティは明らかに傷ついたようすで言い返した。とはいえ、カイルモアもヴェリティが喜んで身を売ったとは思っていなかった。「エルドレス卿はマリアとベンの面倒も見ると約束してくれた。そうして、わたしにとっても悪い話ではないと言ったわ。この機会を逃したら、自分の人生をきょうだいのために犠牲にすることになるのだからと」

カイルモアは窓の外を見るのをやめて、蠟燭に火を灯そうとした。するとヴェリティの姿が視界に入った。ヴェリティは体を起こして枕に寄りかかり、苦悩に目を曇らせていた。

「大勢の男がきみを放っておかないと、エルドレス卿は言ったんだろう」皮肉な物言いになっているのが自分でもわかった。

「そこまで無作法な言いかたはしなかったわ」ヴェリティはぴしゃりと言った。「エルドレス卿に庇護《ひご》されて、わたしは安泰な暮らしを得たの。贅沢を知ったわ。それまで知りもしなかった世界も。学んで、経験を積んで、成長する機会を与えられたのよ」

「その代償として、エルドレス卿はきみの純潔を奪った」

ヴェリティの顔に世慣れた女の笑みが浮かんだ。ロンドンじゅうの男を足もとにひれ伏させた女の姿が一瞬だけよみがえった。「公爵さま、殿方がなんの見返りも求めずに女の面倒を見ることなどない、それは誰よりもあなたがいちばんご存じのはず」

できることなら、否定したかった。自分はそんな男とはちがうと言いたかった。だが、それは嘘だと互いにわかっている。いまさら白馬の騎士になろうとしたところで手遅れだった。たとえ、邪悪で卑劣なこの自分が信念を持ってその役を演じられたとしても。

悲しみに胸を引き裂かれながら、自分やヴェリティが失った純真さを嘆いた。不運や、人の心に巣食う悪魔によって、ふたりとも心の準備が整うよりずっとさきに、無理やり大人にさせられたのだ。

返事をせずにいると、ヴェリティは肩をすくめてまた話しだした。カイルモアははっとした。その仕草は魔性の女ソレイヤそのものだった。「少なくとも、エルドレス卿は約束をきちんと守ったわ。いいえ、それ以上にさまざまな思いやりを示してくれた。わたしをパリに連れていって、家庭教師をつけて、一流の情婦にした。それがなければ、カイルモア公爵のような気高いお方は、ヨークシャーの農民の娘には目もくれなかったはず」

いや、それでもヴェリティには目を向けたはずだ、とカイルモアは思った。

たしかに、いまのヴェリティには洗練された輝きがある。だが、惹かれたのは……何年もまえから惹かれていたのは、ことばでは言い表わせないヴェリティの本質だ。今夜聞かされた身の上話で長いこと抱いていた好奇心が満たされることはあっても、この目に映るヴェリティの魅力が薄れることはない。何があっても薄れない。その事実をカイルモアは受け入れはじめていた。

だが、ヴェリティにそれを話すつもりはなかった。その代わりに、以前から気になっていたことを訊いた。「なぜソレイヤと名乗ったんだ?」

とたんに、その質問を口にしたのを悔やんだ。ヴェリティの顔に浮かんだ穏やかな笑みを見て、疑念が確信に変わったからだ。やはり、ヴェリティはエルドレス卿を愛していたのだ。

何かを投げつけたくなった。そうすれば、胸の内で荒れくるっている感情がおさまるかもしれない。自分には抱く権利すらない嫉妬という感情が。

「エルドレス卿が悪趣味な本を蒐集《しゅうしゅう》していたことはあなたも知っているでしょう。有名だもの」

「ああ」

以前、カイルモアはソレイヤの素性を調べたことがあり、その結果、本人のことはもとより、裕福なパトロンについても知ることとなった。実のところ、ソレイヤのこと以上にエルドレス卿について多くのことがわかった。エルドレス卿が表社会に出てこない官能小説を蒐集しているのは有名で、それはまさに、若く美しい愛人と巨万の富を持ち、かつ、家や家族という厄介なしがらみのない男にふさわしい趣味だった。

「ソレイヤというのはエルドレス卿の大好きな小説のヒロインの名だったの。エルドレス卿はその物語をよく読んで聞かせてくれたわ。そのなかのソレイヤはイスラム教国のハーレムにいて、年老いた王に男としての能力を取り戻させたのよ。パリに着いてほどなく、エルドレス卿はわたしのことを冗談めかしてソレイヤと呼ぶようになって、それがそのままわたしの名前になったというわけ」

ふたりの親密さを示す笑い話に、カイルモアはまたしても激しく嫉妬した。いまの自分がヴェリティと何を分かちあっているにせよ、ヴェリティとエルドレス卿が分かちあっていたもののほうがはるかに多いのはまちがいなかった。

この自分とヴェリティが分かちあっているもの？　いまや強要しなければ得られないセックス。そして、疑念と憎しみ。

鋭い目――とはいえ、その目には何も映っていなかった――で窓の外を見つめて、胸に渦巻く激情を抑えようとした。ほんとうなら、ヴェリティのいまは亡きパトロンに感謝するべきなのだ。エルドレス卿はヴェリティを強姦と貧困から救った。才能を見抜いて、それを伸ばした。そこまでできる男などまずいない。

ソレイヤと初めて会ったときのことが、鮮やかに頭によみがえった。

大勢の客が集まった広間で、エルドレス・モース卿が愛人を披露したとき、カイルモアがその准男爵の顔に読み取ったのは、この女は自分のものだと言いたげな優越感だけだった。だが、いま、それなりの経験を積み、同じ女を六年間求めつづけた男として、あのときを振り返ると、准男爵の顔に浮かんでいた感情がそれだけではないことに気づいた。

誇りだ。エルドレス卿は自分が磨きあげたこの世にふたつとない宝を誇らしげに披露して、社交界をあっと言わせたのだ。

あの翁がヴェリティに関わらなければ、完全無欠なこの女が上流社会に現われることはなかった。その事実だけを取っても、どれほど良識のある男でもエルドレス卿を呪わずにいられないはずだった。

エルドレス卿がいなければ、苛立ちや惨めさを何年も抱えこんで苦しむこともなかったのだ。ソレイヤ以外に、これほどまでに破滅へと追い立てたものも人もなかった。その女こそが苦悩の種であり、危険な存在だった。

そして、救いの手を差しのべてくれるのもただひとりその女だけ……。

夜明けまえの薄明かりのなかで、ヴェリティのふっくらした唇に漂う悲しみと、美しい灰色の瞳に浮かぶ警戒心が見て取れた。過去を非難されるのをヴェリティが恐れているはずがなかった。きょうだいの生死が自身の決断にかかっているとなれば、迷いはなかったはずだ。勇敢なヴェリティは神から与えられた美貌と知性を最大限に利用して、未来を切り開いたのだ。輝かしい未来を。

「ジョン・ノートンはいまどこにいる？」カイルモアはたったいま聞かされた話のなかでいちばん単純な部分に目を向けた。

「あの貴族の子息が十年以上前にメイドにしたことで、決闘を申しこもうとしてももう遅いわ」ヴェリティが銀色の目でまっすぐ見つめてきた。

ヴェリティが賢く、鋭い洞察力を持っているのはわかっていたが、それでもそのとき頭にあった考えを見抜かれたことに、カイルモアは驚いた。ヴェリティの身の上話に心を大きく揺さぶられたことは、うまく隠していたつもりだったのに。

「いや、遅すぎはしない」にこりともせずに言った。

無言の睨みあいをやめて、カイルモアはまた窓のほうを向いた。気持ちが浮きたつこともなく、曙光《しょこう》に光る入江を見つめた。遠い昔から窓に付いている鉄格子は、ほとんど目に入らなかった。

シーツが擦れる音がして、ヴェリティが起きあがったのがわかった。続いて、小さな足音が近づいてきた。背後にヴェリティが立つと、その香りが強く漂って、いつものように罪深い行為に駆りたてられた。

だが、今度ばかりは、意志の力を振りしぼって、誘惑にあらがった。

「あの子息のことはいまさらどうにもならないわ」ヴェリティは穏やかな声で言った。「ヨークの酒場で亡くなったそうだから。ひとりの娼婦をめぐる喧嘩で。結局、あの子息は何も変わらなかったということね」

つまりは、そのろくでもない男は地獄の業火で焼かれて、いまや絶対に手の届かないところにいるというわけだ。そう思うと、激しい怒りがやや鎮まった。そのとき、信じられないことに二本の細い腕が腰にまわされて、ヴェリティが背中にぴたりと身を寄せてきた。

最後の裏切りの口づけを除けば、ソレイヤに愛情をこめて触れられたことは一度もなかった。そして、ヴェリティは触れようとさえしなかった。それがいまは、強要されたわけでもないのに抱きついてきた。わけがわからなかった。まるでいつのまにか、べつの世界に放りこまれたかのようだ。最後に交わったときにあれほど激しく欲望をぶつけあったのが、こんな不可解な休戦につながったのか？

「あなたにはわたしの名誉を守れないわ」カイルモアの左肩に頬を寄せて、ヴェリティがつぶやいた。新しい一日のひんやりとした空気とちがって、肌にかかるヴェリティの温かな息は扇情的だった。「お互いにわかっているはずよ、わたしには守るべき名誉も純潔もないのは。そう、十五のときからね」

カイルモアは本心を口にするつもりだった。だからこそ、ヴェリティを見ずに光る入江を見据えたまま言った。「いや、きみほど高潔な人はいないよ」

ヴェリティが悲しげなため息をついて、身を引こうとすると、その手をつかんで、引き寄せた。「きみは愛する者のために、それまで信じてきたものすべてを捨てた。そうして、差しだされた新たな人生を堂々と歩みだした」

カイルモアを見あげた瞳は自己嫌悪に翳っていた。「そんなふうにわたしに敬意を払ったことなどないくせに」

「くそっ、ヴェリティ、ぼくはきみがほしかった。それなのに、逃げられた。だから、腹が立ってしかたがなかったんだ。ほんとうは、ずっとまえからきみには敬服していた。それにいまは、きみの真の姿も知っている」

ヴェリティは身を縮めて、体を離そうとした。「そんな話は聞きたくないわ」

カイルモアは放さなかった。「きみを軽蔑したことは一度もない。きみが姿を消したときには、どうにかして軽蔑しようとしたが、できなかった。きみは家族のために自分を犠牲にした。それなのに、自分のしたことが許せずにいる」

ヴェリティが手を振りほどいた。今度はカイルモアも引き止めなかった。

15

階下のキッチンに下りただけなのに、山登りでもしたかのように息が切れていた。ヴェリティは傷だらけの古いテーブルに両手をついて、頭を垂れた。長いことそのまま震えていた。数時間前の激しいセックスのせいで全身が痛み、恐怖や疲労やさまざまな思いで頭がくらくらした。

過去を振り返るのは辛かった。おまけに、心に固く築いた防壁を突き破り、そこに隠しておいたものを吐露させたのが、カイルモア公爵だったとは。

泣き声が口から漏れそうになるのをこらえた。なんとしてもここから逃げなければ。たとえ命を落とすことになっても、逃げなければならなかった。

そうしなければ、自分を見失ってしまう。

林檎《りんご》か何かのようにルビーを気前よく女に買い与える貴族の伊達《だて》男なら怖くなかった。女を巧みに絶頂へと導く好色な遊び人なら、いくら体に触れられても、その手が心に届くことはない。

けれど、闇のなかで泣き叫び、唯一の希望を見つけたようにしがみついてくる男にはあらがえなかった。

自分と公爵が実は似ているという思いがけない事実にもあらがえない。いつのまにか共感して、必死に保とうとしている公爵との心の距離がどんどん縮まっていく。その理由に気づいたいま、身がよじれるほどの悲しみを感じていた。

堪えがたい決断を迫られて、わたしはソレイヤという女を生みだした。公爵も似たような理由と同じようなやりかたで、冷酷なカイルモアの公爵という偽りの自分を生みだした。幼いころに味わった恐怖を乗り越えるには、それしか方法がなかったのだ。とうの昔にこの世を去った父親が幾度となく公爵の夢に現われていた。それを思うと、背筋に寒気が走った。

ソレイヤと冷酷なカイルモア公爵。いずれも必要に迫られて生まれた虚構の姿。そうやって人を欺き、嘘をつくしかなかった。詮索《せんさく》好きで意地の悪い人々を寄せつけないためには、人知れず勇気を振りしぼって偽りの姿を演じるしかなかったのだ。

公爵の魂は暗くゆがみ、苛まれている。

邪悪なその魂は、苦痛と後悔の念に満ちている。

それはわたしの魂とうりふたつ……。

いいえ、そんなはずはない。わたしはただの情婦で、カイルモア公爵はこの国でとくに大きな力を持つ貴族。過去の情事と公爵の飽くなき復讐心を除けば、ふたりを結びつけるものは何もない。

朝日が顔を出して、あたりはますます明るくなっていた。顔を上げて、がらんとしたキッチンを必死で見まわした。この呪われた館にいるとどんどん自信がなくなっていく。もしベンのもとに戻れたら——それが現実になるようにと祈らずにいられない——ここでの異常な出来事はすべて忘れてしまおう。ここに閉じこめられていると、いままで真実だと思ってきたことが実はそうではなかったと思えてくる。

そう、カイルモア公爵は自分勝手な独裁者だ。浅はかで軽率な血も涙もない男。

そして、わたしはお金のためなら、誰のまえでもスカートをまくるすれっからし。氷の心を持つ女。

その事実を頭に叩きこむように、片手を握りしめてテーブルを打ちすえた。腕に走った痛みに現実に引き戻された。

深く息を吸って、目を上げた。高い窓から夏の朝日が差しこんで、その場には自分以外に誰もいないと気づいた。驚いたことに、あたりには人の気配すらなかった。ヘイミッシュの姪《めい》とおぼしき、くすくす笑ってばかりいる小柄なメイド、モーラグとカースティの姿もなかった。悪夢に苛まれて長い一夜を過ごした公爵は、二階の寝室でぐっすり眠っている。

ひとりきりでキッチンにいるいまが、逃げだすチャンスだった。いますぐ逃げれば、いなくなったことに数時間は誰も気づかないかもしれない。期待と不安に心臓が早鐘を打ちはじめた。

ぐずぐずしてはいられない。使用人の朝は早いのだ。そしてまた、一日ごとに、わたしを囲む壁は狭まっていく。

とはいえ、身に着けているのはモーラグに借りたネグリジェだった。いくら切羽詰まっているとはいえ、愚かな真似はできない。山のなかで生きのびるには、服や食べ物が必要だった。

キッチンのなかをすばやく探すと、洗った洗濯物の入った籠《かご》と、磨きあげられた自分のハーフブーツが見つかった。ネグリジェを脱いで、ケイト・マクリーシュのゆったりした上っ張りを着た。すりきれてぶかぶかだが、暖かかった。

分厚い長靴下を履いた。戸口のわきのフックに、上着——たぶんヘイミッシュのもの——がかかっているのが見えた。豊かな髪を長い三つ編みにして、端切れで縛った。

食料庫を覗くと、パンとチーズ、公爵の大好物の新鮮なアンズが見つかった。携帯用の酒瓶に水を入れて、気前のいい神さまが恵んでくれた食べ物を布で包んだ。

さらに親切な神さまがいれば、椅子の上にコインが何枚か散らばっているところだが、ハイランドのつましい使用人たちがお金を転がしておくことはなかった。

スキャンダルまみれの情婦ソレイヤが、長年蓄えた高価な宝石がひとつでもここにあればいいのに——そう願わずにいられなかった。けれど、ケンジントンを離れるときに宝石はすべて売り払い、そのお金を自由という虚しい夢に注ぎこんだのだ。

いいえ、もしかしたら、それほど虚しい夢ではないかもしれない。なぜか楽観的な思いが湧いてきた。

逃走計画は心もとないものだった。館から飛びだしたときには、すでにそのことに気づいていた。いつ天気が崩れるかわからない。道に迷うかもしれない。助けてくれる人も現われないだろう。

それでも、ここにいたら遅かれ早かれかならずやってくる身の破滅を、何もせずに待っているよりはましだった。

人知れず胸に湧きあがってきた思いに屈したら、カイルモア公爵とのこの一件が終わるころには、すっかり打ちのめされて、ぽいと捨てられるだけだ。そして、この一件が終わるときは遅かれ早かれかならずやってくる。過去の亡霊にとり憑かれた長身の男より、立ちはだかる山を相手にするほうが、むしろ危険は少なかった。

脱出に成功したら、公爵と二度と会うことはない。今度こそ、人間界を見張っている天使にだって、行方を突き止められないようにしてみせる。

こみあげてきた涙をまばたきして押し戻しながら、草地を全速力で走って、身を隠せる森へ向かった。

三日前に誰かから〝カイルモア公爵から逃げたら後悔することになる〟と言われていたとしたら、笑い飛ばしたにちがいない。けれど、心の楯はすでにあっけなく砕けていた。

どうしてこんなことになったの？　厳しい試練が始まったときから自分を支えてきた怒りや憎しみを、必死に呼び起こそうとした。

けれど、怯えと孤独感しか抱けなかった。胸のなかは苦痛と切望でいっぱいだった。

いまこそ強くならなければいけないのに、こんなに弱気でどうするの。深く息を吸って、包みをぐいと引きあげると、足早に谷を下って入江へ向かった。

カイルモアが目覚めたときには、晴れ渡った空に太陽が燦々《さんさん》と輝いていた。しわだらけのシーツのベッドにひとりきりだった。

ヴェリティはどこにいるのだろう――ぼんやり思った。ふたりのあいだに新たな平和が訪れたおかげで、ゆうべヴェリティが部屋を出ていってからも、ぐっすり眠れた。

お互いに本心をさらけだしたからには、自分が脆くなったような気がするにちがいないと思っていた。

だが、そんなことはなく、逆に安らかな気持ちだった。

ゆうべはあまりにも動揺していて、恥ずべき悪夢への恐怖を隠せなかった。そんなとき、ヴェリティは悲しい身の上を打ち明けてくれた。ふたりをつなぐ絆はいまや不滅のものになった。

真の姿を隠そうとするヴェリティの気持ちは痛いほどわかった。それと同じことを、自分もしてきたのだから。すべてをさらけだすのが、どれほど辛いかもよくわかる。しかも、敵と見なしている男にすべてをさらけだしたのだから。

いや、ヴェリティにはもう敵とは思われていないのだ。

憎んでいる男をあれほどやさしく慰めるはずがない。蔑む相手に自身の悲劇的な過去を明かしたりはしないはずだ。

ヴェリティのことを何もかも知りたかった。ゆうべのヴェリティの辛い告白で、好奇心がさらに刺激されていた。

それに、愛も交わしたい。

もちろん、それはいつものことだ。だが、今度はヴェリティも快く応じてくれるにちがいない。

人生につきまとっていた黒い影が消えた。ヴェリティが消してくれたのだ。

ヴェリティに会いにいこう――そう思って、体を起こした。ヴェリティは少しは好意を抱いてくれたのだろう。少しは信頼してくれたにちがいない。ゆうべの態度がそれを物語っていた。

ヴェリティのささやかな譲歩をこれほど重要なことと受け止めているとは、偉大なカイルモア公爵ともあろう者がなんとも情けない。

幼いころから希望とは無縁だった。だが、静かな部屋で身支度を整えながら、ふいに気持ちが軽くなったのは希望のせいだとしか思えなかった。

カイルモアは寝室として使っていた質素な部屋に行ってみたが、そこにヴェリティの姿はなく、狭いベッドが使われた形跡もなかった。

身の上を話したせいで眠れなくなり、夜明けとともに階下に降りたのかもしれない。ヴェリティの顔を見て、ふたりのあいだの不可思議な絆が明るい光のなかでも変わらず存在するのか、どうしても確かめたかった。ヴェリティを見つけなければ。離れていると、体の一部が欠けているかのようだった。

だが、薄暗い居間にも人気《ひとけ》はなかった。胸騒ぎがして、心臓が不吉な鼓動を刻みはじめた。ヴェリティはどこだ？　まさか何も言わずに出ていくはずがない。ゆうべはあんなことがあったのだから。ああ、ヴェリティは信じてくれた、気遣ってくれた、秘密を打ち明けてくれたのだから。

だが、そのまえに、いやがるヴェリティをベッドに連れこんだではないか……。

もちろん、いつものように、結局はヴェリティも欲望に屈した。だが、屈したのは体で、心ではない。心は最後まで拒みつづけていた。

それでも、その後、怯えたこの体を抱きしめてくれた。それはつまり、惨めで強制的な関係を脱して、ついにふたりで一歩前進したということではなかったのか？

屋敷の周囲を捜しまわるうちに、その疑念の答えがわかった気がした。そうして、悲しみにくれて、不安を抱きながら館に戻った。キッチンでは、ヘイミッシュに向かってモーラグとカースティが甲高いゲール語でまくしたてていた。どうやら食べ物と服がなくなったらしい。

その瞬間、はかない願いが砕け散った。

「今朝、マダムを見かけた者はいるか？」ふたりのメイドのことばを遮って尋ねたが、答えはそもそもわかっていた。

眉をひそめながら、ヘイミッシュが口達者の姪の肩越しに主人を見た。「ごいっしょじゃなかったんですか？　まだ寝室にいらっしゃると思ってました」

カイルモアの不安が氷のような確信に変わった。

ヴェリティが逃げた！　哀れな男をやさしくなだめて、警戒心を緩ませて、その隙に逃げだしたのだ。くそっ、馬鹿だった、頭のいい女だということを忘れるとは。その女がヴェリティだろうと、ソレイヤだろうと。

「アンガスとアンディを呼んでこい」語気荒く言いながら、ヴェリティと自分自身を呪った。「マダムを捜しにいく」

ヴェリティがベッドを離れるやいなや逃げたとすれば――そうでないと考える理由はなかった――館を出てすでに数時間が経つ。谷を抜けだすまえに、なんとしてでも見つけなければ。山には身の毛もよだつような危険が無数にひそんでいるのだから。

すぐさま厩舎を確かめると、ヴェリティが馬を使わなかったのがわかった。あれほど馬を怖がっていたのを思えば、意外ではなかった。

初めてかすかな希望の光が見えた気がした。徒歩で逃げたのなら、馬で向かえばすぐに追いつくにちがいない。

「アンガスとアンディは山道を行け」それでも語気は和らがなかった。「ヘイミッシュはいっしょに来い。入江のまわりを捜す」

この谷から抜けだす道はふたつ。山道と、入江に沿って海岸へ向かう道だ。ヴェリティはすでに山中を移動するのがどれほど困難か知っている。ゆえに、入江をたどるほうが楽だと考えるはずだ。だが、谷を通るその細い道もやがて途切れて、船がなければさきに進めなくなる。運がよければ、そこでヴェリティを捕まえられるだろう。

「ケイト、モーラグ、カースティ、マダムが館のまわりにいないか確かめてくれ。もしかしたら、新鮮な空気を吸いに外に出ただけかもしれない」だが、逃走したことはまちがいなかった。その責任は自分にある。

自分の愚かさを呪った。ヴェリティを無理やりここに連れてきてからというもの、かならず監視をつけてきた。だが、ゆうべはそこまで頭がまわらなかった。そのせいで、ヴェリティは命を落とすかもしれないのだ。

くそっ、万が一ヴェリティが死ぬようなことがあれば、一生自分を許せない。そんなことになるのなら、ウィットビーから連れだすのではなかった。こみあげてくる後悔と絶望に、みぞおちがきりきりと痛んだ。

カイルモアはヘイミッシュとともに西へ馬を駆った。空は晴れ渡っていたが、この暖かさが嵐の前兆であることはしばしばだった。

ちくしょう、あれほどはっきり警告しておいたのに、なぜヴェリティはそれを無視したんだ？　このあたりで生まれた男でさえ、山のなかで天気が急変すれば命を落としかねないというのに。そう、天気がふいに変わることなどしょっちゅうだった。

ナナカマドの木立のそばで馬を停めると、ヘイミッシュが追いついてきた。その目にはカイルモアと同じ動揺が浮かんでいた。

「マダムがこの道を行ったんなら、絶壁にたどりつくまでは危険はありませんよ」ヘイミッシュがカイルモアを元気づけようと言った。

「ああ、入江に落ちないかぎりはな」カイルモアは眩しい日差しに目を細めながら、傾斜のきつい土手を一瞥した。

入江は一見穏やかだが、実は深く、予測できない流れがひそんでいる。カイルモアが六歳のときに、従僕が入江で溺死したことがあった。男たちがびしょ濡れの青白い遺体を館に運び、女たちが声をあげて泣いたのは、いまでも鮮明に記憶に刻まれていた。当時は父の世話をするために、多くの使用人がいたのだ。

「いいや、マダムは用心深いですからね。落ちるほど、入江にゃあ近づかんでしょう。用心して、木立のそばを通るに決まってます」

ヘイミッシュの口調には何か引っかかるものがあった。「おまえはヴェリティが逃げたのに驚いていないのか？」

ヘイミッシュが肩をすくめた。「実はマダムに協力してほしいと頼まれたことがあったんです。でも、公爵さまを裏切るなんてとんでもないと断りましたがね。逃げるのは危険だと注意したんですよ。どうやら、あのマダムはずいぶん強情だったらしい」

ヴェリティについて話すヘイミッシュの声に称賛の響きを聞き取って、カイルモアは苛立った。「おまえはそもそも、ぼくがヴェリティをここに連れてきたことをよく思っていなかったな」思わず口調が厳しくなった。「だが、おまえは詳しい事情を知らない」公爵らしく怒りを爆発させても、ヘイミッシュが怖気づくことはない、それぐらいは予測しておくべきだった。「ええ、そりゃあ、いいことのはずがない。ですが、わしが若さまにたてつくはずがないのはよくご承知でしょう」ヘイミッシュの声は明らかに冷ややかだった。「でも、マダムがこの谷にいらしてからずっと、わしは見てたんですよ。ええ、あのマダムはまちがいなく心根のやさしいお方だ。囚われの身になるようなことをするはずがない」

ヘイミッシュの言うとおりだったが、カイルモアは癪に障って言い返した。「ヴェリティはすぐに頰を真っ赤にするような純情な娘じゃない。この一年間、愛人だったんだからな」

そのことばが口から飛びだすと同時に、言わなければよかったと後悔した。こんなことを言うとは、なんて狭量で卑劣な男なのか。ゆうべ、ヴェリティから情婦になったいきさつを聞かされたからには、なおさらそう感じずにいられなかった。

ヘイミッシュの目にも同じ思いが浮かんでいた。「そんな話は聞きたくありませんよ、若さま。マダムの名をわざわざ汚すことはないでしょう。マダムが気高い生きかたをしたいと願ってるんなら、むしろそれを褒めなきゃ。若さまの欲望がそれを邪魔するなら、恥ずべきは若さまのほうだ。マダムじゃなく」それ以上、主人のそばにいるのが堪えられなくなったのか、年嵩のハイランドの男はポニーのわき腹を蹴って走りだした。

カイルモアはヘイミッシュを責められなかった。自分ですら、この卑劣な自分と離れたいと思っているのだ。

カイルモアは馬上でうなだれた。この邪悪な魂に善良さのかけらでもあるとすれば、それはたったいま立ち去った男のおかげだ。だが、その男もカイルモアの公爵など敬う価値もないと気づいたにちがいない。

幼いころにはヘイミッシュが何くれとなく世話を焼いてくれたが、こんな態度では嫌われてあたりまえだ。ああ、どう考えても当然だった。

だが、いまさら考えをあらためても遅すぎる。あるいは、やり直すにも。

ヴェリティは目のまえにそびえるつるりとした絶壁を見つめながら、苛立たしげにため息をつくと、ケイトの擦りきれた上っ張りで手のひらににじむ汗を拭った。

何時間も歩きつづけて、ようやく谷のはずれにたどりついた。くたくたで、汗みずくで、おまけに、体じゅうがひりひりしていた。それは、イラクサの茂みにうっかり足を踏み入れたせいだった。湿っぽい空気を深々と吸って、勇気を奮い立たせようとしたが、勇気は体の芯のあたりでぎゅっと縮まって、固く冷たい殻に閉じこもってしまったかのようだった。

一歩足を踏みだすたびに公爵に捕まるかもしれないと恐れながら、ここまでやってきた。すっかり夜が明けたいま、公爵は捕らえた女が消えたことに気づいているはずだ。またしても裏切られたと悔しがっているにちがいない。公爵が激怒するようすを想像しただけで、吐き気がこみあげてきた。

いずれにしても、ひとつだけたしかなことがあった。公爵は馬で追ってくる。館を出るときに、一瞬、ポニーで逃げようかとも考えたが、やはり馬が怖かった。それに、厩舎の上で寝ているふたりの大男を起こしてしまうのも怖かった。

運が味方してくれれば、公爵は山道のほうを捜すかもしれない。とはいえ、最近は運に見放されてばかりで、さらには、機転が利く公爵のことだから、入江づたいに歩いて海岸を目指しているのを見抜くにちがいない。そうして、わたしはたったいま、海岸があるのは絶壁の反対側だと気づいたばかりだった。

敗北感で心がずしりと重くなった。目のまえの岩をよじ登るのは無理だ。何度か試してみたが、そのたびに失敗した。峡谷を流れる水の速さや深さを考えると、入江を泳ぐのは無謀すぎる。それに、そんなことをしてなんになるのか？　たとえこの絶壁の反対側まで泳ぎつけたとしても、そこにはもうひとつ険しい絶壁がそびえているかもしれない。

こうなったら、絶壁に沿って歩いて、どこか登れそうな場所を見つけるしかない。うまくいくかどうかはわからないけれど、それが思いつくなかで最善の方法だった。

携帯用の酒瓶から水をひと口飲んで、勇気を出せと自分を鼓舞した。いままで何度もそのことばを心のなかで唱えたせいで、効果はどんどん薄れていたが、とにかく、重い足取りで歩きだした。

近づいてくる馬の蹄鉄の音が聞こえたのは、昼過ぎのことで、そのときもまだヴェリティは谷を抜けだす道を見つけられずにいた。

すばやく身を屈めた。疲労困憊してぼやけていた恐怖が、ふいにはっきりとよみがって、眩暈がした。頭を低くして、鬱蒼《うっそう》と茂る下生えにもぐりこんで、乱れた息を必死に鎮めた。

馬に乗った公爵とヘイミッシュが視界に現われた。公爵は田舎で過ごすときの飾り気のない服装だった。ふいにヴェリティの頭に、それとは対照的なロンドンでの公爵の非の打ちどころのない装いが浮かんできた。都会ではおしゃれなことで有名な公爵も、ここでは忠実な従僕と大差ない格好をしている。それでも、威厳が漂う長身の美男子が貴族であることは誰の目にも明らかだった。

公爵がヘイミッシュのほうを向いて何か言った。ヴェリティは公爵の引き締まった横顔を見つめた。秀でた額、まっすぐな高い鼻、力強い口もと。年嵩の従僕がすばやくうなずいたかと思うと、やってきた道を引き返していった。

公爵は葦毛の立派な馬をヴェリティが向かおうとしていた方向に向けた。ヴェリティは走り去ろうとする公爵のぎらつく目と、固く結ばれた口もとを見た。その表情は決意と怒りに満ちていた。

新たな恐怖に胃が締めつけられて、苦い味が口のなかに広がった。それでいて、恐怖の裏にもうひとつの感情がちらついていた。自分のような女が抱いてはならない感情が。

たぶん――願わくは――カイルモアの公爵を目にするのはこれが最後になる。いまこそなんとしてでも逃げなければならないのに、もう二度と公爵に会えないと思うと悲しくて、声をあげて泣きたくなった。

錯乱しているのだ。そうとしか考えられなかった。公爵の愛人だった一年のあいだに、ふたりでありとあらゆる官能の悦びを味わった。それでも、心まで奪われたことはなかった。ほんの数日前に家族から引き離されたときは、公爵を憎み、恐れた。

それなのに、いったいいつから、公爵のほっそりした顔や抑制と情熱を秘めた唇がこれほど恋しくなったの？

公爵はわたしと家族を引き裂いたのだ。そうして、無理やり体を奪った。わたしの気持ちなどおかまいなしに。けっして見せないと心に決めていた反応を強引に引きだした。

わたしには公爵を憎む正当な理由がある。そう、ウィットビーからこの谷へ来るときには憎くてたまらなかった。絞首刑に値する罪を犯している身勝手な人でなし、それがカイルモアの公爵だ。

想像もつかないほど悲惨な記憶に苛まれている孤独な男、それもまたカイルモアの公爵だった。

ゆうべ、公爵はわたしの汚れた経歴を聞いたあとで、それでもわたしのことをすばらしいと言ってくれた。

「そんなことで騙されるものですか」身を隠していた下生えからそっと這いだしながら、声をひそめながらも決然と言った。「絶対に」

立ちあがると、固まっていた筋肉が悲鳴をあげた。震える手を腰にあてて背中を伸ばした。その間も公爵が走り去った方向からは一度も目を離さなかった。

信じられない、どうしてこんな気持ちになるの？　しかも、相手はよりによって悪魔のように冷酷非情な男なのに。

無事に逃げられたら、こんな不愉快な自己分析からもきっと解放される。計画どおりの人生をふたたび歩みはじめれば、異常な夢としか思えないこの出来事も不快な記憶のひとつになって、徐々に薄れていくだろう。

過去を打ち明けたのは大きなまちがいだった。あんな話をしたせいで、同じ感情を抱く者としてふたりのあいだに強い絆ができてしまったのだ。簡単にはいかないかもしれないが、その絆をできるだけ早く絶ちきりたかった。

そう、断ちきらなければならない。

下草のなかから食料の包みを取りだした。空腹でおなかが鳴ったが、それは無視した。わずかな食料をできるだけ長くもたせなければならなかった。

しばらく絶壁を見つめながら、きちんとした人生——堂々と人に言える仕事と自立した暮らしのある人生——を送る意欲をかきたてようとした。それなのに、内なる悪魔に必死に抵抗する公爵の姿が頭に浮かび、公爵の緊張感が腕のなかでじんわり溶けっていったことしか考えられなかった。

もう、やめて。カイルモア公爵、わたしを放っておいて。

しっこくつきまとう男の影を消そうと、深く息を吸ってから、目のまえに立ちはだかる岩壁を睨みつけた。いくつか突きでた岩があり、それを足がかりにすれば、よじ登れるかもしれない。もちろん道を歩くようには進めないけれど、鋭い岩棚も利用できるだろう。そうしなければならなかった。まえには公爵、うしろにはヘイミッシュがいるのだから、呪われた谷を抜けだして、身悶えするような葛藤《かっとう》から解放されるには、崖をよじ登る以外になかった。

ヴェリティはざらついた岩に手をかけて、崖を登りはじめた。

カイルモアの予想どおり、午後の半ばに雨が降りだした。骨の髄まで染みる冷たいスコットランドの雨だった。服を濡らし、体の芯まで凍えさせる雨は、カイルモアの絶望をそっくりそのまま表わしているようだった。

何をどうしたのか、ヴェリティは手の届かないところへ行ってしまった。この腐った男の身勝手さが、ヴェリティに死の宣告を下したのだ。

いや、ヴェリティは生きている、そう信じるんだ。ああ、死ぬはずがない。

「館には戻ってませんでした」馬に乗って駆け寄ってきたヘイミッシュが言った。自分が身に着けているのとそっくりな分厚い外套と帽子を、主人に差しだした。「来る途中で森のなかもまわってきましたが、やっぱりマダムの姿はなかった。あとは、羽でも生えて、飛んでったとしか思えねえが……まさかそんなはずはない」

りかねない」

カイルモアは乾いた服をありがたく身にまとった。「いや、ヴェリティならなんだってやりかねない」

どこにもぶつけようのない怒りを感じながら、周囲を見渡した。ヴェリティは危険だとわからないのか？　気温も下がっている。日が暮れてからも外にいたら、夜が明けるころにはどうなっていてもおかしくない。

「いったいどこにいるんだ？」唸るように言った。「これほど遠くまで歩いてこられるはずがないのに」

ヘイミッシュの口調は相変わらず冷静だった。必死に捜索を続けるあいだも、それはずっと変わらなかった。「アンガスとアンディはキロートン山道を捜してます。マダムが山道を行ったなら、あのふたりがかならず捕まえますよ」

「いや、何かを見落としたのかもしれない」思わず険しい口調になった。手綱を握る手に力が入り、タナスグがそわそわと足踏みした。「ヴェリティは都会育ちのか弱い娘ではない。まえ田舎で生まれ育ったんだ。もしかしたら、崖をよじ登って谷から出たのかもしれない。まえにもヴェリティを見くびって、とんでもない目にあったことがあるからな」

ヘイミッシュが眉をひそめた。「よそ者にとっちゃ、このあたりの山は迷路みたいなもんです。マダムが崖から落ちたら、来年の夏まで見つかりませんよ」

ヴェリティが逃げたとわかって以来、どれほど考えないようにしていても、崖から転がり落ちてひとり死んでいくヴェリティの姿が何度も頭に浮かんできて、そのたびに胸が潰れそうになっていた。「あと一マイルも進めば尾根に上がれる。おまえは森のなかをもう一度捜してくれ」

ヘイミッシュがうなずいた。「わかりました。くれぐれもお気をつけて。足場が悪いですからね。公爵さまのことまで捜すはめになるなんてごめんですよ」そう言うと、馬をまわして、走り去った。

息を切らして岩壁を登りきると同時に、ヴェリティは突っ伏した。そのまま喘ぎながら、長いこと地面に横たわっていた。冷たい雨が降っていたが、立ちあがる気力もなかった。絶壁をよじ登るのに何時間もかかった。手がすりむけて泥だらけだ。それでも、なんとかてっぺんにたどりついた。二度足場を失ってずるずると下まで落ちて、一度は足をかけた岩が崩れもした。岩棚にどすんと落ちるまでの身も凍るその一瞬、これで運も命も尽きたと思った。なんとか命拾いしたものの、全身痣だらけで震えが止まらず、食料もなくしてしまった。

絶壁を登っているあいだに、いつのまにか雨が降りだして、滑りやすい岩をよじ登るのがさらにむずかしくなった。けれど、公爵を見たときに心臓がひっくり返りそうになったのを思いだすと、登りつづける気力が湧いてきた。連れ戻されれば、今度こそ完膚《かんぷ》なきまでに叩きのめされるのだ。人を拒む硬い岩に叩きつけられる以上に。

公爵はわたしを破滅させて、ひとこともなく立ち去るはずだ。

苦しげにぎこちなく体を起こして膝をついた。傷だらけの手のひらがひりひりして、全身の筋肉が悲鳴をあげていた。それでも、やり遂げた。自由が手招きしているのがわかった。海岸が近くに見えるにちがいない、そう思いながら顔を上げた。

けれど、見えたのは山ばかりだった。いくつもの山の輪郭が、折り重なるように見渡すかぎり続いていた。

うめきながらしゃがみこんだ。雨が降っていることさえ頭になかった。山と谷しかないこの場所を、あてもなく永遠にさまよい歩くしかないの？　谷の暗く寂しい道をたどったときよりはるかに悲惨だった。食料も、地図も、着替えもなしでどうするというのか。

「ああ、神さま」涙声で言った。「助けてください」

しばらく身じろぎもせずに横たわっていた。敗北の涙が汚れた頬を伝って、雨粒と溶けあった。遠くうしろのほうでは、苦悩に満ちた魂を抱き、官能の魔法を操る公爵がてぐすね引いて待っている。目のまえには、跡形もなく人の命を呑みこむ無慈悲な山が連なっていた。

やがて、よろよろと立ちあがった。このまま永遠に吹きさらしの尾根にいて、氷の彫像になるわけにはいかなかった。山を抜ける方法はきっとある。それさえ見つかれば、望んでいたすべてが手に入る。自立した暮らし。ベンとマリアの将来。希望。夢。自由。

ペチコートを引き裂いて、痛みに小さく唸りながら、すりむいて血のにじむ手に巻いた。手と膝を岩についてまた這い登らなければならなくなったら、それこそたいへんなはずだった。ますます強くなる風に身震いして、ごわごわした上っ張りを体にしっかり巻きつけた。

季節はまだ夏。とはいえ、季節など過酷な山のなかでは意味を持たなかった。

逃げだしたのは、とんでもないまちがいだったの？　公爵もヘイミッシュもこのあたりの山で何人もの人が死んでいると言っていた。いまになってようやく、もう手遅れだというのに、ふたりのことばが嘘ではなかったとわかった。

震える手で濡れた頰を拭った。このさきに待っている栄光を忘れては駄目。逃れてきた男から与えられるのは屈辱と堕落だけだということを忘れてはいけない。

かろうじて残っていた勇気のかけらを呼び起こそうと、深く息を吸った。もう引き返せない。あたりには身を隠せる場所もない。ならば、前進して、この殺伐とした山から抜けだす道が見つかるのを祈るしかないのだ。ヴェリティはうつむいて、強くなる雨のなかをとぼとぼと歩きだした。


日暮れに、馬に乗ったヘイミッシュが現われた。カイルモアはすぐさまその鞍に縛りつけられた汚れた包みに気づいた。

「それはなんだ？」尋ねる声に絶望がにじんだ。ほぼ丸一日捜しつづけたというのに、ヴェリティの手がかりを何ひとつ得られずにいた。神経をすり減らしながら一マイル進むごとに、ヴェリティが入江に落ちる光景が鮮明に脳裏に浮かぶようになっていた。

ヘイミッシュが包みを差しだした。「マダムが崖をよじ登ったときに落としたんでしょう」

それはヴェリティが生きていることを示す初めての証拠だった。カイルモアは包みを見おろして、乱暴に開いたが、中身を見てわかったのは、ヴェリティがわずかな食料を失ったことだけだった。

ヘイミッシュがさらに言った。「マダムはずいぶん苦労したんじゃないですかね。崖の下に崩れたばかりの岩が落ちてました。まさか女があんなところをよじ登るとは。男だってひるむような崖なのに」

「いや、ヴェリティならやるだろう」カイルモアはそう言いながら、胸に希望が湧いてくるのを感じた。

ヴェリティは勇敢で聡明で意志が強い。無慈悲な自然のなかでも生き延びるにちがいない。少なくとも、この自分が見つけだすまでは。

ヘイミッシュがしげしげと見つめてきた。「マダムはよっぽど逃れたいんでしょうね」カイルモアの顔を見据える青い目が鋭くなった。「マダムにいったい何をしたんです？」

カイルモアはうつろな視線を前方に向けた。ヘイミッシュに非難されるだけのことをしたのはわかっていた。「破滅させようとした」苦々しい口調で答えた。

いまようやく、それに失敗したことにはっきりと気づいた。失敗して当然だ。頭を振って、その思いを消し去った。自己憐憫《れんびん》にひたっている暇はない。雨に濡れた景色を見渡した。かならずヴェリティを取り戻す。どうすれば償えるかあれこれ悩むのはそれからだ。ああ、償いの機会はかならず得られる。

ヘイミッシュが手を伸ばして腕に触れてきた。主人に対して出過ぎた行為だが、カイルモアは苦悩に苛まれながらも、その仕草に束の間慰められて、年嵩の従僕に感謝せずにいられなかった。

「大丈夫。マダムはかならず見つかります」ヘイミッシュはあたりを見まわした。「でも、今夜は無理でしょうね」

日暮れが迫っていた。「館に戻って、明日の夜明けにアンガスとアンディを連れてきてくれ。ヴェリティがこのあたりを通ったのはまちがいない」

「若さまは？　闇のなかじゃあ、いつ崖から転がり落ちたっておかしくありませんよ」

「心配するな」ヴェリティも堪えているのだ。同じ苦痛と危険を分かちあうことだけが、せめてもの罪滅ぼしだった。


翌朝になっても冷たい雨はやまなかった。

はっとして、浅く不安な眠りからカイルモアは目覚めた。わずかながらも雨よけになってくれた湿った岩に背をつけて体を伸ばすと、案の定、節々が痛んだ。

ヴェリティはどこで眠ったのだろう？　眠れたのだろうか？　雨のあたらない場所を見つけていたならいいのだが……。

ああ、どうかヴェリティが生きていますように。

立ちあがりながら、その祈りが胸のなかで不吉な鼓動を刻んだ。夜明けまえの薄明かりを頼りに、主人同様ろくなものを食べていないタナスグに鞍を置いた。主人以上に面々と続く立派な血筋を有するその馬は、ハイランドの雨に打たれて一夜を明かすのに慣れていなかった。

スコットランドは厳しい土地だ――こわばった体を伸ばしながらカイルモアは思った。それにしても、ずいぶんやわになったものだ。子供のころは外で一夜を明かすことなどしょっちゅうだったのに。一度など、いつもの避難場所にもぐりこめずに、容赦ない父の怒りから逃れようと、真冬の雪のなかに飛びだしたこともあった。そうして三日後、凍えて青ざめ、飢えかけていたところをヘイミッシュに見つけてもらったのだった。

とはいえ、そんな無謀な逃亡から生還して何事もなかったわけではない。直後にものすごい高熱を出して、死にかけたのだ。

熱心に看病して、病気を治してくれたのはケイトだ――それははっきり憶えていた。マクリーシュ家の者たちは何かにつけてカイルモアの公爵に恩があると言う。だが、公爵のほうがどれほど彼らの世話になっているか、本人たちは気づいているのだろうか？

夜が明けるにつれて、雨が小ぶりになった。時間が経てば経つほど、無傷のヴェリティを発見する望みは薄れていく。生きていたとしても、凍えて、疲れ果て、腹をすかせて、途方に暮れているだろう。

あれほど注意したのに、なぜヴェリティはそれを無視して、安全な谷を出ていったんだ？

答えはわかっている。またベッドに無理やり連れこまれるのがいやだったのだ。いっしょにいればばかなずそうなると、どちらも知っているのだから。

険しい尾根をたどりながら、カイルモアは願った。自分がべつの男だったらどんなにいいか。愛しいヴェリティにふさわしい男だったら。だが、卑劣な悪党であることはいまも変わらない。償いや赦《ゆる》しにこの手が届くことはない。

それでも、ヴェリティを無事に見つけだせたら、少なくとも改心する努力をする、ああ、神に誓って。

滝に通じる川を渡りながら、カイルモアはふとまえを見た。ヴェリティが岩だらけの川原をとぼとぼと歩いているのが見えた。あまりにもほっとして、しばらくその場でじっとしたまま、無言でヴェリティを見つめた。

ヴェリティはこちらに背を向けて岩のあいだを縫うように進んでいた。カイルモアはタナスグに拍車をかけて駆け寄った。蹄鉄の音は急流の水音でかき消された。そうして、ヴェリティがはっとして振り返ったときには、その銀色の瞳が驚きと、さらには、恐怖で曇るのが見えるほど近くにいた。

いつからこんなふうになってしまったんだ？　ただの肉欲が、いつから恐怖と強要の悪夢に変わったんだ？

「いや！」ヴェリティはでこぼこの岩場をぎこちなく走りだした。

カイルモアは危険すぎるほどの足場の悪さも無視してあとを追った。無茶な扱いに抗議してタナスグが鼻を鳴らしたが、それでも、主人の手綱に逆らうことなく、勇ましく飛びだした。

この世の何に邪魔されようと、いますぐにヴェリティを捕まえてみせる。そうして、死んでも放さない。

「ヴェリティ！」逃げる背中に叫んだ。

だが、声をかけると、ヴェリティはますます必死に逃げていった。

「怪我をするぞ！　止まるんだ！」

そうして、気づいたときにはヴェリティは崖に突きでた岩の上にいた。両側はすぱっと切りとられた垂直な崖がはるか下まで続いている。戻ろうにも、そこには巨大な葦毛の馬がいた。もはや、逃げ道はなかった。

「わたしにかまわないで！」喘ぎながら、ヴェリティはじりじりとあとずさった。その声ににじむ恐怖と憎悪に、カイルモアの心は引き裂かれた。

「それはできない」カイルモアは後悔に胸を貫かれながらも、正直に言った。

「あなたのもとには戻らない」自由を求めた企ては失敗に終わった。それを知りながらも、ヴェリティは勇敢だった。ぐいと顎を上げて、エルドレス卿の広間で初めて会ったときのようにカイルモアをねめつけた。

切羽詰まっているというのに、カイルモアは笑いだしそうになった。ヴェリティを破滅させるだと？　そんなのは、月を捕らえて地上に引きずりおろすようなものだ。

いや、もしそんな不可能な離れ業をやってのけたら、引きずりおろした月をヴェリティの目のまえに置いて、眺めさせてやるにちがいない。この女に対する情熱は永遠に燃えつづける運命なのだ。

カイルモアは馬から飛び降りると、ヴェリティのほうへ一歩足を踏みだした。完璧に調教されたタナスグは、その場でじっとしていた。

「ヴェリティ、もう終わったんだ。あきらめるしかない。どうしたってこの山からは脱けだせないんだよ」怯えさせないようにことばに注意しながら、手を差しのべた。「さあ、こっちに来るんだ」

ヴェリティがもつれた黒髪を乱して頭を振った。疲れ果てて、汚れて、濡れて、ぼろぼろだった。それでいて、息を呑むほど美しかった。館から盗んだちぐはぐな服はぶかぶかで、そのせいでずいぶん頼りなく見えた。

「いやよ」ヴェリティは危険なほど崖の縁に近づいていた。驚いて、飛びのきでもしたら一巻の終わりだ。

カイルモアはやわらかな口調でなだめすかすように言った。「さあ、こっちにおいで」

「みすみす捕まるためにこんなに苦労したわけじゃないわ」

「傷つけないと約束するから」危険を承知でさらに一歩踏みだした。もう少しでヴェリティに手が届きそうだった。

ヴェリティがせせら笑った。「あなたの約束がどれほど信じられるかは、いやというほど知ってるわ」

「ヴェリティ」足を踏みだすと同時に、手を伸ばしてつかもうとした。

ヴェリティが飛びのいて、カイルモアの手はなめらかな腕を捕らえそこなった。次の瞬間、ヴェリティは悲鳴をあげながら落ちていった。

16

「駄目だ！」

それが祈りなのか、罵《ののし》りなのか、そのことばを口にしたカイルモアにもわからなかった。

ヴェリティの悲鳴が聞こえると同時に、膝をついて崖の縁まで這った。その一秒一秒が果てしなく長く感じられた。無数の小石が転がり落ちる音が雷鳴のように耳に響いた。

「助かった」崖を覗きこんで、ぽつりとつぶやいた。

ヴェリティは三メートルほど下の斜面にしがみついていた。実は崖は垂直ではなかったのだ。だが、岩肌は崩れやすく、ヴェリティがいつ落石に巻きこまれて谷底に落ちても不思議はなかった。

「しっかりつかまっているんだ」恐怖に見開かれたヴェリティの目を見つめて、懸命に励ました。

「もちろん、つかまってるわ」鋭い口調だった。

いかにもヴェリティらしい返事だ。この数日でカイルモアが知ったヴェリティの本質どおりで、つい笑みを浮かべそうになった。ヴェリティは自分にできる唯一の方法で闘っているのだ。怒りによって。その気持ちはよくわかった。それでも、ことばにならない恐怖で、ふっくらとした唇は真一文字に結ばれて、岩にしがみついている両腕はこわばっている。そう思うとぞっとして、みぞおちのあたりで恐怖がとぐろを巻いた。もしヴェリティが手を離したら、すべてが終わってしまう。

カイルモアはどうにか落ち着いた口調で言った。「ロープは持っていないが、外套を脱いで、垂らすから、それをつかんで登ってくるんだ」

ほんの少し体を起こすと、震える手で外套を脱いだ。その間もヴェリティから目を離さなかった。念力だけで、ヴェリティを岩にしがみつかせておけるかのように。

「早く」さすがにヴェリティの口調にも力がなかった。

「下を見るな」カイルモアはとっさに言った。「こっちを見るんだ」

ヴェリティが目を閉じて、気力を振りしぼった。そうして、瞼を開くと、崖の上にいる男だけをまっすぐに見つめた。

「大丈夫だ。かならず助ける」

ああ、どうかそうなってくれ、頼む。口に出さずに必死に祈った。

片袖をしっかり握って、外套を投げるようにして崖に垂らすと、思いきり腕を伸ばした。

それでも、外套とヴェリティのあいだにはゆうに一メートルの距離があった。小声で悪態をついて、もう一度垂らしてみた。

駄目だ。短すぎる。

「ヴェリティ、もうすぐヘイミッシュが来る。がんばれるか？ そこまで助けにいきたいのはやまやまだが、そうしたら崖が崩れかねない」そのことばを裏づけるように、ヴェリティの左手のすぐわきで小さな岩が剝がれ落ちた。

「がんばれるかどうかわからない」

ヴェリティの声はか細かった。その顔を見れば、あきらめかけているのがわかった。揺るぎない決意だけでヴェリティをこの苦境から救えるのなら、神にでも天使にでも誓って、かならず救ってみせる。カイルモアは外套とヴェリティを隔てているごつごつした岩壁を見つめた。「待ってるんだぞ」

すっくと立ちあがると、タナスグのところへ走った。

「よしよし、落ち着け」愛馬に向かって囁いた。

立派な血統の馬は主人の切羽詰まった気配を感じ取ったのか、鞍をはずされながらもどことなく不安げに主人の手に体をすりつけた。逸る気持ちを抑えながら、カイルモアは手際よくはずした鞍を下ろして、二本の革帯をすばやくつなぎあわせた。

たったそれだけのことにずいぶん時間がかかった気がした。一秒ごとに、ヴェリティが転落死する確率は高まっていくのだ。

「ヴェリティ？」思わず呼びかけた。

いまも崖に張りついているのか？

「いいから早く！」そろそろ限界かもしれない。これほどの危機に長いあいだ堪えられるはずがなかった。

大急ぎでつくった命綱をぴんと引っぱって、手応えを確かめた。ヴェリティに届くことを願った。さらには、即席のロープが重みに耐えることを。ヴェリティにこれをつかむだけの力が残っていることを。

あとはもうひたすら祈るしかなかった。ヴェリティを助けられなかったら、このさきどうやって生きていけというのか……。

失敗したときのことなど考えるな！　なんとしても救うんだ。

息を荒らげながら、崖の縁へ取って返すと、膝をついてしゃがんだ。よかった、ヴェリティはまだそこにいた。

だが、疲れも限界に来ているようだ。汚れてすりきれた布が巻かれた手はしっかりと握りしめられて、崖の上にいても、ヴェリティの苦しげな息遣いが聞こえた。

頭上に戻ってきたカイルモアに気づいて、ヴェリティが上を向いてどうにか笑みを浮かべた。なんて勇敢な女だ――とはいえ、カイルモアがそう思ったのは、それが初めてではなかった。

「何かいいことを思いついた？」ヴェリティはいつもの口調で言おうとしたが、実際には喘ぎ声に近かった。

「ああ、そうであるのを祈るよ」カイルモアは真剣に言った。「ああ、そうでなくちゃ困る」

長さと強度に不安を感じながらも、つなぎあわせた革帯をぎこちなく投げおろした。革帯の先端がヴェリティの頭のすぐ上に落ちた。

粗い岩壁を革帯が叩くと同時に、また岩が崩れた。崖は崩壊寸前だ。恐怖に胃がぎゅっと縮まった。

「つかむんだ、ヴェリティ」懇願するように言った。次に、魂の奥底から懇願のことばが湧いてきた。「つかんでくれ、愛しい人」

死なないでくれ、愛しい人。

恐怖と絶望にぎらついていたヴェリティの銀色の瞳が、初めて耳にした愛情のこもった呼びかけに見開かれた。と同時に、カイルモアはヴェリティを見て気づいた。革帯をつかむには、ヴェリティはしがみついている岩から手を離さなければならないのだ。

「さあ、つかむんだ、ヴェリティ。大丈夫」そのことばが正しいことを、不品行な魂の底から願った。ヴェリティに命がけの行動を求めるのは、この卑しい人生での最大の賭けだった。

「目のまえにあるんだから」

ヴェリティが涙の跡がついた泥だらけの美しい顔で見あげてくると、ごくりと唾を呑んだ。その表情は恐怖でこわばっていた。「できない」

「いや、きみならできる」カイルモアは確信に満ちた声で言った。「こんなときに失望させないでくれよ。きみはいままで一度だって途中であきらめたことはないんだから」ヴェリティをどれほど信じているか目で訴えた。

ヴェリティが唇を嚙んでうなずいた。そうして、岩から片手を離して、その手を上に伸ばした。カイルモアは固唾《かたず》を呑んだ。ヴェリティが動いたせいで、無数の石がその体をかすめながら落ちていった。

「もう少しだ」励ました。ヴェリティの体の重みを支えられるように、指の関節が白くなるほど革帯を握りしめた。

ヴェリティはうめきながら、必死に手を伸ばした。ブーツの底にまで響く鋭い叫び声をあげると同時に、思いきり伸びあがって、革帯をつかんだ。

間一髪だった。次の瞬間には、ヴェリティのまわりで、轟音《ごうおん》とともに崖が崩れ落ちた。

「助けて!」混沌《こんとん》の世界に放りこまれたヴェリティが悲鳴をあげた。「早く!」

「まかしておけ」ヴェリティの重みを痛いほど腕に感じながら、カイルモアは背をそらしてふんばった。しばらく、ヴェリティは宙にぶらさがっていたが、やがて、また岩壁に体がついた。

「しっかりつかまってるんだぞ。引きあげるから」身も凍る最悪の恐怖から解放されるやいなや、カイルモアは言った。ヴェリティの重みに全身の筋肉が張りつめて、革帯が苦しげに軋んだ。

ゆっくりとぎこちなく、けれど、着実に引きあげていった。ヴェリティの足や手が触れた岩棚やくぼみが何度か崩れたが、ここまでがんばったのだから、絶対に放すわけにはいかなかった。

そうして、ついにヴェリティを崖の上に引っぱりあげた。腕も脚も火がついたように熱かったが、そんなことは気にならなかった。安堵のほうがはるかに大きかった。

うめきながらがっくりと膝をついて、ヴェリティを抱き寄せた。

「もう二度とこんなことはしないでくれ」食いしばった歯のあいだから絞りだすように言うと、震える手でヴェリティの頭をしっかと抱きしめた。

カイルモア公爵はなんていいにおいなのだろう……。温かくて、生気に満ちたこの世にひとつだけの香り。ヴェリティは公爵の汚れたシャツに顔を埋めて、目を閉じた。現実の世界がゆっくり戻ってきた。

ぐしゃりと潰れて谷底にひとり横たわっているわけではない。公爵といっしょにいるのだ。

命がけの逃亡に失敗したことを悔やもうとしたが、転落死しなかったことへの感謝の念で胸がいっぱいだった。心からの感謝と、公爵といっしょにいるという屈辱的なまでの喜びで満たされていた。公爵とはもう二度と会うことはないと思うと、谷から一歩また一歩と遠ざかるたびに、実は悲しみに足がどんどん重くなったのだ。

公爵の背中に両腕をまわして、その抱擁に身をゆだねた。恐怖の余韻で心臓が早鐘を打ち、情けないことに涙が止まらなかった。

涙が止まらないのは、これまでの辛い試練のせいでもあり、同時に、こんなふうに公爵に身をゆだねるのを懸命に拒んできたせいでもあった。たくましい背中を包むシャツを、ヴェリティはぎゅっと握りしめた。

必死にあらがって、数々の試練に堪えてきたのに、まだ囚われたままだった。公爵の震える体のぬくもりに包まれながら、けっして自由にはなれないのだと悟った。たとえ、公爵がわたしを手放したとしても、わたしは永遠にカイルモア公爵のものなのだ。

「じっとしているんだ、マイ・ハート《モ・クリ》。ああ、もう大丈夫だから」公爵がつぶやいて、泣きじゃくるヴェリティを慰めようと、もつれた髪を撫でた。「もう心配ない。ぼくがそばにいるんだから、何もきみを傷つけたりしない」

あなた以外は——ヴェリティは心のなかで囁いた。

そう思っても、身を引くことはできなかった。

てっきり公爵は火がついたように怒るとばかり思っていた。ウィットビーで激怒したように。それなのに、その口から出たのは絶え間ない慰めのことばだけ。そんな束の間のやさしさなど意味はない。そう自分に言い聞かせても、公爵のひとことひとことに傷ついた心が開いていった。

難破船から生還したように、どのぐらいのあいだ崖の上で抱きあっていたのかはわからない。公爵の胸に顔を埋めていると、その鼓動が徐々にゆっくりになっていった。

公爵は終始冷静で、斜面からわたしを引きあげたときも落ち着いてた。けれど、ヴェリティはいまようやく気づいた——公爵も不安だったのだ。

「公爵さま？」ヘイミッシュの声が、ふたりの無言のやりとりを遮った。感謝と安堵、そして、ヴェリティが口にできない感情に満ちたやりとりを。

はっとして、ヴェリティは顔を上げた。抱擁にすっかり身をゆだねていたせいで、馬が近づいてくる音にも気づかなかった。

ヘイミッシュが馬を降りて、少し離れたところからこちらを見ていた。しわだらけの顔に見まちがいようのない安堵の表情が浮かんでいた。

「やれやれ、よかった。マダムが見つかって」

「ああ、そうだよ、ヘイミッシュ」

ヴェリティは公爵がさらに何か言うのを待った。自分の英雄的な行為を自慢げに話すのだろうと思った。なんといっても、自身の勇気と力と知恵でひとりの女を救ったのだから。けれど、公爵の口からはまるでちがうことばが飛びだした。「ほかのみんなを見つけてくれ。マダムはぼくが連れて帰る。これで全員そろってわが家に帰れるぞ」

わが家――たしかにそう。人里離れたあの館がいまはわが家に思える。必然の運命にあらがうのをやめたとたんに、何もかもが楽になった。破滅に向かう運命にも心穏やかに身をまかせられる、そんな気がした。

公爵が抱擁をそっと解いて立ちあがった。体が離れたとたんに、そのぬくもりが恋しくなるとは、それもまた破滅の兆候だった。公爵に抱かれていないと、世界はあまりにも寒々としていた。

長身の公爵が、足もとで懇願するようにしゃがみこんでいるヴェリティにやさしく話しかけた。「馬が怖いのはわかっている、ヴェリティ。だが、一頭の馬にいっしょにまたがれば、危険な目にあうことはない」

ほんとうにそうであってほしい、とヴェリティは心から思った。

差しだされた公爵の手を取って、ぎこちなく立ちあがった。体じゅうが痛み、思わずうめき声が漏れた。全身痣だらけで、悔しいことにまだ涙が止まらなかった。

あまりにも従順なのがかえって心配になったのか、公爵が探るように見つめてきた。「怪我をしたのか？」

「いいえ」

そう答えたものの、体が震えて、頭がぼうっとしていた。そう思ったとたんに、くらりとして倒れそうになった。

何をしてるの、しっかりなさい！　いままでは気持ちを制してこれたのだから。けれど、周囲の何もかもが霞んで、波のように押し寄せては引いていった。

公爵が押し殺した声で鋭く悪態をつくのが、遠くに聞こえた。次の瞬間には、さっと抱きあげられて、公爵の愛馬の大きなサラブレッドへと運ばれた。いまにも気が遠くなりそうで、これから馬に乗せられるとわかってもあらがえなかった。ぼうっとしながらも、公爵からヘイミッシュへと自分が手渡されるのがわかった。

「心配はいりません、マダム。すぐに館に着きますよ」

このときばかりは、ヘイミッシュの軽快なスコットランド訛りが心地よかった。いままでは相容《あいい》れない異国のことばに感じていたのに。

公爵がはずした革帯を鞍に付けて、タナスグの背に載せるのが、ヴェリティにもぼんやりとわかった。それから、ヴェリティは慎重にゆっくりとヘイミッシュの手から公爵の手へと渡された。そうして、巨大な馬にまたがった公爵のまえに座らされた。体を包む公爵の腕はたくましく、どんな危険からも守ってくれるはずだった。

なんて愚かなの、純情な乙女みたいなことを考えて感動しているなんて。そう思いながらも、その自責はまるで心に響かなかった。

そうして、誰もが無言のまま、館へと戻っていった。ヴェリティが二度と戻らないと誓ったはずの館へ。

ヴェリティは大きなベッドの上で枕にもたれていた。公爵と幾度となく小競りあいをして、最後にはかならず敗北を味わわされたベッドだった。暖炉では火が赤々と燃えて、部屋は心地よい暖かさに満たされていた。

館に戻って以来、誰もがやりすぎなほどかいがいしく世話をしてくれた。薔薇の香油を垂らした熱い湯で酷使した体をゆっくりほぐして、それがすむと、モーラグとカースティが飾り気のない白いネグリジェを着せてくれた。公爵が注文して仕立てた何枚もの妖艶なネグリジェは袖を通されることもなく、壁際の大きな衣装箪笥にしまわれたままだった。メイドはリズミカルなゲール語でいたわりのことばを口にしながら、すり傷に薬を塗って、傷だらけの手に包帯を巻いた。そうして、ヴェリティがぐっすり眠って辛い経験を忘れられるようにと部屋を出ていった。

とはいえ、ヴェリティは何よりも公爵にマッサージしてほしかった。けれど、二階の寝室に運ばれて、そっとベッドに下ろされて、か弱いプリンセスの気分を味わって以来、公爵の姿は目にしていなかった。

敗北を認めるしかなかったが、予想に反して心は軽かった。今夜、公爵がやってきたら、抵抗はおろか、つれないそぶりもできないにちがいない。公爵の愛撫にいちいちあらがっていた女は、山のなかのどこかで姿を消したのだ。

わたしは変わった。いまはもう、公爵の頑なな囚人でもなければ、ロンドンで公爵の庇護のもと、贅沢に暮らしていた高慢な愛人でもない。

だとしたら、わたしに残っているものは何？

残っているものがあるの？

不安になって、脚をおおう上掛けを握りしめた。わたしを助けた直後の公爵は、心配して、気遣ってくれた。けれど、いまごろは、わたしが逃げだしたという事実をはっきり思いだしているはずだ。

そうして、はらわたが煮えくりかえっているの？　ケンジントンから逃げだしたときは、わたしを弟と引き離し、人里離れたこの館に連れてきて、ベッドに押し入った。

ああ、なんてこと、胸がかすかに高鳴っているのは、公爵がまた無理やりベッドに入ってくるのを想像したせいなの？

ふいに扉が開いた。そのおかげで、それ以上、心に浮かんだ厄介な疑問をじっくり考えずにすんだ。部屋にやってきたのは、いつものように、白いシャツとズボンというでたちの公爵だった。

公爵は戸口に立って、しげしげと見つめてきた。怒りを抑えようとしているにちがいない。ヴェリティはそう思って、目を伏せたものの、不安よりも強い力に導かれて目を上げた。

すると、初めて公爵を見たような気分になった。

貪るように、まっすぐな肩のラインを見つめた。引き締まった美しい体、細い腰、長く力強い脚。

公爵のまえでは、女なら誰でも息を呑まずにいられない。

胸からたくましい首、そして、顔へと視線を這わせる。そこにはまだ翳りが漂っていた。目を見張るほど高貴な顔をヴェリティはじっと見つめた。

今夜は心の防壁が危ういほど薄くなっているのだろう、公爵の顔には支配と所有という飽くなき欲望以外のものがいくつも表われていた。

幼い少年の苦悩の名残りが感じられた。その苦しみは昼間は隠していられるとしても、夜の眠りを粉みじんに打ち砕く恐ろしい悪夢のなかにかならず現われる。さらには、誇りや知性も感じられた。また、その男が男たる所以の情欲——ヴェリティ同様、公爵自身も虜にしてしまう情欲も。

不思議なことに、怒りは微塵も浮かんでいなかった。でも、どうして？

公爵が深くため息をついて、部屋に入ってきた。「大丈夫かい？」藍色の瞳がヴェリティの顔を探った。「ケイトによれば、熱はないということだが」

「大丈夫よ。いままで一度だって病気になったことなんてないんだから」頑丈なヨークシャーの祖先から受け継いだ丈夫な体のおかげだ。ヴェリティは目を凝らして公爵を見た。緊張して、少し不機嫌そうにも見えた。「あなたは大丈夫なの？」

「えっ？」公爵はそんなことを訊かれるとは思っていなかったらしい。

ヴェリティは胸を突かれた。公爵は相手を気遣う何気ないことばさえ、人にかけてもらえるとは期待していないのだ。

「大丈夫なの？」ヴェリティはたしかな口調で言った。「あなただって、過酷な自然のなかで過ごしたのだから」

公爵の顔に苦笑いがふっと浮かんで、すぐに消えた。このわずか数日のあいだに、ヴェリティはなぜかその笑顔を愛しく感じるようになっていた。「自分の罪を思い返していたら、寒さも感じなかったよ」

ためらいながら、公爵はベッドの傍らにやってきて、肩から胸へと艶やかに垂れるヴェリティの編んだ髪に手を滑らせた。どこまでもやさしい仕草だった。ヴェリティは胸が高鳴って、質素な綿のネグリジェの下で胸のさきがぎゅっと固くなった。そのすばやい反応に、すぐそばにいた公爵が気づかないはずもなく、息を呑んだ。

公爵はすぐに身を引いて、同時にヴェリティが感じていたぬくもりも消えた。「眠ったほうがい」

ヴェリティがショックで口もきけずにいるあいだに、公爵は戸口へと戻っていた。「公爵さま？」

呼ばれても、公爵は振り返らなかった。「おやすみ」

おやすみですって？

痛みに体が悲鳴をあげるのを無視して、ヴェリティはベッドを飛びだした。「待って」

振り向いた公爵の目はうつろだった。

「何？　どうかしたのかい？」その声は淡々としていた。

いったいどうしたというの？　怒りや、蔑みや、侮辱や、報復なら覚悟していた。けれど、そっけない態度には戸惑わずにいられなかった。

今夜起こりそうなことを、頭のなかですでに何通りも思い描いていた。けれど、そのなかに、自ら公爵をベッドに誘いこむ場面はなかった。ああ、なんてこと、この何日間というもの、ベッドに入れまいとあらがってきたのに。

「えっと……あなたはここで過ごさないの？」ぎこちなく尋ねた。

ソレイヤなら公爵の気をそそるようなことばを思いついたにちがいない。けれど、ヴェリティは途方に暮れていた。

公爵は立ち去りはしなかったが、首を横に振った。「ああ」

ああ、ですって？

わたしの頭がどうかしてしまったの？ 強欲な公爵がわたしを拒むなんてことがあるの？ 震える脚で駆け寄ると、その腕を握った。公爵が身をこわばらせたかと思うと、手を振り払った。

「公爵さま？」そっと呼びかけた。

「マダム、ぼくは疲れているんだ」その声は冷ややかで、顔もそむけたままだった。信じられない、拒絶されるなんて。そのせいで心が傷ついているなんて。こんなにも胸が痛むなんて。

わたしが拒むたびに、公爵もこんなふうに傷ついていたの？ いいえ、そんなはずはない。わたしは公爵のまえではあまりにも無力だが、公爵はそんなことはないのだから。それがいったいどうしてしまったの？ これまでは、公爵のプライドをなんとかして傷つけようと、それしか頭になかったけれど、いまではそうする必要すらなくなってしまった。

「わかりました」胸の痛みを隠しながら、ゆっくり言った「引き止めたりしてごめんなさい」

「そうだ」公爵が歯を食いしばりながら鋭く言った。「肺炎にでもなったらどうするんだ」抱きあげられて、ベッドに戻された。公爵のぬくもりと香りに束の間包まれたが、すぐに毛布をかけられた。そうして、公爵は戸口へ向かった。

「明日また会おう」振り向きもせずに言った。

「いったいどういうこと？」ヴェリティは弱々しい声で言いながら、体を起こした。

「くそっ」公爵はつぶやくように言って、ヴェリティに向き直った。「きみは何を望んでいるんだ?」

ヴェリティは驚いた。相手が何を望んでいるかなど、公爵は気にもしていない、そう思っていたからだ。いまこの瞬間までは。

「わたしがまた逃げだして、あなたは怒っているんでしょう?」

「逃げた理由はわかっている」公爵が考える間もなく言った。「悪いのはぼくで、きみじゃない。くそっ、今回のことは何もかもぼくの責任だ」

信じられなかった。「だったら、わたしのことを怒っていないの?」

「ああ、怒ってなどいないよ。明日の朝、話そう」

明日の朝に話などしたくない、とヴェリティは思った。金輪際話などしたくなかった。ほんの少しまえまでは貪欲だった男を誘惑することばなど簡単に思いつくはずだった。何しろ、一年以上、体を開きあってきたのだから。

それなのに、口から出てきた声はひび割れていた。「あなたさえよければ……いえ……あなたさえその気なら、拒むつもりは……」

「いや」公爵はきっぱり断わった。何を言われても気持ちは変わらないと言わんばかりだった。

ヴェリティの気力を支えていた柱が轟音とともに崩れ落ちた。その瓦礫《がれき》の真ん中にぽつんと取り残された気分だった。

もちろん、いつかはこんな日が来るとわかっていた。情婦と一生をともにする男などいるわけがない。

昨日、公爵はわたしを求めた。けれど、今日はちがう。

その変化はあまりに唐突だった。ふたりの関係の突然の終焉《しゅうえん》に心の準備ができていなかった。プライドを守るほどの、冷静さも冷淡さも持ちあわせていなかった。

「ということは、これで終わりなのね？」硬い声で尋ねた。

公爵の頬が小さく引きつった。たったいま誘いをはねつけたときはあれほど断固とした口調だったのに、頬の引きつりが実はそれが本心ではなかったのを物語っていた。「それがきみの望みだろう？」

苦しげな問いかけに、ヴェリティは答える気はなかった。「つまり、もうわたしはいらないのね？」

公爵は苦々しく笑った。「マダム、出会って以来、きみを欲しなかったことは一秒たりともなかった」

ヴェリティは公爵の表情を読み取ろうとした。頭に浮かんできたのは〝怯え〟というひとことだけだった。

このまま話を続けるには、勇気をかけらまですべてかき集めなければならなかった。公爵がそっとかけてくれた毛布を、包帯を巻いた手で握りしめた。

「でも、それはもう過去のことなのね？」

公爵の顔に激しい感情がよぎると、残忍とさえ言えそうな表情が浮かんだ。「くそっ、過去になどなっていない」

「でも、わたしはあなたをベッドに誘っているのよ」ヴェリティは途方に暮れながら言った。ほんとうなら、公爵のことばに有頂天になって小躍りしていてもいいぐらいなのに。

公爵が小さく頭を下げた。ロンドンでのやや距離を置いた関係が一瞬よみがえった。「ありがたい申し出だが、残念ながら辞退しなければならない」

立ち去ろうとする公爵にヴェリティは言った。「わたしを解放するの？」

戸口の木枠に触れた公爵の手が固く握りしめられた。「たぶん。そうすべきなんだろう。ああ」強敵をまえに身構えるように公爵の肩がこわばった。「ああ、そうだ。だが、今夜は駄目だ」

ヴェリティは顔をしかめて、緊張感に満ちた公爵の背中を見つめた。

公爵は飽きた愛人をお払い箱にしようとしているわけではなさそうだった。全身から欲望のにおいを発していた。少なくともそれだけは変わっていなかった。

だったら、なぜいますぐわたしをベッドに押し倒さないの？　これまでふたりの戦場だった場所に。

「どういうことなの？　きちんと説明して、公爵さま」穏やかな声で言った。

「やめてくれ、ヴェリティ！」公爵が勢いよく振り向いて、まっすぐに見つめてきた。ついに、恐れていた公爵の怒りを目覚めさせてしまった。「ぼくの名はジャスティンだ。いや、るんだから」

「わたしの言いたいこと?」困惑はしたが、なぜかひるまなかった。

公爵の形のいい口が自嘲するように結ばれた。「ぼくはきみを欲しているが、きみはぼくを欲していない。だが、もはや逃げられないと悟ったきみは、ぼくの機嫌を取ってこの過酷な状況にどうにか堪えようとしている。ああ、それも無理はない。賢い選択だ。分別のある男なら、それで満足するんだろう」

「身を守るためにわたしが妥協したと思っているのね」

「ちがうとでも言うのか?」公爵の美しい瞳に苦悩が浮かんでいた。

そこでようやくヴェリティは公爵の気持ちを理解したような気がした。「ソレイヤに戻ってきてほしいのね。わたしでは物足りないから」と悲しげに言った。

公爵が深く息を吸った。「ああ、ソレイヤを取り戻したい。だが、ヴェリティもほしい。まだわからないのか?　そのふたりは同じ女なんだよ」

まさかそんなことを言われるとは思ってもいなかった。不意打ちを食らった気分で、ヴェリティは枕に背中をつけると、語気を強めて言い返した。「いいえ、ちがうわ」

公爵の熱い視線に瞳を貫かれた。「いや、同じ女だ。きみは自らのなかにソレイヤという女を創りだした。自分の行ない――信心深いヴェリティがとうてい容認できないこと――をすべてソレイヤのせいにするために。ソレイヤは金のために男と寝て、それを楽しんだ。さらには、恐れを知らない女だった」

公爵はもう一度深々と息を吸ったが、目をそらそうとはしなかった。「いいか、これから話すことはまぎれもない事実だ、ヴェリティ・アシュトン。ソレイヤはきみ自身なんだよ。ソレイヤが生まれ持った妖艶さも、大胆さもきみの一部だ。ヴェリティはやさしくて高潔で、いっぽう、ソレイヤは後悔や不安に苛まれることなく目的に向かって突き進む。きみがその事実に気づくまでは、きみという存在はぼくにとっても、きみ自身にとっても意味はない」

公爵はふたたび背を向けて、部屋を出ていこうとした。

「いったいわたしにどうしてほしいの、カイルモア？」うわずった声で、ヴェリティは立ち去る公爵に尋ねた。たったいま耳にした非難のことばが胸を焦がした。公爵が言ったことは事実なの？　そうだとしたら、わたしはどうすればいいの？

公爵が背を向けたまま、ゆっくりと、けれど、きっぱりと言った。「ぼくがきみを欲するように、きみもぼくを欲してほしい。きみが自らの意思でぼくのもとにやってきて、それをきちんとことばにしてほしい。そして、それが真実だと証明してほしい」

今夜、ヴェリティはさまざまな意味での降伏を覚悟していたが、心を守る最後の砦まで脅かされるとは思っていなかった。その要求はあまりにも法外だった。公爵はあまりにも貪欲だった。

「そんなのよくばりすぎだわ」ショックを受けて、ヴェリティはつぶやいた。

「ああ、そうだな」公爵はそう言うと、暖炉の火が赤々と燃える部屋にヴェリティをひとり残して出ていった。その悲しげな声がヴェリティの耳のなかにいつまでも残っていた。

17

翌日の午後、ヴェリティは陽光が燦々と降りそそぐ庭に腰を下ろして、公爵が去り際に口にした意外なことばについてまだ考えていた。考えずにはいられなかった。この谷からの逃走の邪魔をした雨はようやくあがったが、山中での過酷な出来事のせいで体じゅうが痛み、昨夜の心乱れる一件のせいでくたびれ果てていた。

公爵の姿は朝から見ていなかった。それには感謝しなければと思った。

顔を合わせても、なんと言えばいいのかわからなかった。いまや、求められているのは素直に体を差しだすことだけではないのだから。公爵はすべてを手に入れたがっている。体も心も魂までも。いままで、誰にも与えたことがないものを。

悔しいことに、公爵は見抜いていた。わたしが正気を保つために何年ものあいだしてきたことを見透かしていた。

十五歳のときに、罪を犯すことを躊躇せず、規則も無視するソレイヤという女をわたしは創りだした。そうやって、ヴェリティというほんものの人格を、厳格なキリスト教徒の両親とともに教会の信徒席に座っていたころと何ひとつ変わらず無垢のままで取っておこうとした。

はかない虚構。けれど、そのおかげでどうにかやってこられたのだ。

それなのに、公爵はふたりのわたしがひとつになることを望んでいる。さらには、ひとつになったわたしを無条件で差しだせと言うのだ。

これもまた、公爵のゆがんだ復讐のひとつなの？

要求に応じてすべてを差しだして、それでもはねつけられたら、それこそわたしは破滅する。そうなることは体の芯ではっきりと感じていた。

もし公爵に拒絶されたら、心はずたずたに引き裂かれる。なぜなら、もはやソレイヤという隠れ蓑《みの》はないから。傷つきやすいほんとうの自分をさらけださなければならないのだ。家族と無理やり引き離されて、スコットランドに連れてこられ、体を奪われて、あれほど激怒していたはずなのに、その怒りはいまやはるか遠いところへ行ってしまった。

わたしはソレイヤを失った。支えとしてきた公爵への敵意も。自由を願う気持ちも失ってしまった。

心のなかには何が残っているの？　それを見据える勇気はなかった。

この数日のあいだに、いつのまにか公爵を許していたのだ。たぶん、この腕のなかで公爵が泣いたときに。さもなければ、わたしの惨めな身の上話に、非難することなく耳を傾けてくれたときに。

あるいは、逃亡を決意する寸前にひとりキッチンにいたときに、許す気になったのかもしれない。ふたりが分かちあっているのは、肉欲だけではないと知ったあのときに。

昨日、公爵がわたしを必死に救おうとしていたときには、心にはもう憎しみはなかった。わたしがいなければ、けっして幸せにはなれない——そんなふうにふるまう男をどうして憎めるというのか？　切り立った崖にしがみつきながら、はっきりと気づいたのだ。わたしの命が助かるのなら、公爵は喜んで身代わりになると。

ああ、なぜこんなことを考えているの？　逃れたくてたまらなかったはずなのに。そしてようやく、渋々だろうと解放することに公爵が同意したというのに。

けれど、ゆうべ、部屋を出ていった公爵の姿がどうしても忘れられなかった。ゆうべの公爵はぎりぎりのところで何かに堪えていた。抑えきれない肉欲を抱いた姿なら見たことがあるが、ゆうべはそれとはちがった。何かもっと果てしないものをこらえていた。

この勝負が決するまえに、ふたりとも破滅してしまうのかもしれない——そんなふうに思ったのはこれが初めてではなかった。

「おやおや、マダム、こんなに晴れた日にゃあ、そんな浮かない顔は似合いませんよ」ヘイミッシュが館のはずれから歩いてきた。

ふたりの大男の姿は見あたらなかった。どうやら、公爵は囚人は二度と逃げないと踏んでいるらしい。それはそうだろう。逃亡する気はすっかり失せていた。

ヴェリティはヘイミッシュに微笑みかけた。実のところ、不安や疑念ばかりが頭のなかで渦巻いて、気が変になりそうだった。話し相手がいれば、いやなことを考えずにすむ。

「この谷は不思議だわ。昨日は地獄みたいだったのに、今日はエデンの園」

ヘイミッシュが目のまえで足を止めて、何かを考えながら明るい目で見つめてきた。その目に何が映っているの？ ソレイヤでないことだけはたしかだ。ヘイミッシュは警戒するようすもなく、初めてほんとうに親しげに話しかけてきた。

「そりゃあもう、ここは激しい土地ですからね。ここで生まれた者とおんなじで」

いつもは無口なスコットランドの男がいつになく饒舌《じょうぜつ》で、ヴェリティは好奇心を刺激された。「カイルモア公爵もそうなのかしら？」

ヘイミッシュは白髪交じりの頭を振った。「いんや、マダム。カイルモア公爵家の跡継ぎはここから南に下った海岸沿いの城で生まれると決まっとるんでね。とはいえ、若さまはこの谷でお育ちになった。ああ、七つまでは。七つになるとすぐに、イングランドの寄宿学校に入れられて、ちっちゃな紳士になるように教育されたってわけです」皮肉めいた物言いに、ヘイミッシュの意見が表われていた。

ヴェリティは人里離れた谷を見渡した。王国でも有数の領主が幼いころを過ごすのにふさわしい場所とは思えなかった。

「当時、あなたはここにいたのよね？」

「はい、若さまのお父上、六代目の公爵さまに仕えてましたよ。マクリーシュ家は代々キンムリー家にお世話になってるんですから」

「どうりで公爵に忠実なわけね」ヴェリティはつぶやくように言った。

ヘイミッシュが鋭い目で見た。「いんや、マダムはわかってらっしゃらない。ジャスティン・キンムリーさまはマダムや世間の人たちが思うよりずっと気高いお方ですよ」

ちょっとまえなら、ヴェリティはそのことばを笑い飛ばしたはずだった。けれど、この数日の公爵のふるまいは、北へ向かう道中での極悪人然とした言動とは一致しない。いいえ、あの忌まわしい道中でさえ、公爵は意図したほどには非情になりきれていなかった。公爵の心のなかでは光と闇がせめぎあっていたのだ。愚かだとは知りながらも、ヴェリティは光が勝るのではないかと思えてならないことがあった。

ああ、そんなふうに思うなんて、世間知らずの愚か者よ。公爵はわたしを拉致して、無理やり奪った。それを忘れてはならない。命の恩人だからと、英雄扱いするのは大まちがいだ。

ヴェリティは唇を噛んだ。わたしは公爵のことをほんとうにもっと知りたいの？　すでにどうしようもなく頭が混乱している。いまこそ明晰な頭と冷ややかな心が必要なのに。忠実な従僕に公爵の幼いころの思い出話などされたら、ますます思考が鈍るだけ。公爵が血の通った人間で、わたしが必死に信じこもうとしている怪物でないと思いこむはめになる。

そうとは知っていても、ヘイミッシュの好奇心をそそる話に耳をふさぐことはできなかった。もしかしたら、これがいくつもの疑問を解き明かす唯一のチャンスかもしれないのだ。

ヴェリティは年配のスコットランド人の揺るぎない視線に、同じように揺るぎない眼差しで応じた。「あなたは公爵さまのことをよく知っているのね」

ヘイミッシュの顔に浮かんでいるのは、わたしへの称賛なの？　まさかね。ヘイミッシュのように厳格な男であれば、身を売って生きてきた女には嫌悪しか感じないはずだ。

「ええ、そりゃあもう、若さまのことはよちよち歩きのころから知ってますからね」ヘイミッシュはヴェリティの座っているベンチを指さした。「よろしいですかね、マダム?」

ヴェリティはうなずいた。「ええ、もちろんよ」

「んじゃ、おことばに甘えて」となりに腰を下ろすと、ヘイミッシュはキルトから突きでた脚を伸ばして日にあてた。「わしももう若くないんで」

ヴェリティは話してもらえなくなるのが不安で、黙っていた。いままさに秘密が明かされようとしている、そんな予感を抱いていた。

ひと息つくと、ヘイミッシュはまた話しはじめた。「わしはずいぶん運がよかったんですよ。この館でずっと働かせてもらってるんだから。たいていの小作人にはそれほどの運がなかった。若さまの母上が小作人に畑を耕さすより、羊を飼ったほうが儲《もう》かると考えて、小作人はひとり残らず放りだされたんですよ。長年キンムリー家に仕えてきた小作人がくずみてえにぽいと捨てられて、飢え死にするか、さもなけりゃ、知らない土地に移るしかなかった。生まれ育った故郷から遠く離れて、なんでもいいから働き口を見つけるしかなかったんですよ」

ヴェリティはぞっとした。「そんな……大げさに話しているのよね?」

「いいえ、マダム」ヘイミッシュは悲しげに言った。「そうだったらどんなにいいか。領主たちが南部で派手に暮らすようになってからは、あちこちでそういうことが起きたんです。

それでも、キンムリー家が小作人を放りだしたのは、ほかのところに比べれば遅いほうだった。といったって、公爵夫人はいったん決めたら、容赦なかった。小作人は一致団結して抵抗したが、結局はなんもできやしなかった。わしの甥《おい》のジョン・マクリーシュが騎兵に撃たれたら、もうそれで抵抗は終わりだった。法には逆らえないってわけですよ」

なんて恐ろしい話なの。ヘイミッシュはそれまでの暮らしがどんなふうに崩壊したかを詳しく話さなかったが、ヴェリティはそれを思い描いてぞっとした。「ここに来るまでのあいだに、誰にも会わず、廃墟しかなかったのが不思議でならなかったわ」

「ええ、そういうことですよ。ハイランドじゅうで似たようなことが起きたんだから」ヘイミッシュの声には隠しきれない苦悩がにじみでていた。

「それでも公爵さまを責めないの？」これほど悲惨な話を聞かされたからには、カイルモア公爵はますます罪深いと思わずにいられなかった。

「とんでもない、当時、若さまはほんの子供だったんですよ。称号だけは受け継いでも、成人するまではなんの力もありゃしません。すべては公爵夫人の意のままだったってわけです。自分の身勝手な望みをかなえるのが何よりも大切だと考えてる公爵夫人のね」

「でも、公爵さまだって、母上のやりかたを受け継いで、利益を得ているのよね」

ヘイミッシュは霧のかかる遠くの山を見つめた。おぞましい出来事を思いだしているのか、うつろな表情だった。

「いんや、若さまは懸命に償おうとしたんですよ。成人して実権を握ると、追い払われた小作人をひとり残らず捜しだそうとしたんですから。ですが、そのころにはもう十五年近く経ってましたからね、とっくに死んでたり、行方がわからない者ばかりだったんです。それに、多くの小作人が海を渡ってノバスコシアに行っちまった。若さまはそういう者も必死に捜して、戻ってこいと声をかけたんです。あっちで新たな生活を始めてた者には、母上の罪深い行ないのせめてもの償いにと金を渡したんですよ」

「ファーガスとその家族にも？」ヴェリティはファーガスの一家が不可解なほど公爵に忠実だったのを思いだした。

「ええ、ええ、そういうことです。ファーガスはわしの弟だ。マダム、どんなに必死に捜したって、キンムリー家の領地のなかで公爵さまの悪口を言う者はひとりも見つかりっこないですよ」

ちょっとまえなら、へイミッシュのことばを信じられなかったはずだ。けれど、この数日で、公爵の暗く複雑な一面や、内に秘めた気高さを知ってしまった。あれほど高潔な男なら、母親の引き起こした苦しみを償おうと奔走するにちがいない。その姿が目に浮かぶようだった。

とはいえ、こんな話をしているのを当の公爵が知ったら腹を立てるにちがいない。何しろ本人は、傲慢で冷酷なカイルモアの公爵を演じたがっているのだから。

けれど、わたしはこの腕に何度も公爵を抱いた。絶頂に達して身を震わせている公爵も、惨めにすすり泣いている公爵も。

カイルモアの公爵が無慈悲な貴族としてこの目に映ることは二度とない。ヘイミッシュが語った話によって、その偽りの姿はますます薄れていた。

「どうしてわたしにこんな話を？」

ヘイミッシュは横を向いて、ヴェリティをまっすぐに見た。「わしはマダムを見てきましたからね。マダムといっしょにいるときの若さまも。若さまからひどい仕打ちをされたんでしょう、それは知ってますよ。でも、若さまご自身だってそれに気づいておられるはず。目を凝らせば、マダムにも若さまがどんだけ尊いお方かわかりますよ。あれほど高貴なお生まれだってのに、歩んできた道はけっして平坦《へいたん》なものじゃなかったんですから」

「でも、裕福でハンサムだわ」ヴェリティは弟が口癖のように言っていたことばを口にした。愛人だったころにも、公爵が心に負った深い傷を感じて、ためらいがちにそのことを言おうとすると、弟はかならずそう言って、一蹴《いっしゅう》したものだった。

「ええ、そうですよ。ですが、だからって幸せになれるわけじゃない。いつか若さまにお父上のことを訊いてみるといいですよ」

公爵が父親に怯えていたのは知っていた。〝お願いだから放っておいて〟と父親に懇願する姿を思いだして、背筋に寒気が走った。あのときの公爵は悪夢のなかで幼い子供のように悲鳴をあげていた。

「あなたは話してくれないの？」

ヘイミッシュは悲しげに微笑んだ。「いんや、今日はもうたっぷり噂話をしちまった。これじゃ、無駄口の叩きすぎだと女房にどやされちまう」

たしかに公爵はそう思うだろう。けれど、ヘイミッシュの話はヴェリティの好奇心を刺激してやまなかった。

「公爵は悪い夢にうなされているのよ」唐突に言った。

ヘイミッシュに驚いたようすはなかった。「ええ、そうです。子供のころからそうですからね」そう言うと、何かを期待するようにヴェリティをもう一度まっすぐに見た。「でも、マダムなら若さまを救えるかもしれない。その役目を担う勇気がマダムにあれば。わしはいままで生きてきて、昨日、ベン・タソックをよじ登ったお嬢さんほど勇敢な娘を見たことがありませんよ」ヘイミッシュは立ちあがってまたヴェリティを見た。

「あのときは怖くてたまらなかったわ」ヴェリティは愚かな逃亡を試みているあいだじゅう、あまりにも怖くて身がすくみ、叫びそうになっていたのを思いだした。ちっとも勇敢なんかじゃない。すっかり怯えていたのだから。

ヘイミッシュの微笑みは薄れなかった。「ええ、そうでしょうとも。それでも、登りきったんですから」そう言うと、お辞儀をした。それは誰に対しても——公爵に対しても——めったに示さないヘイミッシュの尊敬の念がこもった仕草だった。「では、よい一日を」

ヘイミッシュがもう話す気がないのは明らかだった。ヴェリティは歯がゆい思いで、厩舎のほうへ歩いていくその男のうしろ姿を見つめた。

ヘイミッシュの言うとおりなの？　しつこくつきまとう悪魔までいっしょに、公爵を受け入れる勇気がわたしにあるの？

そもそも、勇気のひとかけらでも残っているの？

ゆうべ、完全に降伏するようにと公爵にきっぱり言われて、いますぐにでもそうしてしまいそうなのに。

その屈辱的な降伏こそ、公爵のそもそもの狙いだったのだ。そうではないと夢想するほど、愚鈍な女にはなりきれなかった。

ああ、どうしてもっと単純で素直な人を好きにならなかったの？　少なくとも、わたしが望んでいたささやかな幸せをくれそうな人を。

人生に多くを望んだことはなかった。さまざまな経験から、手の届くところにあるもので満足することを学んでいた。月がほしいと泣き叫んだところでどうにもならないのはわかっていた。やさしくて、まあまあ気が合う相手ならそれで充分のはずだった。仲よく暮らせて、思いやりのある相手なら。

カイルモア公爵のように立派だが、難解でつかみどころがなく、心に闇を抱く男など求めていなかった。

それなのに……。

ぞっとして息を呑み、頭のなかの思いを打ち消そうと、ぎこちなく立ちあがった。それでも、昨日の山中でスコットランドの冷たい雨に打たれたように、衝撃的な真実に打ちのめされた。

ロンドンの広間で眩しいほどハンサムな貴公子を目にして以来、運命に必死にあらがってきた。あの瞬間、体のどこかで警鐘が鳴り響いたのだ。それでも、何年も冷静さを失わずにいた。ときにそれは何よりもむずかしいことではあったけれど。

とはいえ、それも公爵がふたりの関係を劇的に変えてしまうまでの話だ。

ロンドンでは超然とした態度を崩さず、そうやってわが身を守った。けれど、この小さな館では、ふたりを隔てる壁を公爵は打ち崩し、わたしはそんな男になんの感情も抱いていないふりができなくなった。

これが公爵が最初から考えていた復讐なの？　わたしのベッドに居座ったのも、やがてわたしが愛の奴隷になるとわかっていたから？

愛。

胸のなかにある気持ちは、そのひとことではとても言い表せない。

でも、それ以外にこの思いを表現することばがあるの？

わたしはカイルモア公爵を愛している。そして、その愛が行き着くさきは破滅だけ。

18

カイルモアは忌わしい館のなかで自ら寝室に選んだ侘しい小さな部屋でまんじりともせずに横たわっていた。そこは幼いころに使っていた部屋ではなかった。幼いころに使っていた部屋では自尊心や意志の力を総動員しても眠れるはずがなかった。廊下のはずれにあるその部屋は誰に使われることもなく、空っぽのままだった。

それを言うなら、何もかもが空っぽだ。ああ、存在するのはおぞましい叫び声をあげて眠りの邪魔をする亡霊だけ。

今夜もまた夢を見るのだろう。まちがいない。だが、今夜はどれほど苦しんでも、やさしい慰めも、温かい抱擁も、心に平穏をもたらす囁きもない。

ヴェリティはやってこないだろう。来るはずがない。

ゆうべ、ヴェリティをひとり残して部屋をあとにしてから、顔を合わせていなかった。ああ、二度と会わないのがいちばんんだ。

ヘイミッシュに船でヴェリティをオバーンまで送らせれば、あとは自力でウィットビーまで行けるだろう。ヘイミッシュはその役目を喜んで引き受けるにちがいない。その年老いた恩人は愛人に対する主人の仕打ちをそもそもよしとしていなかったのだから。

ああ、それも当然だ。

カイルモアは落ち着かずに体を動かした。体は疲れていた。そうなるように、夜明けとともにタナスグにまたがって、夕暮れまで戸外で過ごしたのだ。だが、頭が休むのを拒んでいた。愛しい女が廊下のさきにいるというのに、ひとりでここにいるのはまちがっている——そんな思いを振り払えずにいた。

その女は残酷な男が犯した罪の犠牲になって命を落としかけた。

どれほど速く遠くへと馬を駆っても、罪深い記憶からは逃れられなかった。ヴェリティが崖から落ちたときのすべてを呑みこむ絶望感。岩肌にしがみつくヴェリティの怯えた目。助けられて気を失いかけたヴェリティの姿。

へイミッシュに言ったように、そもそもの目的は愛人を屈服させることだった。くそっ、それがこのどうしようもなくゆがんだ行動の動機だったのだ。

だが、予想に反して、ゆうべ、ヴェリティが従順にふるまっても満足感は微塵も得られなかった。

ほかに選択肢がないからヴェリティはあんなことをしたのだろう。ベッドをともにしてもいいとはっきり言われても満足感などこれっぽっちもなかった。

かつては快く応じる愛人だけを求めていた。そうして、その愛人が差しだすものを躊躇なく受けとった。だが、それはソレイヤしか知らなかったころの話だ。

ソレイヤならパトロンの親密な行為を寛容に受け止める。

だが、この数日で知るようになったヴェリティにとって、かつてのパトロンとベッドをともにするのは苦痛以外の何ものでもない。この谷に連れてこられて以来、苦痛だけを味わってきたのだ。

自分を偽るのはもうたくさんだ。ヴェリティが欲望を押し殺して気の進まないふりをしているだけだとはもう思えない。

ああ、ヴェリティには数えきれないほど軽蔑すると言われたのだから。いまこそ勇気を持ってその真実を受け入れるのだ。

たしかに、ヴェリティに肉欲の甘美な味を舐めさせることはできたかもしれない。だが、そのたびにヴェリティはナイフで心を突かれていたのだ。そんなふうに仕向けた男のことを憎むのは当然だ。それればかりか、誘惑に負けてしまった自分の弱さも嫌悪しているにちがいない。

手に負えない欲望が破壊をもたらすのではないか――カイルモアはそれをずっと恐れていた。

だが、いまとなっては遅すぎる。六年前にヴェリティを目にした瞬間から、すでに手遅れだったのかもしれない。ヴェリティがケンジントンを去ったとき、あとを追うべきではなかったのだ。だが、いま解放すれば、この執着心の塊のような男からヴェリティは逃れられる。

なんとしてもヴェリティを手放さなければ。

それが人生で最大の苦痛になるのはわかっていた。だが、このままそばに置いておけばヴェリティの命を危険にさらし、正気を失わせることになる。となれば、解放するしかなかった。

崖から落ちたときのヴェリティの悲鳴がいまだに頭のなかで響き、恐怖にはらわたがよじれそうだった。あの瞬間、ヴェリティを失うところだった。そしていま、ほんとうに失おうとしている。

昨日は有益な教訓をいくつも得た。どれも喜ばしいものではなかったが、とうの昔に知っていて当然のことばかりだった。そのひとつに、ヴェリティをこれ以上わずかにでも傷つけるくらいなら、自分が崖から飛びおりるべきだというものがあった。

ぼんやりと暗闇を見つめて、正しいことをしようと心に誓った。今度だけは。

くそっ。そうするしかない。

辛い決断を胸に、カイルモアは幾度となく眠ろうと試みた。だが、やっと手にした分別はすんなり受け入れられるものではなかった。とりわけ、求めてやまない女に永遠に手が届かなくなると思うと。

永遠に……。

なんて絶望的な響きだろう。

ああ、なんとかして眠ってしまいたい。ここに横たわってヴェリティのいない人生について悶々と考えているくらいなら、悪夢のほうがまだましだ。

小さくうめいた。切り裂かれるように胸が痛んだ。

とても堪えられない。

いや、堪えられるさ。ヴェリティのためなら。

もう一度うめいて寝返りを打った。シーツが素肌に擦れた。昨日は渾身の力を発揮し、今日は遠乗りに出かけたせいで、全身が痛んでいた。眠って体を休めなければならないが、ひとりきりで寝ずの番を続けるように長い夜を明かすことになりそうだった。

そう、そんな夜がこれから延々と続くのだ。唯一の慰めは、ついに男らしくふるまう意志を見いだせたこと。これほどの罪を犯したあとでは遅すぎるのはわかっていたが。

いまは、朝が来るのを祈るだけだ。

だが、夜が明ければ、ヴェリティに別れを告げなければならない。

駄目だ、夜よ、永遠に明けないでくれ……。


真夜中をとうに過ぎたころ、戸口のあたりで音がした。カイルモアは寝返りを打って、音がしたほうに目をやった。扉がゆっくり開いた。

暗闇のなかに金色の光が揺れていた。わが目を疑いながら、カイルモアは戸口に佇《たたず》むヴェリティを呆然と見つめた。ヴェリティの顔は青白く、蠟燭の炎に照らされた瞳が暗く妖しげな光を放っていた。身にまとったシルクのローブのベルトを細いウエストでゆったりと結び、艶やかな髪を背中に垂らしていた。

後悔の念しか浮かばないのに、強い意志を発揮するのはたやすいことではなかった。心の底から欲する女がこれほどそばにいたら、決意が揺らがないはずがない。

そのとき、よほどの緊急事態でもなければ、ヴェリティがわざわざやってくるはずがないと気づいた。とたんに心配になって、身を起こしてヘッドボードに背をつけた。

「ヴェリティ、具合が悪いのか？」すぐさま尋ねた。熱でも出たのか？

「いいえ、どこも悪くないわ」

そのことばに嘘はなさそうだった。声は落ち着いていて、どこか楽しげでもある。表情は真剣だが、なぜか穏やかな雰囲気が漂っていた。手に蠟燭をしっかりと持ち、静寂に包まれた部屋を照らす炎が揺らめくことはなかった。

カイルモアはますます困惑した。具合が悪いわけではないのに、何をしに来たんだ？

驚きと困惑でベッドから出ることさえできずにいると、ヴェリティの背後で扉が閉まった。簡素なモミ材の化粧簞笥の上に蠟燭が置かれた。歩くたびに、薄いローブに包まれた胸や腿の線がほのかに浮かびあがる。それを見たとたんに、抑えきれない欲望に火がついた。

いや、この手でヴェリティに触れる権利はない──良心の声が頭のなかで響いた。いっぽうで、体はそのことばに猛然と反論していた。その証拠に、脚のつけ根にあるものがそそり立っていた。欲望の証が毛布に隠れているのがせめてもの救いだった。そうだ、野蛮な獣とはちがうのだから──胸の内でそう念を押しながらも、それほどの確信は持てなかった。

衣擦れがやけに大きく耳に響いて、ヴェリティが近づいてきた。揺らめく明かりが照らしているのは、まぎれもなくソレイヤの微笑だった。男心をそそる、狡猾で、自信たっぷりの笑みだった。いつものカイルモアなら、その瞳の輝きを欲望の表われと考えるはずだった。

だが、目のまえにいるのはヴェリティだ。欲望を剝きだしにするような女ではない。

「いったいなんの用だ？」鋭い口調で訊いた。意志を強固に保つには怒りをかきたてるしかなかった。

憎い男を苦しめるためにヴェリティはここに来たのか？　だとしたら、そのとおりになった。なんて忌々しい女なのか……。

「あなたがほしいの」ヴェリティは低く掠れた声で言った。

こみあげる怒りに、カイルモアは目を閉じた。ヴェリティの口からそのことばを聞くのをどれほど待ち望んでいたことか。だが、この数日ですべてが変わった。そう、自分も含めてすべてが。

「そんなことばを信じるものか」ヴェリティのことばが真実であってほしいと願っていることに苛立って、強い口調になった。

「いいえ、信じてもらうわ」

ヴェリティは真剣にそう言うと、優美で華奢な足で板張りの床を滑るように歩いてベッドへやってきた。寒い夜ではなかったが、それでもヴェリティを抱きあげて彼女の寝室のベッドまで運んでいくべきだとわかっていた。だが、その衝動すらこらえなければならなかった。

危うい自制心はヴェリティに触れたとたん崩れ落ちてしまうはずだった。

「そんなことをする必要はない」荒々しく言ったが、淫らに脈打つ血が、ヴェリティを奪え、自分のものにしろと命じていた。

「いいえ、そうさせてもらうわ」ヴェリティの返事は揺るぎなかった。

くそっ、ヴェリティはどうしてこんなに近くに立っているんだ？　男をそそる忌々しい香りが体を包み、過ちを犯せとそそのかしていた。

「きみは何かをする必要などない。ぼくはきみに盗人と呼ばれて当然なのだから」掠れた声で苦しい胸の内を吐露した。部屋の暗がりを見つめながら、なけなしの自制心にしがみついて、うつろな声でさらに言った。「復讐はやめた。きみを無理やり奪うことは二度とない。きみにはもう何も望んでいない」

ヴェリティが身を寄せてきて、またもや欲望をかきたてる香りに包まれた。やわらかな薔薇の香りの石鹸と、女のにおいに。「しゃべりすぎよ」ヴェリティが囁いた。「わたしの冷酷な情夫はどこに行ったの？　悪魔のようなカイルモア公爵は？」

何を言ってるんだ？

カイルモアはすばやくヴェリティを見た。驚いたことに、ヴェリティは相変わらず微笑んでいた。目のまえにいる女を抱きしめたい――その衝動を抑えようと、カイルモアはシーツを握りしめた。

ぬくもりが感じられるほど、ヴェリティはすぐそばにいた。だが、ヴェリティに対して犯した罪によって、自分が氷の地獄に永遠に閉じこめられたのはわかっていた。

「やめてくれ！」思わず声を荒らげた。「はっきり言う！　もうきみを解放したんだ」

ヴェリティの存在そのものが堪えがたい拷問だった。

いっぽうで、ヴェリティがいなくなって、ひとりきりで残されたら、生きてはいられないはずだった。

自己嫌悪の念がこみあげた。「そもそもこんな冷酷非道なことをしたのがまちがいだったんだ」

「悔やんでももう遅いわ」ヴェリティがつぶやいた。

「ああ、そうだ」

名誉を挽回《ばんかい》して、ヴェリティにふさわしい男になるにはもう遅すぎる。そう思うと、悲しみが胸に重くのしかかった。

尽きることのない後悔が次々に頭に浮かんだ。ヴェリティを追って、ウィットビーへ行くべきではなかった。銃で脅して、馬車に押しこむとは……思いだすだけで、なんと恥ずべきことをしたのかと死にたくなる。ああ、力ずくでベッドに連れこんだのも大きな過ちだ。

だが、無理やりここに連れてこなければ、真のヴェリティを知ることもなかった。そんなすばらしい出来事も捨てなくてはならないなら、地獄の業火をくぐり抜けたほうがましだ。

いや、業火をくぐり抜けたのはこの自分ではなく、ヴェリティのほうだ。何しろ昨日、命を落としかけたのだから。

「きみを解放する」その声は絶望にうわずっていた。

「本気なの？」ヴェリティの口調にはどんな感情も表われていなかった。

これまであれほど逃げようとしていたのだから、自由を得ればもっと喜ぶにちがいない――そう思っていたのに……。カイルモアはわけがわからず、何年ものあいだ頭から離れずにいる美しい顔をまじまじと見た。

「もう苦しめないでくれ」

「苦しんで当然よ」淡々とした口調だった。

さらに忌々しいことに、ヴェリティは傍らを離れようとしなかった。

「ああ、たしかに。だが、ここに横たわって、きみの鋭い鉤爪で体を引き裂かれていろというのか？」

ヴェリティの魅惑的な唇が弧を描いた。「そうね、そうしてもらおうかしら」

そのことばを聞いたとたんに、淫らなイメージが浮かんで、頭のなかを駆けめぐった。それを必死に頭から消し去ろうとしながらも、すでに限界寸前まで高まっていた。こんなふうにじらすのがどれほど危険か、ヴェリティは気づいているのか？　カイルモアは枕をずらして、ふたりの目の高さを合わせた。

「出ていってくれ」苦しげに言った。

頼む、ここにいてくれ、ヴェリティ。胸のなかではそう懇願していた。

「そんなこと、あなたは望んでいないわ」ヴェリティが囁いた。

もはや堪えられそうになかった。「大切なのは、きみが何を望んでいるかだ」

ヴェリティはさらに身を寄せてくると、震えながら息を吸った。「それは……」いったん口ごもったが、ひと息に言った。「わたしの望みは、あなたといっしょにここにいることよ」

信じられないことに、ヴェリティが口づけてきた。

これまでのどの口づけともちがっていた。唇はどこまでもやわらかく、甘く誘うようだった。それはソレイヤがじっくりと磨きをかけた男を誘惑する技だったが、その向こうに漂う切ないほどの純真さは、まぎれもなくヴェリティのものだった。

あふれんばかりの思いをこめて口づけを返さずにいられなかった。絹を思わせる豊かな髪に手を差しいれた。麗しく香りたつ髪が指のあいだにひんやりと滑らかに入りこみ、その間も、重ねた唇は炎のように熱かった。ヴェリティが裸の胸に身を寄せて、首に腕をまわして抱きついてきた。

歓喜の闇に呑まれるまえに、どうにか唇を離した。

「やめてくれ、これ以上罪を犯させないでくれ」息を切らして、ヴェリティの紅潮した顔を見つめた。危うい良心――いまにも切れそうな細い糸にぶらさがっている良心――に必死にしがみついた。

「ああ、カイルモア」ヴェリティの低い笑い声を聞くと、全身に痛みが走った。神経を鋭い爪で引っかかれたかのようだった。

一度でいいからヴェリティにジャスティンと呼ばれたい。そのためなら、全財産を差しだしてもかまわない――本気でそう思った。

「どういうことなんだ？」掠れた声で尋ねながらも、抱きしめている手は緩めなかった。

「なぜこんなことをする？」

ヴェリティの指がうなじの髪に絡みつくのを感じた。「わからないの？　まだわからない？」澄んだ目に射抜かれた。「闘いは終わったのよ。わたしは武器を下ろした。勝ったのはあなたよ」

「いきなりどうしたんだ？」ヴェリティがあっさり降伏したのがまだ信じられなかった。こんなふうに口づけをされても、罪深い男がたどり着けるはずのない楽園に誘われても。「ぼくが憎いと言ったじゃないか。あんな目にあわされたのだから、憎むのも当然だ」

辛い出来事を思いだして、ヴェリティの顔が曇った。「ええ、たしかにあなたを憎んだわ。でも、もう憎めない。昨日はもう少しで死ぬところだった。そして思ったの、心の底から求めてやまない人に、身も心も捧げずに死ぬなんていやだと。わたしが求めてやまない人――それはあなたよ、カイルモア」

カイルモアは呆然としてことばを失った。ヴェリティは勇敢だ。この卑劣な男とは比べものにならないほど。そして、美しい。そのうえ、ひどい仕打ちを受けても、ここに留まるつもりでいる。

胸の奥が打ち震えた。苦悩や暴力、苦痛や怒りにこれほど翻弄されたあとで、安全な港に迎え入れられるとは信じられなかった。恋焦がれた女がやさしく出迎えてくれる安全な港があるとは。

差しだされたものを素直に受けとるのは簡単なはずだった。そうすれば人生が一変する。

ヴェリティが顔を覗きこんできた。瞳に涙が光り、表情から欲望がはっきりと読み取れた。

「わたしに懇願させたいの？　どうしてもと言うなら、そうするわ」その声はひび割れていた。

「頼むから、やめてくれ」

何年にもわたって飽くなき渇望を抱いてきたのに、その渇望をいまさらヴェリティは疑っているのか？　カイルモアは愛しい女を抱く腕に力をこめた。ヴェリティの涙で肩が濡れるほどぎゅっと。

渦巻く感情に声が震えた。「泣かないでくれ、愛しい人《モ・ラナン》。わかったよ、ぼくはきみのものだ。いままでだってずっとそうだった。きみがその身を捧げてくれるなら、それはこの世で最高の贈り物だ」

ヴェリティは身を引くと、震える手で顔を拭って、ふいに笑いだした。「だったら、何をためらっているの？」

カイルモアははっとした。ヴェリティに求められているのはわかった。もちろんこっちもヴェリティがほしくてたまらない。ヴェリティの言うとおりだ、いったい何をためらうことがある？　手を伸ばしてヴェリティのローブのベルトをほどくと、肩からシルクの布が滑り落ちた。

「嘘だろう？」思わず息を呑んだ。「いったいこれは？」

ヴェリティは身にまとっている透けるほど薄いシルクのアイスブルーのネグリジェを見た。それまでの真剣な表情が一変して、さもおかしそうに笑みを浮かべた。

「忘れてしまったの？　マダム・イヴェットの店で、あなたはこれに大枚をはたいたんじゃなかったかしら？」

「それだけの価値はある」カイルモアは掠れた声で言った。

蠟燭の光のなかで、なめらかなシルクが美しい女の体をときに隠し、ときにあらわにしていた。丸いヒップ、豊かな乳房、脚のつけ根の三角の陰。ヴェリティが動いた拍子に、尖った乳首がシルクを突いた。カイルモアは息を呑まずにいられなかった。

ヴェリティを引き寄せて、また口づけた。

いままでは口づけなどどうでもいいと思っていた。ほんものの快感を得るまえのちょっとした気晴らし程度にしか考えていなかった。だが、いまはヴェリティをいくら味わっても足りなかった。しっとりと濡れた魅力的な唇をいつまでも味わっていたかった。

転がってヴェリティを組み敷くと、とたんに全身に火がついた。ヴェリティの脚のあいだに体を滑りこませて、すぐにでもひとつになれるように構えた。いきり立つものが、さっさとヴェリティを奪えとけしかけている。それでも、その瞬間を引き延ばした。その幸せなひとときを嵐のような運命に奪われるまえに、たっぷり堪能したかった。

「冒険できそうなら、いったん中断して、きみの部屋に行ったほうがいいかもしれないな、マイ・ハート《モ・クリ》」カイルモアは小さく笑った。「この小さなベッドじゃ、昔ながらの方法でしかひとつになれないだろうから」

カイルモアは熱く疼くものをヴェリティの腹に押しつけた。複雑な方法で交じりあうのをヴェリティが望んでいないことを祈った。とてもじゃないが、そこまでもちそうになかった。

「さあ、どうする？」もう一度尋ねた。

「えっ？」すでに恍惚としているヴェリティが訊き返した。

「きみの部屋だ。そっちに行きたいかい？」

ヴェリティは周囲に目をやって、そこで初めて狭いベッドに気づいたようだった。

「このままここにいたら、どちらかが床に寝る羽目になる」

ヴェリティはさもおかしそうに甘い声で笑った。「そんなことになったら、公爵の威厳が台無しね」

「公爵の尻も台無しだ」

ふたりでこんなふうに笑うのは初めてだった。ソレイヤと分かちあったのは官能の悦びで、軽口を叩く喜びは存在しなかった。また、いままでのヴェリティに対する欲望は邪《よこしま》で、破滅へと突き進むだけだった。

すでに一年間をともに過ごした相手なのに、いまだに口では言い表わせない未知の部分があるとはうれしくてたまらなかった。

カイルモアはヴェリティの上から下りて、立ちあがると、手を差しのべた。つい数日前のヴェリティなら、その手に疑念を抱いたにちがいない。だが、今夜は喜んで手を握り、透けるほど薄いブルーのシルクをふわりと波打たせて立ちあがった。

「今夜はわたしの好きにさせてもらうわよ」ヴェリティは囁いて、カイルモアの手を離すと、蠟燭を持って、戸口へ向かった。

カイルモアはあとを追って、ヴェリティをくるりと振り向かせた。以前なら女の気前のいい申し出をためらいもせずに受け入れて楽しんだはずだ。だが、生まれ変わったカイルモアは互いの気持ちをもう一度確かめずにいられなかった。

きらりと光る銀色の瞳に見つめられた。蠟燭の炎が大きく揺れていた。「公爵さま?」

ヴェリティをつかむ手に力が入った。「カイルモアと呼んでくれ。いや、ジャスティンと。そうだ、ジャスティンのほうがいい」

ヴェリティがどこまでも魅惑的な笑みを浮かべた。「もっとあなたのことがわかったら、きっと」

この話はまたの機会にしよう。カイルモアはそう決めて、さらに真剣な口調で尋ねた。

「ほんとうにいいんだね、ヴェリティ?」

「もちろんよ」ヴェリティはカイルモアの頰にそっと手をあててから、もう一度手をつないだ。ヴェリティのぬくもりがブランデーのようにカイルモアの血管を駆けめぐった。「行きましょう。悪夢など見る暇もなくしてあげる」

19

ヴェリティは廊下を歩きながら、百八十センチを超える長身のたくましい紳士がすぐうしろにいるのを意識せずにいられなかった。それはもう眩暈がするほどひしひしと感じられた。しなやかで精悍《せいかん》で欲情した男。一糸まとわぬその男の気持ちが、自分だけに注がれているのは明らかだった。

そのせいで落ち着かなかった。

そのせいでわくわくしていた。

公爵の抑制された欲望のすべてが自分に向けられていると思うと、全身に甘い戦慄が駆け抜けた。ほんの二日前までは、その欲望を恐れていたのに、いまはそれが解き放たれるのが楽しみでしかたがなかった。

わたしはもう、生きるためにしかたなく男とベッドをともにする情婦ではない。胸の奥の衝動に屈したら、永遠の魂を失ってしまうのではないかと恐れている哀れなヴェリティでもない。

それでも、自分の寝室に入ると、ベッドの傍らで躊躇した。

ふいに、あと一歩踏みだしてしまったら、二度と引き返せないと気づいた。

背後にやってきた公爵に、背中から抱かれた。同時に、その体が発する熱に包まれた。

「どうしたんだい？」公爵の囁く声がした。

取るに足りないわたしの思いを、公爵がこんなふうに気遣ってくれたのは、これが初めて？

いいえ、そんなことはない。そうでなければ、避けようがなかったとはいえ、これほどむずかしい選択をわたしにさせて、降伏へと導くことはできなかったはず。

ヴェリティは緊張しながらも、静かに笑った。「急に怖気づいたと言ったら信じてくれるかしら？　そんなの滑稽だと思うんでしょうね」

「いや、きみのことは完璧だと思っているよ」公爵が手を離して、ベッドに横たわった。屹立した欲望の証を見れば、公爵がどれほど我慢しているかがわかった。「さあ、ここに横たわる男はすべてきみのものだ」

今夜はそのことばに偽りがないのはわかっていた。けれど、それが永遠ではないことも、ヴェリティは知っていた。情婦として生きてきた女が、永遠の絆を手にすることなど……。

でも、いまは今夜だけで充分。

薄いネグリジェをするりと脱いで、ふわりと床に落とした。同時に、公爵の欲望の証がぴくりと動いて、唇がぎゅっと結ばれた。

「いまそれを脱ぐのは賢いとはいえない」公爵の声は低く掠れていた。「ぼくに手を下ろしたままでいてほしいなら、脱がないほうがいい」

ヴェリティはソレイヤを髣髴《ほうふつ》とさせる笑い声をあげた。とはいえ、それは自然にこみあげた笑いだった。「必要なら縛りつけてあげる。順番から行けば、縛られるのは今度はあなたの番だもの」

無理やりこの谷に連れてこられたことまで冗談にしているなんて……。カイルモア公爵を愛していると気づいたときから、それまでの苦悩や憎悪はどんどん薄れていった。

拉致されなければ、未完成な人生を完璧だと思いこんでいる半人前の女だったはず。誰にもうしろ指をさされない仕事、頑なな独身主義、家族への義務を貫く人生では、今夜このベッドに渦巻いている激しい感情は味わえない。

このベッドには胸が張り裂けそうな悲しみの予感も漂っている。けれど、それにはあえて目を向けずにいよう。いまは喜びを噛みしめて、この瞬間を胸に刻むのだ。それがどのくらい続こうと、未来にどんな苦悩が待っていようと。

ベッドに入って、公爵にまたがった。引き締まったわき腹に両膝を押しつけると、ふたりを囲むように長い髪が垂れた。二度と離さないと言わんばかりに、公爵の力強い手に腰をつかまれて、ゆっくりと妖艶な笑みを浮かべた。

ソレイヤは強かったが、偽りの女だった。いま感じている気持ちは心の奥から湧きあがったもの。愛するこの難解な男への欲望で、心の奥がとろけていた。

ヴェリティの顔に浮かんだ表情を読み取るなり、公爵の藍色の瞳が深みを増した。欲望を抱くのは、お互いになじみ深い感覚だった。けれど、ふたりで天まで達するほどの高みまで上りつめたことはあっても、触れるだけで火がつきそうなほど沸きたっているのは初めてだった。

身を屈めて公爵の胸の中心に唇を這わせて、たっぷり味わった。公爵の麝香の香りはどんなワインより酔わせる。やがて、ゆっくりと下腹部へと続く艶やかな毛をたどりはじめた。公爵の苦しげな息を聞いて、わくわくした。体をゆったりと探って、公爵自慢の自制心を粉々に打ち砕く――どうやら、それは成功したらしい。

おへそに舌を滑らせて、わざと熱くいきり立つものに触れた。どれほど激しく燃えあがっているかを確かめながらそっと手を這わせると、公爵の体が小刻みに震えた。

わたしが選んだのはどこまでも力強い男。はちきれんばかりのこの雄々しさはわたしひとりのもの。女としてこれ以上の幸せがあるはずがなかった。

あと少し、もう少しでそれを味わえる。吐息を漏らして、さらに下へと向かった。愛撫されて、みごとに直立しているものへと。公爵がうめきながら、髪に荒々しく手を入れてきた。

そそり立つものに舌を這わせながら、手に触れる公爵の太腿が張りつめていくのを感じた。公爵が悶え苦しむのを知りながら、先端を丁寧に舌で愛撫して、欲望の味を堪能した。もう片方の手に触れる公爵の腹に力が入った。そのとき耳にしたうめき声は、体の芯からほとばしりでたものだった。

もちろん、唇で快感を与えたのはこれが初めてというわけではなかった。けれど、今夜は、ロンドンでの情熱的な昼下がりにはけっして得られなかった真の開放感があった。

もてあそぶような序章をできるだけ長引かせようとした。公爵が身を横たえて官能の責め苦に堪えているのを見ると、女としての本能が満たされていった。じらすような愛撫に、公爵が体を震わせて、無言でもっととせがんでいた。

もっと与えたかった。執拗な欲求に駆りたてられて、延々と愛撫を続け、固く張りつめたものを貪るように口に含んだ。

それは熱かった。火がつきそうなほど熱かった。唇をすぼめてすすると、熱に浮かされたように公爵の体が震えた。こんなふうに公爵を意のままにできるとは、至福以外の何ものでもなかった。唇に徐々に力をこめて、愛の営みのリズムを刻みだした。

「マイ《モ》・ハート《クリ》……」公爵が掠れ声を漏らして、腰を突きあげた。

さらに屈みこんで、深く口に含もうとすると、公爵の震える手で頭を押さえられた。いまにも弾けそうになっているらしい。上りつめまいと、欲望を必死に抑えこもうとしているのが痛いほど伝わってきて、目も眩むほどの興奮を覚えた。

カイルモア公爵に自制心を失わせたい。自制心を奪いたい。

それなのに、あともう少しというところで、震える手に引っぱりあげられた。巧みに組み敷かれながら、苛立ち混じりの喘ぎが漏れた。ベッドに押さえこまれているのに、のしかかる引き締まった精悍な体を思うと、期待に打ち震えた。

「もっと悦ばせたかったのに」抗議したものの、それが自分の声だとは思えなかった。唇を舌で湿らせてから、公爵の肌を舐めた。もっと味わっていたかった。

公爵が頭を上げた。このときばかりは、そこに浮かぶ笑みに曇りはなかった。主導権を奪われてむっとしながらも、ヴェリティはその美しい顔に胸が疼くほどうっとりした。

「今度はきみの番だ」公爵がそっとつぶやいた。

欲望に火がついて、大きな炎となった。ヴェリティは欲に目が眩んだ守銭奴さながらに、この一瞬をつかみとって胸の内におさめたくてたまらなかった。

「そうね」ヴェリティは囁いた。ついに得た同意に、公爵の瞳から翳りが消えた。

カイルモアはヴェリティの上でそっと体をずらした。ヴェリティの脚のあいだに身をゆだねると、いまにも破裂しそうなほどいきり立っているものが、女のやわらかな腹を突いた。

一年間の官能的な情事を思えば、それもまた幾度となくくり返してきた行為だった。

それでいて、処女と愛を交わすという突拍子もない考えを頭から振り払えなかった。これまでにありとあらゆる悦びを分かちあい、この館でも無理やり奪い、愛の営みに長けた唇と手で絶頂へと導かれたというのに。

初めて触れるかのように、体をそっと愛撫した。ヴェリティの息遣いの乱れを頼りに、快感の源を探していく。

渦巻く欲求にあらがって、たっぷり時間をかけた。心臓が乱れ打ち、胸から飛びだしそうだった。それでも、欲望に鍵をかけて、ヴェリティに一心に気持ちを向けた。あれほどひどいことをしてしまったのだから、これぐらいのことをするのは当然だ。

丁寧に愛撫して、乳房に唇を這わせると、ヴェリティが喘いで、腕のなかで身を震わせた。敏感な乳首をそっと刺激すれば、快感の高みへと一気に上りつめるのを知っていた。

だが、それだけでは駄目だ。約束どおり、悦びに打ち震えるほどにしなければ。いままで味わったことのない恍惚感を抱かせるのだ。いきり立つものが狂おしいほど疼いていたが、いますぐ押し入って奪いたくなる衝動をこらえた。

しっとりと湿った場所に触れたとたんに、ヴェリティがびくんと跳ねて、喘いだ。カイルモアは満足げに微笑んだ。ヴェリティの感じやすいところが好きでたまらなかった。興奮した女の香りに頭がくらくらしながらも、指先でもてあそぶと、ほどなく湿った襞《ひだ》がふっくらとふくらんで滴るほどに濡れてきた。

指を二本押しこんで、ヴェリティの首のつけ根に軽く歯を立てた。叫び声をあげてヴェリティが身を震わせたかと思うと、手が熱い蜜で湿るのがわかった。

すぐさま唇を離して、芳しい香りが漂う首のくぼみに顔をつけながら、幾度となくヴェリティを指で突いた。身を震わせながらヴェリティがしがみついてきたかと思うと、ほどなく、風に翻弄される若木のように激しく揺れて、途切れ途切れの喘ぎ声を漏らした。

だが、それでもまだ容赦しなかった。激しく乱れて、すすり泣くような声をあげながらしがみついてくるまで、突きつづけた。そうして、まだ震えが止まらないヴェリティの脚のあいだで、身構えた。

どうにか息を吸って、意志の力を奮いたたせた。ヴェリティのために、何よりもすばらしい愛の営みをしなければならない。逸る気持ちを押しとどめるのは死ぬほど辛かったが、それでもゆっくりとなかに入った。根元まで深々と沈めると、ヴェリティの口からいままで聞いたことがないほど甘い吐息が漏れた。

カイルモアの公爵はこの地の権力者で、多くの人々の運命を握っている。だが、この私的な無言のひとときが、この世の何よりも貴重だった。

深くつながったまま、長いあいだ身じろぎひとつせずにいた。

やっとひとつになれた。

いままではそんなことばは陳腐でしかなかった。だが、ときを超越したこの瞬間、どこまでが自分で、どこからがヴェリティなのかさえわからなかった。

とはいえ、公爵といってもしょせんはただの男。動かずにはいられず、腰を引いて、すぐさま突いた。

と同時に、はるか遠くの故郷にたどり着いたような感覚を抱いた。

ヴェリティが恍惚の吐息を漏らして、腰を突きあげた。背をそらしたしなやかな裸身が、何を求めているかを雄弁に語っていた。

カイルモアの有名な自制心が砕け散った。荒々しく、無限にヴェリティを貫くうちに最初の頂を迎え、やがて、さらに激しい歓喜の高みへと上りつめた。絶頂の余韻に体を震わせるヴェリティを最後にもう一度思いきり突くと、叫びにも似た声をあげて、ヴェリティの体

――すべてを受け止める未知の場所――に情熱を解き放った。

ヴェリティが目も眩む恍惚の世界からゆっくり這いでたときには、体の上で公爵がくずおれていた。自分の肩にその顔を埋めているのがわかった。熱く重い体に押さえこまれていても、どいてほしいとは思わなかった。体に腕をまわして抱きしめて、徐々に落ち着いていく公爵の息遣いに耳を傾けた。

官能の世界ならすべて知っているはずが、信じられないことに、実は何もわかっていなかったのだ。たったいま経験したのが唯一無二の愛の営みで、それに比べればこれまでの交わりなど陳腐なお遊びでしかなかった。

喜びがこみあげて、声をあげて笑いたくなった。それでいて、いままで何も知らずにいた自分が哀れで、声をあげて泣きたくなった。そんなものがこの世に存在することすら知らなかったのだから。

目を閉じて、感動の瞬間を思い返した。ついに公爵とひとつになった瞬間を。

生まれて初めて、自分には何ひとつ欠けたものはないと実感した。世間知らずの田舎娘。ベンとマリアを思いやる姉。怯えたメイド。エルドレス卿の情婦――とりわけ、エルドレス卿が病を患ってからは、愛人兼娘のような存在でもあった。ジェイムズに男女の機微を教える家庭教師。カイルモア公爵の執着の対象。さらには、怒れる囚われ人。

娘。姉。愛人。囚われ人。恋人。さまざまな人格が合わさって、カイルモア公爵を愛するひとりの女になった。いくつもの荒れくるう嵐に翻弄されて、かつてその存在すら知らなかった平穏の地にたどり着いた。

愛している——そう言いたくて唇が震えた。

けれど、口には出せなかった。言えないのは、自分を守るためではなかった——公爵を愛さずにはいられないのだから。言えないのは公爵のためだった。

この数日で公爵の真の姿を目の当たりにした。それは本人が苦心して築きあげた血も涙もない彫像のような男とはまるでちがっていた。胸に山ほどの苦しみを抱えて生きてきたのだと知った。それなのに、いままたさらなる苦しみを背負わせるわけにはいかなかった。

公爵が体を動かした。息遣いはだいぶ穏やかになって、心臓が轟《とどろ》くように脈打っていることもうなかった。

頭を上げた公爵と目が合った瞬間、公爵もまた変わったのだとわかった。瞳は澄んで確信に満ちていた。その顔につねに漂っていた世をすねたような雰囲気もすっかり消えていた。ひとつ年下の男——いまはまぎれもなくそれだけで、そんなふうに見えたのはこれが初めてだった。

胸がいっぱいになって、思わず手を伸ばして公爵の頬に触れた。伸びはじめたひげがちくちくと指を刺した。

「あら、わたしのベッドにクマがいるのかしら?」軽口を叩いて、雰囲気を和ませようとした。

指に触れる頰が緩んだ。「ひげを剃ってくればよかったな」

「うーん」

「のしかかられて、重い？」

「少しだけ」

ヴェリティは指を滑らせて公爵のこめかみにかかるダークブラウンの髪をうしろに撫でつけた。それまでは、誰かの愛人になっても、その人をもっと知ろうと、ためらいがちにでも触れてみることなどなかった。もちろん、公爵の体ならすでに知り尽くしていたけれど、こんなふうに愛しみながら触れるのは初めてだった。

その手に公爵が顔を押しつけてくると、幼いころに飼っていた猫を思いだした。無垢な子供だったころの記憶——忘れかけていた遠い昔の記憶だった。

ヴェリティは小さく笑った。「もうすぐあなたは気持ちよさそうに喉を鳴らすんじゃないかしら」

「ああ、モ・クリ。もうすっかり気持ちよくなって喉を鳴らしてるじゃないか。きみにも聞こえただろう？」その口調もいつもとはちょっとちがっていた。穏やかで、ハイランド特有の軽快な響きが混じっていた。

こんな声の持ち主になら、恋をしてもおかしくない。

「ねえ、わたしをなんて呼んだの？」何気なく尋ねながら、公爵の引き締まった頰から高い鼻、耳、眉と指でたどった。

撫でられると公爵はますます猫そっくりになって、目を閉じた。「いや、あれは女性を呼ぶときに使うこのあたりのことばだよ、それだけだ」

公爵が目を開けて見つめてきた。藍色の瞳がいたずらっ子のように輝いていた。あの呼びかたにはいま聞かされた以上の意味があるにちがいない。

でも、これほど幸せなのだから、ことばの意味などどうでもいい、そうでしょう？ そんなことを思いながら、筋肉や骨がはっきりと感じられる男らしい背中に手を這わせた。

このままいつまでも公爵の体に触れていたい。いいえ、永遠にこうしていても、足りないほどかもしれない。

男の体がこれほどの悦びを与えてくれるのを、女はみんな知っているものなの？ そんなはずはない。ロンドン一の魔性の女と噂された情婦でさえ知らなかったのだから。

公爵が頭を下げて口づけてきた。たわむれるように唇をそっと噛まれて、突かれると、ヴェリティは思わず小さな笑い声をあげた。そうして、じゃれあうように腕や脚を公爵に絡ませた。

子供に戻った気分だった。いっしょにいる少年はこの世でいちばんの親友。

ただのじゃれあいが深い意味を持つようになると、少年の姿は消えて、あっというまに欲望を抱く大人の男になった。そうして、体じゅうにキスの雨を降らせはじめた。首、背中、腰、乳房、三角の茂みへと。まるで、すべては自分のものだと言いたげに。唇で全身を愛撫され、体が一気に熱を帯びて、欲望に火がついた。

今度の絶頂は押し寄せる洪水のようだった。目のまえが真っ白になったかと思うと、次の瞬間には砕け散った。喘ぎながら、公爵にしがみついた。混沌とした世界で、唯一揺るぎないものは体を重ねている男だけだった。砕け散る情熱の波の向こうに、いつまでも消えないきらめきが見えた。流れに運ばれるようにゆったりと現実の世界に戻ってきたときにも、きらめきが消えることはなかった。

それから、ふたりで短い眠りに落ちた。

目を覚ますと、公爵が片肘をついて、眠たげな目でこっちを見ていた。藍色の目はいままで見たことがないほど穏やかだった。夕暮れの静かな海のようだ。公爵は目覚めたばかりではなさそうだった。その証拠に、無数の蠟燭に火が灯り、部屋は金色の光に満ちていた。

公爵がやさしい表情を浮かべながら、片方の乳房を手で包んだ。親指が触れたとたんに乳首がつんと尖った。

「ロンドンでもずっとこうしたいと思っていた」公爵はつぶやいて、もてあそんでいた乳首に口づけた。やわらかな肌に焼けつくほど熱い唇が触れると、またもや欲望がこみあげて、ヴェリティは身をよじった。

「どうしてあんなに長く待たせたんだ？」

答えをはぐらかすつもりはなかった。「あなたは……手に余ると思ったから。できるだけ扱いやすい相手のほうがよかったから」こんなふうに愛撫されながら、質問にきちんと答えられると公爵は思っているの？

「だから、ジェイムズ・マロリーを選んだ?」

以前のパトロンの名が挙がったとたんに、投げつけられたナイフに切り裂かれるように、それまでふたりを結んでいた心地よい波長が激しく乱れた。欲望の疼きも一瞬にして消え去った。

「過去のことはどうにもならないわ」ヴェリティはきっぱり言うと、体を離そうとした。けれど、肩をつかまれて引き止められた。

「いや、ただきみのことを知りたいだけだ。きみがエルドレス卿に恩義を感じて、尽くしていたのはわかった。だが、マロリーとのことは血迷ったとしか思えない」

「彼はいい人よ。だから、力になれると思ったの」笑みを浮かべたが、公爵の顔が曇ったのを見て、微笑んだのを後悔した。

「マロリーを愛していたんだな」苦々しげな口調だった。

ヴェリティは強い否定のことばを呑みこんで、公爵をまじまじと見た。怒っているようには見えなかった。その顔には戸惑いと恥辱と不快感が浮かんでいた。

嫉妬しているの?

嘘でしょう? カイルモアの公爵が嫉妬するなんて。わたしのことで、ひとりの男に嫉妬しているなんて。

ふたりの関係は対等ではない、ずっとそう思ってきたけれど、公爵のほうは実はそうではなかったらしい。ジェイムズ・マロリーのことを持ちだしたのも、わたしの淫らな過去をなじるためではなかった。わたしが求めているのは公爵ただひとり——それを確かめたかっただけなのだ。

あらがう気持ちが煙のように消えて、ヴェリティは公爵のとなりに横たわった。

「いいえ。あのころは誰も愛せなかった」

そう言いながらも、ぞっとした。ああ、どうか、過去のこととして語ってしまったのを、鋭い公爵が気づきませんように。

公爵はかつての情婦がほんの束の間ベッドをともにした男のことで頭がいっぱいのようだった。「マロリーはきみを愛していた。ああ、それはまちがいない」

その口ぶりには、愛へのこだわりがありありと表われていた。

カイルモア公爵には無縁の感情だと思っていたけれど、どうやらそれは大きな勘ちがいだったらしい。

「だとしたら、身に余る光栄だわ、公爵さま」ヴェリティはすました顔で皮肉を言った。

「でも、実際は、ジェイムズはわたしを手に入れたとたんに、どうすればいいのかわからなくなった。そもそも家庭的な人だったのよ。わたしはジェイムズの社交性に磨きをかけて、サラの口説きかたを伝授して、パトロンと情婦の関係が終わったときには笑顔で別れた。ジェイムズは愛する人と結ばれたやさしい紳士よ。あなたに憎まれる筋合いなどないわ」

「だが、あのときマロリーがいなければ、きみはぼくのものになるはずだった」公爵は力強い腕でヴェリティを抱きしめた。「きみのせいで何年ものあいだ頭がおかしくなりそうだった。ほかの男のことも話してくれ」

「ほかの男？」

公爵はヴェリティの長い髪を手に取ると、そっと責めるように引っぱった。「はぐらかすのはやめてくれ。きみはロンドン一の魔性の女だったんだぞ。准男爵の爺さんと成金の腰抜け以外にも情夫がいたはずだ」

「そうね」ヴェリティは唸るように言いながら、抱擁から逃れようとまたもがいた。「あともうひとり、横っ面をひっぱたかれて当然の無遠慮なスコットランドの男がいたわ」

公爵は思わずヴェリティから体を離した。あまりにも驚いて、顔から血の気が引いていた。

「三人だけ？」呆然と尋ねた。

「そんなに呆れたように言わなくてもいいじゃない」ヴェリティはほんとうに腹が立った。

「わかったよ」公爵は囁いて、キスをした。ヴェリティは抵抗しようとしたが、もちろん、できるはずがなかった。

ヴェリティが快感に身を震わせておとなしくなると、公爵は意地の悪い笑みを浮かべた。

「誰もがすっかり騙されていたというわけだ、モ・クリ。この国でいちばんスキャンダラスな女が、粉雪のように汚れないとは」

「からかわないでちょうだい、カイルモア」新たな苛立ちを覚えて、ヴェリティは言った。

「からかってなどいないよ。だが、きみは淫らな悪女役を返上すべきだ。ほんとうのきみを知ったら、社交界の貴婦人の大半が自分の行動を恥じなきゃならない」

「忘れているようだから言っておくけれど、わたしはロンドンの社交界に登場すると、ふたりの紳士をたぶらかして自殺に追いこんだのよ」ヴェリティは苦々しげに言った。あのときの心の傷はいまも癒えていなかった。

「あれはきみのせいじゃない」公爵の口調は穏やかだった。ヴェリティは公爵の顔に非難や怒りや嫌悪が表われていないかと見つめたが、藍色の瞳は真剣で、咎める気持ちは微塵も感じられなかった。

公爵はきっぱり否定したが、深い後悔の念に苛まれてきたヴェリティは、そのことばだけで自分が許されるとは思っていなかった。悲しげに息を吸って言った。「誓ってもいい、わたしはあのふたりを誘惑したりしなかったわ。それなのに、わたしのせいでふたりとも頭を撃ち抜いた。どうしてなの？」

ヴェリティが小刻みに震えながら体をこわばらせているのもかまわずに、カイルモアは身を起して裸の胸にヴェリティを抱いた。顎の下に頭を引き寄せると、互いの素肌が触れあうのがはっきりとわかった。

カイルモアは自分の力ではどうにもならないことに対する罪悪感を何よりもよく知っていた。それが魂を蝕むことも。母が野心のためにこの領地をめちゃくちゃにするのを止められなかった――そんな自分のふがいなさにいままで罪の意識を抱いてきたのだから。

ヴェリティは人々が勝手につくりあげた魔性の女として、何年ものあいだ憎悪や陰口に堪えてきた。非情な女とうしろ指を指されて、世間知らずの愚かな男を次々に手玉に取っていると陰口を叩かれてきた。

だが、社交界の人々はヴェリティの真の姿をこれっぽっちもわかっていなかったのだ。

「あのふたりは狂気にとり憑かれていたんだ。きみのことは単なる口実にすぎない」カイルモアはどうしたらヴェリティの心の傷を癒せるかと、慎重にことばを選びながら言った。「あの社交シーズンはとりわけ、誰もが熱に浮かされているかのようだった。興奮、法外な金が飛び交う賭博《とばく》、自堕落な女遊び、命を賭けた決闘。そんなムードにますます拍車がかかったのは、美しく神秘的なソレイヤの存在が無関係とはいえないかもしれない。それでも、きみはあのふたりを死に追いやるようなことは何もしていない」

「でも、決闘が行なわれたのはわたしのせいよ」ヴェリティの弱々しい声が肩に響いた。「わたしが情婦だったから、そういう暮らしをしていたから」

ヴェリティがこの自分に慰めを求めている――そう思うと、貪欲な魂が喜びに浮きたった。だが、そのとき、ヴェリティの熱い涙を喉もとに感じた。すると、永遠にヴェリティの世界の中心でありたい、そんな強欲な思いが薄れて、心の底から同情心が湧いてきた。

さらに強く抱きしめた。「思いつめた若者の亡霊はとうの昔にきみを許している。だから、そろそろきみも自分自身を許してやらなくちゃいけない。あの社交シーズンの男たちの自殺的な行為はたしかに悲劇で、無駄死にだが、その責任はきみにはまったくない」

「ほんとうに？」ヴェリティのためらいがちな声が、胸もとで響いた。

「ああ、ことばでは言い表わせないぐらい本気だよ」

ヴェリティがぴたりと身を寄せてきて、静かになった。腕のなかにいる女はいまにも壊れそうだが、それでいて、誰よりも強かった。いますぐ途方もない約束をしたい、そんな思いがこみあげてきた。永久《とわ》の忠誠を誓って、ひざまずいて、金の大皿にこの世のすべてを載せて差しだしたい、そんな衝動に駆られた。

だが、結局はつぶやいただけだった。「おやすみ、マイ・ハート《モ・クリ》。何があってもぼくはきみを守るよ」

20

翌日の午後、居間で公爵と遅い昼食をとっているときも、ヴェリティはまだ無上の幸福と、初めて知った真実の愛に頭がぼうっとしていた。自分自身——自分の何もかも——を公爵に捧げたことで、驚くほどの解放感を得ていた。

情熱的な一夜の倦怠《けんたい》感の陰で、新たな自信が芽生えていた。いまこの瞬間だけは、目のまえのすばらしい男の情熱、知性、勇気、美をひとり占めしていた。

どんな未来が待っているにせよ、ふたりのあいだで起きたことは変わらない。昔の自分に戻ることはない。それは公爵も同じだった。

いずれ、公爵が偉大な世界でしかるべき地位に就くのはわかっていた。それでも、わたしからはけっして逃れられない。

絶対に。

その日は朝から雨降りで、それは公爵をベッドに引き止めておく絶好の口実になった。そうしていま、ふたりでまた寝室に戻ったら、公爵の体をどんなふうにいじめようかとあれこれ思いをめぐらせていた。それを実行するときはそう遠くないはずだった。

ヴェリティは飢えているといってもいいほどだったが、その飢えを癒してくれるのは食べ物ではなかった。

「どうしたんだい？」公爵が自分の皿のそばに置いていた手を差しだして、テーブル越しに手を握ってきた。

今朝は幾度となくそんなふうに触れてきた。何気ない触れあいにヴェリティは驚いていた。たしかにベッドの上の公爵はつねに雄々しかったが、それ以外は感情を表に出すタイプではなかった。

食べかけの料理の向こうから、公爵が見つめてきた。「頬が赤いよ」なんとなく傲慢な物言いだった。

そう、今日の公爵はなんとなく傲慢だ。そして、わたしはどうかしている——そんな公爵に苛立つどころか、うっとりしているなんて。

でも、公爵さま、何もかも思いどおりになると思ったら大まちがいよ。「今朝、あなたを口に含んだときの気分を思いだしていたの」こともなげに言って、伏せた睫毛の下からちらりと見た。赤ワインにむせる公爵が見えて、にやりとせずにいられなかった。

たまにはソレイヤの仮面をつけてみるのも悪くない。気むずかしい恋人が悦に入るのを止められなかったとしても。

笑みを浮かべたまま、ワインをひと口飲んで部屋を見まわした。壁にかかるとくに大きな牡鹿に睨まれている気がして、目を止めた。「ねえ」ぼんやりと言った。「何度見ても、この部屋の飾りつけはあなたらしくないわ。ふんぞりかえって歩く狩猟家のあなたなんて想像できないもの」

といっても、わたしのことは首尾よく射止めたけれど。心のなかで素直にそうつぶやいた。

公爵はグラスをテーブルに置くと、ナプキンで口もとを拭い、大した興味もなさそうに陰鬱な飾りに目をやった。「どれもこれも祖父の戦利品だよ」

「あんなものがあったら、せっかくこの館にやってきても、陰気な気分になってしまうでしょう?」

「ここには来ないんだよ。この館で七歳まで父といっしょに過ごしたが、その後は一度も来なかった。厄介な愛人をここに隠す必要がなかったら、いまだって来ていないはずだ」話が過去のことになると決まって、公爵の顔に警戒心が浮かんだ。

「たしかにここは不便だものね」ヴェリティは淡々と言った。

「ここは地獄だ」公爵がにべもなく言った。「やめてくれ」ヴェリティが口を開きかけると、遮るように言った。「この話はしたくない。ベッドに戻ろう」

ヴェリティはグラスを置いた。いまのいままで頭のなかにあった淫らな考えを読んでいたかのような公爵のことばに驚いた。「でも、一時間前に出てきたばかりよ」

公爵が黒い眉をひそめた。「つまり、ベッドに戻りたくないということか?」

「そうね」そう答えると、公爵の眉間のしわがさらに深くなるのが見えた。「戻りたくないわけではないけど」

公爵が小さな笑い声をあげると、その低い声が背筋に響き、稲妻で打たれたようなショックを覚えた。気づくと、すばやくテーブルをまわってきた公爵に手を取られて立ちあがっていた。

「わからないな、ぼくは何をしたおかげで、きみを手に入れられたのか」公爵が真剣に言った。

ヴェリティは冷ややかとも言えそうな目で公爵を見た。「わたしにもわからないわ。でも、ベッドに入ろうと言えば、いつでも話をはぐらかせるなんて思わないでちょうだい」

「どうして？　実際、うまくいったじゃないか」

ああ、もう、また傲慢な物言いだ。悦に入っている公爵も、目を奪われそうなほど魅力的だった。

でも、さきほどの話題がこれで終わりだと公爵が思っているなら、それは大きなまちがいだ。ゆうべ、公爵はわたしの真の姿や、わたしがこれまでにしてきたことを無理やり受け入れさせた。そうして、わたしは愛する男につきまとう悪魔を追い払う手助けをしようと心に決めた。そのためにも、愛する男のことをもっと知らなければならない——恋する女ならではのそんな純粋な思いが湧いてきたのだった。その気持ちは何をしても止めようがなかった。

公爵の過去には得体の知れない恐ろしいものが横たわっている。それと向きあわないかぎり、過去の呪縛からは逃れられないのだ。

ヴェリティはそんなことを考えながら、公爵に連れられて居間をあとにした。

カイルモアは頭のうしろで手を組み、枕にゆったりと寄りかかって、ヴェリティを見つめていた。ヴェリティが繊細な刺繍のほどこされた下着の上に緑色のドレスを着ると、ぼんやりとしながらも惜しいと思った。下着だけなら女の体の優美な曲線をすべて隠すことはないが、ドレスとなるとやや想像力が必要だった。

ヴェリティが鏡台のまえに座って、艶やかな長い髪を梳かしはじめた。銀のヘアブラシが規則正しく髪の上を滑るさまは魅惑的で、さらに頭がぼんやりしてきた。

激しい欲望の名残りに体は疼き、胸の内はなじみのない満足感で和らいでいた。じりじりと夜が迫っていた。外は相変わらず雨で、部屋のなかは冷たい灰色の光に満ちていた。

カイルモアはずっとヴェリティを見つめてきた。初めて会った瞬間から、何をしても手に入れようと躍起になっていたときも、つれない態度に苛立ちだけをつのらせていたときにも。だが、ゆうべ以降は、見つめてもかまわないとヴェリティの許しを得られたように感じていた。永遠に見つめていても飽きはしないはずだった。

鏡のなかで目が合うと、ヴェリティのふっくらした唇に魅惑的な笑みが浮かんだ。魔性の女と言われただけのことはある。いくら見ても見飽きないでしょう？——そんな声が聞こえるかのようだった。

鏡のまえにいるのは老練さと純真さの両方をあわせ持つ、誰よりも魅力的な女だった。この数時間は老練さをあますところなく発揮したが、歓喜の高みに達した瞬間、ヴェリティの澄んだ瞳に心を射抜かれた。あるはずがないと思っていた心を。

そう、いまのいままでは。

鏡のなかのヴェリティは、居間にいたときのような何かを考える顔つきでこっちを見ていた。

くそっ、ヴェリティがあの忌々しい質問をそう簡単に忘れるはずがない。もっと徹底的に気をそらしておくべきだった。信じられないことに、そう思っただけで体が反応した。たったいま愛を交わしたばかりなのに。

「ミスター・マクリーシュが、お父さまについてはあなたに訊くようにと言っていたわ」ヴェリティが穏やかな口調で言った。

頭に血が上って、それまでの夢見心地の幸福感が吹き飛んだ。カイルモアはすぐさま体を起こしてヘッドボードに寄りかかると、いかにも公爵らしい尊大さでヴェリティを睨みつけた。「ヘイミッシュがほんとうにそんなことを言ったのか?」

「ええ」男が声を荒らげても、ヴェリティの口調はいたって冷静だった。「あなたのことを悪く思わないでほしい、ヘイミッシュはそう願っているのよ」

「あいつの首を刎《は》ねてやる」とカイルモアはつぶやいた。

ちくしょう、頭に来てるなんてものじゃない、これは大きな裏切りだ。

ヘイミッシュは、カイルモアの恥辱と苦痛に満ちた少年時代のすべてをその目で見て、知っている。苦渋に満ちた過去をくだらない噂話のように吹聴《ふいちよう》されるのは、骨の髄まで届く傷を負うのに等しかった。

「どうやら、ヘイミッシュは昔の関係に頼りすぎているらしい」わざと冷酷非道な貴族の口調で言った。辛辣で冷ややかで有無を言わせぬ口調で。「それを言うなら、マダム、きみも同じだが」

鏡に映ったヴェリティの銀色の瞳から輝きが消えた。「そうかもしれないわ、公爵さま」ヴェリティががっかりしたように言って、また髪を梳かしはじめた。

堅苦しい呼称で呼ばれて、胸が痛んだ。いつものことだが、今回はいつも以上の痛みだった。ため息をついて、ベッドから立ちあがった。ヴェリティの表情を見れば、うまく言いくるめてすぐさまベッドに誘いこむことなどできそうにないとわかった。

「ヴェリティ、誰にだって触れられたくない過去がある。そっとしておいてくれ。これはちょっとしたおしゃべりには向かない話なんだよ」訴えるように言うと、ズボンを穿いた。服がヴェリティの攻撃から身を守る鎧のように思えた。

ヴェリティが乱暴にヘアブラシを鏡台に置いた。「ちょっとしたおしゃべりをしようなんて思っていないわ。あなたは後生大事に抱えている触れられたくない過去とやらのせいで、悪夢を見るのよ。うなされながら、父上と叫んでいるのよ」

ヴェリティは苛立たしげに豊かな黒髪をぐいと引っぱって、束ねはじめた。カイルモアは歩み寄ると、せわしなく動く手を握った。身を屈めて鏡に映るヴェリティを見つめた。束ねかけの髪がするりと解けて、肩に広がった。

「やめてくれ、ヴェリティ」

「わたしは髪をまとめようとしているだけよ」ヴェリティが不満げに言い返した。

「それはあとでもいいだろう。いや、髪なんかまとめなくていい。髪を垂らしたきみのほうが好きだから」そう言って、握っていた手を離すと、ヴェリティの耳の上に手を置いた。髪に沿って手を滑らせ、頬を包んで、ヴェリティにまっすぐまえを向かせた。鏡のなかでふたりの目が合った。反抗的な銀色の瞳が見返していた。

「いまの幸せを楽しむだけでいいじゃないか、そうだろう?」それはまぎれもなく懇願だった。「やっとわかりあえたんだから、それを台無しにしないでくれ」

ヴェリティが不機嫌そうに顔をしかめた。「ソレイヤはお金と引き換えに、言われたとおりのことをしたわ、公爵さま。でも、残念ながら、今度の愛人はもっと自立した女なの」

カイルモアは笑いだした。笑わずにいられなかった。「ソレイヤだって弱い女じゃなかったぞ。きみの記憶はまちがっているよ、モ・ラナン」

「そうやって外国語で呼ぶのはやめてちょうだい」冗談めかした口調に苛立って、ヴェリティはぴしゃりと言った。

「ここでは英語のほうが外国語だよ、モ・クリ」カイルモアは身を屈めると、艶やかな髪に口づけた。

「どうぞお好きなように、公爵さま」素っ気ない口調だった。

ヴェリティは頭を振って、カイルモアの手を振り払った。カイルモアはしばらくその場に立っていたが、やがて踵を返して、部屋のなかを行ったり来たりしはじめた。

「くそっ、きみにもてあそばれる気などないぞ。いくらでもすねればいいさ、だが、きみのおもちゃにされるのはごめんだ」そうさ、冗談じゃない。生まれてこのかた、身勝手な母親と闘いつづけてきたのに、愛人からも同じように操られる気など毛頭ない。

「どうぞご勝手に、公爵さま」

ヴェリティが何事もなかったかのように、また髪を梳かしはじめた。垂らしたままのほうがいいということばは完全に無視された。相手を喜ばせることが何よりも大事だなどとは、これっぽっちも思っていないらしい。こちらが苛立てば苛立つほど、ヴェリティは冷静になっていくようだった。

怒りを煽るつもりだな。くそっ、男を挑発するのはお手のものというわけか。

豊かな髪を結いあげてピンで留めたヴェリティが、座ったままくるりとうしろを向いて、見つめてきた。その顔に浮かぶ表情はあくまでも落ち着いて、冷ややかだった。「それで公爵さまは何をお望みなのかしら？」

それはソレイヤの口調で、いかにもふてぶてしかった。思わず口から飛びだしそうになる罵りことばを呑みこんだ。

なぜなら、ヴェリティの冷静さの裏に隠れているものに気づいたから。とたんに、あるはずのない心が疼いた。

いけない、ヴェリティを傷つけてしまった。後悔してもしきれなかった。

ヴェリティがこれ以上傷つくことがあってはならないと心に誓ったのに。山から連れ帰ったときに、命にかけてそう誓ったはずなのに。

いまこの瞬間、その誓いになんの価値もないことがはっきりした。

ヴェリティが傷つかずにすむなら、自分が傷ついてもかまわない、誰かを傷つけてもかまわないとさえ思った。誰かと闘い、欺いて、盗んで、人をあやめたってかまわない。そう、なんだってする。

ただし、恥ずべき過去を明かすこと以外は。

そうだ、どうしても過去を話さなければならないとは思えない。

いくらヴェリティのためでも。

カイルモアはシャツをつかんで、頭からかぶると、踵を返して扉へ向かった。思いどおりにならないからとすねている頑固な女など、放っておけばいい。ロンドンに戻ってから、手ごろな宝石でもプレゼントすれば機嫌も直るだろう。

だが、戸口で足を止めた。ちくしょう、自分を欺いてどうする？

ソレイヤならその手の贈り物で満足するだろう。だが、ヴェリティを満足させるには、この世でいちばん貴重なダイヤモンドより価値のあるものでなければならない。

ヴェリティが求めているのは、傷つきやすい無力なこの魂だ。しかも、ひざまずいて、それを差しださなければ満足しない。

くそっ。なんて忌々しい女だ。そんなことができるわけがない。

だが、ヴェリティが悲しんでいても、自分のプライドのほうが大切なのか？

いや、そんなことはない。プライドなど塵ほどの重みもない。

それでも、面と向かって話す勇気はなかった。ついこのあいだまで、ヴェリティに嫌われて、軽蔑されていたが、それも当然だ。

だが、ゆうべふたりのあいだで奇跡が起きた。それなのに、ヴェリティにまた軽蔑されるかもしれないと思うと、気持ちが萎えた。ゆっくりと窓に歩み寄って、鉄格子の向こうに広がる雨に濡れた谷を見つめた。

「マダム、このことを話すのは一度だけ、今日この一度きりだ」

感情を必死に押し殺すと、知らず知らずのうちに声が低くなった。春に愛人に逃げられてから胸を占めていた屈辱など、過去を打ち明ける苦悩のまえではすっかり霞んでいた。

ヴェリティが何か言うのを待った。やさしく促すようなことばをかけてくるのではないかと。もし、いままた〝公爵さま〟と呼ばれたら、殴ってしまいそうだった。だが、ヴェリティは何も言わなかった。それでも、突き刺さるような視線を背中に感じた。

片手で窓枠を握りしめた。「六代目の公爵だった父には悪癖があった。酒とアヘンに溺れていた。学生時代からの悪癖はゆっくりと、だが、確実に頭を蝕んでいった。醜聞が広まるのを恐れた母は、父を精神病院には入れずに、この谷に閉じこめたんだ」

いったん口をつぐんで、ヴェリティが月並みなことばを発するのを待った。驚きや、狼狽や、拒絶のことばを口にするのを。

ヴェリティは黙っていた。ショックでことばを失っているのかもしれない。だが、さらに忌わしい過去が明らかになるのはこれからだ——カイルモアは苦しげに胸のなかでつぶやいた。

ああ、もうこんな話はやめてしまいたい……。

それでも、覚悟を決めて、話を続けた。「父に同行した者のなかにはヘイミッシュと、当時十二歳だった情婦のルーシーがいた。そして、まだ赤ん坊だったぼくも。父は母への腹いせに跡継ぎをここへ連れてきた」淡々とした口調を保った。「つまり、父は自分の妻をまるで理解していなかったということだ。憎んではいたが、理解したことは一度もなかった」

超然とした態度を装っていれば、それが真の姿になると信じているかのように、ためらうことなく淡々と話した。それはもちろん、当時の苦悩や恐怖がいまもまだ消えていないからだ。どちらも肌のように、体にぴたりと張りついていた。

いや、肌よりもっと深い場所に。

もはや、うつろな目には窓の外の雨に濡れた景色は映っていなかった。

頭のなかは、この館に閉じこめられて過ごした、忌まわしい長く陰鬱な夜のことでいっぱいだった。記憶のいたずらで、幾度となく訪れた長く陰鬱な夜が溶けあって、終わりのない一夜として脳裏に刻まれていた。震えながら深く息を吸って、さらなる真実を打ち明ける心の準備をした。

「酒とアヘンのせいで父は凶暴になり、それは治るどころか、ひどくなるばかりだった。そばにいる者に誰かれかまわず暴力をふるったが、とりわけ息子であるぼくを最大の標的にした。たぶん母親によく似ていたからだろう。ひどいときには殺そうとさえした。さらには、幾度も自殺を図った」

強烈な毒を持つ記憶がよみがえって、口をつぐんだ。それでも、どうにかまた話しだしたが、声に悲痛がにじみでるのを止められなかった。「ぼくが七歳のとき、父はルーシーに抱かれて息を引きとった。哀れな娘ルーシーは、一年後に父と同じ死因でこの世を去ることになるとは知りもしなかった。父が亡くなると、ぼくはイートン校に入れられて、いっぽうで、母は小作人の大半をここから立ち退かせた。飢えようが、新天地を求めて外国へ移るのを余儀なくされようがかまわずに」

また口をつぐんだ。今度こそ、ヴェリティが何か言うだろうと思った。責めるか、同情するか、あるいは、嘲るか。だが、張りつめた沈黙が続くだけだった。

延々と沈黙が続くだけだった。

憎むべき相手がこれほど打ちひしがれているのを見て、ヴェリティは心のなかでほくそ笑んでいるのかもしれない。母なら大喜びするにちがいない。息子の誇りを打ち砕き、操り人形にするのが人生最大の望みなのだから。

もちろん、母のその望みがかなうことはない。だが、ヴェリティのひとことで、自分は破滅に追いやられる。

ああ、かんべんしてくれ、偉大なカイルモア公爵の仮面など捨ててしまいたい。偽りの威厳で真実を包み隠して得た自由など虚しいだけだ。

さらに沈黙が続いた。

くそっ、いったいヴェリティはどうしたんだ？　なぜ何も言わない？　哀れな男の告白を聞いたら、当然何か言うはずなのに。

一陣の風が吹いて、冷たい雨が窓ガラスを叩いた。

いまさら隠して何になる？　ヴェリティと向きあうんだ。いまの自分は、かつてこの谷で怯えながら暮らしていた幼い少年ではないのだから。たとえ当時と大差ないとしても、過去を振り返ることで、自分がどれほど強くなったかがわかる。

振り向きながらも、やはりヴェリティを直視できなかった。ヴェリティの顔にはどんな表情が浮かんでいるんだ？　侮蔑？　同情？　勝利？

あるいは、何よりも傷つく、無関心……？

まずは緑色のドレスの裾に目をやって、徐々に視線を上げていった。ヴェリティは相変わらず鏡台のまえに座っていた。膝の上には上等なヘアブラシが無造作に置かれたままだった。ためらいながらも、ヴェリティの目を見た。

そしてようやく、沈黙のわけがわかった。

目を疑いながら、ヴェリティの美しい顔を見つめた。その瞳には真の悲しみが浮かび、頬は涙で光っていた。

「ああ、なんてこと」ヴェリティが掠れた声で言った。唇を震わせながら笑みを浮かべて、震える手を差しのべた。

どれほど疑り深く孤独な男も、自分を受け入れようとするその仕草に安堵感を抱かずにはいられないはずだった。カイルモアは数歩でヴェリティに歩み寄ると、傍らにひざまずいた。

「ヴェリティ……」つぶやいて、ヴェリティの膝に顔を埋めると、ウエストにしっかり腕をまわした。ヘアブラシが床に滑り落ちた。そんなことにはかまわずに、女のぬくもりにすべてをゆだねた。

「何もかも過ぎたこと。終わったことよ。そんなに辛い目にあったなんて。ほんとうに苦しかったでしょう」泣いているヴェリティの声は低く掠れていた。「でも、あなたは勇敢な少年だったのよ」

ヴェリティはそっと語りかけてきた。思わず泣きたくなるほどやさしくカイルモアの髪を撫でつづけた。

だが、カイルモアは泣かなかった。その代わりに、人生で唯一すばらしいものであるかのようにヴェリティを抱きしめた。もはや何も耳に入らず、尽きることのない愛情に身をゆだねて、凍りついたうつろな心が溶けていくのを感じていた。

目を閉じると、穏やかな闇の世界で浮いている気分になった。ヴェリティのやさしさに満ちた闇のなかで。

その闇のなかで、ヴェリティに出会ったときから胸の奥に隠してきた真実がついに声をあげた。

あまりにも長いあいだその真実から目をそむけてきたせいで、この必然の瞬間にさえあらがわずにいられなかった。

だが、もう手遅れだ。ついに真実が光のあたる場所に這いでてきた。何をしても、その叫びを封じることはできない。

ここにいる女の体をこれほどまでに求めてきたのは、実は、それ以上にその魂を求めていたからだ。

この数日で初めて知るようになった方法で、いま自分はヴェリティに満たされている。とはいえ、胸の奥では最初から、ヴェリティが人生の伴侶《はんりょ》だと気づいていたのだ。

たしかにヴェリティに対して罪を犯した。搾取《さくしゅ》して、自分勝手に求めて、憎み、ひどい仕打ちをした。

だが、そのあいだもずっと、罪を贖《あがな》う唯一の機会を与えてくれるのはヴェリティだけだった。

傍らにひざまずいて、荒れくるう海に放りだされたようにヴェリティにしがみついていた。ヴェリティは数々の試練や喪失や暴力を経験してきた。そのすべてに果敢に立ち向かい、愛する者のためにすすんで犠牲になってきた。この卑しい男とちがって、皮肉や無関心といった安易な手段でわが身を守ろうとはせずに。

全身全霊でヴェリティを愛している。

心から愛している。

重くのしかかっていた孤独と苦悩が消え失せた。ヴェリティから愛されているかどうかということさえ気にならなかった。ヴェリティのまえですべてをさらけだし、そして、ヴェリティに裏切られることはないとわかっただけで、いまはひたすら安堵して、幸福だった。この自分の邪悪な部分を、ヴェリティは目の当たりにした。それでも、受け入れてくれた。

いずれは、イートン校での長く辛い日々についても話そう。父が亡くなり、称号を受け継いだとたんに、読み書きさえろくにできない田舎育ちの少年は学校に放りこまれた。上級生からも同級生からもからかわれて、殴られて、いじめられ、そこがけっしてなじめない場所だとすぐさま悟ることになった。

それでも、ありがたいことに、強欲な母から受け継いだ明晰な頭があった。オクスフォード大学に進むころには、優秀な成績と、冷静かつ超然とした態度で級友たちの羨望《せんぼう》の的になっていた。自分の知る唯一の故郷から無理やり連れだされるときに、わめき散らして暴れた田舎者の少年が、冷血なカイルモア公爵に生まれ変わった理由を誰も知らなかった。それが、何年ものあいだ孤独に堪えて心に鎧をまとったせいだということは誰ひとり知らなかった。

身勝手で無分別な母親が、カイルモアの名のもとに小作人たちを苦しめたことも、いつかヴェリティに話そう。当時の自分には、母親の非情な行ないを阻止する力はなく、黙って見ているしかなかったことも。

あのときは、母と同じように身勝手で無分別な人間になるのではないかと恐れた。家督を継いだ年に、噂の的の女に並々ならぬ好奇心を抱かなかったら、いまごろ自分はどんな男になっていたのだろう？　ロンドンの客であふれる広間で、用心深い銀色の瞳を持つ女と目が合っていなかったら……。

ソレイヤ——いや、ヴェリティへの欲望は、そのときから冷酷非情な男の弱点になった。何年ものあいだその呪縛《じゅばく》から懸命に逃れようとしたのに。どうしても逃れられなかった。

いつか、そういったことすべてをヴェリティに話そう。

いや、もしかしたら話す必要さえないのかもしれない。すでにヴェリティはすべてを理解して許してくれたのだから。体に触れるヴェリティの手や、その口から囁くように出るやさしい慰めのことばがそれを証明していた。

そして、このカイルモアの公爵という男はヴェリティを愛する特権をついに手にしたのだ。

21

ヴェリティは公爵の変化にすぐに気づいた。非情な恋人がごく普通の男になったわけではないが、その態度にはいままでにない気安さと明るさが感じられた。

これからは、悪夢が公爵の眠りを妨げることはない。

公爵の幼いころの恐怖を思って、今度は自分が心を痛めることになったとしても、それは愛の代償というものだ。この館でかつておぞましいことが行なわれていたという事実に、もっと早く気づくべきだった。けれど、自分自身の苦境で頭がいっぱいで、過去の出来事を暗示するいくつかの事柄に気づかずにいた。

窓の鉄格子がはるか以前から付いていたのは明らかだった。館のなかにいると公爵はどこか不安げで、不可解なほど多くの時間を戸外で過ごそうとしていた。館そのものにも、長いあいだ主が不在だったのを物語る殺伐とした雰囲気と、ことばでは言い表わせない陰鬱さが漂っていた。

それに、公爵に夜ごと襲いかかる悪夢。

そう、公爵の見ている夢に何かを感じるべきだったのだ。それを言うなら、ロンドンでも訝しく思うべきだった。超人的なほど感情を制御している男には、心の奥底に永遠に血を流しつづける深い傷があるものだと。

その傷がいま、癒えかけているなどという妄想を抱くつもりはなかった。けれど、生まれ変わったようにやさしく、素直になった男の心が、いずれ癒える日が来るのを祈らずにいられなかった。

生まれ変わった公爵はいくらでも眠れるかのようだった。でも、そんなことは気にならない。公爵の美しい顔から疲労や緊張が消えていくのを見ているのは幸せだった。毎晩、安心しきって眠っている公爵を胸に抱いていると、その男が果敢に堪えてきた苦しみや孤独に胸を突かれて、いつのまにか目に涙があふれてくる。そうして、切ない静寂のなかで忍び泣く。泣き声を聞かれてしまったら、鋭い洞察力を持つ公爵に、心の奥に秘めた愛を見抜かれてしまうはずだった。

公爵の幼い日々の驚くべき秘密が明らかになってから一週間が過ぎた。ある朝、ヴェリティが階下に下りると玄関の間に公爵が立っていた。たくましい腕にそれぞれひとつずつ剝製の大きな鹿の頭を抱えていた。

「どうしたの？」ヴェリティは驚いて尋ねた。

「この館の無愛想な監視役どもをお払い箱にしようと思ってね」公爵は重い剝製を無造作に床に落とすと、ヴェリティに歩み寄って抱きしめた。「きみがそのままにしておきたいというのなら考え直してもいいが」髪に唇を寄せて囁いた。

「まさか。とんでもない」ヴェリティも公爵の背中に手をまわした。シャツの布地越しに、たくましい筋肉を感じた。

玄関からアンディが足音を響かせて入ってくると、扉のわきに積みあげられた剝製の山から、マツテンと、悲しげな顔のアナグマをつかんだ。抱きあっているカップルには目もくれなかった。アンディも含めて、この谷にいる人たちは、公爵の腕のなかにいるわたしの姿を見慣れてしまったらしい――ヴェリティはふとそんなことを思った。

それでも、顔が赤くなった。十三年ものあいだ男を惑わす情婦だったのに、この程度のことで恥ずかしがるのは馬鹿げていた。けれど、この数日は、公爵と激しい愛を交わしながらも、どこか純粋で、以前の自分とはまるで別人のように感じていた。穢《けが》れを知らない乙女になったかのように。

そう、初めて恋を知った乙女に。

それは事実かもしれない――そう思って、ひそかに微笑した。穢れを知らない乙女には程遠いけれど、それでも、公爵が初恋の相手なのはまちがいなかった。

「わたしも手伝いましょうか？」公爵の告白を聞いて以来、この館から悲惨な過去の記憶を消し去りたくてたまらなかった。それで公爵の心が少しでも休まればいいと思っていた。

未練たっぷりに公爵から体を離して、アンディが玄関の扉のすぐ外に置いた手押し車に剝製を投げいれるのを見た。「さあ、手伝うことはあるかしら、カイルモア？」穏やかにもう一度尋ねた。

公爵からはジャスティンと呼ぶように言われたが、それではあまりにも馴《な》れ馴れしい気がした。たったひとりの男のためにつくられた美しい公園――自分の体をそんなふうに扱う男をファーストネームで呼ぶのは、なんとも不似合いな気がした。

「きみはメイドじゃないんだから、手伝わなくていいんだよ、モ・ラナン」

「領主さまが埃まみれになって働いているのに、小作人の娘であるわたしが黙って見ているわけにはいかないわ」ヴェリティは冗談めかして言ったが、実は本心だった。

そうして、返事を待たずに居間に入ったとたんに、驚いた。足の踏み場もないほど散らかっていた。ヘイミッシュとアンガスが壁のまえに置いた椅子の上に立って、バールを手に、ずらりと並ぶ動物の頭を力任せに剝がしていた。ふたりがちらりと振り向いて挨拶したが、すぐにまた仕事に戻った。

「あなたのおじいさまは最後の審判の日まで、戦利品を飾っておくつもりだったのね」そう言ったとたんに、いちばん大きな鹿の頭が床に落ちて埃が舞いあがり、くしゃみが出た。

「ほら」公爵がハンカチを差しだした。ヴェリティがメイドとして稼いだ一年分の給金でも買えない上等なハンカチだった。「埃のことで、ぼくは冗談など言っていないからな」

「ええ、たしかにそうね」ヴェリティは鼻をかんだ。「だったら、もっと小さな剝製を片づけることにするわ」

そう言って、マホガニー製の大きなガラスケースへ向かった。それはまるで谷に生息する数々の動物の標本のようだった。体に綿を詰められて、ガラスケースのなかでじっとしている動物が不憫《ふびん》で、初めて目にしたときから不快だったのだ。さっそくガラスケースのなかに手を入れると、まずはイタチを取りだした。

居間を片づけるのに丸一日かかった。以前なら、やんごとなきカイルモア公爵が召使がするような汚れ仕事を率先して行なうとは信じられなかったはずだ。あるいは、上等な服が汚れてしまう埃だらけの部屋にいることさえ考えられなかった。けれど、いまは、召使といっしょに黙々と働く公爵の姿を見ても、意外でもなんでもなかった。

ロンドンでは、公爵のことをすっかり誤解していたというわけだ。それでいて、自分は賢いと思っていたなんて……。

ヘイミッシュ、アンガス、アンディが鹿の頭を次々と運びだすと、部屋のなかにそれまでとはちがう空気が漂いはじめた。幸福の気配とでも呼べそうなものが。

けれど、そんな気配のなかに、ヴェリティは一抹《いちまつ》の寂しさを感じずにいられなかった。その幸福が長くは続かないとわかっていたから。

最後のガラスケースのいちばん下の棚からゆっくりと体を起こして、ヴェリティは痛む腰に手をあてた。チャールズ・ノートン卿の屋敷でメイドをしていたころには、毎日こんな仕事をしていたのだ。つまりは、あのころに比べれば歳を取ったという証拠かしら？

首をめぐらすと、公爵が部屋の隅に立ってこっちを見つめていた。藍色の目に浮かぶ親しげな輝きに気づいたとたんに、血管が激しく脈打って、下腹が熱くなった。

いいえ、歳なんてちっとも取っていないのかもしれない。

その日の午後にふたりきりになったのは、これが初めてだった。使用人たちは公爵と何やら小声で話しあったあとで、不気味な装飾品の最後のひと山を燃やすために館を出ていった。居間に残ったゴミの山——血なまぐさい狩りの光景を描いた絵が四枚——をまたいで、公爵が歩み寄ってきた。優雅な仕草で片手をヴェリティの顎にあてて、左側の窓から差しこむ陽光がその顔にあたるようにした。

「頬が汚れているよ、モ・クリ」穏やかな笑みが公爵の顔をちらりとかすめた。「ソレイヤなら、みっともないと思うだろうね」

以前なら、ソレイヤを話題にするのは危険だった。むしろ、公爵は攻撃の手段としてあえてソレイヤの話を持ちだしたものだった。けれど、そのころといまとは天と地ほどもちがう。それでも、ヴェリティは不安で胸がざわめいた。

探るように公爵の顔を見つめて言った。「ソレイヤが恋しいの?」

公爵はもう片方の手を上げて、ヴェリティのほつれた髪を撫でつけた。「どうして? ここにいるのに。ソレイヤとヴェリティは同じひとりの女だ」いかにも満ちたりた男らしく、公爵の笑みがさらに輝いた。「そして、その女はぼくのものだ」

ヴェリティは否定しなかった。お互いにそれはまぎれもない事実だとわかっていた。同じように、この静かな谷にいるあいだは、公爵が自分のものだということもわかっていた。

互いに降伏したのだから、敗北を恥じることなどある？　ヴェリティは目を伏せて、睫毛越しに熱い視線を公爵に送った。その眼差しが公爵の欲望をかきたてるのは、とっくに気づいていた。

思ったとおり、顎に添えた指に力がこもり、焦燥感から公爵の声が掠れた。「いますぐ、きみがほしい」

洗練された誘いかたとはほど遠かったけれど、公爵の体が発する熱を感じて、目が渇望に輝いているのを見れば、それ以上を望む気にはなれなかった。ときに公爵は甘いことばと埋もれるほどの称賛でベッドへと誘った。いっぽうで、ヴェリティの心臓を早鐘のように打たせる激しい情熱に駆られて、いきなり抱きあげてベッドへと運ぶこともあった。

いまこの瞬間は、公爵の目のサファイア色の輝きが、前戯に時間をかけるのももどかしいほど気が急《せ》いているのを伝えていた。それでもかまわない、とヴェリティは思った。「二階へ行きましょう」

公爵は首を振り、邪な企みを思わせる笑みを浮かべた。「いや、いまここでだ」

ヴェリティは目を見開いた。「でも、誰が入ってきてもおかしくないのよ」

「いや、誰も入ってこないよ。今日の仕事はすべて終わったと言って、みんなを帰したから」公爵はヴェリティをその場に残して、つかつかと戸口に向かうと、扉に鍵をかけた。

「さあ、下着を脱いで、絨毯の上に横たわるんだ」有無を言わさぬ口調だった。

豪胆な要求をされて、期待で背筋がぞくっとしたものの、ヴェリティはすぐにはしたがわなかった。「下着だけでいいのかしら、公爵さま?」

「とりあえずは」公爵は振り向くと、手のひらに部屋の鍵を軽く打ちつけた。いかにも人をしたがわせることに慣れている貴族らしい仕草だった。とはいえ、ズボンを押しあげる股間のふくらみだけが、貴族的な自制心がまがいものだと訴えていた。

ヴェリティは湧きあがる興奮を隠そうと、うつむいた。「では、おっしゃるとおりに」

下着の紐に手を伸ばそうとスカートを持ちあげたとたん、公爵が息を呑んだのがわかった。二、三度引っぱっただけで、下着が足もとに落ちた。下着を足からはずして、この館に来た日に目についたオーク材の大きな椅子に、わざと挑発的な仕草で下着をかけた。

ユリとスミレの細かな刺繡入りのクリーム色のシルクの下着は、重厚な彫刻を施された木製の椅子には不釣合いで、反逆の旗印のように見えた。もちろん、そのとおりではあるけれど。

扉の近くに立ったまま、公爵は動きをひとつも見逃すまいとするように熱い視線を送ってきた。これではまるでキツネに狙われた野ウサギのよう。ただし、ここにいるウサギは貪欲な視線にうきうきしているけれど。男を喜ばせようと慎みもなく椅子にかけた下着に公爵の目が釘づけになっているのを見ると、心臓の鼓動が速まった。

「絨毯の上に横たわるんだ」公爵の声は掠れていた。

つい浮かびそうになる得意げな笑みをあわてて隠した。公爵の横暴な態度はすでにひび割れていた。その程度のことは、あっさり見抜けるようになっていた。

無言で部屋のなかを歩いて、火のついていない暖炉のまえに敷かれた赤と青のペルシア絨毯の上に身を横たえた。片膝を立てて、公爵のほうに向けて少し脚を開く。大胆な誘惑に、公爵が抵抗できるはずがなかった。

ああ、なんてふしだらで意地の悪い女なの、男をこんなふうにからかうなんて。公爵はきっとお仕置きが必要だと思っているはず。

目を閉じて、期待とスリルの狭間でぞくぞくしながら、公爵が近づいてくるのを待った。長くは待たされなかった。テーブルに鍵が置かれる音がすると、次の瞬間にはもう公爵が脚のあいだにひざまずいていた。足音さえたてずに、もうそこにいた。

「ぼくのことなど手のひらの上で意のままに転がせると思っているんだろう?」公爵は低く唸るように言った。体はまだ少しも触れあっていなかった。でも、公爵はすぐに触れてくる――ヴェリティにはわかっていた。

ヴェリティはわざとあくびをした。そうすれば、公爵の自制心も限界を超えるはずだった。こんなふうにじらすのが楽しくてたまらなかった。「ええ、そうよ」

すると、公爵はあきらめたように笑った。「くそっ、そのとおりさ」

公爵の不規則な息遣いに混じって、ズボンのまえを開く衣擦れが聞こえた。公爵が昂っているのは見まちがいようがなかった。とたんに、ヴェリティの胸の鼓動も軽い早足から全力疾走へと変わった。この胸の鼓動は公爵にも聞こえているはず。そんなことを思いながら、反対側の膝もわずかに立てた。まだじらすつもりでいることに、公爵も気づくはずだった。

公爵がスカートとペチコートをいっしょにつかんで、腰まで引きあげた。あらわになった肌にひんやりした空気を感じて、さらに興奮が高まった。公爵の目のまえで、これほどあられもない姿で横たわっているなんて、どうしようもなくふしだらな女に見えるはずだ。けれど、実際には、自分のことをふしだらだと感じるどころか、自由を感じていた。

さらにほんの少し脚を開いた。目を閉じていても、公爵が食い入るように見つめているのがわかった。静まりかえった部屋のなかに、公爵の速くぎこちなくなっていく息遣いだけが響いていた。

公爵の両手が膝に置かれたかと思うと、情け容赦なく脚を広げられた。薄いシルクのストッキング越しに感じる手のひらの熱さに、興奮をかきたてられて身震いした。

目を閉じているせいで、視覚以外の感覚がかえって研ぎ澄まされた。欲情した男のにおいがした。自制しようとあがく公爵の荒い息遣いが聞こえた。ふんわりした絨毯の上で身をくねらせて体の位置をずらすと、公爵がなかに入ってくるのを待った。摘み取られるのを待っている熟した果実のように、すぐにでも奪われる準備ができているのは、公爵も気づいているはずだった。

けれど、ヴェリティの予想をみごとに裏切って、公爵はすぐに押し入ってはこなかった。絹糸のようにやわらかな公爵の髪が太腿の感じやすい部分をかすめたかと思うと、脚のあいだに頭が割りこんできた。熱く湿った場所に温かな息が触れて、ヴェリティは息を呑んだ。口で愛撫されると、思わず低い歓喜のうめきをあげた。公爵の巧みな唇と舌は、ヴェリティの体がわななくまで止まらなかった。

ああ、公爵はやっぱり悪魔。わたしだけの悪魔。

淫靡《いんび》な快感が極限まで高まると、思いきり背をそらせた。両手で腰をがっちりつかまれて、思う存分味わえるようにと体の位置をずらされた。舌が入ってきた瞬間、止めようもなく全身が大きく震えた。けれど、それ以上のものがほしかった。

「お願い」掠れた声で懇願した。公爵の豊かな髪に手を入れて、つかんでは放した。上りつめそうになりながらも、絶頂の瀬戸際に留まった。けれど、公爵の唇は動きを止めず、さらなる高みへと押しあげられた。

次の瞬間には快感の泉を容赦なく攻めたてられた。瞳の奥で百の太陽が破裂して、甲高い声で叫んだ。全身に炎が走り、目も眩む快感に体がわななないた。

まばゆい絶頂感が永遠に続くかのようだった。光輝の世界を漂った。この身の内に公爵だけがつくれる世界を。煌《きら》めく星々のあいだでヴェリティは舞っていた。こんな気分にしてくれる公爵のことが愛おしくてたまらなかった。

激しい歓喜の大波が引いていき、余韻の漣《さざなみ》だけになったころ、ヴェリティはようやく目を開けた。すると、開いた脚の向こうから、公爵がじっと見つめているのに気づいた。すべてをさらして横たわりながらも、いくらかのはじらいはまだ残っていた。片手を下に滑らせて、スカートを下げようとする程度のはじらいは。そんなふうに手をちょっと動かすだけでも全身の力を振りしぼらなければならなかった。濡れた帆布のように体が重かった。

「まだ終わってないぞ」公爵が囁いて、スカートを下げようとするヴェリティの手を止めた。

「駄目、もう動けない」ヴェリティは抗議した。

けれど、それは事実とはちがっていた。すでに欲望をかきたてられていた。天からの贈り物を見るような目で公爵に見つめられると、それだけで全身が沸きたった。まるであらがえなくなるのが、恐ろしかった。

「動けるさ」公爵は唇の端を持ちあげて、自信たっぷりに微笑した。

ヴェリティに腕をまわして抱き起こして、ひざまずかせると、その正面に正座した。ヴェリティは片手を公爵の胸に置いた。シャツを握りしめると、純白のやわらかな布越しに荒れくるう心臓の鼓動が感じられた。膝の上に抱きあげられると、ふたりを取り巻くように深緑色のスカートが広がって、淫らな行為に見せかけの慎みを与えた。

ふたりの秘めごとを隠すスカートの下で、ヴェリティは公爵にまたがっていた。公爵を迎えいれる準備はすっかり整っていた。屹立したものがねだるように濡れた密な茂みに押しつけられて、激しい欲望に脚のつけ根がぎゅっと縮まった。

熱く力強いものをすべて呑みこみたかった。いますぐに体のなかに感じたかった。たくましい肩に手を置いて、わずかに上にずらした体を公爵に押しつけた。とたんに、背中にまわされた公爵の腕に力が入った。いきり立つものをじわじわと包みこんでいくと、公爵の瞳に恍惚の帳が下りた。たっぷりと濡れながらも、束の間の甘美な摩擦を感じながら、公爵のすべてを呑みこんだ。その瞬間、公爵が掠れた吐息を漏らした。いきり立つものにさらに力が入り、それを包む壁が押しひろげられると同時に、ヴェリティは子猫の泣き声にも似た愉悦の声をあげた。

視線が合って、絡みあい、止まった。公爵の目を見れば、いまだけは主導権を譲るつもりでいるのがわかった。意のままにできるのだ――ヴェリティはぞくぞくしながら、打ち寄せる波のリズムを刻みはじめた。大きく引いては、すべてを呑みこむ。そのたびに、奥へ奥へと誘った。

ふたりの絆が断たれることはけっしてない、そう思えてならなかった。けれど、それが錯覚だということもわかっていた。腰を引いて、押しつける。そのたびにゆっくりと丁寧に心から公爵を愛した。全身全霊で。

公爵も長く情熱的な口づけでヴェリティを駆りたてた。ついさっき秘所にしたように、歯や舌を巧みに使った。その口づけはヴェリティのしっとりと濡れた場所の味がした。

それを感じたとたんに、ヴェリティの興奮に一気に拍車がかかった。脚のつけ根に力がこもり、そそり立つものをさらにぴたりと包んで、穏やかな波のリズムが嵐の波へと変わっていった。

絶頂はもうすぐ。目のまえにあった。公爵のシャツを握りしめて、目も眩む奈落へと飛びこんだ。

ヴェリティのなかで張りつめたまま、公爵は剝ぎとるように唇を離して、のけぞった。かろうじて残っていた自制心は、狂おしい恍惚感のなかで霧となって消えていった。内に秘めた野性を剥きだしにしたヴェリティに、鋭い牙と爪で引き裂かれたかのようだった。

公爵が腰を突きあげて、精を解き放つと同時に、ヴェリティも絶頂の稲妻に貫かれた。上りつめていても、公爵が解き放ったものがすべてを焼き尽くすほど熱く体のなかを満たすのがわかった。ぐるぐるとまわる世界の真ん中で、無限に燃えつづける炎を感じながら公爵にしがみついているしかなかった。

絶頂が過ぎ去ると、ふたりで絨毯の上にくずおれた。大きく上下する男の胸にぐったりともたれて、ヴェリティは徐々に静まっていく公爵の鼓動を聞いていた。精も根も尽き果てて、全身が痛んだ。また動けるようになるとはとうてい思えなかった。

いつか、この快楽の果てに死んでしまうのかもしれない。いまはまだそのときではないけれど。

長く満ち足りた静寂を過ごし、やがて、公爵が震える手を上げて髪に触れてきた。その愛撫のやさしさは、頭からつまさきまで伝わった。

「さあ、もう過去の亡霊はいなくなった」そう言う公爵の声は低かった。

祖父のおぞましい戦利品を処分して、公爵もついに辛い過去の記憶から抜けだせたらしい、ヴェリティはそんなふうに感じた。悦びの靄に包まれた日々が過ぎるうちに、ついに公爵はつきまとう悪鬼に打ち勝ったのかもしれない、そんなはかない希望がヴェリティのなかに芽生えていた。

いっぽうで、悲しいことに、ヴェリティを脅かす悪鬼は咆哮《ほうこう》をあげながら、迫ってこようとしていた。

血に飢えた悪鬼が。

人里離れたこの谷に外の世界が押し入ってくることはなかった。公爵が英国でもとくに高位の貴族であることも、ヴェリティがこの国の北から南まで、どの酒場でもその名が噂にのぼる情婦であることも、公爵が担っている重責がヴェリティの頭から離れることはなかった。たとえ、それでも、ここにいるかぎりは関係なかった。

とうの本人がそれを無視していても……。公爵は結婚して、跡取りを残さなければならない。ケンジントンでは、血迷ってプロポーズのことばを口にしたが、公爵と情婦に結婚などありえない。あのプロポーズは母親への公爵のせめてもの反抗だったのだろう、いま、ヴェリティはそう解釈していた。そして、いまはもう怒りに駆られて乱心した男はいないのだ。

熱烈に愛を交わし、笑いあい、議論し、あるいは、平穏に過ごした長い一日の終わりに、暖炉のそばで静かに語りあう、そんなひとときを経験すればするほど、自分がいっしょにいるかぎり、公爵は結婚相手を捜そうとはしないだろうと痛感した。

ヴェリティが愛しているということばを一度も口にしていないように、公爵の口からもそのことばが出ることはなかった。それでも、眼差しや仕草、さりげないことばすべてに、王国を揺るがすほどの愛を胸に抱いているのが表われていた。

ふしだらな情婦は、その愛にふさわしい相手ではない……。

そんな女を愛したら公爵は破滅する。魔性の女という噂を気にも留めず、ひとりの女としてわたしを見てくれるほど勇敢で善良な男を、それゆえに嘲笑われ、馬鹿にされて、口さがない人々の標的にするわけにはいかない。そう、なんとかして、公爵に愛想をつかされるようにしなければならないのだ。

それなのに、夜が明けて朝になり、公爵の腕のなかで至上の幸福に埋もれながら目を覚ますたびに、公爵のもとを去るのは明日にしようと、一日延ばしにしてきたのだった。

そうして、いまこそその日がやってきた。その事実を突きつけられると、ヴェリティは殴られたように打ちのめされた。

北の地の秋の訪れは早かった。山々の斜面はヒースで紫色に霞んでいるというのに、夜気には氷の冷たさが漂いはじめた。遅い午後のひんやりと爽やかな香りを連れて、公爵が居間に入ってきた。

ヴェリティは以前の洗練されたパトロンの姿を忘れそうになっていた。スコットランドで三週間を過ごして、公爵は髪が伸び、日に焼けて、どこかゆったりとした雰囲気が漂うようになっていた。簡素な服を身につけた姿は、裕福な農夫と見誤りそうだ。とはいえ、それも人に命じることに慣れた態度を目にするまでの話だけれど。

「どうしたんだい?」窓辺に立つヴェリティに見つめられているのに気づいて、公爵が尋ねた。

「なんてハンサムな人がわたしの恋人なんだろうと考えていただけよ」それは本心だった。公爵が褒められることに不慣れなのには、いつものことながら驚かずにはいられない。公爵の顔に戸惑ったような照れ笑いが浮かんだ。

「おっと、といったって、愚かなの田舎の娘の言うことだかんな」

スコットランド訛りを強調したことばにヴェリティは笑った。「あら、嘘だと思うならモーラグとカースティに訊いてみるといいわ。あのふたりなら、あなたに声をかけられただけで、ナナカマドの実にも負けないほど真っ赤になるはずよ」

それはほんとうだった。公爵がずいぶん穏やかになったことが、使用人たちの知るところとなると、以前はひたすら主人を恐れていたメイドまでもが、公爵の姿をうっとりと見つめるようになっていた。

ところが、とうの本人はそれに気づいていないらしい。以前は公爵を鼻持ちならないうぬぼれ屋だと思っていたが、実は、それもまたロンドンでつけていたいくつもの仮面のひとつにすぎなかったのだ。

「あのふたりだって、世間知らずの田舎娘だよ、モ・クリ」

〝モ・クリ〟が〝マイ・ハート〟で、〝モ・ラナン〟が〝愛しい人〟という意味なのは、すでにヘイミッシュから教えてもらっていた。そうして、公爵がその愛のことばを口にするたびに、体が震えるほどうれしくてたまらなくなった。そんなことではいけないとわかっているのに。

公爵の言うとおりだ。ほんとうに愚かな田舎の娘だ。

公爵がそばにやってきて、手を取ると、暖炉のまえの長椅子へと誘った。秋が近づきつつあるこの時期に、暖炉の火が絶えることはなかった。

「話があるんだ」

口ぶりからして、深刻な話題ではなさそうだった。クッションにゆったりともたれた公爵は、お気に入りの愛妾を見つめる若きスルタンのようだった。

「はっきり言っておきますけど、わたしは乗馬を習う気はありませんからね」ヴェリティは公爵のとなりに腰を下ろした。

「いや、その話じゃないよ」公爵は握っていたヴェリティの手を持ちあげて、手のひらにキスをした。「きみがいなくて寂しかった」

ヴェリティは低く笑って、公爵に顔を寄せると、軽く唇を重ねた。こんなささやかな触れあいにも果てしない幸せを感じた。この新たな人生は、こんこんと湧きでる泉のように尽きることのない喜びに満ちていた。

「今日の午後、ちょっと離れていただけよ」

「そうさ。でも、寂しくてたまらなかったんだ」公爵はそう言うと、ヴェリティの手をそっと握らせた。さきほどのキスを大切にしまうかのように。

「だとしたら、愚かなのはどっちかしら？」ヴェリティは手を伸ばして、公爵の顔にかかる艶やかな黒い髪をうしろに撫でつけた。「今夜、あなたの髪を切ってもいい？　このままでは、あっというまにむさくるしいハイランドの男になってしまうわ。いかめしくて怖い男にね」

「そういう仕事はカイルモア城の召使にやらせるさ」

「ええ、でも――」ヴェリティは言いかけたが、口ごもった。たったいま公爵が口にしたことの重大さに気づいて、雷に打たれたような衝撃が走った。「カイルモア城……」聞きまちがえたはずはなかったが、それでもくり返さずにいられなかった。

「もうすぐ本格的な秋になる。ここでは冬を越せない。冬はこの谷には住めない。完全に孤立してしまうからね。それに、すでにわかっているとは思うが、ここの冬は黄泉《よみ》の国よりもっと寒くなる」

公爵はあたりまえのことを言っているだけだったが、その声は幸せなときの終わりを告げる弔《とむら》いの鐘の音のようにヴェリティの耳に響いた。

「ええ……そうね」震える声で答えた。

もちろん、そうしなければならなかった。

ふたりの穏やかな愛の暮らしは三週間ちょっとしか続かなかった。たった二十二日間。闘いつづけた何年もの孤独な日々の報償としては、なんとささやかなことか。

こんなのひどすぎる――ヴェリティは怒りたかった。けれど、人生が過酷で不公平であることは十五のときに受け入れていた。

せめて、あと一週間。せめて、あと一日。

まだ別れる心の準備ができていない……。

そう思いながらも、別れのときをわずかに先延ばしにしたところでなんの意味もないのはわかっていた。永遠に公爵といっしょにいられるなら、すべてが満たされる。けれど、それは手の届かない夢だった。

「だから、明日発とうと思っている、いいかな?」公爵は淡々と話を続けた。自分が口にする穏やかなことばのひとつひとつが、ヴェリティをずたずたに引き裂いていることには気づいてもいなかった。「アンガスとアンディに船を取りにいかせた。そのふたりとヘイミッシュはぼくたちといっしょに行く。ほかの者は館の片づけをすませてから、戻ってきた船であとからやってくる」

「そんなに急に……?」とヴェリティは思わずつぶやいた。以前は、この谷の何もかも――ここに生える草さえも大嫌いだったのに、いまはここを離れると思っただけで胸が張り裂けそうだった。

ヴェリティ、それはちがうでしょう――頭のなかで小さな声がたしなめた。胸が張り裂けそうなのは、この谷を離れなければならないからじゃない……それはよくわかっているくせに。

「最果ての地では、いつ天気が変わってもおかしくないからね。何よりも大切なのは、きみが安全にここから出られることだ」

「そうね」ヴェリティはうつろな声で言った。「もちろんよ。すぐに支度をしなくちゃね」

公爵からは見えないところで、ヴェリティは片手を握り締めて、どうにか平静を保とうとした。

公爵が眉根を寄せた。ようやく、ヴェリティのようすがおかしいことに気づいたのだった。いつもなら、ヴェリティのほんのわずかな心の動きも見逃さない公爵も、この日の午後は、谷を出るという差し迫った問題で頭がいっぱいで、そこまで気がまわらなかった。

「どうかしたのかい？」公爵はヴェリティのこわばった手にもう一度キスをした。「心配はいらないよ、マイ・ラブ《モ・グラ》。きみもカイルモア城を気に入るはずだ。海が見晴らせて、うんざりするほど広い庭がある」

ヴェリティは笑みを浮かべられなかった。周囲の世界が崩れ落ちたのだから、笑えるはずがなかった。「そうね」ぼんやりと答えた。

公爵は無言のまま、当惑顔で見つめてきた。公爵の気持ちがすべて自分に注がれているのはヴェリティにも痛いほどわかった。

「それにあの城なら、必要とあればいつでも医者を呼べる」公爵がゆっくり言った。

そのことばに驚いて、ヴェリティはわれに返った。「わたしは病気じゃない。病気になんかならないわ」

公爵の顔に世界でいちばん幸せな男の笑みが浮かんだ。「ああ、だが、きみのおなかにはもうぼくの子供がいるかもしれない」

ヴェリティは手を振りほどいて、ぎこちなく立ちあがった。暖炉に背を向けて、まっすぐに公爵の顔を見た。炉床で暖かな火が燃えているというのに、背筋が凍りついて身震いした。

「いいえ。それはちがう。そんなことは絶対にないわ」

公爵の藍色の目は揺るがなかった。「いや、その可能性は大いにあるはずだ」

ヴェリティは動揺を鎮めようと大きく息を吸った。「わかってないのね。わたしは子供ができない体なのよ」

とうの昔に受け入れた事実を口にするのを恥じる必要などない。それはわかっていたが、それでも、やはり恥ずかしくてたまらなかった。

「そんなことはきみにだってわからないはずだ」公爵が静かに言った。

ヴェリティは体のわきに下ろした手を握りしめた。爪が手のひらに食いこむほどぎゅっと握りしめた。「いいえ、わかるわ。避妊具を使っても、妊娠する人は大勢いる。わたしは十五のときから男の人とベッドをともにしてきた。それなのに、二十八になっても、ただの一度も妊娠したことがないのよ」初めのうちは妊娠しないのが天の助けに思えたが、月日が経つうちに、自然の摂理を無視する体が疎《うと》ましくなっていた。「たしかに、いままでも……きちんと予防をしているわ。でも、それは必要だからというより、ただの習慣のようなもの」

「単なる思いこみだよ」公爵は頑として言い張った。

「いいえ、まぎれもない事実よ」ヴェリティも同じ頑さで反論した。

目のまえで、公爵が立ちあがった。体に触れてこないことに、ヴェリティはほっとした。いま、触れられたら、脆く崩れてしまうにちがいない。公爵のもとを去るという決意はそれほど危ういものだった。

「ヴェリティ、エルドレス卿はとうに男盛りを過ぎていた。マロリーは……性欲はあまり強いほうではなかったようだ。きみとぼくについて言えば、ロンドンではつねに用心していた。だが、この館では欲望のままに、避妊もせずに愛しあった」公爵の目は喜びに輝いていた。「来年の春には可愛い赤ん坊が生まれたって、ちっとも不思議じゃない」

ほんとうに？　公爵の赤ちゃんがわたしのおなかのなかにいるの？

たしかに、この数週間、月のものが遅れていた。そもそもが不規則ではあるけれど。

ああ、ほんとうに妊娠していたらどんなにいいだろう。公爵の子がおなかのなかで動くのを感じられるなら、何を引き換えにしてもいい。男の子だろうと女の子だろうと、あふれるほどの愛情を注ぐだろう。幼いころの公爵がけっして得られなかった愛情を。

ヴェリティが長いこと抱いていた確信をたったいま粉砕したことも知らずに、公爵がさらに言った。「冬のさなかにこの館にいて、万が一にもきみの体に何かあったときに、医者も呼べないなんてことはあってはならないからね」

希望に舞いあがったヴェリティの心は、あっというまに奈落の底に落ちていった。

仮に奇跡が起きて公爵の赤ん坊を宿しているとしても、その子は父親なしで育つことになる。妊娠しているかもしれないからといって、ふたりのあいだの障害が消えるわけではないのだ。胸を焼かれるような苦しみに、さらに過酷な苦味をくわえることはあっても。

打ちひしがれた心を悟られまいとした。以前とちがって、いまは公爵を欺けるとは思わなかった。

それでも、そうしなければならないのだ。それが公爵のためなのだから、なんとしてでもそうしなければならない。

もう一度、深く息を吸った。「わたしはカイルモア城へは行きません」

一瞬、公爵にはその意味が理解できなかった。それも当然だった。

「べつの場所のほうがいいのかい？　ほかにも屋敷はある。なんなら、旅をしてもいい。きみが望むなら、ロンドンに戻ってもかまわない」

いいえ、そうじゃないの……。ヴェリティは乾いた唇を湿らせた。「わたしは弟が待っているウィットビーへ帰ります。とりあえず、しばらくは」

「ウィットビーへ？」公爵は鸚鵡《おうむ》返しに言った。同時に、その意味を理解したのだろう、公爵の顔がショックでこわばった。「ぼくと別れたいのか……」その口調はあまりにも痛々しく、ヴェリティは心がくじけそうになった。

唐突な拒絶で公爵を深く傷つけてしまったのがわかると、死んでしまいたいと思った。けれど、これは公爵のためなのだ——ヴェリティは自分に言い聞かせた。これから歩むことになる寂寥とした人生のどこかで、これでよかったのだと思える日が来るかもしれない。

「ええ、そうよ」偽りのことばの裏にある絶望の海鳴りが、公爵の耳に届かないことを祈った。

公爵は怒るにちがいない、ヴェリティは覚悟した。かつて怒らせてしまったときには、公爵は死刑にも値する犯罪に手を染めた。今回の裏切りは、公爵をロンドンに置き去りにしたことよりもはるかにひどいのはよくわかっていた。この数週間、何ひとつ約束しなかったとはいえ、ともに過ごした一瞬一瞬が公爵への愛を伝えていたはずだった。同じ一瞬一瞬に、公爵に愛されているのをひしひしと感じたように。

公爵は冷静だった。けれど、悲しみをたたえた顔に血の気はなかった。「理由を聞かせてほしい」

これほどまでに傷つけてしまうなんて……。そんなことをした自分が憎くてたまらなかった。けれど、そうするほかに道はなかった。公爵と情婦に未来はない。たとえあるとしても、それは胸を張って堂々と歩める道ではない。ともに過ごす日が一日延びればそれだけ、避けがたい別れがさらに苦痛になるだけ。公爵が自身の義務を果たすときを無為に遅らせるだけだ。

少なくとも、心のなかではそんな声が響いていた。

いまこのときに人生最大の苦しみを味わっている――心のなかでそんな声が響きわたった。持てる気力をかき集めた。いまこそソレイヤにならなければ。決然とした誇り高い氷の女に。ヴェリティのひたむきな恋心に、選ぶべき道を邪魔されてはならない。「ロンドンで取り決めをしたはずよ。ふたりのうちどちらかいっぽうでもこの関係の終わりを望むなら、それですべては終わると。ええ、そう、わたしはそれを望んでいるの、公爵さま」

ヴェリティが口にした堅苦しい呼称に頰を打たれたかのように、公爵が顔をしかめた。

「言うべきことはそれだけなのか？　さようなら、お元気で――それだけで、別々の道を歩むのか？」公爵の声は鋭かった。「くそっ、もっとましな言い訳をしたらどうなんだ？　ヴェリティ、いったいどうしたんだ？　この谷を出ようと言ったとたんに、なぜ何もかもが変わったんだ？」

別れるというヴェリティの決意を問いただしもせず、言い争いもせずに、公爵がすんなりと受け入れるはずがなかった。かといって、ほんとうの理由を話すわけにもいかない。話したところで納得しないに決まっている。公爵は情婦を公爵夫人にするのは正当なことだと信じて疑わないのだから。

けれど、ヴェリティはそんなふうに思えなかった。自分の心はすさんでいる。いっぽう、公爵が必要としているのは善良で純粋で穢れのない淑女だ。

ソレイヤとは正反対の女性。

傷ついて戸惑っている公爵を見るのが辛くて、ヴェリティは顔をそむけた。「いずれ別れなければならないと、ずっとまえから思っていたの」どうにか落ち着いた口調を保とうとした。「いまこそ、あなたは本来の自分の人生を歩みはじめるのよ。わたしもそう」

「きみがぼくの人生なんだ！　ああ、絶対に離さない」ヴェリティを引き寄せながら、公爵はきっぱりと言った。「こんなことはやめてくれ、モ・クリ」

乱暴に腕をつかまれながらもヴェリティは身じろぎもせずに、公爵の苦しげな顔を見つめた。「いいえ、あなたはもうわたしに無理強いできないはず。わたしのいやがることはしないと約束したのだから。その約束にはなんの重みもないの？　わたしをさらった男はこの世にいない。いまのあなたは生まれ変わったと言うのなら、いつまでもこんな話をしているはずがない」

ヴェリティは別れるために、残酷にも公爵が犯した罪を持ちだした。同じように、残酷だとは知りながらも、苦闘の果てに身も心も与えたあの奇跡の夜を公爵に思いださせた。

公爵が手を離した。その顔は灰のように白かった。「ということは、きみはまた、なんの説明もなく姿を消すんだな。それでも、今回は別れを告げてくれた。そのことに感謝しなくてはならないのか？」

「ごめんなさい、わたしを許して」ヴェリティは悲痛な声をあげた。公爵の腕に手を伸ばすと、固い決意が崩れそうになった。

手が触れるまえに、公爵がぎくりと身を引いた。ほんの数分前のやさしい愛撫を思いだして、ヴェリティの心は沈んだ。

「マダム、立ち去るのはきみの自由だ。それを恨むかどうかはぼくの自由だ」

「それは……つまり、無理やり引き止めないということ？」ヴェリティの声は弱々しかった。ああ、なんてさもしい女なの、ほんとうは引き止めてほしくてたまらないなんて。

公爵は首を振った。「ぼくはきみに対してとうてい許されない罪を犯した。ぼくのせいで、きみの命を危険にさらした。引き止める権利などないのはよくわかっている。ただ……」

淡々とした声が途切れて、冷静な仮面の下に隠れていた激しい苦悩がにじみでた。ヴェリティは心臓をわしづかみにされたように胸が痛んだ。「きみが望んでいっしょにいてくれるんじゃないかと期待していた。だが、あれだけのことをしたのに、それを望むのは虫がよすぎたらしい」

よそよそしい口調に、ヴェリティはケンジントンの非情なパトロンを思いだした。その男と、この数週間で知るようになった男のあまりのちがいに、思わず叫びたくなった。公爵は長いあいだ本心を押さえつけて生きてきた。それなのに、わたしのせいで、いままた人を寄せつけない氷の鎧を身に着けるしかなくなった。そんなことをさせたわたしはこの世でいちばんの悪女だ。

「許して」ヴェリティは悲痛な声で言った。公爵が愛おしく、自分が厭《いと》わしかった。

押し殺しているはずの怒りに、一瞬だけ公爵の目が曇った。けれど、すぐにその顔は無表情の仮面におおわれた。それはヴェリティが二度と見たくないと思っていた顔だった。

「そのことばはそっくりそのままきみに返すよ、マダム」公爵はつかつかと戸口へ向かった。

「予定どおり、明日出発する。いったんカイルモア城へ向かい、そこからきみをウィットビーまで送っていく」

別れが長引けば、脆い自制心がいつ崩れてしまうかわからない。「そこまでしてくれる必要はないわ」

「もちろんあるさ」怒りがふたたびこみあげてきたのか、そのことばには有無を言わせぬ強さがあった。「ぼくは力ずくできみをさらってきた。きみが無事に家に帰るのを見届ける義務がある」公爵はそっけなく会釈すると、ヴェリティが反論する気力をかき集めるまえに部屋を出ていった。

ヴェリティは長椅子の背を握り締めた。そうしなければ、すぐさま公爵のあとを追ってしまいそうだった。これほど公爵を愛していると感じたことはなかった。

22

翌朝、渓谷の眺めはいつになくみごとだった。ヒースにおおわれた連なる山の斜面が深い紫に輝いて、さらに、木々も色づきはじめていた。爽やかな風が吹きわたり、船は澄んだ入江をなめらかに進んでいった。

カイルモアは壮観な谷を見渡しながら、何もかも地獄に落ちてしまえと思った。

ヴェリティは少し離れた船べりに立っていた。青白い顔で押し黙っているところを見ると、ゆうべはよく眠れたわけではなさそうだった。とはいえ、それはお互いさまだった。

ゆうべは、ヴェリティが部屋にやってきてすべてを与えてくれたあの夜以来初めて……。

その思いを、カイルモアは無理やりねじ伏せた。

奇跡のようなあの夜を思いだしても、何かを叩き壊したくなるだけだった。

昨夜は別々に寝たのだ。

いや、もっと正確に言えば、粗末な狭いベッドに横たわって虚空を見つめながら、ヴェリティを呪い、想い、切望して過ごしたのだった。忌々しいことに、自分には何もできないと自覚しながら。

どれほど意を尽くして説得しても、自由になる権利をヴェリティに放棄させることはできそうになかった。ゆえに、ひとり静かに苦しみつづけるしかなかった。かつて、幾度となくそうしてきたように。

ひとりきりで苦しむことには慣れているはずだった。ただ今回は、一度地獄の底から楽園へと引きあげられて、唐突に地獄へ突き落とされたというだけだ。

堪えるしかない。幼いころからそうしてきたのだから。

ただし、いまは堪えることの意味がまるで見いだせずにいた。

そわそわとして落ち着きのないタナスグをなだめた。そもそもタナスグは船旅が好きではなかった。立派な葦毛の馬の鼻面《はなづら》を撫でながらも、目はかたときもヴェリティから離れなかった。ありとあらゆることをしてなんとしてでも谷を抜けだそうとしたというのに、いまのヴェリティはちっともうれしそうではなかった。

実際、悲しみに沈んでいた。

これほど妙なことがあるか？　ああ、妙なことだらけだ。

ふたりで寄り添っていたかと思うと、その翌日はばらばら。なぜそんなことになったのか、わけがわからない。

この三週間はこれまでの人生で至福のときだった。愚かにも、将来の計画を立てはじめてしまったほどだ。

ロンドンでの無様なプロポーズ——痛烈な皮肉とともにヴェリティに追い払われたのも無

理はない。あのときの自分はいかにも横柄で、鼻持ちならない貴族でしかなかったのだから――のせいで、結婚のことを口にする気になれなかった。そこで作戦を立てたのだ。まずはヴェリティを自分の人生に取りこんで、つねに傍らにいることに慣れさせてから、うまく口説いて夫として認めさせようと。

過去はどんなことをしても変えられない。どれほど過去を消したいと願っても。あんなことをしておきながら、自分がヴェリティを愛しているように、ヴェリティに愛されるなどいうのはしょせん無理な話だ。それでも、欲望を分かちあって、ある種の友情のようなものは芽生えた。それだけで満足できるはずだ。そうするしかないのだから。

　思い描いた将来の計画に子供がくわわれば、それほど喜ばしいことはなかった。もちろん、その子は正式な夫婦のあいだにできた子になる。

　これまでは、キンムリー家の穢れた血を後世に伝える気などさらさらなかったが、ヴェリティそっくりの子供となれば話はべつだ。それはまさに、天からの最高の贈り物だった。ヴェリティが子供を宿しているとわかったら、どれほど誇らしい気分になるだろう。もし子供ができていないとしても、それは努力が足りないせいではない。だが、ヴェリティのなかにわが子がいるかもしれないという幸せな妄想は、二度とヴェリティを抱くことはないと気づいたとたんに消えてしまった。

　愛する女と歩む人生というたわいもない夢は、谷を離れるときに立ちこめていた朝霧のように跡形もなく消え去った。そうして、あとに残ったのは、ヴェリティに愛されていないという辛い現実だけだった。

欲望とある種の友情だけを糧に生きていくことだってできる。それしか道がないのなら。とはいえ、ヴェリティがそんな姑息な取り決めに応じないことは、火を見るよりも明らかだった。

拳をつくって牡馬《ぼば》の艶やかな体に押しつけると、主人の嘆きと怒りを感じたように、タナスグが低くいないた。

断じて、ヴェリティの思いどおりになどさせるものか。なんとしても、そばに置いておく。カイルモア城に着いたら、いちばん高い塔に閉じこめて、分別を教えてやる。結婚して、公爵夫人になり、亡霊どもを永遠に追い払うのが自分の役目だと気づかせてやる。

狩猟の館に閉じこめたときのように……。

カイルモアは深いため息をついた。閉じこめることなどできるはずがない。すでに力ずくでつなぎとめようとしたのだから、そんなことはもう二度とする気はなかった。

朽ち果てた庭園のような魂では、道義心という名の木が立派に育つわけもないのに、この数週間でいつのまにか簡単には引き抜けないほどその木は深く根づいていた。自分がヴェリティにしたことや、ヴェリティが愛人になるまえにさまざまな苦悩を堪え忍んできたことを思えば、その女の願いを打ち砕く権利が自分にあるはずもなかった。

そうとはわかっていても辛かった。地獄の業火で焼かれるほどに。

翌日の昼前、船はカイルモア家先祖代々の領地に入ろうとしていた。カイルモアが険しい顔で見つめる海岸に、おとぎ話に出てくるような城――大小さまざまな塔が無数に突きでた城――が姿を現わした。

その城こそが、カイルモアが異例の公爵夫人ヴェリティとともに新しい暮らしを築くつもりでいた場所だった。だが、その夢はすでに打ち砕かれて、塵と化していた。

風に恵まれて、船は予定より早く城下の村インヴェラシーに入った。それでもなお、船に翼が生えて飛んでいけたらと願わずにいられなかった。押し黙って悲しげにしているヴェリティを見ずにいられるなら、それだけで満足だった。

だが、ふと気づいた。船が進めば進むだけ、別れも近づいているのだ。するとたんに、この船旅が永遠に終わらないようにと祈りたくなった。

船べりに立っていると、ヘイミッシュがやってきた。背後ではアンガスとアンディが慣れた手つきで帆を操って船首を港へ向けていた。

「予定どおり、わしは明日、谷へ引き返しますけど、いいですかね、公爵さま?」

幼いころの保護者であり、唯一の友人であったヘイミッシュまでが、また堅苦しい呼称で呼ぶようになっていた。心が触れあう人間らしい暮らしを許されたのは、ほんの束の間だったのだ。

「ああ、そうしてくれ」とカイルモアは言った。「アンガスを連れていくといい。アンディはマダムをウィットビーに送り届ける際に同行させる」

「ウィットビー?」ヘイミッシュは戸惑って眉をひそめた。「マダムはカイルモア城に滞在なさるんじゃないんですか?」

「ヴェリティから聞いていないのか?」カイルモアの口調には棘があった。「この船旅のあいだじゅう、おまえは雌鶏《おんどり》みたいにまとわりついてマダムの世話を焼いていたじゃないか。てっきり、そのぐらいのことは聞かされていると思ったよ」

恨みがましい口調になっているのはわかっていた。だが、ヴェリティにはことごとく避けられていたのだ。小さな船の上では、それもたやすいことではないというのに。いっぽうで、ヴェリティはヘイミッシュとは親しげに話していた。

ヘイミッシュが谷を出て以来おなじみになった非難がましい視線を送ってきた。「マダムはわしにはなんも話さんですよ。泣いてるときに、わしが声をかけたって」

カイルモアのはらわたは苦悩によじれた。こんなことにはもう堪えられない。だが、堪えるしかないのだ。目のまえには、ウィットビーを目指す長い陸路の旅が待ち受けている。ヴェリティを弟のもとに無事に送り届けるのはなんとしても果たさなければならない義務だった。

「マダムにはマダムなりの心配ごとがあって泣いていたんだろう」歯を食いしばって言った。

「マダムと若さまの問題がってことでしょうが」

「でしゃばりすぎだぞ」冷たく言い放った。

風雨にさらされたヘイミッシュの顔には、非難と同じだけの失望が浮かんでいた。「ええ、ええ、でしゃばりついでに言わせてもらいますよ、若さまは自分が失くしかけてる宝物の値打ちもわからん大馬鹿者だってことですよ。それに、わしに身の程を思い知らせる必要などありゃしませんよ。わしはもう行きますからね。〝海に飛びこんで頭を冷やしたらどうです？〟なんて余計なことを口走らんうちに」

年長の召使の無礼を咎めるつもりはなかった。言われるまでもなく、まもなく失おうとしているものの大きさはよくわかっていた。わかっているからこそ、その痛みでずたずたに引き裂かれそうになっているのだ。それでも、どれほど考えたところで、ヴェリティを取り戻す方法は思いつかなかった。

ヴェリティをエスコートして、船から狭い埠頭《ふとう》に渡された道板を歩きながら、カイルモアは波止場に集まった人々がざわついているのに気づいた。だが、それにはほとんど注意を払わなかった。気持ちは自分の腕にそっと手を預けた女に向いていた。

ふたりの関係は終わりだと宣言して以来、ヴェリティが体に触れてきたのは初めてだった。すぐにでも、ヴェリティの華奢な手をつかんで、逃げられない場所に閉じこめたい、そんな衝動を必死にこらえた。これだけそばにいながら、手を出すのが許されないとは拷問に等しかった。復讐心に駆られ、怒りの頂点にあったときにさえ思いつかなかった厳しい懲罰だった。

波止場がさらに騒がしくなった。先祖代々の領地を訪れる公爵とは、そこで暮らす人々にとって、よほどめずらしい存在なのか？　近くで膝を折ってお辞儀をしたり、頭を垂れたりしている村人たちに何気なく目をやって、騒ぎのもとを探った。

「公爵さま、ウィットビーへはすぐに発てるの？」ヴェリティが掠れた声で訊いた。

この日、話しかけられたのは初めてだった。その声からすると、ずっと泣いていたのかもしれない。そう、ヘイミッシュもヴェリティは泣いていたと言っていた。それを思うと苦しくて、胃がきりきりと痛んだ。

とたんに、波止場の騒ぎなど忘れて、傍らにいる女のことだけで頭のなかがいっぱいになった。ヴェリティは疲れて青ざめて、悲しげではあるが、決然としていた。

ヴェリティの胸の内ではいったい何が起きているんだ？　ほんのわずかな期間ではあったが、ヴェリティの気持ちがたちどころに読めるほど、ふたりの距離は縮まっていたというのに。

「今日はここでゆっくりしたほうがいい」

すでに波止場に降りたっていた。カイルモアはヴェリティが体を離すのを待った。ヴェリティにそのつもりがないとわかると、安堵の気持ちを抑えられなかった。昨日からヴェリティが近づいてこようともしなかったのを考えれば、こんなささやかな譲歩にさえ、何か大きな意味があるように思えてならなかった。

「やっぱり、わざわざ送ってもらうのは申し訳ないわ」ヴェリティがきっぱりと言った。

「いや、送るよ」

以前なら、要求をこれほどぴしゃりとはねつければかならず喧嘩になるはずだった。だが、ヴェリティは黙ってうなずいただけだった。カイルモアの腕に置いた手が震えていた。

ヴェリティは闘争心をすっかり失ってしまったようだ。これはいったいどういうことなんだ？　ヴェリティは望みをかなえた。ああ、この邪悪な男から逃げだす機会を手に入れたのだ。まもなく始まる新たな人生に胸躍らせていてもいいはずだ。悔しいが、憎い男に邪魔されることもない新たな暮らしが始まるのだから。

具合でも悪いのか？　ふと不安になって、顔をしかめながら、シックなボンネットのつばに隠れた顔を見た。保護者ぶった態度は嫌われると知りながらも、顔を覗きこんでいると、ふいに背後に人の気配を感じた。

「この野郎、よくも！」

ものすごい力で肩をつかまれて、振り向かされた。一瞬、憤怒《ふんぬ》に燃えた黒い目が見えて、次の瞬間には巨大な拳が顔に叩きこまれた。

「ああ《ジーザス》、くそっ」ヴェリティを離して、よろよろとうしろに下がった。

「どうせならサタンを呼べばいい、それがおまえの主人だろ？」

ベンジャミン・アシュトンの拳がまたもや顔目がけて飛んできた。その一発でぶざまによろけて、玉砂利の上に倒れた。波止場に集まった村人がざわめいたが、勇敢に歩みでて襲撃者を取り押さえようとする者も、領主を助け起こそうとする者もいなかった。

「アシュ・トン……」起きあがりながら、カイルモアは言った。ぼうっとする頭を振って、ぎこちなく手を顎にあてて、どの程度の怪我か確かめた。

すさまじく痛いが、骨は折れていないらしい。

「ベン、やめなさい！」その場に集まった村人のそばから、ヴェリティの叫ぶ声が響いた。

「ああ、こいつをぶっ殺したらな」ベンが怒鳴った。「立てよ、この悪党が。さあ、蹴飛ばしてやるから、さっさと立ちやがれ」

「ベン！」耳鳴りの向こうに、ヴェリティが擁護する声が聞こえた。「ベン、カイルモア公爵はわたしを家に送り届けてくれることになっているのよ」

カイルモアはよろけながらも立ちあがって、服についた汚れを払った。「ヴェリティ、どくんだ」

「そうだ、姉さん、どいてくれ」ベンも険しい顔で言った。「この公爵さまには教訓が必要だからな」

また拳が飛んでくるのを覚悟して、両手を握りしめた。それ以上に防御の姿勢を取ることもできたが、その気はなかった。ベン・アシュトンには姉をさらった男を叩きのめす権利があった。

この大男が殴り殺してくれるなら、それでかまわない。

揺れる視界をはっきりさせようと、もう一度頭を振った。目の焦点が合わず、耳のなかでは飛びまわる千匹のハチの羽音が響いていた。

その瞬間、赤ワイン色の布がふわりと翻ったかと思うと、ヴェリティが目のまえに立った。

「ベン、カイルモア公爵をどうしても叩きのめすつもりなら、そのまえにわたしを倒すのね」

「へえ、卑劣な男は今度は女のスカートの影に隠れるってわけか」ベンが嘲笑った。

「いいかげんにしなさい」ヴェリティがきっぱり言った。

「ヴェリティ、どくんだ」カイルモアはぐったりした口調で言った。頭のなかの無数の羽音は徐々におさまりつつあったが、頬は相変わらず激しく痛んでいた。「ベンはぼくを叩きのめしたりしないさ」

「いいえ、そうするに決まってるわ」ヴェリティはその場を動かず、頑として言った。「弟はあなたを殺す気よ。そう言ったのを聞いたでしょ」

「ヴェリティ、大勢の人が見ているんだ。手遅れになるまえに、誰かが止めてくれるさ」

とはいうものの、頭がまともに働きはじめると、いまのいままでひとりとして止めに入ってくる者がいないのに心底驚いた。

いや、まもなく助けが駆けつける。

公爵家の管理人が荘園の使用人を二、三人従えて全速力で走ってくるのが見えた。アンガスとアンディも船から波止場へ飛び降りたところだった。ヘイミッシュは無表情のまま、船の上から騒動の一部始終を見つめていた。

村人は怒りくるったヨークシャーの怪力男に恐れをなしていたのだろう。それも無理はない。霞む目でベン・アシュトンの筋骨たくましい体を見て、カイルモアは納得した。

ベン・アシュトンの黒い目の奥から、積もり積もった怒りが消えることはなかったが、それでも、誘拐犯をかばっている姉をちらりと見た。「大丈夫なのか、姉さん？　もしそいつがこれ以上姉さんになんかしたら、ああ、まちがいなくぶっ殺してやる」

「公爵さま」厚手の黒の上着に古風な膝丈のズボンといういでたちの管理人が、息を切らしながら駆け寄ってきた。「このごろつきは荘園内で、公爵さまは恐ろしい罪を犯した極悪人だとわめき散らしていたんです。公爵さまに誹謗中傷の罪で訴えられて、足枷《あしかせ》をはめられて、さらし刑になるぞと言ってやったんですが」

「上等じゃないか、こっちはその色魔の遊び人を人さらいと強姦の罪で首吊り台に送ってやる」ベンが唸るように言った。「姉さん、ほら、言ってやれよ、この男に何をされたか」

「ベン……」ヴェリティはためらった。

「さあ、言ってやれって。こいつがどんなふうに、あの立派な与太者の手下ふたりをおれにけしかけて、姉さんに銃を突きつけてさらっていったかを。あれからおれは眠れないほど心配したんだ。姉さんがどんな目にあわされてるかと思うと気が気じゃなかった」

カイルモアは当然、痛烈な非難の声を浴びせられると覚悟した。自分の犯した罪を、ヴェリティに公然と非難されても、ひとことの弁解もできないのはわかっていた。

ヴェリティが顔を上げてまっすぐにまえを見た。幾度となく目にしたその態度に胸が痛んだ。ヴェリティの血の気の引いた顔には、気高く決意に満ちた表情が浮かんでいた。

「わたしはカイルモア公爵の情婦。わたしは自ら望んで公爵についていったのよ」周囲の人々の耳に届くように、ヴェリティはきっぱりと言った。それから、声を詰まらせながらそっとつけくわえた。「ごめんね、ベン」

ヴェリティが自ら公爵の愛人であると明言したことに、カイルモアはことばにならないほどの感動を覚えた。愛おしくてたまらなかった。この女のためならどんなことでもすると思った。そう、どんなことでも……。黙って行かせてやるのだ、それがヴェリティの真の望みなら。昨日からのよそよそしさを忘れて、ヴェリティを抱き寄せた。ヴェリティもためらわずに身を寄せてきた。

ベンの猛々しい表情が困惑へと変わった。「姉さん……」

カイルモアは戸惑っているベンに申し訳なく思った。ベンジャミン・アシュトンは悪いことはしていない。姉を守ろうとしているだけだ。ウィットビーでのあの嵐のような出来事のあとで、ものごとが複雑に絡みあってしまったのをベンが知るはずもなかった。

カイルモアは頼りきったようす――ああ、まちがいなく頼られている――で体を預けているヴェリティの頭越しに声をかけた。「城へ行こう。公衆の面前で揉めては、きみのお姉さんを苦しめるだけだ」

「姉さんを苦しめてるのはおまえのほうじゃないか！」ベンのその怒声に、管理人の抗議の声がかぶった。「公爵さま、この乱暴者をのさばらせておいては危険です。いますぐ、牢屋にぶちこんでやりましょう」

カイルモアは管理人に鋭い目を向けて一喝した。「いや、そのつもりはない」それから、まわりを見まわすと、求めていたものを見つけた。「おまえの馬車を借してもらおう。あとで返すよ」

管理人はそわそわと手を揉みあわせた。「公爵さま、もうひとつお話ししておかなければならないことがあります」

管理人は几帳面だが、つまらないことで気を揉む癖があった。領地の管理に関する些細な問題などあとまわしだ。

「話はあとで聞く、マクナブ」カイルモアはきっぱり言った。

「ですが、公爵さま……」管理人は不安げに言った。

「あとで聞くと言っているだろう。アンディ、馬車を出せ。ベン、おまえも乗っていくか？」

いかにも公爵らしい威厳に満ちた口調には、有無を言わさぬ強さがあった。息巻くベンも、そわそわしたマクナブもしたがわざるをえなかった。その場に集まっていた村人も散りはじめた。カイルモアはヴェリティをそっと抱きあげた。とたんに、甘い香りが五感を満たして、幾度となくヴェリティをかき抱いたことや、それ以上に親密だったときのことが鮮烈によみがえり、至上の幸せを思いながらこのまま死んでもいいとさえ思った。

「歩けるわ」ヴェリティがあらがった。

「わかっているよ、モ・クリ」何度も口にした愛の呼びかけが、自然に口をついて出た。そんなふうにヴェリティを呼ぶ権利などこれっぽっちもなかったけれど。「だが、こうさせてほしいんだ」

ヴェリティはうなずくと、首に腕をまわしてきた。カイルモアは足をひきずりながら石畳の道をマクナブの馬車へ向かった。ベンに殴られたせいで体じゅうが痛んだが、死んでもヴェリティを下ろすつもりはなかった。愛する女を抱くのはこのうえなく甘美だった。

こんなふうにヴェリティを腕に抱けるのはこれが最後なのだ。

ヴェリティが弟に言ったことばが、いまでも心にこだましていた。永遠に響きつづけるはずだった。

ちらりと振り返ってベンを見て、いっしょに来るつもりなのか確かめた。ベンは躊躇しながらも、結局ついてきた。その顔はこわばって、怒りを必死に抑えているのがわかった。

馬車のなかでも、ヴェリティはまだ震えが止まらなかった。となりには公爵が、向かいにはベンが座っていた。そもそもが小ぶりの馬車で、これほど屈強な男ふたりが乗ると窮屈だった。ふたりが互いに敵意をくすぶらせているせいで、なおさら狭苦しく思えた。

「いいかげんになさい。ふたりとも、もっと大人になったらどうなの」馬車の扉が閉まると、ヴェリティはぴしゃりと言った。「カイルモア、あなたはベンに殴られても文句は言えないわ。ベン、さらわれたわたしが許すと言っているんだから、あんただって許せるはずよ」

「姉さんを探してへとへとになるまで国じゅうを駆けずりまわったんだ」さも不満げに、ベンが言い返した。「ロンドンはもちろん、このくそ野郎の十以上もある領地にも行った。このろくでなしときたら、国じゅうに薄汚い足跡をつけてやがるからな」

「おい、ことばに気をつけろ」カイルモアが低い声で言った。「レディのまえだぞ」

「ああ、そんなことは言われなくたってわかってるさ。だけど、あんたはおれの姉さんをコヴェント・ガーデンで一シリングで買った娼婦並みに扱ってるんだろうが」

「黙れ。さもなきゃ、黙らせてやる」

「この四年間、おれは姉さんのそばにいたんだ。姉さんのことで、あんたに教えてもらわなきゃならないことなんかひとつもないんだよ」ベンがせせら笑った。

「ああ、こっちだってよくわかってる、名高いアラビアの宦官ベン・アーブードのことならな」カイルモアもいやみをこめて言い放った。

「そういう男を装って、おまえみたいなわがままな金持ち男どもから姉さんを守らなきゃならなかったんでね、公爵さま」ベンは敬称で呼びかけたが、口調はむしろ嘲りに近かった。

「なるほど、だとすると、結局はなんの役にも立たなかったわけだ、ちがうか？」カイルモアは冷ややかに言った。

「もうやめて！」堪えられずにヴェリティが声を張りあげた。どちらかが手を出すのは時間の問題だった。取っ組みあいの喧嘩がまた始まるまえに、止めなければならなかった。弟が愛する男を殴り倒したときのことははっきりと憶えていた。「ベン、わたしには怪我はないわ。無事に帰ってきた姉さんに会えてうれしくないの？」

そう言われて、ようやくベンはいつもの笑みを浮かべた。ちょっとはにかんでいたが、まぎれもない笑顔だった。「そりゃうれしいさ、姉さん。ああ、すごくうれしいよ」

「それだけ？　こうしてまた会えたのに？」ヴェリティは身を乗りだした弟にしっかと抱きしめられて、苦しげに笑った。

目を閉じて、愛しい弟がそばにいる幸せを味わった。長いこと、この弟だけが世間から守ってくれる楯で、ソレイヤの仮面に隠された真実を知るただひとりの味方だったのだ。会いたくてたまらなかった弟がいまここにいる。弟の黒い上着に顔を押しつけていると、感動の涙があふれそうになった。

やがて、ベンが体を離して、じっと見つめてきた。その黒い目にも涙が光っていた。「姉さんが生きてるか死んでるかもわからなかったんだ。こいつに何をされたんだ？　いったい、どこにいたんだよ？　なんの便りもなかった。なんでもいいから知らせてくれればよかったのに。ほんとうに心配したんだぞ」

「ああ、ベン、ひとことでは言えない事情があるの」その事情の大半が弟の気に入らないことばかりのはずだった。「いずれにしても、大切なのは、わたしたちは家へ帰って、今回のことはすべて忘れられるということ」

となりに座る公爵が無言で体を動かして、抗議した。けれど、弟にほかに何が言えるというのか？　さらわれて閉じこめられたが、いまでは命にかえても惜しくないほど公爵を愛しているとでも？　自分でもまるで筋が通らないと思っていることを、弟に説明できるはずがなかった。

馬車は凝った装飾の門を抜けて、広々とした中庭に入った。城の大きなアーチを描く正面玄関から召使の一群が軍隊のように現われて、馬の口を取り、馬車の扉を開けて、整列して主人を出迎えた。

城の灰色の石壁が陽光を受けて燦然と輝いていた。馬車から下りたヴェリティの目のまえにそびえ立つ城は、ここの主《あるじ》である偉大な男を愛するとは身の程知らずもいいところだと嘲笑っているかのようだった。

壮麗な城に感動するようすなど微塵もなく、公爵が傍らに立った。顔を殴られて、服が汚れていても、それでも公爵はこれまで目にしたどんな男よりも凛々《りり》しかった。

公爵と別れる覚悟はとうにできているはずだった。なんといっても、身の毛もよだつほど不快だった情婦という人生にも決別する決意ができたのだから。けれど、公爵を見るたびに、別れが辛くて胸を深くえぐられる気がした。

涙で目が霞んだ。こぼれそうになる涙をこらえながら、差しだされた公爵の腕を取った。手袋をはめた手ですばやく目を拭って視界を晴らすと、召使がずらりと並んでいる重厚な石の階段を見あげた。階段の上では、長く不在だった城主を歓迎するように重厚な両開きの扉が開け放たれていた。

その扉の奥から、目を見張るほど美しい貴婦人が現われた。すらりとして、驚くほど背が高く、身にまとった上等なドレスは目も眩むばかりで、非の打ちどころのない長身のスタイルにぴったりだった。

離れていても、貴婦人に漂う自信は見誤りようがなかった。さらには、たったいま城に到着した者を睨みつける目に浮かんでいる憤怒も。

「ジャスティン、どうしたというの！　何を血迷ったことを。まさか、そんなふしだらな女をこの城に連れこむつもりではないでしょうね？　身持ちの悪い女などいますぐ送り返しなさい！」

ヴェリティの傍らに立っていた公爵が、そのことばに身をこわばらせた。

「母上」公爵の冷ややかな声が響いた。

23

実際に顔を合わせるのは初めてだったが、ヴェリティは階段の上から見おろしている女戦士のような貴婦人が前カイルモア公爵の夫人だとすぐさま気づいた。

無数の素描や肖像画が前カイルモア公爵夫人の名高い美貌を完璧に伝えきれてはいなくても、夫人の顔とその息子である公爵の顔は見まちがいようがないほどそっくりだった。あくまでも男性的なカイルモア公爵の顔立ちが、そっくりそのまま母親の繊細な面立ちに表われているのは、なんとも不思議だった。さらには、冷ややかで尊大な表情は、数年にわたる公爵とのつきあいで、幾度となく目にしてきたものだった。

「公爵夫人」ヴェリティは声を震わせながら言った。馬車を降りたベンが背後に立つのがわかった。公爵に腕をがっちりつかまれていては、その場を去るわけにもいかず、しかたなく、膝を曲げて深々とお辞儀した。

公爵夫人は目をくれようともしなかった。当然だ。高貴な夫人が情婦に挨拶するはずがない。

公爵にぐいと引っぱられて、お辞儀をやめさせられた。そうして、背後に立つベンをその場に残して、公爵に引きずられるようにして階段を上がった。一瞬、母親にひとこともないまま、公爵は城のなかに入る気なのかと思ったが、母親の傍らで足を止めた。

これほどそばにいると、公爵夫人の顔にも年齢が表われているのがわかった。巧みな化粧も、気性の激しさを表わす口もとのしわを隠せはしなかった。リンドウの花と同じ色の目も、その奥の鋼鉄のような光に気づけば、さほど美しいとは思えなかった。

「ここで何をしている?」このうえなく冷淡な口調で公爵が尋ねた。

母に会えた喜びなど微塵もない息子の態度にも、公爵夫人はたじろがなかった。吊りあげた眉をひそめると、その表情もまた公爵とそっくりだった。「わたくしはカイルモア公爵夫人ですよ。わが家の領地を訪ねるのに誰の許可も必要ありません」

カイルモアはユーモアのかけらもない笑い声をあげた。「母上、あなたはこの二十年というもの、ただの一度もスコットランドには来ていらっしゃらない。最後にここを離れたときには、二度とこんな野蛮な地に足を踏み入れるものかと、はっきりおっしゃったじゃありませんか」

「そのふしだらな女をさっさとどこかへやりなさい。ここへ来た理由はそれから話します」と公爵夫人は息子に命じた。夫人の背後には空を背景に壮大な城がそびえていた。それを見たとたんにヴェリティは、公爵夫人にはここにいる権利があり、自分にはその権利など露ほどもないと痛感した。

「わたしは帰ります」ヴェリティは公爵に向かって小さな声で言った。

「いいや、ここにいるんだ」公爵は頑として言った。

「わたしはベンといっしょに帰ります。人目のあるところでお母さまと言い争うのはよくないわ」これ以上の激しい感情のぶつかりあいには堪えられそうもなく、つい懇願する口調になった。「ねえ、お願い」

当然のことながら、母親からの命令同様、懇願も公爵にはなんの効き目もなかった。組んだ腕を緩めようともしなかった。

公爵夫人はあからさまな嫌悪をこめて息子を見た。「きみはどこへも行かないんだよ」「危ないところで間に合ったようね。やはり恐れていたとおりのことが起きたわ。キンムリー家の男の乱心は、おまえの父親を最後に葬り去られたわけではなかった。おまえもやはり、腐った木の腐った枝だったのね」

主人に向けられた激しい非難のことばを耳にして、居並ぶ召使たちのあいだに衝撃が走った。ヴェリティは思った——見苦しい親子喧嘩を見世物にさせるわけにはいかない。

「わたしは村で待っています」早口に言った。「城じゅうの者が見ているまえで、喧嘩はおやめください、カイルモア」

公爵夫人が貴婦人らしく蔑むように口もとを結んだ。「おまえはその卑しい女に家名で呼ぶことを許しているの？」

長身の公爵が顔をまっすぐまえに向けて、背筋をぐっと伸ばした。公爵夫人も背が高いが、それをはるかに上まわる長身の息子は、母親を圧倒するがごとく胸を張った。「もちろんですとも。それに、ぼくはこの世で最高に幸福な男になれるはずですよ、もしこのレディに夫と呼ばれたなら」

　さすがの公爵夫人もそんなことを息子が言いだすとは思ってもいなかったらしい。あまりにも驚いて、見目麗しい顔から血の気が引き、形のいい口をぽかんと開いた。

　とはいえ、公爵夫人の驚きも、ヴェリティの驚きには遠く及ばなかった。ケンジントンでのプロポーズ以来、公爵は一度も結婚を口にしなかった。情婦を公爵夫人にするなど笑止千万もいいところだとわかっていながらも、ヴェリティの悲しみに沈む心に公爵のことばが温かい泉のように染みこんだ。

「このレディが望んで足を踏み入れるどんな家も光輝を放つんですよ」公爵の低い声には、依然として母親に対する棘が感じられた。「だが、あなたは？　高貴な家名と地位を汚しつづけてきたではありませんか。カイルモア城の主はぼくだ。さあ、さっさとここからお引き取り願います」

　公爵夫人はよろよろとあとずさった。そのまま倒れてしまうのではないかと、ヴェリティは不安になった。「ジャスティン！　わたくしはおまえの母ですよ！」

「そう、それが人生最大の汚点です」公爵はこともなげに言った。

「カイルモア、ご自分の母上を追いだすなんていけないわ」ヴェリティは喘ぐように言った。公爵が母親を嫌うのにそれなりの理由があるのはもちろんわかっていた。けれど、使用人のまえでこれほどの喧嘩を繰り広げては、さらに悪評を世間に広めるだけだった。

　ヴェリティは公爵夫人のほうを向くと、努めて穏やかな口調で言った。「公爵夫人、わたしと弟は今日のうちにここを発ちます。ご子息さまとの契約期間は完了しました。これ以上、お心を煩わせることはいたしません」

公爵夫人の表情がさらに険しくなった。その顔からは伝説の美女の面影はすっかり消えて、頑なで、暴力的な性質しか窺えなかった。

こんな女性を母と呼ばねばならない人生とはどんなものなのだろう？　公爵が幼いころに人間性をすっかり失わずにいたのが、不思議なくらいだった。

公爵夫人は依然としてヴェリティに話しかけようとはしなかった。「ジャスティン、おまえのふるまいは公爵としてあるまじきもの」独断的な口調だった。「その地位にふさわしい行動を取るようにと、おまえを諫めるためにわたくしはここに来たのですよ。さあ、さっさといかがわしい女から離れて、ロンドンへ戻り、花嫁を選びなさい。いつまでも子供のような真似をしていないで、立場をわきまえなさい」

それでも、公爵は頑として譲らなかった。「カイルモア公爵はこのぼくだ。ここの領主はぼくです。あなたには今日の夕方までにここから立ち去っていただきます。さもなければ、ぼくの召使があなたを領地のはずれまでお連れすることになる」

すべては思いどおりになる――そんな威厳を漂わせて、公爵は居並ぶ召使に向き直った。「公爵夫人はマクナブの馬車でインヴェラシーの村へ行き、そこの宿でいっとき休まれる。その間に、城にある荷物をまとめて、公爵夫人の馬車に載せて宿へ運ぶように。その後、公爵夫人はその馬車ですぐさまこの領地を出発される」

「ジャスティン、悪ふざけはおやめなさい」公爵夫人が息子の袖をつかんで抗議した。

「いままで生きてきて、これほど真剣だったことはありませんよ、母上」公爵はしつこい請願者か何かのように母親を払いのけた。「では、よい一日を」

公爵が振り返ってベンを見た。ベンは階段の下で呆気にとられていた。公爵が結婚を口走ったせいで呆然としているのだ、とヴェリティは気づいた。ロンドンでの最後の日の午後の出来事はベンにも打ち明けていなかった。

公爵の有無を言わせぬことばが響いた。「ベン、いっしょに来るか?」

これにて一件落着と言わんばかりに、公爵は母親に背を向けると、ためらいもなく城に入った。しかたなくヴェリティもあとに続いて玄関の間に足を踏み入れた。壁にかかる剣や槍が複雑な幾何学模様を描く玄関の間は、まるで夢の世界だった。ベンが階段を上ってくるのがわかった。抗議の声をあげながら息子を追おうとする公爵夫人を、召使たちが取り押さえた。

ヴェリティはまだぼんやりしていた。妻にしたいと公爵が宣言したあの瞬間は至福のときだった。

けれど、公爵夫人が見せたあの驚きようは、世間の嘲笑的な反応そのもの——公爵が我をとおして、情婦をめとったときの人々の反応を映したものだった。

だったら、なおさら公爵のもとをいますぐに去らなければ……。

カイルモアは母がどうなったのかを見届けようとさえしなかった。すでに召使たちに命じて、自分のことばどおりのことがまちがいなく行なわれるとわかっていた。ゆえに、母には目もくれずに、ヴェリティを連れて一階の広間に入った。

渋々ついてきたふたりの顔を見た。ありがたいことにベンは黙りこくっていたが、角ばった顔に不快感と驚愕が浮かんでいた。ヴェリティはといえば、ずいぶん疲れているようで、目の下にくまができていた。ベンのことなどどうでもよかったが、ヴェリティのことは心配でたまらず、そっとその手を取った。

「すまない、不愉快な思いをさせて」やさしく声をかけた。「まさか母がここにいるとは思わなかった」

「わたしはここにいてはいけないのよ」ヴェリティが弱々しく言った。

「いや、きみはここにいなければいけないんだよ」反論しようもないほどきっぱりと言った。愛しのヴェリティ、ぼくが自分の意志を貫いたら、きみはこのさきずっとここにいることになる……。

カイルモアはヴェリティを気遣いながら椅子に座らせると、サイドボードへ向かい、グラスを三つ取りだして土地のウイスキーを注いだ。今日の出来事を考えれば、三人とも酒が必要なはずだった。

「さあ、飲むといい」グラスをベンに手渡しながら言った。その大男にはやはり好感が持てなかったが、ヴェリティのために、せめて友好的でいなければと思った。

「なんだ、こりゃ？」不信感もあらわにベンが訊いてきた。

「ヘムロックだ、むろん」ベンがそれを口にするか確かめようもせずに、カイルモアはヴェリティのところへ行った。

「飲めばいくらか気分がよくなる」がらりと口調を変えて言いながら、ヴェリティの足もとの床にしゃがみこんだ。

「強いお酒は飲まないの」ヴェリティが震える声で言った。

「ひと口だけでも飲んでごらん、モ・クリ。落ち着くから」

ヴェリティがうなずくと、その冷たい手にクリスタルのグラスを握らせた。それから、立ちあがって、自分のグラスの中身を飲み干した。強い酒はベンに殴られた頬の痛みを和らげてくれた。だが、心の痛みは銃弾を食らいでもしないかぎり治まりそうになかった。

ベンが空になったグラスをサイドボードの上に置く音がした。ウイスキーのおかげで持ち前の喧嘩っ早さを取り戻したらしい。果たして、ヘムロックを飲ませたのは正解だったのか……。

「姉さんが言ったことを聞いただろ？　今日の午後、姉さんを連れて帰るからな」ベンの口調はすっかり喧嘩腰に戻っていた。

「それがヴェリティの望みなら」カイルモアは冷ややかに応じた。

波止場でヴェリティが口にしたことばは、心からの愛を公言したも同然だ。それなのに、別れるつもりなのか？　ヴェリティは愛する男より、自由のほうが大切なのか？　そう思うと、心臓を鷲づかみにされたように苦しくなった。

ヴェリティが顔を上げた。カイルモアはすがるような思いで、ヴェリティが弟に何か言うのを待った。〝気持ちが変わった、やはりここに残る〟と言ってくれるのではないかと。

だが、ヴェリティはまっすぐにベンを見て、きっぱりと言った。「そうしましょう、ベン。いっしょに帰りましょう」

駄目だ！

憎らしいことに、ベンがほっとした顔をした。「よかった、姉さん。馬車はもう手配してある。姉さんさえよければ、いつでも出発できるよ」

カイルモアはヴェリティに背を向けて、庭に面した背の高い窓を見つめた。ヴェリティを行かせてはいけない。いまは行かせてはいけない。ヴェリティに愛されていると知った以上、離れ離れになるなんて冗談じゃない。たとえヴェリティの愛情がさほどのものではないとしても……。シルクのカーテンを握りしめた。関節が白くなるほどに。

背を向けていても、ヴェリティの視線を感じた。

ヴェリティを死と紙一重の場所に追いやったとき、二度とふたたび何かを強要したりしないと誓った。だが、そんな誓いなど守れるはずがない。

「せめてもう少しゆっくりして、何か食べていけばいい」庭を見つめたまま言った。とはいえ、完璧に手入れされた庭に明るい陽光が降りそそいでいることにも気づいていなかった。なんて間の抜けたことを言っている？　飢えた悪魔の鋭い爪が魂を八つ裂きにしているのに、それでもなお、洗練された男を気取っているとは。「それに、ぼくの旅用の馬車を使ってくれ。そのほうが快適だ」

「あんたの世話にはならない」ベンが突っぱねた。「金やら何やらをいくら気前よくばらまいたって、あんたの罪は消えないんだよ。とにかく、あんたの乱暴な手下どもの手の届かないところに、おれは姉さんを連れていく。あんたの気が変わってやっぱり姉さんを離さないなんて言いだすまえにな」

カイルモアはあえて弁解しようとはしなかった。弁解してなんになる？　ベンにもすぐにわかるはずだ、この卑劣な男がヴェリティの望みをすべて受け入れると。それがどれほど苦痛だろうと。

いつの日か、ヴェリティがいまこのときを振り返って、ここに残していった男が考えていたよりはましな男だったと思ってくれるかもしれない。

一世一代の恋のなんとも切ない思い出だ。

「ベン」ヴェリティが静かに言った。「村へ行って、出発の準備をしてちょうだい。わたしは公爵さまと少しお話があるから」

「姉さんをこんな危ない野郎とふたりっきりにしとけるもんか。おれがいないあいだに、どっかに連れてかれるに決まってる」

疑うベンを責めるわけにはいかなかった。前回はベンを素っ裸にして、凍える廃墟に置き去りにして、姉を卑劣な行為が待ちうける場所へ連れ去ったのだから。

「公爵さまはそんなことはしないわ」ヴェリティの低い声には、聞きまちがいようのない確信が表われていた。

ありがとう、モ・クリ。カイルモアは心のなかでつぶやいてから、ベンに言った。「玄関の間で待っていれば、召使に馬車と荷物を用意させる」

「それでもやっぱり、おれの目をかすめて、姉さんをどこかへ連れていけるだろうが」頑固な若者は、梃子《てこ》でも動かないと言いたげに口もとを引き締めた。

「ベン、公爵さまはいまだってその気になれば、召使にあなたを押さえつけさせて、わたしをどこかに連れていけるのよ」ヴェリティは静かに言った。「お願いだから、ふたりきりにしてちょうだい。お話ししておかなければならないことがあるの」

カイルモアはベンに目をやった。ベンはどうするか決めかねているように姉を睨んでいたが、ふいにうなずいた。「もしもこいつがちょっとでも変な真似をしたら、大声で叫ぶんだぞ」

ヴェリティは無理に微笑もうとしたが、カイルモアの目にはそれが成功したようには見えなかった。「ええ、指一本でも触れたらそうするわ」

ベンがさらに文句を言いださないうちに、カイルモアはベンを部屋の外に連れだして、執事に指示を与えた。

旅用の馬車を使うようにと言い張ることもできたが、これ以上ベンと言い争ってはヴェリティを困らせるだけだった。それに、ヴェリティは意志は強固だとはいえ、明らかに体力の限界に近づいていた。

ベンを玄関の間まで送ると、カイルモアは部屋に戻った。ヴェリティは立ちあがって、暖炉のなかの揺れる火を見つめていた。大理石の炉棚に彫られた歓楽的な神話の一場面とは対照的に、ヴェリティの美しい横顔は悲しげだった。顔を上げたヴェリティの銀色の瞳は、カイルモア自身の目に負けないほど苦悩に翳っていた。

どうしたら、こんなことに堪えられるんだ? カイルモアは背後の閉じた扉にもたれて、次に襲ってくるものに備えて心の準備をした。

愛する男とふたりきりになれるのはこれが最後——ヴェリティはそれに気づいていた。そうして、公爵の顔と体を貪るように見つめた。乱れた髪、しわだらけの服、頬にできた紫の痣。どう見ても無法者だ。

「弟が殴ったりしてごめんなさい」暖炉のそばを動かずに、ヴェリティは静かに言った。

「しかたがないさ」公爵は背筋を伸ばして、ゆっくりと頬に触れた。「防御の甘ささえなんとかすれば、きみの弟は大したボクサーになる、ああ、まちがいない」

ヴェリティは思わず公爵に歩み寄った。頬の傷に手をあてようとしたが、そんな愛情のこもった行為をしてはいけないとすぐに気づいた。

「少なくとも、ベンのおかげで、あなたはわざわざウィットビーまで行かなくてすむわ」そうは言ったものの、悲しみは隠せなかった。別れの辛さを長引かせたくはなかったが、こうして最後のときを迎えると、刻々と過ぎていく時間が恨めしくてならなかった。

「正直に言えば、なんとしてもきみを送っていきたかった」公爵の顔は暗かった。「ヴェリティ、波止場できみが言ったことだが、あんなことを言ってくれなくてもよかったんだよ――」公爵は途方に暮れたように口をつぐんだが、掠れた声で話を継いだ。「でも、ありがとう」

今度はヴェリティも公爵に触れたいという衝動を抑えられなかった。「お礼なんていらないわ。弟に殴られるあなたを見ていられなかったの」

公爵に強く手を握られた。「ヴェリティ、行かないでくれ。頼む、ここにいてくれ」

ヴェリティは目を閉じて、涙をこらえた。心がどれほど悲しみに満ちていても堪えられた。けれど、もはや隠すこともできずにいる公爵の苦悩を目の当たりにすると、死ぬほど辛くなった。

「行かなければならないの」公爵にというより、自分に言い聞かせるような口調だった。

「駄目だ、やめてくれ。どうして行かなきゃならない？　なぜだ、マイ・ラブ《モ・グラ》？」

体を離して、公爵は部屋のなかを歩きはじめた。じっとしていると、渦巻く思いに呑みこまれてしまいそうなのだろう。「くそっ、単純明快だと思っていたのに。この数週間というもの、きみは谷でぼくの恋人として幸せに過ごしていた。それでも、きみはずっと自由を求めていた」苛立たしげに髪をかきあげた。「ああ、ぼくはそれを受け入れた。あんなにひどいことをしてしまったんだ。そんな男といっしょにいることに、きみの心が堪えられるはずがないと思った」

公爵はヴェリティのまえでふいに立ち止った。「だが、それはちがった。そうだろう？きみがぼくのもとを去ろうとしているのは、別れたいからじゃない。ぼくにはそう思わせたがっているが、それは事実じゃない、そうだろう？」

「カイルモア、やめて」ヴェリティは必死に言った。思いもかけない公爵のことばに、いまにもくじけてしまいそうだった。

公爵はヴェリティの悲痛な抵抗を無視した。「言ってくれ、ヴェリティ。あの谷で、きみはぼくのそばにいたいと言った。そのことばはほんとうだったんだろう？」公爵の顔は青白かったが、目がぎらついて、口もとがこわばっていた。

「いまさら、そんなことを訊いても、どうにもならないわ」

「あれはほんとうだったんだろう？」

「ええ、そう、ほんとうよ。それはあなたにだってわかっていたはず」ヴェリティは弱々しい声で言った。嘘をつく気力もなかった。嘘をついたほうが、互いのためだとわかっていても。

「きみはいまでもぼくのそばにいたいと思っている。さあ、ヴェリティ、ぼくはまちがっているのか？」

公爵の目に映る激しい苦悩が見ていられず、ヴェリティはうなだれた。正しいことをするのが、なぜこれほど辛いのか……。

「いいえ、まちがっていないわ」ヴェリティは小さな声で言うと、身を寄せようとする公爵を片手を上げて押し留めた。「でも、わたしたちの気持ちだけではどうにもならない。事情はもっと複雑だもの。あなたは公爵で、わたしは情婦なのよ」

「やめてくれ！　きみがこれまで相手にしたのは三人だけだ。ぼくの母なら、ほんの一週間もあれば、それ以上の男とねんごろになる。なのに、母は貴族の社会に受け入れられている」

悲しげにヴェリティは首を振った。「わたしのパトロンはお金を払ってわたしの体を自由にした。誰もがそれを知っていて、そんな女は責められると決まっているのよ」

「ぼくはちがう」公爵は断言した。

「そうかもしれない。でも、だからといって、わたしたちに未来はないわ。カイルモア、あなたは結婚して、跡継ぎをつくらなければならないの」

「ぼくが妻にしたいのはきみだけだ」真剣な口調だった。「頼む、ぼくをこの世でいちばん幸せな男にしてくれ。ヴェリティ・アシュトン、どうか結婚してくれ」

またもやこみあげてきた熱い涙を、ヴェリティは必死にこらえた。「そんな畏れ多い申し出を、わたしのような女が受けられるわけがないわ」

公爵はふいに口をつぐんで、身じろぎもせずに立ち尽くした。たとえほんのわずかでも動いたら、ヴェリティが驚いて逃げてしまうかもしれない、そんなふうに思っているかのようだった。「いつかぼくがきみに飽きて、ほかの女に走るかもしれない――そんなことを恐れているなら、それは無用な心配だ」そう言ったとたんに、感情がこみあげて抑えきれなくなった。「信じてくれ、モ・クリ。ひと目見た瞬間から、ひたすらきみを求めてきた。心変わりなど絶対にしない」

裏づけなどひとつもなくても、ヴェリティにもそのことばが真実だとわかっていた。公爵が属する貴族社会でいかに男女の関係が乱れていようと。誰よりも端整な顔立ちの公爵に、女性を引きつける魅力が山ほどあろうと、いまのことばは真実だった。

公爵は肉体的欲望をはるかに超えた何かを、わたしのなかに見いだしている――ヴェリティはそれをはっきりと感じていた。激しい欲望以上のものを。

だからといって、妻になれるわけではない。

ヴェリティは首を振った。「でも、結婚はできないわ、カイルモア。わたしたちの子供はつまはじきにされる。あなたは社交界でのけ者になる」

「社交界など放っておけばいい」公爵が吐き捨てるように言った。

「いまはそう思っているかもしれない。でも、いずれ、カイルモアの名をわたしのような女に与えたことを後悔する日が来るわ。わたしのせいであなたが傷つくのは堪えられない。いまのうちに別れたほうがいいのよ」泣くまいと誓っていたのに、途切れがちな涙声になった。「お願いだから、もう無理なことは言わないで。わたしだって幾度となく自分に言い聞かせてみたわ――世間なんて関係ない、あなたとふたりで生きていけばいいと。でも、それは無理。そんなことはできない。だから、もう苦しめないで」

公爵は窓に歩み寄って、足を止めた。その姿はいかにも力強く、自制心に満ちて、堂々としていた。そんな公爵が心から愛しかった。

どうしたら公爵のそばを離れられるの？

それは、そうすることが公爵のためだから……。

「きみさえいてくれれば、ほかには何もいらない」公爵の声は低く、真情がにじみでていた。「ああ、そうだよ、ヴェリティ。わからないのか？　きみが望むなら、ぼくはここにひれ伏して、命だって差しだす」

公爵に心から愛されているのは、火を見るより明らかだった。情熱的なことばのひとつひとつを心に刻みながらも、これほど深く愛されていなければと願った。

「あなたに望むことはないわ」悲しげに言った。

「ほしいのは自由だけ？」

「そうよ」心を鬼にして言った。ソレイヤとして生き抜くためにずっとそうしてきたように。

「ぼくが何を言っても、心は変わらないのか？」打ちひしがれたように公爵が言った。

「そうよ」掠れた声で、けれどきっぱり言った。そうして、持てる勇気を振りしぼって公爵をまっすぐに見た。「城の外で堅苦しい別れの挨拶などさせないで。そんなこと……とうていできそうもない。ここですべて終わらせましょう。さようなら、公爵さま」

あえて尊称で呼びかけると、公爵の藍色の目が翳った。けれど、ふたりを隔てる深く暗い亀裂《きれつ》を忘れるわけにはいかなかった。それは愛のようなあやふやなものでは、とうてい乗り越えられなかった。

公爵の顔にあきらめの色が広がった。そこに混じる断腸の思いがひしひしと伝わってきて、ヴェリティは胸が締めつけられた。公爵は軽く頭を下げただけで、体に触れてくることはなかった。

ケンジントンでの別れでは、公爵に口づけるだけの気力があった。けれど、いまはそれすらない。口づけたら心が粉々に砕けてしまうから。

ヴェリティは最後に一度だけ切望の眼差しで公爵を見た。さようなら、愛しい人……。

「さようなら、ヴェリティ」公爵は切ないほどやさしくそう言うと、くるりと背を向けて窓のほうを向いた。愛する人のうしろ姿を見るのは辛すぎるというように。

24

「姉さん、何があったんだい？」ベンが静かに訊ねた。ヴェリティは弟と並んで、二頭立ての無蓋《むがい》馬車の御者台に座っていた。

何があったか？　とくにこれといってめずらしいことはない。わたしは恋に落ちた――ただそれだけ。

大騒ぎするようなことではない……。ベンが手配した馬車に揺られながら、渇いた目でうしろに流れる森を見つめた。

「どうなんだい、姉さん？」また尋ねられた。馬車の旅が始まってすでに数時間が過ぎていたが、その間、ベンがあれこれ訊いてくることはなかった。弟の思慮深さがありがたいと思っていたのに、ベンの忍耐も永遠には続かなかったらしい。

「いつか……ええ、いつか、何もかも話すわ」それは嘘だった。ハイランドのカイルモア領――人里離れたあの谷での出来事を、何もかも話す日はけっしてやってこない。それでも、一部を話して、ベンを多少は納得させるぐらいのことはできるだろう。そうであってほしいと願った。姉のためにさまざまな苦しみに堪えてきた弟なのだから。ヴェリティはベンの顔を見た。「でも、いまはまだ話せないの」

それはゆうに一時間の沈黙のあとでの会話だった。沈黙のまえに口をきいたのは、ベンが身を屈めてバスケット――カイルモア城の執事に無理やり押しつけられたバスケット――から上等な食べ物を取りだして勧めてきたときだった。といっても、いらないと断わっただけだったけれど。

胸に渦巻く重い悲哀は消えず、食べ物のことを考えただけで吐き気がした。いずれは普通の人と同じように話して、笑って、食べて、眠れる日が来るのだろう。けれど、いまは悲しみで胸がいっぱいで、そんな日が来るとはとうてい思えずにいた。

「ひとつだけ教えてくれ」ベンは大きな手で手綱を握りしめながら、歯を食いしばって二頭の馬を見つめていた。「ひどいことをされたのか?」

「ええ」ヴェリティはつぶやくように言った。

恋人のもとを去ってからというもの、無気力という灰色の霧に包まれていた。霧から逃れようと手探りで進んでも、一秒ごとにますます霧が濃くなっていく、そんなふうに思えてならなかった。

「ああ、くそっ、やっぱりそうか!」ベンは手綱を思いきり引いて、馬車を急停止させると、姉を見た。「次の町に着いたら、あの野郎を訴えてやる。あいつがくそったれ公爵だろうが知ったことか。姉さんを傷つけたんなら、その報いを受けさせてやる」

ベンの怒りがヴェリティの麻痺していた心を刺激した。圧倒的な苦悩が大波となって、心になだれこんできた。ヴェリティは苦しげに息を吸った。

「いいえ、ベン、あんたはわかってないわ」そうして、いままで認めまいとしてきた真実をはっきりと口にした。「わたしは公爵を愛しているの」

「愛してる？　そんな馬鹿な……」

胸が張り裂けそうなほど悲しくても、ベンの激昂《げっこう》が苛立ち混じりの当惑へ、やがて、拒絶へと変わるのをヴェリティは見て取った。ベンの顔になんとも言いようのない苦しげな表情が浮かんだ。ベンは姉のことをよく知っていた。自分自身の希望や野心、それに、男としてのプライドまで捨てて、姉を守ってきたのだから。

誰に祝福されることもないこの恋に、姉がどれほど苦しむことになるかわかっていた。すでに苦しんでいることも。

「やめてくれよ、姉さん、惨めすぎるじゃないか……」

弟はわかってくれた――ヴェリティはなんとか微笑んでみせた。「ええ、わかってる」手を伸ばして、膝の上で手綱を握っているベンの手を取った。「でも、静かにしていれば、傷は早く癒えるものよ」

それは母の口癖だった。ベンの顔から緊張がすっかり消えていった。あとに残ったのは、思いやりだけだった。

「そのとおりだ、姉さん。ウィットビーに帰ろう。そうすれば、いままでのことはすぐに忘れられるさ」

そんなはずはなかったが、姉を励まそうとする弟の思いやりがありがたかった。「ウィットビーにはいられないわ、ベン。あの町の人々は、ミセス・シモンズは偽者だったと噂しているでしょうから」

ベンは手綱を振って、馬を進めた。「だったら、姉さんのことを誰も知らない土地で、羊の牧場を手に入れよう。寄宿学校にいるマリアも呼び寄せて、いっしょに暮らそう。心配はいらないよ。ヨークシャーの澄んだ空気を吸ってれば、その頰もまた薔薇色になる。ああ、家族みんなで暮らすのがいちばんだ」

「そうね、ベン」ヴェリティはそう応じたものの、それがいちばんだとは思えなかった。せわしなく動く馬の耳越しに遠くを見つめながら、この痛みもいずれは感じなくなると自分に言い聞かせた。いつの日か……すっかり歳を取ったら。

あるいは、天に召される日が来たら。

ふたりは無言で旅を続けた。ヴェリティは過ぎたことを考えないようにした。思いだすのは辛すぎた。

けれど、考えずにいられなかった。何よりも辛い記憶は、今日、結婚を申しこんだときのカイルモアの顔だった。拒絶され、その顔には最後の希望を打ち砕かれた表情が浮かんでいた。

ひとり悲しみに沈んでいると、ベンがしわくちゃの白いハンカチを差しだした。

「どうして？」ヴェリティは戸惑いながら尋ねた。

「泣いてるからだよ」ベンがやさしく言った。

「わたしが？」震える手で頬に触れて初めて、涙を流していることに気づいた。

やはり、忘れられるわけがない。真っ白な髪のしわだらけのおばあさんになっても、忘れたくなかった。どれほど辛い記憶でも。

頬をそっと拭って、まっすぐまえを見つめた。自分自身との無益な闘いはやめて、この数週間の宝物のような瞬間ひとつひとつを思い浮かべた。

無情で、鮮烈で、悲しく、甘い。

すべてを凌駕《りょうが》する愛。

傍らで、ベンが舌を鳴らして馬を急かせると、馬車の速度が増していった。


「ちくしょう、どういうことだ？」

ベンの乱暴なことばが、疲れと悲しみでぼんやりしていたヴェリティを現実に引き戻した。

「きゃっ！」二輪馬車が大きく傾いで止まり、ヴェリティはとなりに座るベンにぶつかった。弟の肩にしがみつく。馬車を引く二頭の馬が足踏みしながらいなないた。

「誰かが道をふさぎやがった」鋭い目で前方を睨みながら、ベンが言った。

「道をふさいだ？」ヴェリティはわけがわからずくり返した。

どういうことなのか考えるよりさきに、荒々しくつかまれて、御者台から引きずりおろされた。乱暴に路上に落とされて、恐怖を感じる暇もなく、驚いて悲鳴をあげた。片方の膝が地面にあたると同時に、両手をついた。おかげで、顔から地面に突っ伏すことだけは避けられた。

「姉さん！」ふたりの男に御者台から引きずりおろされながらもベンが叫び、となりに倒れこんだ。すりむけて血がにじむ手のひらが痛んだが、それでも、ヴェリティはなんとか立ちあがろうとした。

「弟に手出ししないで。わたしを連れていくなら、そうしてちょうだい。抵抗はしないわ」と鋭く言った。

手荒なことをされているというのに、なぜか心は浮きたっていた。これは単なる追い剝ぎではない。公爵が差しむけた男たちで、これからわたしを連れてまたあの谷に向かうのだ。公爵と一生いっしょにいられなくてもかまわなかった。男たちのしようとしているのが犯罪でもかまわなかった。公爵のそばにいられる。いまはそれがすべてだった。

傍らに立っている黒い服の屈強な男たちを見あげた。てっきり、ヘイミッシュか、あるいは、あの強力《ごうりき》のふたり組の顔が見られるものと思っていた。

ところが、遅い午後の陽光を浴びて立っているのは、見たこともない男ばかりだった。驚いて、男たちの背後に目をやって、そこにいるはずのカイルモア公爵の姿を探した。

「あの野郎、殺してやる！」ベンがよろめきながら立ちあがった。「だから、あいつを信用するなって言ったんだ」

「伏せてろ！」いちばんの大男が怒鳴って、ベンの脚を蹴飛ばした。ベンがうめきながら倒れた。「こいつを縛りあげろ」

ヴェリティはわけがわからなかった。大男のことばに訛りはなかった。公爵はこれまでスコットランドの男たちを使っていたのに……。

「カイルモア？」戸惑いながらも、呼びかけた。「わたしは抵抗しないわ。それはあなたも知っているはず」

大男が腕を折りそうな勢いでつかんできた。「口を閉じてろ」どすのきいた声がしたかと思うと、腕をねじられて、また倒されそうになった。

「抵抗しないと言ったでしょ」

倒れそうになりながらも、なんとかこらえた。力ずくで連れていく必要などないと公爵は知っているはずだ。ウィットビーのときとは、何もかもが変わったのだから。

そうでしょう？

怯えるなんて馬鹿げている。公爵は二度と手荒な真似をしないはず。公爵がそう誓い、わたしはそれを信じたのだから。けれど、ロンドンでプロポーズを断わって、姿をくらましたときの公爵の激しい怒りを思いだすと、背筋に寒気が走った。

今日の午後も、あのときとそっくり同じことをした、そうよね？

不吉な予感に心臓の鼓動が激しくなった。ぞっとしたが、警戒しながら人気《ひとけ》のない道に目をやった。四人の男がいるだけで、あとはベンが借りてきた馬車と、道をふさいでいる大きな石や枝、そして、少し離れたところに扉がぴたりと閉じた、立派な馬車があるだけだった。

ベンは相変わらず男たちを振り払おうともがいていたが、ウィットビーのとき同様、多勢に無勢では勝てるはずがなかった。声を張りあげて罵ったが、そんなことばにはびくともしない悪党どもに、あっというまに縛りあげられて、道のわきの木の下に放りだされ、なす術もなく転がっているしかなかった。

ベンを縛った男のひとりが、馬車に駆け寄って、ヴェリティにはすでにすっかり見慣れたものになったキンムリー家の黄金の鷲の紋章が付いた扉を開けた。馬車から人が降りたつころには、ヴェリティはこの襲撃の張本人が誰なのかほぼ見当がついていた。ゆえに、驚いて呆然とすることはなかった。

「よくやったわ、スミッソン」ヴェリティのとなりにそびえるように立っている悪漢に向かって、公爵夫人は眩いほどの笑みを見せた。

「光栄です、奥さま」大男は軽く会釈した。「ふたりとも処分しますか？　追い剝ぎのしわざに見せかけるのは造作もありません」

「やめて」ヴェリティは驚いて、必死にもがいた。こんなことになるなんて。高貴な恋人が自身の義務を果たせるようにと、身を切られる思いでたったいま別れてきたというのに。

「弟は関係ないわ」

「黙れ、このあまが！」スミッソンの片腕が首にまわされて、ぐいと引き寄せられた。背中に大男のざらりとした麻のシャツが擦れるのがわかった。男の饐《す》えた汗のにおいに眩暈がした。思わず小さなうめき声を漏らしたが、首にまわされた腕にさらに力がこもると、その声も掠れて、すぐに途切れた。

公爵夫人のどこまでも冷たい視線を感じた。紺碧《こんぺき》の瞳の奥で燃えているまぎれもない憎悪を感じて、ヴェリティは身震いした。

「息子がおまえに出会ってからというもの、おまえが邪魔でしかたがなかった」公爵夫人の声はその目と同じぐらい冷酷だった。

「でも、わたしたちは別れました。おわかりのはずです、公爵さまとわたしはもうなんの関係もないんです」苦しげに喘ぎながら言った。

首にまわされた腕が少しでも緩むようにともがいたが、無駄だった。手を上げて、スミッソンの腕を引っかいた。かすかな痛みを感じたスミッソンがうれしそうに唸って、首を締める腕にさらに力をこめた。

「もがいても無駄だ、このあばずれが」低い声が響いた。「おとなしくしてろ、さもないと痛い目にあうぞ」

気道をふさいでいたスミッソンの腕がわずかに緩むと、真っ暗になりかけていたヴェリティの視界にゆっくりと光が戻った。絞めつけられていた血管に一気に血が流れこんで、傷ついた肌がずきずきと痛んだ。

空気を胸いっぱいに吸いこんで、公爵夫人を見つめた。スミッソンはただの乱暴者だ。ほんとうの脅威は、完璧な装いで目のまえに立っている、氷の瞳の美女だった。不安で頭がくらくらしたが、湧きあがる恐怖を必死に押しこめた。

「公爵さまには二度とお目にかかることはありません」掠れた声で言った。少し話すだけでも、絞めつけられた喉が痛んだ。

そんな話を信じられるものかと言いたげに、公爵夫人が眉を吊りあげた。「息子のことはよくわかっているわ。おまえが別れると言ったところで、あの子が素直に応じるわけがない。おまえがロンドンからいなくなったときに、あの子が血迷って、世間の物笑いになったのを思いだすと、いまでも背筋に寒気が走る。あのときは恥ずかしくて、身の置き場もなかったのだから」公爵夫人の口調にはひとりよがりな怒りが表われていた。「残念ね、おまえはわたくしの機嫌をそこねてしまったのよ、ソレイヤ。だから、その埋め合わせをしてもらうわ」

ヴェリティはスミッソンに捕われたまま、まっすぐに公爵夫人を見返した。

「お望みなら、どうぞわたしを殺してください」低く、震える声で言った。公爵夫人の固く冷たい心に、邪魔な情婦にかける哀れみなどあるはずもなかった。それでも、なんとかしてベンを救わなければならない。「でも、弟は何もしていません。ですから、弟だけは助けてください、お願いします」

口紅で美しく彩られた唇の端を引きあげて、公爵夫人は尊大に微笑んだ。「おやまあ、なんて感動的なきょうだい愛でしょう。どうやら息子を惹きつけて堕落させたのは、その綺麗な顔のせいだけではなかったようね。あの子は昔から、なんの力もないくせに勇気だけはある、そんな連中に共感するようなふがいないところがあったから」

「公爵さまはふがいなくなんてありません」ヴェリティは分別を忘れて、きっぱり言った。ふいに歩み寄ってきた公爵夫人に頬を思いきり叩かれた。「情婦のぶんざいで、口答えをするとは生意気な」

スミッソンに押さえられていなければ、叩かれた衝撃で倒れていたかもしれない。左頬が火がついたように熱かった。震える手を頬にあてて、悔しさをこらえながら、おもねるような口調で言った。

「申し訳ございません、公爵夫人」そう言いながらも、目のまえにいる絶世の美女の顔に、侮蔑をこめて唾をかけたくてたまらなかった。

「そう、だいぶよくなったわ」さきほどまでの不機嫌な顔が一変して、公爵夫人はさも得意げな笑みを浮かべた。「それに、おまえは誤解しているようね。わたくしはおまえを殺す気など毛頭ない。おまえも、そのみすぼらしい弟も。わたくしはマーガレット・キンムリーに逆らった日のことを、おまえたちが一生忘れないようにしてやりたいだけ。そうして、おまえたちはそのことを死ぬまで後悔することになるのよ」

「姉さんを放せ、いかれたばばあが」ベンがのたうちまわって、ロープがちぎれないかと大きな体に渾身の力をこめて脚をばたつかせた。

「その田舎者を黙らせなさい」公爵夫人がそっけなく手下に命じた。その間も、ぎらぎらと燃える目がヴェリティから離れることはなかった。公爵夫人はあくまで非情でありながら、興奮しているようでもあった。公爵夫人の心の奥にある本能のようなもの、自制の効かない何かが、暴力を目の当たりにして解き放たれたかのようだった。

その何かにヴェリティは吐き気を覚えて、目を閉じた。

公爵夫人はさきほどと同じそっけない口調でさらに言った。「でも、気を失わせては駄目よ。身分をわきまえない行動がどんな結果を招くか、その目にきちんと刻みつけさせるんですからね」

喉もとまで出かかった悲鳴を、ヴェリティはなんとか呑みこんだ。

叫んだところでどうしようもない。助けは来ない。ベンを助けてくれる者もいない。

男たちがベンを取り囲んだ。ヴェリティには弟がどんな目にあっているのかよく見えなかった。けれど、無抵抗の体に叩きこまれる拳の音に、ベンの苦しげなうめき声が重なった。

弟のようすが気になって、スミッソンにつかまれたまま身をよじって首を伸ばした。こみあげてくる吐き気をこらえながら、スミッソンの腕から逃れようともがいた。どうしても弟のもとへ行きたかったが、いくらもがいたところでどうにもならなかった。

最後には力尽きて、息を切らせながら、スミッソンに体を預けるようにぐったりと力を抜いた。公爵夫人の手下の大男が相手では、華奢な女がどれほど抵抗したところで無駄だった。

「やめてください、お願いです。ベンは悪いことは何もしていないんですから」ひりひりと痛む喉から声を絞りだして懇願した。ひとことごとに反発を覚えながらもさらに言った。

「後生ですから。どうか、お怒りは弟ではなく、わたしにお向けください」

手下が寄ってたかって、罪もない男に激しい暴行をくわえているというのに、驚いたことに公爵夫人は微笑した。「わたくしの怒りは、おまえはもちろん、おまえの弟にも向けずにはいられないほど激しいものなのよ」

ベンのうめき声が弱く、途切れがちになった。公爵夫人はまたもや、ベンに目もくれずに言った。「忘れてはいないだろうね、気絶させてはならないんだよ。その男には、姉がどんな罰を受けるのかしっかり見せてやらなければならないのだから」

そのことばで、永遠に続くかと思われた暴行が終わった。ヴェリティはなんとか息をついたが、同時に、公爵夫人の意図が空恐ろしい予感となって胸のなかに広がっていた。

「この男たちにわたしを輪姦させるおつもりですか？」小さな声で尋ねた。

こみあげてくる恐怖に息が詰まった。堪えがたい苦痛と辱めの場面が脳裏をよぎり、くずおれずにいるにはスミッソンの汚らわしい腕に頼るしかなかった。

「そう、いずれはそうなるでしょうね。おまえのようなあばずれは、どうせまた誰かの情婦になるのだから、四人の男を相手にしようがどうってことはないはず」公爵夫人はこともなげに言ってから、冷ややかな口調でつけくわえた。「だから、そのまえに、二度とおまえが息子を、いいえ、どんな男も誘惑できないようにしておかなければね」

「わたしはもう誰の情婦にもなりません。引退したんですから」ヴェリティはそう言ったが、何を言おうと公爵夫人の気持ちが変わらないのはわかっていた。

「ならば、その決意が揺るがないようにしてやりましょう」公爵夫人はそこで初めて、痛みに体を震わせて倒れているベンを見やった。「誰かその男がきちんと見ていられるように起こしておやり。ほかの者はこちらへ来なさい」

男たちがベンのそばを離れると、ヴェリティにもようやく弟が見えた。思わずか細い悲鳴が口をついて出た。ベンの顔は血まみれで腫れあがり、服は破れて泥だらけだった。

夕暮れであたりは薄暗く、はっきりとは見えないけれど、ベンは大怪我をしているの？とはいえ、いまの状態を見ただけでも、吐き気がこみあげてきた。

「ああ、ベン」叫びながら祈った。公爵夫人のことばとは裏腹に、弟が気を失ってくれますように。けれど、姉の声が聞こえたのか、ベンが弱々しく顔を上げた。

哀れなベンに気を取られていて、公爵夫人がスミッソンに命じたことばをヴェリティは聞き逃した。気づいたときには、スミッソンの手は離れて、ベンを殴っていたふたりの男にはさまれて、腕をつかまれていた。その間に、スミッソンが歩みでて、女主人のとなりに立った。「さて、何をお望みでしょう、公爵夫人？」

公爵夫人は恍惚感にも似た光を目に浮かべて、小ぶりのハンドバッグから銀のナイフを取りだした。「顔を切るのよ。どんな男も顔をそむけずにはいられないような傷をつけてやるの」期待感に声が震えていた。

「いや！　やめて！」ヴェリティは空しくもがきながら叫んだ。誇りは一瞬にして消え去って、恐怖を隠せなかった。「そんな野蛮なことをしないで」

「公爵夫人……」スミッソンがナイフを受けとるのをためらった。ヴェリティは恐怖に心を奪われながらも、意外にもスミッソンの無表情な顔が嫌悪にゆがんだのに気がついた。

「この女を殺したがっていたくせに——」公爵夫人は皮肉った。まるで、スミッソンのクラバットの結びかたが粋《いき》ではないと言っているような口ぶりだった。「あきれたものね、さあ、男になりなさい」

スミッソンは首を振った。「殺すのは簡単だ。だが、ただ気に食わないからって、女の綺麗な顔を切り裂けと？　いいや、公爵夫人、悪いがそんなことはできない」

「おまえはクビよ。おまえにはもう用はないわ」公爵婦人の冷ややかな口調と、その顔に浮かぶ高揚感は不気味なほどちぐはぐだった。公爵夫人の貪欲な目がヴェリティの両わきに立つ男たちに向けられた。「この女はふしだらで、おまけに盗人でもある。荷馬車のうしろに縛りつけて引きまわしてから、吊るし首にしてもおかしくないわ。さあ、わたくしの命に従う者は？」

張りつめた沈黙のなかで、ヴェリティは息を詰めて待った。男たちの誰かが公爵夫人のことばに応じるの？

これまで生きてきて、美しい顔は天の恵みではなく、災いの種になることのほうが多かった。それでも、誰かに顔を見られるたびに哀れまれるのはいやだった。それでなくても、鈍く光る小さな刃が頬を切り裂くのを想像するだけで恐ろしくてたまらなかった。

必死に息を吸って、叫んでもがきたくなる気持ちを抑えた。顔を傷つけられて、すぐさま輪姦されるのだ……。そんな恐怖の連続に堪えられるはずがなかった。

「このナイフを握った者に百ギニーをあげるわ」誰も命令に従わないと見るや、公爵夫人はきっぱり言った。

公爵夫人の顔に刻まれた深いしわが、男たちへの苛立ちを示していた。ついさきほど美しいと感じたその顔に浮かんでいるのは、凄《すさ》まじい憎悪と異常な欲望だけだった。

男たちの顔を見ていると、さらなる恐怖が湧きあがり、息が詰まった。百ギニーといえばひと財産だ。この男たちが一生のうちに目にするはずもない大金だ。弟を袋叩きにできる男たちも、女の顔に一生残る傷を負わせることには躊躇するはず――そんな淡い期待に頼るのは愚か者だけだった。

「おれがやりますよ、公爵夫人」ヴェリティの右側にいた男が腕を離して歩みでると、公爵夫人の震える手から銀のナイフを受けとった。公爵夫人の手が震えているのは、心に迷いがあるせいではない。ヴェリティにははっきりとわかっていた。それは興奮しているせいだった。

「深くえぐるんだよ」悪魔のような復讐欲がまもなく満たされるとわかると、公爵夫人の息が上がり、のこぎりを引くような耳障りな音をたてはじめた。

ベンが不明瞭な抗議の声をあげながら、地面に膝をついて立ちあがろうとしたが、見張りの男に殴り倒された。

ヴェリティは恐怖を押し殺して、胸を張って立っていた。けれど、それもナイフを手にした男が目のまえにやってくるまでだった。男の目を見たとたんに気力が萎えて、がっちりと体を押さえつけている手から逃れようと、身をよじった。

「いや！　いやよ、やめて。お願い、やめてちょうだい」ひたすら懇願して、涙を流して、顔をそむけた。

男に顎をつかまれて、まえを向かされた。ナイフが肌に食いこむのを覚悟した。堪えがたい激痛と、あふれ出る血を覚悟した。

「お願い」震える声で言いながら、かすかでも慈悲が浮かんでいないかと男の目を見つめた。若い男だった。ベンよりも若かった。まだ少年と言ってもいいほどの若者にこれほど残虐なことをさせるとはひどすぎる。

「神を信じているのなら、こんなことはできないはずよ」若い男の目に迷いが揺れた。その刹那《せつな》、ヴェリティは男を押し留めたと思った。

「二百ギニー！」男の背後で公爵夫人が声を張りあげた。

ナイフの切っ先が頬に触れた。一瞬、鋭い痛みが走って、生温かいものが頬を伝った。

「神は永遠にお許しにならないわ」そうつぶやいて、目を閉じた。これからがほんとうの苦痛の始まりだった。

そのままじっとして、頬にさらなる痛みが走るのを待った。

「あきれたものだわね。男は強く女は弱いなんて誰が言ったの？」ふがいない男たちへの苛立ちがくわわって、いまや公爵夫人の怒りは爆発寸前だった。「こんなことなら、最初から自分で手を下すべきだった」

「ええ、最近は、有能な召使を見つけるのはたいへんなようですから」ヴェリティは弱々しく言った。目を開けると、ちょうど公爵夫人が男の手からナイフをひったくるところだった。カイルモアの公爵は母親のことを、何があっても顔色を変えないと言っていた。卑しい情婦に嘲笑されようが、愚弄されようが、ひるんだりはしないはず。もう打つ手はなかった。ただひとり愛した男は、誰よりも勇敢だと誉めてくれた。だから、運命を受け入れるのに、意気地なくめそめそしたりはしない。とはいえ、いずれは泣き叫んで、懇願するのかもしれない。それはわかっていた。頬のわずかな傷でさえ焼けるように痛く、まもなくさらにひどい傷を負うことになるのだから。それでも、できるかぎりプライドを持ちつづけるつもりだった。

それでこれから起きる出来事から逃れられるわけではないが、残されているのはプライドだけだった。胸を張った。その姿はまるで、ヴェリティのほうが公爵夫人で、ほんものの公爵夫人が安っぽいあばずれ女のようだった。

尊敬の念とでも言えそうな感情が、公爵夫人の冷たい目にちらりと浮かんだ。息子と同じ美しい藍色の目に。「敵としては、なかなかあっぱれね。それだけは認めてあげましょう」

「こんなことをしてもなんの意味もありません」ヴェリティは精一杯きっぱりと言った。懇願はなんの役にも立たなかった。けれど、冷ややかな抵抗なら効果があるかもしれない。声が掠れそうになるのが腹立たしかったが、どうしようもなかった。「はっきり言ったはずです。公爵さまとは二度と会いません。公爵さまも、けっしてわたしのあとを追わないと誓いました」

「そうだとしても、わたくしがこうむった迷惑は償ってもらわなければね」勝ち誇ったように公爵夫人が言った。

「わたしの顔を傷つけて、輪姦させることで?」

「ええ、そのぐらいはさせてもらうわ」公爵夫人がナイフの刃を撫でながら、薄れる光のなかで獲物を見つめる猛獣に似た視線を送ってきた。「いいえ、目玉をくり抜いたほうがいいかしら」

胃のなかのものが喉もとまで押しよせてきた。「目を潰して、置き去りにするとでも?」ぞっとして、喘ぐような口調になった。

「まさか、片目だけよ。わたくしがすることをきちんと見てもらわなくてはなりませんからね。自分よりすぐれた者に歯向かうのは危険なのよ、お嬢さん」

「あなたはすぐれてなどいません」ヴェリティは吐き捨てるように言った。激しい怒りが恐怖を打ち負かした。怒りだけに支えられて、しっかりと地面を踏みしめて、ナイフが振りおろされるのを待った。「こんなことをして、ただではすまないわ。わたしはどんなことをしてでもあなたを訴えて、罪を償わせてみせます」

驚いたことに、公爵夫人は身の毛もよだつ高笑いをした。甲高く甘ったるい笑い声が、ぴたりと動きを止めていた空気を震わせた。「わたくしはカイルモア公爵夫人。おまえはわたしの息子が捨てた卑しい情婦。おまえが法の庇護など受けられるわけがない。逆に、わたくしがおまえを売春の罪で訴えて、島流しにさせることはできてもね」

「あなたは地獄からやってきた怪物よ」ヴェリティは喘ぎながら言った。

ああ、神さま、早く終わらせて。心のなかで祈ったが、公爵夫人が最後の一瞬までたっぷりと時間をかけていたぶるつもりでいるのはわかっていた。ならば、わたしに残されているのは、不屈の精神だけ。どうか、最後までそれを保っていられますように……。ヴェリティは覚悟を決めて、目を閉じた。

衣擦れがして、公爵夫人がすぐそばにやってきたのがわかった。シルクのスカートと袖が擦れる音がして、ナイフを振りあげて、構えたのがわかった。

運命のその一瞬、ヴェリティを取り巻く恐怖の霧を貫いて、冷ややかで威厳に満ちた愛しい声が響き渡った。

「その人の血が一滴でも流れることがあったら、母上、あなたを即座に撃ち殺します」

25

光の射さない砦にこもっていたヴェリティは、カイルモア公爵の明確なことばに現実に引き戻された。

いいえ、これは幻想に決まっている、とヴェリティは思った。公爵が助けにくるわけがない。白馬に乗った王子さまが現われるのは、おとぎ話の世界だけ。恐怖と絶望のせいで幻聴を聞いたにちがいない。

けれど、うつろな目を開けると、枝が張りだす木々のあいだから公爵が姿を現わして、いつもどおりの自信に満ちた足取りで歩いてきた。公爵の激怒で空気まで震えているのだから、幻想であるわけがなかった。

シルクのシャツから地を払う長いマントまで、公爵は全身黒ずくめだった。決然とした足取りで砂を蹴るブーツまで漆黒だ。

黒一色の衣装とは対照的な蒼白な顔は、抑えきれない怒りで引き締まっていた。腰に下げた剣の柄《つか》に優雅な手を無造作にかけて、反対の手には大きな拳銃を持ち、その銃口を母とスミッソンに向けていた。

公爵夫人が息を呑んで、振り返った。「ジャスティン、馬鹿なことはやめなさい。母親を脅すなんて、息子としてあるまじきことよ」

公爵夫人の口調は誰が聞いても理性的だった。いまのいままでそこにいた、復讐の甘さに酔いしれるおぞましい女の姿は消えていた。銀色に鈍く光るナイフはすばやくスカートのうしろに隠されていた。

公爵は残忍ささえ漂う微笑を浮かべて、母親から少し離れたところで立ち止まった。「そのあるまじきことやらをする自信もあれば、母上、すでにあなたを脅してもいる」そう言うと、押さえられているヴェリティに目をやった。「こいつらに痛めつけられたのか、モ・クリ？」

「いいえ」ヴェリティは弱々しい声で言うと、震えながら、涙を溜めた目で公爵を見つめた。恐怖のときは去った。公爵がいれば、誰かに傷つけられることはない。それがはっきりとわかった。生まれたての赤ん坊でも息を吸うことを知っているのと同じだった。

「頬から血が出ている」感情を抑えた、やさしい口調で公爵に言われると、さきほどの恐怖がよみがえり、冷たい戦慄が背筋を駆けぬけた。

「ほんの引っかき傷よ」ためらいながら答えた。

公爵夫人のしようとしていたことを考えれば、わずかに血のにじむ切り傷など大したことではない。それでも、頬の傷を見つめる公爵の目には、苦しげな光が揺らめいていた。

「そうであることを願おう。でないと、誰かが高い代償を払うことになるからな」公爵はその顔を一瞬よぎった怒りを抑えて、またもや母を睨みつけた。

公爵夫人は蔑みの表情を浮かべて、息子を見返した。「おまえには母を傷つけることなどできません。そんな豪胆さを持ちあわせているはずがない」

虚勢を張れば息子を懐柔させられると公爵夫人は考えたのかもしれない。けれど、ヴェリティはそれは大きなまちがいだとわかっていた。いまの公爵のようすからして、何をしても気持ちが変わるはずがなかった。

「では、試してみますか？」ぞっとするほど穏やかな口調で公爵が言った。

公爵夫人は息子のことばを無視して、勝ち誇った笑みを浮かべた。「気づいていないようだから言っておくけれど、わたくしには四人の従者がいるわ。それに比べて、おまえはひとり」

公爵の威厳は揺るぎもしなかった。「その四人はすぐに拘留される。そうして、四人の証言すべてが、あなたの有罪を決定づけることになる」

公爵は片手を上げて、背後に従えた者に合図した。道沿いの木々のなかから、武装した八人の男が現われた。ヴェリティの知らない男たちに混じって、ヘイミッシュとアンディ、アンガスもいた。

「ジャスティン、こんなことをしてはまた醜聞の種になるわ。まだわからないの？」と公爵夫人が語気を荒らげた。

「そんなことは重々承知の上ですよ」公爵は心得顔で言った。

公爵が連れてきた男たちが無言で行動に出た。銃を突きつけて、ヴェリティの顔にナイフを押しあてた若い男と、横たわったままぴくりとも動かないベンを見張っている男を捕えた。公爵の視線が、ヴェリティを押さえている男に向けられた。「一分後も息をしていたければ、手を離せ」

その声には有無を言わせぬ威厳があった。たちまちヴェリティは自由になった。ふいに拘束を解かれて、よろけた。眩暈を覚えて倒れそうになりながら、空気を求めて喘いだ。けれど、倒れるまえに、すばやく歩み寄った公爵に支えられて、低い声で訊かれた。

「モ・ラナン、こいつらに何をされたんだ?」

腰を支えられて、まっすぐに立った。公爵に触れられたとたんに、眩暈もおさまった。太陽に向かって花が茎をもたげるように、ヴェリティはたくましく情熱的な公爵を見た。

公爵はここにいる。そう、ここにいるのよ。

頭のなかで安堵と喜びの賛歌が響きわたり、胸いっぱいに息を吸った。この数時間で初めて息をした気分だった。とたんに、頼もしい男の香りに全身が満たされた。公爵の胸に顔を埋めて、危ういときは去ったという安堵感に溺れたくなるのを必死に抑えた。

なぜなら、まだ危機は完全に過ぎ去ってはいないのだから。

公爵は片手でヴェリティを抱き寄せながらも、反対の手で銃を構えたままでいた。数メートル離れたところで、アンガスとアンディが、さきほどまでヴェリティを押さえつけていた男を引きたてて、すでに捕らえているふたりの男のほうへ連れていった。ヴェリティをあれほどの恐怖に陥れた三人が、いまは道の端に集められて押し黙っていた。

ヴェリティは男たちから目をそらして、二度と会えないはずだった愛しい人を見あげた。胸のなかに禁じられた喜びが花開いた。こうして永遠に抱かれたままでいられたらどれほど幸せか。けれど、それがかなわない夢なのはいまも変わりなかった。

たったいま経験したおぞましい出来事がふいに頭に浮かんで、公爵の腕のなかで激しく震えた。公爵にしがみついて、思うぞんぶん感謝の涙を流したい——そんな衝動を必死でこらえた。

自制心を取り戻そうと、もう一度大きく息を吸った。いますぐにベンの具合を見なければならない。ずいぶん長いこと、じっとしたままぴくりとも動いていないのだから。

「ベンを見てくるわ」きっぱりと言った。「倒れているの。死んでしまうほど殴られて」

「ヘイミッシュ、いっしょに行ってくれ」公爵はスコットランドの男に命じながら、ヴェリティから手を離した。

ヴェリティは弟に駆けよった。その間も、公爵が手にした銃は母である公爵夫人に向けられていた。ベンは縛られたまま横たわっていた。どうやら公爵夫人がナイフを握るまえに、気を失ったようだった。

途切れ途切れのすすり泣きを漏らして、ヴェリティは弟の傍らに膝をついた。

生きているの？　お願い、生きていますように。

身を屈めて、叩きのめされた哀れな弟を胸に抱いた。黄昏のほのかな光のなかでも、どれほどひどく痛めつけられたかがわかった。ああ、でも、よかった。息をしている。弟をかき抱くと、腫れあがった唇から不規則な息遣いが聞こえた。

「ベン」囁くように声をかけた。涙がとめどなく頰を伝った。弟がまだ小さかったころによくやったように、胸に抱いて体をゆっくりと揺らした。「わたしの愛するかわいい弟」けれど、その声は弟に届いていない。ベンにその声が届くことは永遠にないかもしれない……。

暴行は長く、容赦ないものだった。それを考えると、どれほどの重傷でもおかしくなかった。腫れあがって、傷だらけの頭をそっと膝の上に載せる。その間に、ヘイミッシュが骨製の柄のナイフで、ベンを縛りあげている紐を手際よく切っていった。

「こりゃまた、ひどくやられたもんだ」ヘイミッシュは反応のないベンの体に触れて、ようすを確かめた。

「わたしのせいだわ」ヴェリティはつぶやきながら、袖のあたりを探ってここに来る道中にベンから手渡されたハンカチを取りだした。

ヘイミッシュが顔をしかめてヴェリティを見た。「いんや、ちがう、マダムが自分を責めることはない。あんた方をこんな目にあわせたのは、あそこにいる底意地の悪い魔女なんだから」

それはちがう、とヴェリティは思った。その思いは心に染みついて、消えることはなかった。今日、ベンがこんな目にあったのは、姉が犯した罪のせいなのだ。

けれど、いまは自分の罪を悔やんでいる場合ではなかった。すりむけた手のひらの痛みを無視して、ベンの顔をハンカチで拭った。傷だらけで腫れあがった顔は血と泥にまみれていた。そうしながらも、傷の深さに打ちのめされた。四角い麻のハンカチはあっというまに真っ赤になった。

鼻は曲がり、口はぱっくりと開いた血まみれの傷のようだ。くしゃくしゃのホワイト・ブロンドの髪――その髪も汚れて、血や泥で固まっていた――がなければ、弟だとはわからないかもしれない。

「どれほどの怪我かわかる？　ミスタ・マクリーシュ」ヴェリティは掠れ声で尋ねた。

「鼻が折れてるな。それに、肋骨が二、三本折れてたって、わしは驚かんね。城に連れてったほうがいい。あそこならほんものの医者が診てくれる」

公爵の馬の世話をするときのように頼もしく、かつ、やさしい手つきで、ヘイミッシュはベンの怪我を調べた。ヘイミッシュの意見が真に頼れるものに思えた。ヴェリティは弟に顔を寄せて、やさしく励ました。ベンが何もできない子供だったときによくそうしたように。

「やめなさい、ジャスティン！　何をふざけたことを！」

公爵夫人の非難の叫びに、はっとして、気を失っている弟から顔を上げた。数メートルさきで、母と息子がまっすぐに向きあっていた。血のつながりを明確に物語る美しいふたつの顔がこわばって、憎悪を剝きだしにしていた。

「ふざけてなどいない、このうえなく真剣ですよ、母上」公爵がヴェリティも聞いたことがないほど鋭い口調で言った。どんな些細な命令にも即座の服従を求める男の声だった。「未亡人であるあなたには、社交界を引退して、ノーフォークのノリッジにある別邸で余生を過ごしてもらいます。あなたが後見人を務めるあの哀れな娘も連れていくように。護衛をひとりつけて送らせて、別邸にも昼夜を問わず監視をつけます。万が一、ノリッジから一歩でも出たら、母親が何不自由なく暮らせるだけの金を息子が負担することはなくなる。そうなったら、父上が妻のぶんとして遺した財産だけで暮らすことになるのをお忘れなく」

「なんて横暴なことを！　わたくしはあなたの母親ですよ！」公爵夫人の鋭い怒声に、ベンの額にかかる髪をうしろに撫でつけていたヴェリティの手が止まった。

「あなたが母親だからこそ、その悪行のすべてに息子であるぼくが終止符を打たなければならないんですよ」氷のように冷ややかな公爵の物言いに、ヴェリティは背筋が寒くなった。

「いや、ほんとうなら、何年もまえにそうするべきだった。だが、愚かにもぼくは、公爵家の富に手を出せないようにしておけば、あなたにはなんの力もなくなると思いこんでしまった。そんな致命的なミスを犯したせいで、今日、危うく、何より大切なものを失うところだった」

いけないとはわかっていても、ヴェリティの胸は喜びに浮きたった。たったいま公爵が口にしたことばは、これまで耳にしたどんなことばより、公然たる愛の告白に近かった。

公爵が優雅に片手を上げて、抗議しようとする母親の口を封じた。「無駄ですよ、母上。何を言ったところで聞く気などありません。すべてはすでに決まったこと。あなたはこれ以上人に迷惑をかけることなく、ひっそりと田舎で暮らすんです」

それでも、公爵夫人は精一杯胸を張った。「みごとだこと、ジャスティン」皮肉をこめて言った。「でも、わたくしにもまだ使える武器がありますよ」

「なるほど。で、どんな武器が?」競馬かボクシングに賭けるはした金の話でもしているような、気のない訊きかただった。

「わたくしの夫が正気でなかったのは周知の事実。悲しいことに、その息子も感情の起伏が激しくて、問題だらけの気質の持ち主」公爵夫人は偽りの悲嘆をこめて、非情なことばを口にした。「このごろのおまえの行状を見ると、お父さまの痛ましい心の病を受け継いだとしか思えません。母を社交界から追放するなどというおぞましいことを本気でするつもりなら、精神に異常をきたしたとして息子を拘禁するしかないでしょう」

「ひどい! そんなのでたらめよ!」ヴェリティは腹が立って、叫ばずにいられなかった。裂けて汚れたベンのシャツを握りしめた。

公爵がちらりとヴェリティを見たかと思うと、意外にも微笑んだ。「心配はいらないよ、モ・ラナン。この雌豹《めひょう》にはもう牙はない」

公爵夫人は息子のことばに顔をしかめた。「ほんとうにそうかしら、ジャスティン? ロンドンの社交界は、おまえがそこのふしだらな女とよりを戻すのをてぐすね引いて待っているのよ。おまえの正気に疑問を呈する噂が、これまでだって人の口にのぼらなかったことはなかった。そういう噂を煽りたてるのは造作もない」豪胆にも、公爵夫人は息子に手を伸ばすと、困った子ねとでも言いたげに頰を軽く叩いた。「だから、わたくしを田舎で隠居させるなどという話は金輪際しないことね」

母親のほうを向いた公爵の顔には、もはや笑みはなかった。「噂といえば、社交界の人々は母上の屋敷の使用人たちがしている話にも大いに興味を持つんじゃないですかね？　筋骨たくましい若い下男を漁《あさ》りまくる色情魔の公爵夫人という下世話な話を。あるいは、一ギニーで公爵夫人の淫らな色欲を満たす下町のごろつきの話を」

数メートル離れたところにいるヴェリティにさえ、公爵夫人の顔から血の気が引いたのが見えた。「ジャスティン？　なんてことを……」公爵夫人が息を呑んで、よろよろとあとずさった。

それでも、カイルモアの公爵の超人的な自制心は揺るがなかった。冷ややかな口調になればなるほど、公爵が非情になるのを、ヴェリティは知っていた。

「母上の乱行ぶりは事細かに聞いていますよ。すべて真実だと誓った者の口から。社交界での星の数ほどの情事なら、誰もが大目に見てくれるでしょう。だが、それよりはるかに淫らな男遊びについては、誰もが好意的に受けとってくれるとは思えない。たしか、そこにいるスミッソンが、あなた好みの男娼《だんしょう》を見つくろってくるんでしたね？　とはいえ、絞首刑を免れるためなら、そのスミッソンも口を閉じてはいられないはず。お粗末な策略で息子を脅すまえに、母上、もう一度よく考えてみたらどうです？」

「わたくしを見張っていたのね、イタチみたいにこそこそと！」と公爵夫人が罵った。悪意に満ちたその声を聞いたとたんに、ヴェリティの胸にさきほどの恐怖がよみがえって、気分が悪くなった。ヴェリティはぐったりとした弟を抱く手にさらに力をこめた。

「当然でしょう」母親が口走った侮辱のことばに微塵も動じることなく、公爵は言った。

「いつか、こんな日が来るかもしれないと思っていましたからね。母親の行状の限界を定めた線――息子としてかなり甘く定めた一線を、あなたが越えてしまう日が来ると」

公爵夫人は言い返したが、その声は震えて、土気色の顔に真っ赤な口紅を塗った唇だけがやけに目立っていた。「黙りなさい、ジャスティン！　なんてひどいことを。ええ、わたくしのことはどうなってもかまわないと思っているとしても、自身のことを考えなさい。キンムリーの家名を汚すのは許されることではありません」

「公爵さま、おれは言われたとおりにしただけだ」公爵夫人のうしろでスミッソンが言った。

「公爵夫人に雇われている以上、命じられたことにはそむけない」

「おまえは凶暴な悪党だ」公爵は冷ややかに言った。「おまえもおまえの仲間も、今日犯した罪で縛り首になる」

「駄目よ、カイルモア」ヴェリティはきっぱり言うと、道端に茂る草の上に、気遣いながらベンの頭をそっと下ろした。

ヴェリティのそのことばに、一瞬、あたりが静まりかえった。公爵は怒りというより、むしろ驚きの表情を浮かべてヴェリティを見た。「駄目だって？　きみはまだわからないのか？　ぼくはいますぐにでも、こいつらを撃ち殺したくてうずうずしている。法の裁きなど無視して」

「もちろんわかっているわ。ほんとうよ」ヴェリティは静かに言った。公爵の引き締まった体のなかで、いまにも切れそうなほど神経が張りつめているのが伝わってきた。

立ちあがって、胸を張ると、公爵に歩み寄って、となりに立った。ゆっくりと慎重に銃に手を伸ばす。束の間、公爵は銃を握る手を緩めなかったが、結局は離した。ヴェリティは銃を取りあげた。手のひらにあたる銃は、やけに冷たく固く重かった。

「お母さまの言うとおりよ。醜聞が家名を汚すように、法に訴えてもやはり家名に傷がつくわ」ヴェリティは静かに言ったが、不安でたまらず心臓が早鐘を打っていた。ああ、どうか、公爵をうまく説得できますように……。「お母さまをノーフォークに行かせるのよ。そこにいる男たちも。捕まれば縛り首になるとわかっているのだから、ノーフォークでおとなしくしているはずよ」

「きみに悪魔のような仕打ちをしようとした女だぞ」公爵は怒りのこもる低い声で言った。「それに、その女を手助けしたこの獣どもは、きみの弟に瀕死の重傷を負わせた」

「それは忘れていないわ」ヴェリティはさきほどからへイミッシュの手当てを受けているベンをちらりと見た。「でも、この人たちを訴えたら、すべてが白日のもとにさらされる。そうなったら、誰にとってもいいことはないわ」

「きみの寛大さには負けたよ、モ・クリ」と公爵は静かに言った。

そうして、手を伸ばすと、母親の腕を乱暴につかんだ。「さて、どうする？　ノーフォークへ行く気になったか？　それとも、完治の見こみのない色情魔として、残りの一生を施設で過ごすか。となると、派手な醜聞もついてくるが」

公爵夫人の藍色の目が涙で光っていた。後悔ではなく計画を阻止された憤怒の涙――ヴェリティにはそれがはっきりとわかった。

「ジャスティン、痛いわ！」公爵夫人が涙声で言った。

脅しが卑屈な泣き落としに変わっても、公爵にはまるで効き目がなかった。「痛い？　それはけっこう。できれば腕をもぎ取ってやりたいところだ」

公爵がいまにも破裂しそうな怒りを必死にこらえているのはまちがいなかった。「さあ、母上、どうします？　返事を待っているんですがね」

公爵夫人の顔はこわばって、青ざめていた。さすがに、その顔は歳相応だった。不安げに唇を舐めてから、険しい表情の息子をまっすぐ見つめる目に、並はずれた美貌の名残りがかすかに窺えるだけだった。「わかったわ、ノーフォークへ行けばいいんでしょう」

「よろしい」それでも、公爵は手を離そうとしなかった。「そのまえに、このレディに謝罪してもらいましょう」

公爵夫人の顔に見誤りようのない嫌悪が浮かんだ。いっぽう、ヴェリティはあまりにも驚いて口もきけなかった。社交界に君臨する貴婦人が情婦に謝罪する？　それはありえないことだった。

公爵夫人は息子の手を振りほどこうとしたが、それにも失敗した。「なんて馬鹿げたことを。ふしだらな女に頭を下げるなど、死んでもいやです」

「いいや、あなたは謝るんですよ。さもなければ、それなりの償いをしてもらいます」

「こんな下賤《げせん》の女など、はきだめに投げこんでやればいい。そこがお似合いの場所なのだから」公爵夫人は吐き捨てるように言った。持ち前の傲慢さが頭をもたげはじめていた。「それに、わたくしを施設に閉じこめるなどと脅すのはおやめなさい。わたくしは羽の生えた囚人ではないんですからね。それに、自分の母親を拘束するなんてことは、おまえがアイルランドまで泳いで渡る以上に現実的ではないわ。こんなくだらない茶番はさっさと終わらせて、わたくしを解放しなさい。ええ、ノーフォークへ行きますとも。それに、カイルモア公爵夫人として誓いましょう、おまえの情婦にはもう手は出さない。さあ、これだけ譲歩すれば充分なはず」

「とんでもない」公爵の口調にヴェリティは思わず顔をしかめた。公爵は悪漢を見張っている従者のほうを向いて言った。「ダンカン、ここの治安判事はいまもまだジョン・ファース卿が務めているのか?」

「そうです、公爵さま」ヴェリティの知らない男が答えた。

「では、クラヴァトン館へ行って、裁きを受けさせたい罪人がいるとファース卿に伝えてくれ」

「かしこまりました」ダンカンは銃を下ろすと、足早に木立へ向かった。

凍えるような静寂のなかで、ヴェリティはじっとしていた。握りしめた銃が冷たい汗でぬめっていた。いくらプライドが高いとはいえ、公爵夫人が誰にとっても災いでしかないことを引きおこすはずがない。

いっぽうで、公爵夫人は想像もつかないほど傲慢で、頑なだ。今日、この人気《ひとけ》のない道でそれをいやというほど思い知らされていた。

声が届きそうもないところまでダンカンが行きかけたところで、ようやく公爵夫人が折れた。「やめなさい！　なんて忌々しい、ジャスティン、おまえなど地獄に落ちるがいいわ。ダンカンとやらを止めなさい。ええ、おまえの願いをかなえれば文句はないんでしょう」息子をねめつけながら、低く震える声で言った。「この体におまえを宿した日を一生呪うわ」

公爵は母親に向かって侮蔑をこめて会釈すると、その腕をぐいと引いて、ヴェリティと対峙させた。「人生とはささやかな後悔の連続ですからね、母上。ところで、その惜しみない憎まれ口は、これからする謝罪の前置きなんでしょうね？」母親に視線を据えたまま、声を張りあげてダンカンを呼び止めた。「おい、まだ行くな」

公爵夫人はヴェリティの頭越しに遠くを見つめた。その顔は仮面と化していた。声には抑揚がなく、屈辱がにじみでていた。「おまえとおまえの弟に怪我をさせて悪かったわ」

「もう一度、今度はもう少し心がこもった謝罪を頼みますよ」公爵がすまして言った。

ヴェリティはもう充分だと思った。「カイルモア、これ以上お母さまに恥をかかせることはないわ」唇がこわばっていたが、そう言った。「あなたは勝ったんですもの。こんな形で、お母さまへの恨みを晴らしても意味はない。もうノーフォークへ行ってもらいましょう。べンをお医者さまに診せなければ」

公爵は蔑んだ目で母親を睨んだ。「このレディの望みとあればしかたない。ただし、ノーフォークでの隠遁《いんとん》生活に不満を抱くようなことがあれば、思いだしてくださいよ——このレディのとりなしで、施設暮らしを免れたことを。それを思いだすたびに、田舎での暮らしもさぞかし楽しいものになるでしょう」

公爵は母親の腕を離して、従者のほうを向いた。「母上のお付きの者の武器を取りあげてオーバンへ連れていき、公証人を探してくれ。いま合意に達したことを宣誓陳述書にまとめさせろ。それが終わったら、母上とこの男どもをノーフォークへ送り届けてくれ。向こうの管理人には手紙を書いておく。母上が到着するころには、見張りの手はずは整っているだろう」

公爵夫人が荒々しく息を吸った。「冗談じゃない、そんなことをさせるものですか」スカートを探ったと思うと、次の瞬間には、その手に銀色に光るナイフが握られていた。同時に、息子に飛びかかろうとした。「おまえにこんなことをする権利があるものか。できそこないの人でなしが！」

「危ない！　ナイフを持っているわ！」ヴェリティは叫びながら、とっさに銃を持ちあげた。

公爵はすばやく身を引いて攻撃を交わすと、母親を取り押さえようと手を伸ばした。公爵夫人が息子の腕を払おうと光るナイフをひと振りしたが、ぎりぎりのところでその刃は空《くう》を切った。

「やめるんだ！」公爵は母親から目をそらさずに言った。「素直に負けを認めるんだ。いまさらあがいてもどうにもならない。それとも、絞首刑になりたいとでも？」

「絞首刑になどなるものですか。いままでどおりの暮らしを続けるのよ」公爵夫人の息は上がり、青白い顔のなかで目だけが異様に光っていた。

「ナイフを捨てなさい」ヴェリティの固い声が響いた。公爵夫人が愛する男の命を奪おうとした瞬間、恐怖は煙のように消え去った。「捨てなければ、撃つわ。本気よ。銃の撃ちかたを知らないとお思いなら、それはとんでもない勘ちがいというもの。護身用の武器の扱いは、情婦の必修科目ですからね」エルドレス卿に教わったとおりに、慣れた手つきで撃鉄《げきてつ》を引いた。

公爵夫人は侮蔑をこめてヴェリティを見た。「おまえにわたくしが撃てるものですか。そんなことをしたら、自分の身にどんなことが起きるかわかっているはずですからね」

「そんなことをわたしが気にしないとしたら？　今日、あなたは傷つけて、輪姦するとわたしを脅した。それに、わたしがカイルモア公爵を守ろうとしただけだと証言してくれる目撃者もそろっている。どうぞ、そのことをお忘れにならないように。わたしが牢獄に入れられるはずがない」

ヴェリティを睨みつける公爵夫人の目に、めらめらと燃える敵意が浮かんだ。「やはりおまえをさっさと殺しておくべきだった」

ヴェリティは公爵の皮肉をこめた会釈を真似て首を傾げた。「あなたがそうしなかったことに感謝しますわ」

「生意気な雌犬が！　おまえの勝ち誇った高笑いなど聞きたくないわ。ええ、殺してやる！」

公爵夫人がナイフを振りあげて、ヴェリティへと突進した。ヴェリティは引鉄《ひきがね》にかけた指に力をこめた。

耳をつんざく轟音がとどろいた。鼻をつく火薬のにおいが漂った。

公爵夫人が悲鳴をあげてあとずさり、息子に身を預けた。公爵は片手を公爵夫人の腰にまわして体を支え、反対の手で母親の緩んだ手からナイフを取りあげた。

耳鳴りがした。ヴェリティはがっくりと銃を体のわきに下ろした。「そんな……わたしは公爵夫人を撃ってしまったの？」胃のなかのものがこみあげてくるのを感じながら、弱々しく言った。

怒りにまかせて銃を撃ったことなどなかった。公爵夫人がいくら邪悪で、その報いを受けて当然だとはいえ、人の体に銃弾を撃ちこんだという事実は、とうてい受け入れられるものではなかった。

「いや、かすりもしていない。残念だが」おざなりに母親の体を調べてから、公爵は吐き捨てるように言った。

「よかった」とヴェリティはつぶやいた。公爵のことばを聞いて気分がだいぶよくなった。

「おまえはわたくしに向かって引鉄を引いたのよ、下賤な女が……」公爵夫人は呆然としながらも言った。「このわたくしに向かって！」

公爵はお得意の冷ややかな物言いで言った。「そこまでだ。母とはいえ、これほど異常な女にはもうつきあえない。いますぐ目のまえから消えてもらう」そう言うと、銃声を聞いて駆けつけてきたダンカンを見た。「公爵夫人を馬車に連れていって、閉じこめろ。きちんと見張っているんだぞ」

抗議や脅し、あらんかぎりの文句が飛びだすものと、ヴェリティは思った。けれど、公爵夫人は何も言わなかった。そびえるように立っているすらりとした長身の息子をまえにして、公爵夫人がやけに小さく見えた。敗北を悟って、毒気がすっかり抜けてしまったかのようだった。

けれど、どんな毒蛇にも引けを取らない公爵夫人は、好機と見ればまた反撃に出るはずだった。

公爵夫人がダンカンに連れられて馬車に向かうと、公爵は気遣う目でヴェリティを見て、やさしく訊いた。「大丈夫かい？」

「ええ」ヴェリティはそう答えたものの、心臓はまだ激しい鼓動を刻んでいた。公爵夫人を殺してしまったと思った瞬間に、全身を駆け抜けた胸が悪くなるほどの恐怖がすっかり消えたわけではなかった。それでもなんとか微笑らしきものを浮かべて、銃を差しだした。「これはあなたが持っているほうが安全みたいだわ」

公爵は何も言わずに銃を受けとった。「ぼくとへイミッシュといっしょにカイルモア城へ戻ろう」

「ありがとう」とヴェリティは言った。疲れきっていたが、命を救ってくれた男への感謝が胸にこみあげてきた。ふいにあふれそうになった涙を見せまいと、うしろを向いた。「弟のようすを見ないと」

震えてうまく動かない体に鞭打《むちう》って、ベンの傍らまで歩いて、膝をついた。ベンは青々と茂る草の上に横たわり、たたんだ外套に頭を載せていた。

「ミスタ・マクリーシュ、どんなようす？」不安げに訊ねた。万が一にも、これで弟が死ぬようなことがあれば、一生自分を許せないはずだった。

「大丈夫、命に別状はありませんよ。とはいえ、とうぶんはかなり痛むでしょうがね」

ことば自体もさることながら、ヘイミッシュの確信に満ちた口ぶりに、ヴェリティは安堵した。夕闇が濃くなっていたが、ヘイミッシュがベンの傷をみごとに手当したのが見て取れた。包帯代わりの布をどこで見つけてきたのか不思議だったが、尋ねはしなかった。

ベンは顔も傷だらけだった。けれど、黒い痣のできた片目が開いて、薄れゆく光のなかで姉を見た。「姉さん」腫れあがった唇から、たどたどしいことばが漏れた。

ベンが目を覚ました！　弟が意識を取り戻したのが、ヴェリティはにわかには信じられなかった。圧倒的な安堵と苦い罪の意識で胸がいっぱいになり、弟におおいかぶさって、泣きじゃくった。

「やめてくれよ、姉さん。大げさだな」姉をなだめようと、ベンが手を伸ばしたが、苦痛に顔をゆがめた。

「駄目よ、動いちゃ。あんたが生きてさえいてくれたら、それだけで充分よ」弟の無残に傷ついた手をそっと握りながらヴェリティは涙声で言った。「死んでしまうんじゃないかと気が気じゃなかった」

「ベンジャミン・アシュトンさまに止《とど》めを刺す気なら、あんなへなちょこじゃなくって、もっとましな連中を寄こさないとな。さあ、もうやめてくれよ、姉さん。泣くことなんかないんだから」

「そうよね」安堵のため息を漏らすと、さらに涙があふれてきた。「ああ、もう……わたし、どうかしちゃったみたい」

「ヘイミッシュ、マダムたちが乗ってきた馬車で、ベンといっしょに城に戻ってくれ」いつのまにか公爵が傍らに立っていた。「マダムはタナスグに乗せていく」

ヴェリティは闇に包まれようとしている道にぼんやりと目をやった。その場に残っているのは四人だけだった。公爵夫人とお付きの四人の姿もなく、公爵が引きつれてきた男たちもすでに立ち去っていた。

「ベンのそばにいたいわ」愛する男と別れる決意が揺らぎ、いまにも砕け散りそうになっているのに、とうの本人とふたりきりになるわけにはいかなかった。

それでも、公爵が差しだした手を握って、おとなしく立ちあがった。「きみたちが借りた馬車にはふたりしか乗れない。そのふたりのうちのひとりが馬を御さなければならない。べンはヘイミッシュといっしょに馬車に乗ったほうがいい。城に着くまでのことだ。きみたちを引き離したりはしないよ」有無を言わさぬ口調が、最後の約束のことばを口にしたときには和らいでいた。

「ありがとう」ヴェリティは力なくそう言うしかなかった。あまりにも疲れて、反論もできなかった。

公爵とヘイミッシュがベンを抱えあげて馬車に乗せるのを、ぼんやりと見つめた。ふたりともベンの体を気遣っていたが、弟のこわばった顔が激しい痛みを物語っていた。馬車に揺られたら、堪えられないほど痛むはずだ。けれど、ベンをきちんと休める場所に連れていくには、馬車に乗せるしかなかった。

弟に駆け寄って、手をそっと握った。「城で会えるからね」と囁いた。それから、ベンのとなりに座ったヘイミッシュを見た。「よろしくお願いします。ミスター・マクリーシュ」

「ああ、マダム、まかせてくれ。若いもんに医者を呼びにいかせたからな。ミスター・アシュトンはすぐにもとどおり元気になるさ」そう言うと、ヘイミッシュは手綱を取って、舌を鳴らして馬に合図した。

「大丈夫だ」馬車が走りだすと、公爵がすぐうしろにやってきた。「心配はいらないよ、マイ・ラブ《モ・グラ》」

公爵は大きな愛馬をしたがえていた。ヴェリティはもう馬が怖いとは思わなかった。さきほどの悪夢のような恐怖に比べれば、馬に対する恐怖などいかにも子供じみて、取るに足りないものでしかなかった。

震える手で顔を拭った。泣いている自分が情けなかった。ソレイヤはけっして泣かなかった。それなのに、このところのヴェリティは泣いてばかりいる……。「なぜここへ来たの?」「きみをウィットビーまでエスコートすると言っただろう? 約束をきちんと守らなければと思ってね。きみに気づかれないように、あとをつけていくつもりだった」緊張が高まって、公爵の声が低くなった。ヴェリティに向ける眼差しは、恐ろしいほど真剣で、張りつめていた。「ああ、ほんとうにそうしてよかった。きみの愛らしい顔に母がナイフを突きつけた場面は、死ぬまで忘れられないはずだ」

公爵夫人の忌まわしい脅迫を思いだして、ヴェリティは新たな吐き気を覚えた。「お母さまは顔を傷つけてから、わたしを男たちの慰み者にするつもりだったのよ」と小さな声で言った。

強烈な怒りに公爵の目が燃えた。「くそっ、あんな女はやはり殺しておくべきだった」ぎりぎりと歯ぎしりした。

ヴェリティはわざときっぱりと言った。「よかったわ、あなたの分別が怒りを抑えつけてくれて」

公爵が口をゆがめて、苦々しい自嘲のことばをつぶやいた。「今回だけは……」そう言うと、険しい顔が少しだけ緩んだ。「おいで、モ・ラナン。苦難のときはもう終わりだ」

わたしはなんて弱くて、愚かなのだろう……。そう思いながらも、ヴェリティはあらがえなかった。公爵の胸に飛びこんで、安らかでぬくもりに満ちた世界に身をゆだねた。愛する人に抱かれていると、目のまえに横たわる空虚な月日が、どこまでも侘しく孤独なものに思えた。あまりにも寂寥とした未来ゆえに、ヴェリティは強いてもう一度決意をことばにした。

「それでも、わたしは行かなければならないわ」悲しみを隠せなかった。「あなたはあなたの人生を生きなくてはならない。結婚して、子供をつくるのがあなたの義務なのだから」

「きみはどうするつもりだ?」公爵はいったん口をつぐんだ。ヴェリティとふたりで歩む未来を考えているかのようだった。「新たなパトロンをつくって、きみを誘拐した邪悪な公爵のことは忘れるのかい?」

こんなときにからかうなんて、公爵はどこまで残酷なの? 公爵のもとを去るのは、何よりも辛いというのに。厳格な両親の教えに背いて、生活のためにエルドレス卿の情婦になったときよりも、はるかに辛かった。公爵夫人のおぞましい復讐心を目の当たりにしたときよりも。

「もうパトロンはつくらないわ」ヴェリティは苦しげに言いながら、公爵の外套に顔を埋めて、新たにこみあげてきた涙を隠した。

「ああ、もちろんそうだろう」公爵はやさしく言った。「もう何も言うなよ。口喧嘩をするにはきみは疲れすぎているからね。いまなら、あっさりきみを打ち負かせるに決まってる。さあ、家に帰ろう」

あまりにも悲しくて、ヴェリティは公爵が口にした〝家〟ということばに異議を唱える気力さえなかった。

カイルモア城がわたしの家になることはない。たったいま抱きあげて、タナスグの背にそっと乗せてくれた男が、わたしの家――帰るべき場所なのだから。

けれど、わたしはその家には永遠に入れない。

公爵が馬にまたがって、背後から腕をしっかりとまわしてきた。こんなふうに、公爵の腕のなかに永遠にいられればどれほど幸せか……。けれど、馬の背に揺られて城へ向かいながらも、結局は何ひとつ変わっていないとわかっていた。

情婦とカイルモアの公爵。その事実は変わらない。

公爵のもとを去らなければならない。それもまた変わらない事実だった。

26

美しい書斎に置かれた栴檀《せんだん》の机の上に書類が無造作に積まれていた。真夜中をゆうに過ぎていたが、カイルモアはどこか上の空で、不在中に届いた無数の書簡を整理しようとしていた。

請願の手紙や投資の収支報告書などに気持ちを向けられるはずがなかった。自分でウイスキーを注いだクリスタルのグラスを手にとって、口もつけないままもとの場所に戻した。心を占める絶望の苦味はあまりにも痛烈で、酒がくれる心地よいぬくもりぐらいでは消し去れるはずがなかった。

母がヴェリティにするつもりだった残酷な仕打ちを思いだすと、はらわたが捻《よじ》れるほど苦しかった。昔から母は身勝手で残忍だったが、息子である自分も気づかないうちに、その邪悪さに磨きがかかり、あれほどむごいことをするまでになっていたとは。

息子の手で、狂犬のように撃ち殺されなかったとは、マーガレット・キンムリーはつくづく悪運の強い女だ。

なぜ撃たなかったのか、いくら考えてもわからなかった。あの人気《ひとけ》のない道で、全身にこみあげてきた怒りと恐怖は、いまでも血管のなかで鈍い雷鳴となって唸っているというのに。

もし、あと少しでもあそこに行くのが遅れていたら？　指のつけ根が白くなるほどグラスを握りしめた。

もし、ヴェリティの思いを尊重して、密かにあとをつけていなかったら？

いや、ヴェリティの言うとおりにはしなかったはずだ。ヴェリティが二度と傷つくことのないようにすると心に誓ったのだから。そう、この黒い魂にかけて。

自分のもとを離れてほんの数時間で、ヴェリティは顔を傷つけられて、強姦されそうになった。へたをすれば殺されていたかもしれない。

母のことはけっして許せない。そして、自分自身も。

悪魔のような母が瀟洒な別邸で余生を過ごすと思うと無性に腹が立った。あそこで何不自由なく暮らすとは。たとえ、本人があのあたりをつまらない田舎だと考えていたとしても。

権力の中枢から切り離された母の苛立ちを思って、多少なりとも満足してもいいはずだった。母はその気になれば、いくらでも筋骨隆々の下男を捕まえて、好きなだけ時間を潰せるはずだが、どんなことをしたところで、失った影響力を埋めあわせてはくれないに決まっている。

カイルモアは大きなため息をついて、庇護を乞う手紙を手に取ったが、目を通すこともなく机の上に放り投げた。修羅場だらけの一日だったが、そのせいで眠れずに、書斎で思い悩んでいるわけではなかった。

今夜、心を苛んでいるのは、ありふれた失恋の苦しみだった。何カ月もまえに愛人がケンジントンから姿を消したときとそっくり同じ、鋭く生々しい、けれど、ありふれた失恋の痛手だ。

あのときにプライドと欲望で常軌を逸した怒りを抱いたことは反省していた。いまはもう少しものごとの本質がわかるようになっていた。あの日、ヴェリティに負わされた心の傷は永遠に消えることはないのだと。

あれからの数週間で、愚かにも傷が少しずつ癒えたと思いこんでいた。だが、谷での束の間の幸福は、いまの苦悩をいっそう堪えがたいものにしただけだった。

ヴェリティに剣で胸を突かれ、剣が引き抜かれたと思ったら、また貫かれた。一度目よりもはるかに強く、深々と。

ぼんやりと、アダム様式の暖炉の炉棚に彫られた古代ローマの凱旋《がいせん》式の彫刻を見つめた。娘たちがチュニックの裾をひらめかせて踊りながら、炉棚の右角に彫られた優美な神殿へと花環で飾られた生贄《いけにえ》の雄牛を導いている。

鈍重な獣の無知が羨ましかった。その雄牛のように、何も考えずに運命に身をゆだねられたらどれほど楽だろう。だが、頭のなかには、このさきに待ち受けるありとあらゆる苦悩がはっきりと浮かんでいた。

ヴェリティを失うのはいまでも苦しくてたまらないが、長く不毛な年月を過ごすうちに、その苦しみはますます重くのしかかり、命をゆっくりと押しつぶしていくのだろう。

ヴェリティはこの自分を捨てることで、憎むべき男を長く苦痛に満ちた死へと追いやるのだ。とはいえそれも、ヴェリティにしたことを思えば、ふさわしい懲罰だった。

「くそっ、何もかも地獄へ落ちてしまえ」うめきながら、両手で頭を抱えた。

ヴェリティなしで生きられるはずがない。

それでも、生きていくしかない。どうやって生きていくのか見当もつかないとしても。

「ああ、くそっ、地獄の底へ落ちてしまえ」

やり場のない感情に、手を突きだして机の上をなぎ払った。繊細なウイスキー・グラスが大理石の暖炉にぶつかって、砕け、輝く無数の破片になった。

「公爵さま？」思いが実物を呼びだしたかのように、戸口にヴェリティが現われた。

カイルモアは弾かれたように立ちあがると、どうにもならない切望をこめてヴェリティを見つめた。貪るように見て、愛する女のすべてを心に刻みつけた。まとっているのは、谷で着ていた薄紅色のネグリジェだった。頭のうしろに髪をふわりと束ねているせいで、顎と首筋の美しい曲線がはっきりと見て取れた。両手に包帯が巻かれ、細い首には痣ができている。青白い頰にあるナイフで傷つけられた赤い線がいやでも目についた。そんな傷を負ったのも自分のせいだと思うと、またもや怒りと罪悪感に襲われた。

「ヴェリティ？」

細かい彫刻が施された両開きの扉を背後でそっと閉めたものの、ヴェリティはさらに書斎のなかへと入ってこようとはしなかった。体のまえで、そわそわと手を握りあわせているだけだった。

その姿にカイルモアの胸が疼いた。目のまえにいる男を恐れる必要がないことは、ヴェリティももう知っているはずなのに……。

「てっきり眠っているものと思っていたよ。きみはずいぶん疲れているはずだから」平静を保とうとして、声に抑揚がなくなった。

かつての自分が恋しかった。かつての自分なら、何が正しいかということも、相手が何を望んでいるかということも考えもせずに、ヴェリティをさらって、欲望を満たすはずだ。そういう男なら、ヴェリティをわがものにして、傍らに置き、けっして離さないにちがいない。

「ベンを看病していたの。お医者さまには、明日には旅ができるようになると言われたわ。いい馬車に乗せて、ゆっくり旅するなら」

「ベンの傷が癒えるまで、ここにいるといい」

永遠にここにいるといい……。

だが、ヴェリティはすでに首を振っていた。その顔のくっきりした輪郭に決意が表われていた。「カイルモア、わたしは行かなければならない。わたしたちの関係は何も変わってないのよ」

「そう、何も変わってない」カイルモアは何よりも悲しいことばを口にした。できることなら、ヴェリティを説得したかった。異議を唱えて、出発を見送るようにと言いたかった。だが、いくら別れを先延ばしにしたところで、いずれそのときはやってくる。「うちの馬車を使うといい。快適な旅ができるだろうから」

ヴェリティが素直に頭を下げた。「ありがとう」

自分の意見があっさり通ったことに驚きながら、カイルモアはヴェリティを見つめた。ヴェリティがゆっくりと灯りのほうへ向かった。光に照らされると、潤んだ目の下に疲労と苦悩の影ができていた。

これほどやつれたヴェリティを見ているのは、身を切られるほど辛かった。シンプルに束ねた髪から落ちた巻き毛が頰にかかっていた。

「頰は痛むかい？」心配でたまらず、尋ねた。「くそっ！　怪我をするまえに、助けられなかったなんて」

ヴェリティはかすかに皮肉めいた笑みを浮かべた。束の間、世故に長《た》けた、訳知り顔のソレイヤの面影が漂ったが、すぐに消えていった。

「あなたが来てくれたから、これだけですんだのよ。それを思えば、あなたを責める気になどなるはずがない。こんなのはほんのかすり傷。あなたがいなければ、こんな傷とは比べものにならないほど悲惨ことになっていたのだから」

サイドテーブルの縞大理石の天板を手でたどりながら、ヴェリティは何気なく壁のほうへ歩いていった。そうして、振り返ったときには、その目は翳っていた。書斎に入ってきたときからすでに青白かった顔からは、さらに血の気が引いて、まっさらな羊皮紙と同じぐらい白かった。

「さようならを言いにきたの」穏やかに、けれど、きっぱりとヴェリティは言った。

心臓がひとつ鼓動を刻むあいだに、カイルモアは机をまわると、ヴェリティに手を伸ばしかけた。が、そこで気づいた。触れる権利などないことに。

「駄目だ、モ・ラナン」強い口調で言ったが、それがなんの役にも立たないのはわかっていた。「行かないでくれ」

「いいえ」ヴェリティはさらに苦しげに言った。「すべては終わったの、だから、行かなければならない。公爵さまの幸せを心から祈っています」

胸が潰れそうな悲しみを抱きながら、立ち去るヴェリティを見つめた。勝てる見こみのない敵との闘いに臨むかのように、背筋をぴんと伸ばして歩き去るヴェリティを。

そこには孤高の勇気があった。息を呑むほどの優美さが。去っていくヴェリティの姿を見ていると、かつてその女が華麗な世界で衆目の的になっていたことが、自然と頭に浮かんできた。

揺らめく蠟燭の明かりが、ヴェリティが願っているほどには気持ちを抑えきれていないことを明かしていた。扉の把手に伸ばした手は、熱でもあるかのように震えていた。

「臆病者」静かに、だが、背を向けているヴェリティの耳にもはっきり届くように、カイルモアは言った。

束の間、そのことばがヴェリティには聞こえなかったのかと思った。

けれど、ヴェリティの頭が下がり、豊かな髪の下の無防備なうなじが覗いた。ヴェリティが扉を開いて部屋を出ていくのを覚悟しながらも、カイルモアの喉は悲しみに詰まった。

そのひとことが最後の一か八《ばち》かの賭けだったのだ。賭けに勝てるとはこれっぽっちも思っていなかったが。

「いま、わたしをなんと呼んだの？」ヴェリティが震える声で尋ねた。

カイルモアは身を引いて、両手を机についた。「臆病者と言ったんだ」きっぱりした口調だった。「ああ、十五のきみはもっと勇敢だったはずだ」

「十五のわたしには選択の余地はなかったわ」ヴェリティはことばを詰まらせた。ちらりとも振り返ろうとしなかった。

「いや、あったのさ。選択肢はいつだってある。十五のときのきみはあることを選び、それによって驚嘆すべきことを成し遂げる勇気と知恵を得たんだ。毎週、教会に通っていた田舎育ちの少女がヨーロッパでも有数の情婦になった――これ以上驚嘆することがあるかい？」

辛辣なことばに、ヴェリティの美しい肩が震えた。それでも、逃げだそうとはしなかった。

「わたしがあなたのもとを去る理由はもう話したはず。別れたほうが、あなたのためなのよ」ヴェリティの声は低かった。

「ごまかすなよ。別れるのは、きみが臆病だからだ」カイルモアの鋭い声は少し和らいでいた。「ぼくを愛しているんだろう、ヴェリティ？」

その問いを聞くなり、ヴェリティが振り返った。もしカイルモアが人生を賭けて闘いに臨んでいるのでなければ、この瞬間に負けを認めたはずだった。ヴェリティの美しい顔には、ことばでは言い表わせない苦しみが深く刻まれていた。

「そんな傲慢な質問をしないで」震える声でヴェリティが抗議した。

そのとおりだ。たしかに傲慢だった。だが、何よりも大切なものを手に入れるためなら、どんなに汚い手も使う。ヴェリティが留まってくれるなら、どんなことでもするつもりだった。

実際には、ヴェリティの目を見ると同時に、その質問の答えがわかった。

それでも、譲らずに言った。「きみは多くのものを与えてくれた。体、信頼、慰め、許し、そして、いくつもの秘密。だが、きみがまだ一度も口にしていないことばがある」

ヴェリティは扉に背をつけて、扉を縁取る象眼細工へと両腕を伸ばした。ふわりとした薄紅色のドレスに包まれた姿は、罠《わな》にかかった蝶《ちょう》のようだった。カイルモアは新たに湧きあがった同情心を必死に抑えつけた。

「あなただって、愛していると言ったことはないはずよ」ヴェリティが挑むように言った。

カイルモアは肩をすくめた。

「愛しているさ」

自分でも思ってもいないほど、そのことばがすんなりと口をついて出た。

一瞬、ヴェリティの灰色の目が輝いた。これほど簡単で、これほど重い愛の告白で、この勝負に勝てるというのか？

いや、もちろん、そう簡単にはいかなかった。

ヴェリティは首を横に振って、目をそらした。「愛だけでは駄目なのよ」

「愛は何をもしのぐはずだ。ぼくを愛しているんだろう？」

ヴェリティがそんな質問には意味はないと言いたげな仕草をすると、カイルモアの心は張り裂けそうになった。それでも、いまは非情にならなければならなかった。自分とヴェリティのためにそうしなければならなかった。

「愛しているのは、あなただってわかっているはず」

その瞬間、カイルモアは初めて確信を抱いた。

ヴェリティに愛されている。ほんとうに愛されているのだ。頭のなかに歓喜の歌が鳴りひびき、天にも昇る気持ちになった。こうなったら、なんとしてもヴェリティを失うわけにはいかない。

否が応でも湧きあがる勝利感を必死で隠した。まだ勝ったわけではないのだ。「愛する者のためなら、自らすすんで犠牲になる、きみがそういう女だということはわかっている。だが、今回にかぎっては、きみは見当ちがいをしている」

深く息を吸って、ヴェリティを説得できそうなことばを探した。「どうしても自分を犠牲にせずにはいられないというなら、ぼくと結婚するのがいちばんだ。まさに犠牲的精神を発揮したことになる。言っておくが、ぼくは扱いやすい男じゃない。ぼくと結婚すればそれだけで、受難者の冠が与えられる。社交界の冷評に堪えられないからというだけで、自分とぼくに不幸な人生を強いるのはやめてくれ」

「わたしが取るに足りない些細なことにこだわっているような言いかたね」とヴェリティが

怒りをこめて言い返した。「でも、あなたがご大層な肩書きをどれほど大切にしているか、わたしはちゃんと知っているのよ。おまけに、あなたのプライドは魔王にも引けを取らない。わたしと結婚すれば、どれだけのものを失うか、あなたはわかっていないのよ。社交界の噂話は、あなたが想像するよりはるかに手厳しいもの。あなたはつまはじきにされて苦しんだことはなくても、わたしはその辛さを身をもって知ってるわ」

「どれほどの非難にさらされようと、中傷されようと、生きていける。だが、きみがいなければ死んだも同然だ」カイルモアは真剣に言った。

うぬぼれ、世間知らず——それはヴェリティの指摘どおりなのだろう。いや、少なくとも、以前はそうだった。

だが、目のまえにいる大切な女を失うことに比べれば、この世のすべては地獄の灰ほどの価値しかない。

ヴェリティのしかめた顔に、動揺が表われていた。「あなたは悪魔みたいな人だわ」

ヴェリティが顔をそむけた。が、その声はいまにも泣きそうだった。「あなたは甘いことばで誘惑して、わたしの考えがまちがっていると信じこませようとしているのよ」

カイルモアはこんなふうにヴェリティを傷つけているのが辛かったが、いまは非情な男に撤しなければならなかった。さもなければ、どちらも人生最大の勝負に負けることになる。

「結婚してほしい。公爵夫人になってくれ。誰に何を言われようがかまわない。口汚い噂や、意地の悪い世間から遠く離れたハイランドで家庭を築こう。豊かで満ち足りて、有意義な人生をいっしょに歩むんだ。愛のある人生を」

けれど、ヴェリティの眼差しは暗く、あまりにも悲しげで、カイルモアの心は罪悪感でよじれそうだった。「やめて、カイルモア。あなたは公爵よ。あなたには果たさなければならない義務があるの」

ふいに怒りがこみあげて、カイルモアは顔をしかめた。これまでも公爵という称号を呪ってきた。重荷以外の何ものでもなかった。そうして、いまや、公爵であるという事実ゆえに、人生で求めるただひとつのものを失おうとしている。

「ひとりの男として、ぼくが人生で果たすべきことは？　ひとりの女として、きみが果たすべきことは？」鋭い口調で言った。

背筋をぴんと伸ばして、あえてヴェリティに一歩近づいた。一気にこみあげてきたはずの怒りが、ヴェリティの苦悩の表情をまえにしたとたんに引いていった。カイルモアの声は低く、確信に満ちたものに変わった。「ヴェリティ、きみはぼくを救ってくれた。きみはぼくをよりよい男にしてくれた。高潔さを育ててくれた。そんなものがかけらもなかった男のなかに」

「いいえ、最初からあなたのなかにあったのよ」囁くように言うと、ヴェリティの美しい目から涙があふれて、銀色の瞳が輝いた。

「そうだとしても、それに気づいたのはきみだけだ。きみはやるべきことを途中で投げだしたりしない」両手を広げて訴えた。「ぼくがまた邪悪なカイルモア公爵に戻ってしまうと知りながら、いなくなったりしないでくれ。きみの仕事はまだやりかけなんだよ。ぼくを光のあたる場所に引っぱりだすのは、神を信じるきみの務めだ」

「やめて」ヴェリティが力なく抗議した。「残酷だわ。わかってるでしょう？　わたしたちがいっしょにいるには、道徳に反する関係を続けるしかないの。でも、あなたが結婚しても、情婦でいつづけることなどわたしにはできない。たしかに、いままでにいろいろな罪を重ねてきたけれど、その罪だけは犯せない」

「きみと結婚できないなら、誰とも結婚しない」とカイルモアは静かに言った。「キンムリー家の人間はぼくで最後だ。ぼくの死とともに、この称号もこの世から消えてなくなる」

「お願いだから、そんなことを言わないで」ヴェリティは身を縮めて、懇願した。「あなたは立派な地位を後世に伝えるために、跡継ぎをつくらなければならないの。もしわたしたちが結婚して、奇跡が起きて、子供を授かったとしても、わたしたちの子供が貴族として受け入れられることはない」

「ぼくたちの子供たちは母親に似て美しいはずだ。自分で道を切り開く強さも持っているにちがいない。子供たちがどれほど頑固でも、母親譲りなんだから、きみは叱れないよ」

以前、赤ん坊の話をしたときには、ヴェリティは自分が妊娠することはないと確信していた。けれど、その確信がいまは少し揺らいでいるのが、カイルモアにもわかった。それを物語るように、ヴェリティは無意識に腹に手をあてていた。まるで、そこにふたりの赤ん坊がいるかのように。

いや、ほんとうにいるのかもしれない……。

そう思ったとたんに湧いてきた本能的な感情を抑えて、理性的な口調を保とうとした。脅しや腕力では、ヴェリティを振り向かせることはできない。ヴェリティに同意をさせる唯一の方法は、真の愛が求めるものを拒む権利も力も、ふたりにはないとわからせることだ。

「いずれにしても、わたしが子供を授かることはないわ」

「そうだとしても、頭のおかしな公爵と絶世の美女の妻がふたりでハイランドの人里離れた館で暮らすだけのことだ」カイルモアはもう一歩ヴェリティに近づいた。ヴェリティは逃げだすだろうか？　そうとは思えなかった。「きみはみんなが嘲笑うと言うが、それはちがう。男たちは——少なくとも社交界の紳士たちは、ぼくの幸運を羨むに決まっている」

あらんかぎりの誠意と真心をこめて、カイルモアは言った。「ヴェリティ、もう一度勇気を出してくれ。ぼくたちふたりのために。愛しているんだ。誰に愚弄されたってかまうものか、それより愛のほうがはるかに強いんだから」

「お願い、さわらないで」ふたりのあいだにはまだ数メートルの距離があるというのに、ヴェリティはあとずさった。「さわられたら、何も考えられなくなる」

カイルモアは初めて笑みを浮かべた。「ああ、さわらない。これはきみが決めなければならないことだからね。わかっただろ？　きみの魔法で魂に高潔さを植えつけられて、ぼくがどれほど苦しむはめになったか」

ヴェリティは笑みを返さなかった。その顔は不安でこわばっていた。

「〝はい〟と言うのは簡単なことなのかもしれない」ヴェリティが悲しげに言った。

「それなら〝はい〟と言えばいい」そう言いながら、さらに少しヴェリティに近づいた。「ぼくたちにはやらなければならないことがある。母がめちゃくちゃにした領地を立てなおすんだ。それに、ふたりの愛を大切に分かちあう。それから、神さまが子供を授けてくれたなら、生きる道を自分で選べる立派な大人にする。父が自分の道を選んだように。母がこれからそうするように」

いったん口をつぐんだが、相変わらずヴェリティからの返事はないとわかると、決死の覚悟で話を続けた。

ヴェリティとふたりで人生を歩む自信があった。くそっ、それなのに、いったいなんだって、ヴェリティは自信を持てずにいる？　カイルモアはぎこちなく息を吸った。「勇気を出してくれ、ヴェリティ。子供たちのために、ぼくのために。いや、それ以上に、きみ自身のために」低く切羽詰まった声でさらに言った。「ぼくを置き去りにしないでくれ、モ・クリ。きみのいない人生を考えるだけで、心臓をもぎとられたようだ」

片手を差しだした。情けないことに手が震えていた。だが、男のプライドなどもうどうでもよかった。

ヴェリティが涙をこらえて、目をそらした。ほかに何を言えばいい？　躍起になって自分の心を探った。ヴェリティの頑なな心を開かせて、いっしょにいると決意させるようなことばはないかと。

だが、ことばなどヴェリティの鉄の意志のまえではなんの力も持たない……。悲嘆に暮れ、苦悩に顔をゆがめてその場に立ち尽くして、苦い敗北を受け入れようとした。

「ちくしょう」うめいて、顔をそむけた。ヴェリティがふたたび立ち去る姿を見たくなかった。永遠にいなくなってしまうのを。

望みはついえた。完全な敗北だ。

ふたりのあいだに果てしない沈黙が広がっていった。

扉を開ける音がするにちがいない。息を詰めて、そのときを待った。そうして、それが閉じるとき、幸福への扉もぴたりと閉ざされる。身を固くして待った。哀れな男をひとり残して、遠ざかっていくヴェリティのやわらかな足音が響くのを。

けれど、ヴェリティは動かなかった。

どういうことだ？　カイルモアは体のわきに下ろした手を握りしめた。

ひざまずいて懇願すればどうにかなるのなら、迷わずそうするはずだった。だが、どれほど頼んだところでヴェリティの気持ちが変わらないのはわかっていた。

ヴェリティに愛されているという確信はある。だが、悲しいことに、ここに留まるほどには、その愛は強くないのだ。

「駄目よ」ヴェリティの声は掠れていた。

ああ、それが答えだと覚悟していた。初めて会ったときから、ヴェリティはこの邪悪な男から逃がれようとしてきたのだから……。

ヴェリティは去り、邪な男はけっして溶けない氷の世界へふたたび突き落とされる。その世界が自分に似合っているのはわかっていたが、愛しあったあの輝かしい一瞬に、幻の人生と人のぬくもりを垣間見てしまった。ゆえに、この運命を受け入れて生きることなどできそうになかった。

暖炉のなかで薪がやわらかな音をたててはぜ、やがて熾《おき》となって崩れた。その音を聞いているとじっとしていられなくなった。拷問めいた沈黙を破らずにいられなかった。

「きみの幸せを心から祈っているよ」苦しげにそう言うと、頼りない足取りで机に戻ろうとした。

「駄目よ」ヴェリティのそのことばはさきほどよりはっきりしていた。「行かないで」

しつこい借金取りのようにヴェリティに袖をつかまれた。震えるほど戸惑いながらカイルモアは立ち止った。

上等な上着越しに、ヴェリティに触れられたところが熱く燃えているように感じられた。その熱は、全身に広がろうとしていた冷たい死とは正反対のものだった。

「ほんとうにわたしを愛しているの?」ヴェリティが小さな声で訊いてきた。

なぜこれほど苦しめる? 目のまえにいる男がどれほど苦しんでいるか、わかっているはずなのに。

忌わしいことに、声が震えた。「死ぬほど愛しているよ、モ・ラナン」

腕をつかむヴェリティの手に力がこもった。「だとしたら、わたしは苦しむしかない。わたしたちはどちらも苦しむしかない」声が掠れていた。「でも、ええ、わたしは公爵夫人になります」

一瞬、カイルモアにはそのことばの意味がわからなかった。

「いま、なんて……？」そう尋ねる声は当惑してしわがれていた。

ヴェリティが大きく息を吸った。「あなたを愛しているわ、ジャスティン・キンムリー。だから、ええ、結婚します」聞きまちがいようのない、明確なことばだった。

信じられない。これは現実なのか？　ついに、勝負に勝ったのか？

振り返って、荒々しくヴェリティの肩をつかんだ。動転して、力を加減するのもすっかり忘れていた。「もう一度言ってくれ」

光る涙がヴェリティの頬を伝った。それでも、見つめる瞳は輝き、確信に満ちていた。

「あなたと結婚します」

心臓を鷲づかみにされたような堪えがたい痛みがふっと消えていった。「さっき言ったのはそれだけじゃないだろう」

「ジャスティン・キンムリー、あなたを愛しているわ」ヴェリティは涙を流しながらも、不思議なほど心地よい声で笑った。「あなたを愛しているの。あの荒くれた未開の地でいっしょに暮らしましょう。そして、運がよければ、ハイランド生まれのやんちゃ坊主をどっさりプレゼントして、あなたがすっかり老けこんでしまうほど苦労させてあげる。さあ、こんなことを言われて震えあがらないようなら、あなたは無謀なくらい勇敢よ」

ヴェリティは軽口で愛する男の顔をほころばせようとしたが、カイルモアはそれどころではなかった。

「ありがとう」掠れた声で言いながら、愛する女を引き寄せて、かき抱いた。それに負けないほど強くヴェリティも抱擁を返して、カイルモアの肩に顔を埋めると、くぐもった声で泣きはじめた。

やがて、カイルモアは顔を上げて、ヴェリティの顔を覗きこんだ。そこには書斎に入ってきたときの、青ざめた不幸な女の面影はなかった。染みひとつない肌は薄紅に染まり、涙をたたえた銀色の目は抑えきれない喜びに輝いていた。

出会った瞬間にカイルモアを虜にしたのはヴェリティの美しさだった。だが、いまはそれ以上のものが見えた。勇気、誠意、忠誠、信頼が。

そして、愛。魂から失意を永遠に追い払ってしまうほど大きな愛が。

「きみを失ったとばかり思っていた」その口調には驚きがあふれていた。「きみはぼくを置き去りにしていくのだと思った」

「いいえ」ヴェリティは力強く言った。「いいえ、絶対に、絶対にそんなことはしない」

ヴェリティはカイルモアの顔を引き寄せると、ぎこちなく、だが、情熱的に口づけて、涙と幸せを味わった。ヴェリティが手を離すと、今度はカイルモアがその頬を両手で包んで、雨上がりの空のような澄んだ目を覗きこんだ。

晴れやかな瞳の奥には、一点の翳りもなかった。

欲望が疼きはじめた。ヴェリティがそばいにいると、いつでもそうだった。だが、いまは、押し寄せる欲望の波にあらがった。「誓うよ、きみをかならず幸せにすると」カイルモアは真剣に言った。

ヴェリティの顔には、カイルモアを圧倒するほどの力強い愛が満ちていた。「愛してくれるなら、ほかには何もいらないわ」

「永遠にきみを愛するよ」カイルモアは誓った。

「そう、永遠にね」

そのことばに偽りはなかった。

訳者あとがき

ヒストリカルロマンス界注目の新人作家アナ・キャンベルによる『罪深き愛のゆくえ』をお届けします。本作品は著者の処女作で、もちろん初の邦訳作品です。アナ・キャンベルは二〇〇八年のRITA賞リージェンシー・ヒストリカル・ロマンス部門の最終候補となり、また二〇〇七年のロマンティック・タイムズ・ファーストヒストリカルロマンス賞やオール・アバウト・ロマンス・読者が選ぶ年間ベスト作品の新人作家賞を受賞しています。まさに大型新人といっても過言ではないでしょう。

一八二五年のロンドン。カイルモアの公爵であるジャスティン・キンムリーとその愛人ソレイヤの一年間と定めた愛人契約期間が終わろうしていました。とはいえ、カイルモアは六年越しで口説き落としてようやく愛人にしたソレイヤ——ロンドン一の魔性の女と呼ばれる絶世の美女——を手放す気などさらさらなく、思い切って結婚を申しこみます。その翌日、瀟洒な愛人宅を訪ねると、ソレイヤは忽然《こつぜん》と姿を消していました。誇り高いカイルモアは愛人の裏切りに傷つき、怒り、なんとしても捜しだして、取り戻すと決意します。

ソレイヤの実の名はヴェリティ・アシュトン。十五歳で両親を失い、幼い弟と妹を育てるために貴族の愛人になりました。けれど、いつの日かお金が貯まったら、愛人稼業から足を洗い、人にうしろ指をさされないごく普通の生活を送るのが夢でした。愛人契約を結ぶ際にひと財産とも言える額を提示したカイルモア公爵の求めに応じたのも、その夢をかなえるためでした。そうして、その愛人契約が切れるのを機に、新たな人生を歩もうと心に決めていました。けれど、カイルモアにそれを話したところで、すんなり別れてくれるとは思えません。ましてや、愛人に結婚を申しこむという笑止千万な行動に出たことを考えれば、何事もなく解放されるはずがありませんでした。そこで、別れを告げずにカイルモアのもとを去ったのでした。

三カ月後、ヴェリティは田舎の村で新たな生活を始めていました。ところが、カイルモアに居場所を突き止められて、スコットランドの人里離れた谷にある公爵家の狩猟の館へと連れ去られてしまいます。カイルモアは愛人がいまも自分のものであることを示し、ヴェリティ自身にその事実を受けいれさせようと、強引にベッドをともにします。けれど、二度と愛人暮らしに戻る気のないヴェリティは断固としてあらがい、命の危険も顧みず館から逃げようとします。

カイルモアと言い争うなかで、ヴェリティは愛人という不本意で淫らな生活によって自分を見失ってしまわないように、真の自分を殻に閉じこめて、ソレイヤという魔性の女を演じていたことに気づかされます。同時に、カイルモアからも、その公爵への禁断の愛からも逃れられないと思い知るのでした。

いっぽう、裏切られたという思いと、非の打ちどころのない愛人ソレイヤを切望するあまり何も見えなくなっていたカイルモアも、閉ざされた谷で愛人と向きあうことで、ロンドンでの愛人とはちがうヴェリティの真の姿を知ることになります。贅沢な暮らしがしたくて貴族の愛人でいるのだとばかり思っていた女が、実は気高く、やさしい心の持ち主だったと気づかされます。さらには、ヴェリティのやさしさによって、不遇な幼少時代の辛い思い出や過去の亡霊から解き放たれ、ひとりの女性を真剣に愛せる一人前の男へと成長していくのでした。

ヒストリカル・ロマンスファンにはすでに周知のこととは思いますが、本書の舞台である十九世紀のヨーロッパの貴族社会では、愛人を持つことはある程度默認されていました。当時の結婚は愛情によるものというより、家と家とのつながりによるものが多かったことが原因だったのでしょう、身分ちがいで結婚相手にはならないが、知的で美しい女性を愛人にしていた独身の貴族もめずらしくなかったようです。本書のヒロインであるヴェリティ——ソレイヤ——もそういったいわばプロの愛人です。ごくまれに、貴族が愛人を真剣に愛し、結婚して、幸せに暮らした例もあるようですが、もと愛人の妻が貴族社会に受けいれられることはまずありませんでした。

本書は明るく華やかなロマンス小説というより、心の葛藤や激しい感情のぶつかりあいが読みどころの、どちらかといえばダークな印象の物語です。そのぶん、ヒーローとヒロインの内面の描写は実に読みごたえがあります。

人からは気高く冷静沈着な貴族と思われているけれど、実は傷ついた心を抱えるカイルモア公爵。不本意な愛人生活に甘んじながらも、心だけは純粋でいようとするヴェリティ。何年もまえから顔見知りで、さらに愛人として一年間もベッドをともにしながら、知らないことだらけだったふたり。いいえ、相手のことだけでなく自分自身のことも実はよくわかっていなかったふたりが、それまでの人生の闇の部分や秘めていた過去を打ち明け、互いの存在によって傷心を癒やして、生まれ変わっていく、そんな大人のロマンスをたっぷり楽しんでいただけたら幸いです。

本書『罪深き愛のゆくえ』に続き、著者アナ・キャンベルは次々に新作を発表しています。二作目の『*Untouched*』では非情な叔父によって監禁生活を余儀なくされた若き侯爵と、貧しく美しい未亡人のロマンスを描き、さらに、三作目となる『*Tempt The Devil*』もすでに書きあげています。いずれまた、アナ・キャンベルの世界をみなさまにご紹介できる日が来るのを心から願っています。

二〇〇九年九月

ザ・ミステリ・コレクション

罪深《つみぶか》き愛《あい》のゆくえ

著者　アナ・キャンベル

訳者　森嶋《もりしま》マリ

発行所　株式会社 二見書房
東京都千代田区三崎町2-18-11
電話 03(3515)2311［営業］
03(3515)2313［編集］
振替 00170-4-2639

印刷　株式会社 堀内印刷所
製本　株式会社 関川製本所

ISBN978-4-576-09150-1
http://www.futami.co.jp/

めぐり逢う四季《きせつ》
ステファニー・ローレンス／メアリ・バログ他
嵯峨静江［訳］

英国摂政時代、十年ぶりに再会し、共に一夜を過ごすことになった4組の男女の恋愛模様を描く短編集。ステファニー・ローレンスの作品が09年度RITA賞短篇部門受賞

いたずらな恋心
スーザン・イーノック
那波かおり［訳］

青年と偽り父の仕事を手伝うクリスティンに任されたのは冷静沈着でハンサムな英国人伯爵のお屋敷に潜入すること…。英仏をめぐるとびきりキュートなラブストーリー

愛を刻んでほしい
ロレイン・ヒース
栗原百代［訳］

南北戦争で夫を亡くしたメグは、兵役を拒否して生き延びたクレイを憎んでいた。しかし、彼の強さと優しさに惹かれるようになって……。RITA賞受賞の感動作！

涙の色はうつろいで
キャサリン・コールター
山田香里［訳］

父を死に追いやった男への復讐を胸に、ロンドンからはるかサンフランシスコへと旅立ったエリザベス。それは危険でせつない運命の始まりだった…！ スターシリーズ第二弾

琥珀色の月の夜に
ジャッキー・ダレサンドロ
宮崎 槙［訳］

亡き夫に永遠の貞節を誓ったはずの子爵未亡人キャロリン。だが、仮面舞踏会で再会したサットン伯爵から熱い口づけを受け、いつしか心惹かれ……メイフェア・シリーズ第二弾！

戯れの恋におちて
キャンディス・ハーン
大野晶子［訳］

十九世紀ロンドン。戦争や病気で早くに夫を亡くした高貴な未亡人たちは、〝愛人〟探しに乗りだしたものの、思わぬ恋の駆け引きに巻き込まれしまう。シリーズ第一弾！